HEYNE <

ZUM BUCH

Stets knapp an Geld, aber reich an körpereigenem Testosteron, körperfremden Alkoholika und sonstigen Drogen, hängt ein etwas heruntergekommener deutscher Germanistikstudent im Nachtleben von Mexiko City ab. Sein Ziel: statt der Literatur das pralle Leben zu studieren und seiner einzigen Geldquelle, eines deutschen Doktorandenstipendiums, auch ohne Doktorarbeit nicht verlustig zu gehen. Unvermittelt gerät er an eine Tochter aus reichem Hause. Aber sie, ihre Ansprüche und vor allem ihre zahlreiche Verwandtschaft (Mutter, Brüder, Tanten, Cousinen und Großcousinen) machen es ihm nicht leicht, das süße Leben der mexikanischen Upperclass zu genießen. Aber unser Mann ist fest entschlossen, diesen Fang nicht mehr entkommen zu lassen, und gerät mitten hinein in das Chaos mexikanischer Verhältnisse ...
Ein todkomischer fulminanter Schlag in die Magengrube des Geschlechterkampfs: Willkommen in der Welt des munteren Machismo!

ZUM AUTOR

Stefan Wimmer, geboren 1969, lebt als Kulturschaffender in München. Davor war er drei Jahre freier Journalist in Mexiko City. Er schrieb Reportagen für die *Süddeutsche Zeitung*, den *Bayerischen Rundfunk*, *WDR*, *Deutschlandradio*, *Madame*, *Die Woche* und *Men's Health*. 2008 war er Stipendiat im Künstlerhaus Schöppingen. Bei Trikont erschien die von ihm herausgegebene CD *Mexican Boleros, Songs of Heartbreaking, Passion & Pain 1927–1957*.

STEFAN WIMMER

DER KÖNIG VON MEXIKO

ROMAN

WILHELM HEYNE VERLAG
MÜNCHEN

Die Originalausgabe DER KÖNIG VON MEXIKO erschien 2008 bei Eichborn, Berlin

FSC
Mix
Produktgruppe aus vorbildlich bewirtschafteten Wäldern und anderen kontrollierten Herkünften
Zert.-Nr. SGS-COC-1940
www.fsc.org
© 1996 Forest Stewardship Council

Verlagsgruppe Random House FSC-DEU-0100
Das für dieses Buch verwendete FSC-zertifizierte Papier *Holmen Book Cream* liefert Holmen Paper, Hallstavik, Schweden.

Vollständige deutsche Taschenbuchausgabe 11/2009

Printed in Germany 2009
Umschlaggestaltung: Init, Bielefeld nach einem Holzschnitt des mexikanischen Künstlers José Guadalupe Posada (1851–1913)
Druck und Bindung: GGP Media GmbH, Pößneck
ISBN 978-3-453-40732-9

www.heyne.de

Der lange Weg nach Tlalocán

»Dann sagen Sie ihnen alles, Willard,
alles was ich getan habe…«
Apocalypse Now

Majestätischer konnte man den Tag nicht beginnen. Es war zwölf Uhr mittags, und am Tresen standen nur die fanatischsten Getreuen des *Centenario*: der Polizeifahnder Gaspar mit den ausgemergelten Wangen, dem Günter-Netzer-Schnitt und der Kellerporno-Brille; Humberto der Ex-Ringer, der jeden Gast aufgekratzt an seinen Brustkasten quetschte und mit »Monsieur, welch große Ehre!« anredete; der kleinwüchsige Makler Pepe del Díaz, der in seinem gemütlichen nordmexikanischen Dialekt am liebsten von den Schlägereien seiner Jugend erzählte und jeden einzelnen Leberhaken liebevoll detailliert nachstellte. Sie alle waren Menschen, die sich eher die Hand hätten abhacken lassen, als auch nur eine Stunde von den Öffnungszeiten des *Centenario* zu verpassen. Ich setzte mich an einen freien Tisch, zündete mir eine Zigarette an und pustete den Rauch zur Decke hoch, wo er sich mit der Qualmwolke vereinigte, die die anderen Gäste seit Stunden produzierten.

»W-w-was t-trinkst du?«, fragte der Geschäftsführer des *Centenario*. Sein Indianergesicht war wie immer lila angelaufen, die Augen von einer Schilddrüsenkrankheit aus den Höhlen getrieben. Vom Geschäftsführer des *Centenario* war bekannt, dass er keine – wie auch immer gearteten – Fähigkeiten besaß und sich in seine Position vermutlich hochgesoffen hatte. Normalerweise stand er in einem abgetragenen Anzug neben der Bar und kontrollierte die Kasse, doch heute hatten die Gäste die Ehre, von ihm persönlich bedient zu werden. Ich warf einen Blick auf die Preistafel an der Wand. Mit Steckbuchstaben stand da *D m cq S l ra 30 $* und *C s R ga 45 $*, was irgendwann einmal »Domecq Solera« und »Chivas Regal« geheißen haben mochte, aber so raffinierte Spirituosen bestellte im *Centenario* schon lange niemand mehr. Ich entschied mich für einen »Bull« – ein Glas Bier mit einem Schuss irgendwas, je nach Gusto des Barkeepers Zuckerrohrschnaps, Tequila, Rum, Brandy oder Anis, oft auch alles zusammen kombiniert.

»B-B-BULL!«, schrie der Geschäftsführer in Richtung Bar. Binnen Sekunden stand der Bull auf meinem Tisch, ich nippte am Glas und bekam eine Gänsehaut: Der Barkeeper war ein Freund der Kombination.

Zur Mittagszeit herrschte im *Centenario* eine ganz besondere Atmosphäre: Das leise Klirren der Gläser, die Gedämpftheit der Geräusche, das intime Flüstern der Gäste – das alles hatte etwas Unschuldiges, Jungfräuliches, Morgendliches. Außer den Trinkern am Tresen versammelten sich mittags vor allem Menschen, die sich durch Höflichkeit und Ruhe auszeichneten: Politiker aus den umliegenden Ministerien, die Dominosteine auf die Tische klopften und einander mit zuvorkommender, fast tuntiger Zärtlichkeit behandelten. Geschäftsmänner in altmodischen Anzügen, die unter den

Tischen die Händchen ihrer Sekretärinnen hielten und mit ihnen Cuba Libres und Brandy Colas vertilgten. Journalisten der angrenzenden Verlagshäuser, die das Weltgeschehen erörterten und sich beim Sprechen gegenseitig den Vortritt ließen. Liebenswürdigkeit, Eintracht und Streicheleinheiten, wohin man blickte... Und was das Bild des Friedens krönte: All diese Menschen tranken. Jeder hatte hochprozentige Gemische vor sich zu stehen, und jeder wirkte entschlossen, die nächsten Stunden stetig nachzubestellen.

Während ich knappe Schlucke von meinem Bull nahm, dachte ich an die grauenvolle Woche, die ich einmal in San Antonio, Texas, hatte verbringen müssen. Schon in der ersten Nacht hatte ich einen Kulturschock erlitten: In San Antonio trank niemand, egal zu welcher Uhrzeit und an welchem Wochentag! Ich klapperte dort jedes Pub, jede Bar und jedes Ale-House ab, doch nirgendwo saß ein Mensch, der einem beim Trinken Gesellschaft geleistet hätte. Nach zwei Tagen war ich so verzweifelt, dass ich das Telefonbuch auf der Suche nach Zechkumpanen durchblätterte und kurz davor stand, mir unbekannte Bürger wie Biersack Robert (Timberwild Drive 1001), Saufweib Ginna (Montford Road 622) oder Trinkerlein Timothy (Settler's Valley 2883) anzurufen, um sie zu einer Kneipentour zu beschwatzen.

Mexiko dagegen wimmelte von Männern und Frauen, die ein klares, deutliches Ja zur Sucht sprachen. Die befreiende Heiterkeit, mit der in den Cantinas die Mittagspausen angegangen wurden, gab jedem Tag ein Urlaubsflair. Sicher, gegen Abend wandelte sich die Atmosphäre: Konflikte kochten hoch, die Handlungen der Gäste entgleisten, und die Gesichter ähnelten immer mehr den Fratzen eines Höllensturzes von Pieter Bruegel. Doch in den Mittagspausen waren Cantinas wie der *Centenario* ein Ort tantrischer Ruhe.

Zugegeben: Vielleicht waren all die anwesenden Politiker korrupte Ausbeuter, die das Land molken und sich mit schmutzigen Tricks auf den Thron gehievt hatten, vielleicht waren all die Geschäftsmänner unfähige Betrüger, die nur durch Nepotismus ihre Posten ergattert hatten. Aber andererseits: Waren wir wirklich fähiger und rechtschaffener? Befummelten wir nicht irgendwelche Mätressen in roten Bums-Kostümchen, unter denen sich Fettschwarten abzeichneten, kurz nachdem wir unsere Freundinnen mit denselben Phrasen von ewigwährender Liebe ruhiggestellt hatten, die Luis Miguel gerade aus der Musikbox sang? Es war der Waffenstillstand zwischen uns und dem Schmutz des Lebens, der den *Centenario* mittags so kostbar machte. Mittags im *Centenario* zu sitzen – das bedeutete das größtmögliche Einverständnis mit der Welt.

Diese Wurstigkeit, die man hier spürte, war im selben Maß schon bei den Azteken und ihrer Jenseitsvorstellung zu finden. Die Bevölkerung von Tenochtitlán glaubte an drei verschiedene Bereiche für die Seelen der Toten. Die Zugangsberechtigung entschied sich dabei nicht durch das Verhalten im Leben, sondern allein durch die Todesart: Das Gros der Menschen siedelte nach dem Tod in eine obskure, ereignislose Geisterwelt über, in der man sein Dasein als Schatten fristete. Die Menschen, die entweder a) im Krieg fielen, b) vom Gegner geopfert wurden oder c) als Spione starben, durften mit dem Gott Tezcatlipoca um die Sonne kreisen – ein ebenso elitäres wie langweiliges Vergnügen. Das wirkliche Paradies dagegen war das Unterweltreich Tlalocán, das der Regengott Tlaloc verwaltete. Es winkte denen, die am flüssigen Medium zugrunde gingen: Ertrunkene, vom Blitz Erschlagene und, so durfte man ergänzen, die Trinker des *Centenario*.

Bei diesem Gedanken bestellte ich einen neuen Bull.

Schwer vorstellbar, dass es während meines Aufenthalts in Mexiko einmal eine Zeit ohne den *Centenario* gegeben hatte. Und doch war das der Fall gewesen. Es hatte Monate gegeben – Monate der Düsternis! –, in denen ich vom *Centenario* noch nicht einmal etwas geahnt hatte. Auf diese bitteren Monate war eine Periode gefolgt, in der ich zwar schon von seiner Existenz wusste, aber noch nicht reif für die Mitgliedschaft war. Denn das Recht auf den *Centenario* musste erkämpft werden! Man musste sich freimachen von all den Mächten, die einen vom *Centenario* abhalten wollten! Man musste die vielfältigen Fallstricke zerhacken, die auf dem Weg zum *Centenario* auslagen! Man musste die Ketten sprengen, die einen wie in Platons Höhlengleichnis in einer Scheinwelt festhielten, in der der *Centenario* nicht die Hauptrolle spielte. Da gab es soziale Zirkel – hier schnaubte ich unwillig auf –, die alles verabscheuten, wofür der *Centenario* stand! Da existierten Institutionen wie die Universität, das Deutsche Konsulat oder der Deutsche Akademische Austauschdienst, die einem Leben im *Centenario* diametral entgegenstanden! Da lauerten alle Arten von verrückten Egozentrikern, die durchsetzen wollten, dass man ihnen und nicht dem *Centenario* huldigte. Mit aller Sachlichkeit durfte ich sagen, dass ich mir den Weg in den *Centenario* Schlacht um Schlacht erfochten hatte. Wie zur Siegesfeier brachte mir der Geschäftsführer den neuen Bull, und mit dem überschwappenden Schaum malte ich gekreuzte Säbel und die Daten der Siege auf den Tisch:

10. Juni 2001: Die Schlacht bei Mirtila, die früheste Proklamation meiner Unabhängigkeit, das Fanal für weitere Feldzüge! Mirtila war das bisexuelle Mädchen, bei dem ich die ersten drei Monate nach meiner Ankunft zur Untermiete gewohnt hatte. Mirtila besaß ein kleines Häuschen in Fovissste, einem Viertel am äußersten Südrand der Stadt, das

ihren verstorbenen Eltern gehört hatte. Fovissste hörte sich an wie »Bovist« und hatte denselben Charme. Hauptsächlich wohnten dort kleinbürgerliche Bauspar-Lemuren, die nach Einbruch der Dunkelheit keinen Schritt mehr vor ihr umzäuntes Wohnsilo machten. Die Woche nach meiner Ankunft wurden in Fovissstes Hauptstraße sieben Passanten in Taxis ermordet, deren Fahrer mit den Banden der angrenzenden Slums zusammenarbeiteten. Die nächste Bar lag Kilometer von Fovissste entfernt, deshalb versammelte Mirtila ihre Freunde immer bei sich zuhause. Es waren bemerkenswerte Menschen, denn niemals zuvor hatte ich so kristalline Verlierer gesehen: Sie alle hatten Studienabschlüsse, sie alle stammten aus sogenannten kleinen Verhältnissen, sie alle saßen finanziell in der Tinte. Zuerst dachte ich noch, dass ihre traurige Lage der Ungerechtigkeit eines Drittwelt-Landes zuzuschreiben sei. Doch bald änderte ich meine Meinung: Es war unmöglich, diese Leute irgendwo einzustellen, weil sie verbitterte Furien waren, die jede halbwegs solidarische Gemeinschaft aufrollten wie einen Schützengraben. Die Umtrünke in Mirtilas Haus mündeten nach einer Phase überspannter Fröhlichkeit stets in Tränen und spielten sich immer nach folgendem Schema ab:

Ort: *Mirtilas Haus.*

Personen:
Mirtila: *Dünne, maskuline Mexikanerin mit Männerbrille und Ess-Störungen.*
Carmelia: *Dicke Indianerin mit Mandelaugen und großem Kopf.*
Agata: *Weiße, deutschstämmige Mexikanerin mit Tränensäcken und Sorgenfalten.*
Richy: *Dünner, blasser Mestize mit melancholischem Blick.*

Heriberto: *Großer, deutschstämmiger Mexikaner mit dröhnender Stimme.*

20 Uhr: *Heriberto tritt auf, lacht, dass der Speichel spritzt, und ahmt das Geräusch eines Kawasaki-Motors nach. »Wrumm-wrumm!«, schreit Heriberto. »Heut lassen wir's wieder richtig krachen!« Carmelia tritt auf, gibt Mirtila einen Zungenkuss und wirft mir dabei einen scheelen Blick zu, weil ich niemals versucht habe, mit ihr ins Bett zu gehen. Agata tritt auf, wischt sich die Haarsträhnen aus ihrem verblühten Gesicht und sagt, sie müsse »erst mal ankommen«.*

21 Uhr: *Richy tritt auf, präsentiert zwei Päckchen Kokain, die er am anderen Ende der Stadt ergattert hat, und fragt, ob sich die Anwesenden finanziell beteiligen wollen. Mirtila, Carmelia und Agata weigern sich empört. Mirtila begründet dies damit, dass Richy »froh sein« solle, überhaupt in ihr »Haus eingeladen zu werden«. Agata führt als Argument an, dass der »Hurensohn Marcos« immer noch ihre Ölquellen in Chiapas beschlagnahmt habe – sonst würde sie jederzeit Geld beisteuern. Seufzend überlässt Richy die Päckchen der Allgemeinheit und legt zwanzig Lines. Die Frauen koksen nun, was das Zeug hält.*

22 Uhr: *Mirtila legt in den CD-Player* Prodigys Smack My Bitch Up *ein – für sie der »beste Rave-Track aller Zeiten«. Mit rudernden Armbewegungen ziehen sich die Frauen in die Küche zurück, um Geheimgespräche zu führen. Richy und Heriberto äußern währenddessen starke Zweifel an der Existenz von Agatas Ölquellen.*

23 Uhr: *Unter den Frauen ist ein Streit um ihre soziale Hierarchie entbrannt: Carmelia behauptet, einen edleren Stammbaum als Mirtila und Agata zu besitzen und praktisch direkt vom Konquistador Hernán Cortés abzustammen. Während Carmelia*

kurz die Toilette aufsucht, mutmaßen Mirtila und Agata, dass sie wohl eher von Montezumas Hund abstammt.

24 Uhr: *Mein Versuch, statt Prodigy eine Hip-Hop-CD einzulegen, scheitert. Die CD wird von Carmelia aus dem CD-Player genommen und auf den Boden geschmissen, weil es sich um »Negermusik« handle.* Smack My Bitch Up *läuft von nun an für den Rest der Nacht. Agata schlägt vor, dass man Richy doch besser zu »Jody«* (jodido: »gefickt«) *umtaufen sollte, weil er ein ständig abgebrannter Versager sei. Richy wird nun bis zum Morgengrauen »Jody« genannt.*

1 Uhr: *Ein Päckchen Koks ist verschwunden. Carmelia fällt ein, dass sie das Päckchen eventuell mit dem Inhalt des Aschenbechers in den Müllkübel geworfen hat. Richy alias »Jody« wird von Mirtila dazu verdonnert, dreimal den Müllkübel zu durchwühlen. Während Richy auf dem Küchenboden herumrobbt, melde ich Bedenken gegen eine solche Behandlung an, werde aber von Mirtila zurechtgewiesen, dass ich »hier auch nur Gast« sei und mich »an die Spielregeln zu halten« habe.*

2 Uhr: *Erstaunlich gutgelaunt kehrt Heriberto vom Klo zurück und verkündet, dass er mit dem Rennrad jetzt eine Nachtfahrt ins hundert Kilometer entfernte Cuernavaca unternehmen werde. Heriberto verabschiedet sich und lacht wieder, dass der Speichel spritzt. Die Frauen äußern den Verdacht, dass sich das verschwundene Koks-Päckchen in Heribertos Besitz befindet. »Jody« legt mit dem verbliebenen Päckchen neuerlich zwanzig Lines.*

3 Uhr: *»Jody« kündigt an, im 7-11-Supermarkt Bier einzukaufen, wenn sich die Frauen finanziell beteiligen würden. Die Frauen lehnen dies empört ab. Mirtila und Carmelia streicheln sich gegenseitig den Nacken und ziehen sich ins Schlafzimmer zurück, um der Allgemeinheit die Größe ihrer Leidenschaft vor Augen zu führen. »Jody« versucht, Agata (die seine Um-*

benennung durchgesetzt hat) in der Küche zu küssen. Er fängt sich dafür eine Ohrfeige und macht ein Gesicht wie ein frühchristlicher Märtyrer.

4 Uhr: *»Jody« ist von seinem Gang zum 7-11 nicht zurückgekehrt. Agata vermutet, dass er und Heriberto gemeinsame Sache machen und das Koks nun ungestört an irgendeinem geheimen Ort vertilgen. Agata beschwatzt mich, am anderen Ende der Stadt für sie neues Koks zu kaufen. Als ich mich weigere, bricht sie in Tränen aus und verlässt zeternd das Haus.*

5 Uhr: *Im Haus ist es jetzt ganz still. Auf dem Weg in mein Zimmer ertappe ich Mirtila, wie sie mit einem riesigen Doppel-Dildo in der Hand über den Flur huscht. Für den Rest der Nacht werden nun unvorstellbar abartige lesbische Handlungen begangen.*

Zu diesem Zeitpunkt hatte ich mich vollgepumpt mit Drogen in mein Zimmer zurückgezogen, um aus dem Fenster über die Dächer der Kolonie zu starren. Ich WUSSTE, da draußen, jenseits dieses Meeres der Lego-Häuschen und Nervensägen, musste es Hoffnung geben. Etwas unbeschreiblich Großartiges und Schönes lag da draußen. Ich hatte nicht die geringste Ahnung, welche Beschaffenheit dieses ETWAS haben könnte, doch eines war klar: Keiner der Menschen, die sich in Mirtilas Salon gegenseitig zerfleischten, würde mich dorthin führen. Ein paar Mal schlug ich ihnen vor, diese existenzialistische Tragödie zu beenden und sich mit mir auf die Suche nach diesem Etwas zu machen. Doch ein soziales Leben außerhalb der Mauern von Mirtilas Haus war für diese Leute undenkbar. Mir blieb also nur eine Wahl: mich weiterhin auf Mirtilas Partys peinigen zu lassen oder auf eigene Faust nach dem sagenhaften Ort zu suchen, der irgendwo in Mexico City auf mich wartete. Ich entschied mich für den Ausbruch. Selbst das Risiko, bei der Flucht aus Fovissste in einem Taxi erschossen und in die Grube gekippt zu werden, schien mir gering gegenüber den Qualen, die ich bei Mirtila zu ertragen hatte. Rastlos wie ein Hai zog ich also jede Nacht los, zu einer Jahreszeit, in der sintflutartige Regenfälle über Mexico City niedergingen. Und während wie in einem rabenschwarzen Zeichentrickfilm täglich neue Leichen in die überschwemmten Gossen von Fovissste geworfen wurden, erreichte ich mit dem Taxi die Innenstadt und fand dort schließlich das, was ich drei Monate lang gesucht hatte: einen kahlen, gekachelten Raum, in dem ein Mann namens Frazetti, ein zweiter namens Gregorio und ein dritter namens David saßen – die schweinscoolen Hedonisten des *Centenario*, verwegen, edel, freigebig und blitzend vor Geist. Ich erinnerte mich noch, dass Frazetti eben seine Kunstbuchpräsentation beendet hatte, bei der Gregorio die Laudatio hielt, und mit seinem kaugummifarbenen Hemd und seiner Sonnenbrille gockelhaft über irgendeinen Witz lachte und zu mir nur den Satz »Setz dich her!« sagte, und ich wusste, bei diesen Menschen wollte ich bleiben. Mirtila sah meinem Ausbruch aus ihrem Kreis natürlich nicht tatenlos zu: Wenige Tage nach der Entdeckung des *Centenario* schmiss sie mich aus ihrer Wohnung, woraufhin ich mir ein Hotel suchen musste. Wie ich später erfuhr, hatte mein Umzug zumindest einen therapeutischen Effekt: Eine Zeit lang ruhten nun die Streitereien, weil Mirtilas Freunde ihre ganze Energie darauf verwandten, ausschließlich über mich zu lästern.

Mit meinem Ausbruch aus Mirtilas Kreis war die erste Schanze in Richtung *Centenario* genommen, doch die entscheidende Schlacht für den *Centenario* schlug ich im Januar 2002, und zwar auf den Feldern der Autonomen National-Universität Mexikos (UNAM). Für die ersten zwei Jahre meines Aufenthalts in Mexiko hatte mir der Deutsche Akademische Austauschdienst (DAAD) ein Auslandsstipendium verliehen – unter der Bedingung, hier eine Doktorarbeit zu schreiben. Der Fluss der Gelder war an regelmäßige Gutachten gekoppelt, die ein beliebiger ortsansässiger Professor nach Deutschland zu schicken hatte. Schon bei meinem ersten Besuch der UNAM hatte ich allergrößte Zweifel, ob meine in Deutschland abgegebenen Beteuerungen, hier täglich irgendwelchen sinnlosen Forschungen nachzugehen, nicht ein schwerer Fehler gewesen waren. Die Institutsgebäude der UNAM lagen am Südrand der Stadt, in einer verdörrten Wüste zwischen Autobahnringen, Kakteenfeldern und Lavabrocken. Nicht nur geografisch wirkte die Universität wie eine Konklave, die mit der Wirklichkeit Mexikos schon lange nichts mehr zu tun hatte. Auf die Studenten der UNAM, fast alles Mestizen der Unterschicht, wartete nach ihrem Studienabschluss die Arbeitslosigkeit. Jobs gab es in Mexico City nur noch für Abgänger der kostspieligen Privat-Unis, die Studiengebühren bis zu 3000 Dollar pro Semester forderten. Einem jeden Studenten der UNAM wurde daher schnell klar, dass das »Autonom« in ihrem Kürzel nur mehr für die relative Autonomie stand, die ein Geisteskranker gegenüber der Realität an den Tag legte. Doch um an die Stipendiengelder des DAAD zu kommen, musste ich mich an der UNAM um einen Betreuer für meine Forschungen bemühen.

Die ersten drei Monate nach meiner Ankunft in Mexiko hatte ich damit verplempert, mein gesamtes Dissertationsexposé von hundert Seiten ins Spanische zu übersetzen, weil dies für einen Forschungsaufenthalt von den mexikanischen Behörden zur Vorschrift gemacht worden war. Weitere drei Monate vergeudete ich damit, den verschiedensten Koryphäen der UNAM hinterherzutelefonieren, um sie für meine Forschungen zu gewinnen. Doch es war wie verhext: Einen ausländischen Studenten zu betreuen, schreckte die Ordinarien wie Weihwasser den Teufel. Ein Professor delegierte mich an den nächsten weiter – mit der Begründung, dieser sei noch spezialisierter, noch firmer, noch geeigneter, mein Forschungsvorhaben zu betreuen. Ich wurde an Professoren weitergeleitet, von denen sich herausstellte, dass sie schon seit Jahren verstorben, ausgewandert oder dem Wahnsinn anheimgefallen waren. Ich wurde Dozenten vermittelt, die sich nach langem telefonischem Hin und Her mit mir trafen, sich 200 Pesos von mir liehen und dann auf Nimmerwiedersehen im Labyrinth der Universität verschwanden. Ich hatte verschiedene Geschäftsessen mit Assistentinnen, die statt über mein Forschungsvorhaben weitläufig über ihre Probleme als alleinerziehende Mütter sprachen und sich dabei durch die halbe Speisekarte futterten. Durch diese ganzen fruchtlosen Treffen ging kostbare Zeit verloren, und der Fluss der Gutachten hatte sich inzwischen so verzögert, dass meine ganzen Stipendiengelder, die ich im *Centenario* zu verprassen gedachte, immer stärker in Gefahr gerieten.

Nach einer endlosen Kette von Vermittlungen wurde ich schließlich an einen gewissen Professor Bockberg de Sánchez verwiesen. Professor Bockberg de Sánchez war – so versicherten mir die letzten Kettenglieder – für mein Thema genau der richtige Mann. Da Professor Bockberg de Sánchez in seinem Institutsbüro kein Telefon besaß, gab man mir seine Privatnummer. Ich rief ihn umgehend an, und er hob den Hörer so schnell ab, als hätte er vor dem Telefon auf der Lauer gelegen.

»Soso, ein neuer Schüler!«, rief Professor Bockberg de Sánchez mit einer Stimme, die vor Erregung vibrierte. Er klang wie ein Vampir, der nach Jahren des Wartens und Darbens eine frische Blutquelle nahen sah. »Gleich morgen stellen Sie sich persönlich bei mir vor! Ich erwarte Sie Punkt acht Uhr in meinem Büro. Ich hoffe doch, Sie bringen eine deutsche Auffassung von Pünktlichkeit mit ...«

Der Wintermorgen, an dem ich mich aus dem Bett quälte und die Expedition zu Professor Bockberg de Sánchez unternahm, war kalt und grau. Raureif verkrustete das Fenster meines Hotelzimmers, auf der Straße schlugen mir die Abgase und das infernalische Getute der morgendlichen Autokarawanen entgegen. Da ein Bus erfahrungsgemäß zwei Stunden brauchte, um in den Süden zur UNAM zu gelangen, nahm ich ein Taxi. Selbst das Taxi benötigte eine halbe Stunde, bis es mich am Ring des Geländes absetzte.

In dieser Herrgottsfrühe war ich der einzige Mensch, der über die Betonplanierung des Uni-Geländes schritt. Nur ein paar Händler bauten im Schutz der Vorhallen Buden auf, an denen sie zerlesene Bücher, warme Limo, CD-Raubkopien und Wimpel des universitären Fußballclubs verkauften. Ich trat ins Institut, an dem Professor Bockberg de Sánchez lehrte, und studierte den Raumplan. Den Fahrstuhl besteigend und mehreren Korridoren folgend, stand ich nach wenigen Minuten pünktlich um acht vor Professor Bockberg de Sánchez' Büro. Im Vorzimmer auf einem Gesundheitssessel saß eine junge indianische Sekretärin, die das grellste, türkiseste Make-up seit der Popgruppe Baccara und ihrem Hit *Yes Sir, I Can Boogie* aufgetragen hatte. Dazu trug sie eine violette Strickjoppe mit überdimensionalen Schulterpolstern und eingenähten Perlen-Imitaten, die ihrer Erscheinung vermutlich zusätzliche Raffinesse verleihen sollten. In ihren Händen hielt sie ein Buch mit dem Titel *Rasputin – Der Hexer des Zaren*, doch ihre Aufmerksamkeit war gerade von anderen Dingen eingenommen: Auf ihrem Schreibtisch lehnten zwei Studenten und sprachen mit samtenen, schmeichlerischen Stimmen auf sie ein, wobei die Blicke der beiden sanft über die Strickjoppe glitten. Soweit ich das Gespräch verstand, ging es um die Bewilligung irgendeines amtlichen Schreibens. Die Sekretärin genoss das Buhlen der Studenten mit tiefem Behagen, wahrte aber einen strengen, unnachgiebigen Gesichtsausdruck. Eine Weile wartete ich an der Türschwelle, ohne dass mich jemand beachtete.

»Guten Morgen!«, sagte ich. »Ist denn der Herr Professor Bockberg de Sánchez zu sprechen?«

Die Studenten flöteten weiterhin auf die Perlen-Strickjoppe ein, und niemand blickte hoch.

»Guten Morgen!«, wiederholte ich. »Ich soll mich hier bei Professor Bockberg de Sánchez vorstellen!«

Mit einem unwirschen Ruck fuhr die Sekretärin auf, so als gefährde ich die hypnotische Wirkung ihrer Strickjoppe.

»Der Professor ist noch nicht da!«, herrschte sie mich an. »Warten Sie in Aufenthaltsraum 701 auf ihn! Der Professor wird dann kommen und sich mit Ihnen beschäftigen.«

»In Aufenthaltsraum 701?«

»So ist es«, sagte sie. »Der Professor sitzt sehr gerne in Aufenthaltsraum 701!«

Ich nickte und machte mich auf die Suche nach Aufenthaltsraum 701, in dem Professor Bockberg de Sánchez sehr gerne saß. Im siebenten Stock neben dem Treppenhaus fand ich Aufenthaltsraum 701. In seiner Mitte stand eine bronzene Büste des Nationalphilosophen José Vasconcelos, die mit grüner Sprühfarbe beschmiert war. Eine Plakette, auf der Kaugummis klebten, zitierte José Vasconcelos' Sinnspruch *Durch unsere Rasse wird der Geist sprechen.* An der Wand entzifferte ich ein paar Kritzeleien wie *Roberto = Kinderficker!* und *Ich trink Tequila Glas für Glas, den Kopf den hab ich nur zum Spaß!*, die vermutlich nicht aus Vasconcelos' Zitatenschatz stammten. Zerquetschte Cola-Dosen, unzählige Zigarettenkippen und eine blutige Monatsbinde auf dem Boden vervollständigten Aufenthaltsraum 701. Ich setzte mich auf das ausrangierte, geplatzte Sofa, das in der Ecke stand, und dachte darüber nach, wie jemand beschaffen sein musste, der in Aufenthaltsraum 701 gerne saß.

Ganze zwei Stunden ließ mir Professor Bockberg de Sánchez Zeit, über dieser Frage zu brüten. Nachdem ich Aufenthaltsraum 701 mit einem Dutzend weiterer Zigarettenkippen den letzten Schliff verpasst hatte, ballte ich die Fäuste, erhob mich und ging den Weg zum Büro des Professors zurück. Gerade als ich in den Korridor zu seinem Büro einbog, sah ich vom anderen Ende des Ganges eine Gestalt mit schulterlangem, nach hinten gekämmtem Haar, die sich auf einen Stock stützte, auf das Büro zu hinken. Die Gestalt war groß und etwa siebzig Jahre alt, sie trug eine schwarze Loden-Pelerine und den exzentrischen Knebelbart eines spanischen Granden. Als die Gestalt mich näherkommen sah, flüchtete sie humpelnd in das Büro. Nach allem, was ich von diesem Institut bisher gesehen hatte, stand zu vermuten, dass es sich bei der Gestalt um Professor Bockberg de Sánchez handelte.

Wenige Sekunden hinter der Gestalt trat ich ebenfalls in das Vorzimmer und suchte den Raum nach dem Professor ab, der mich um zwei Stunden versetzt, sich nun aber trotz seines Hinkens mit erstaunlicher Geschwindigkeit meinem Zugriff entzogen und in einem Zimmer hinter der Sekretärin verschanzt hatte. Die Sekretärin richtete sich auf, straffte ihre Joppe und schob sich wie ein Schutzschild zwischen mich und die Zwischentür zu seinem Büro. Offenbar hatten meine Augen bereits ein fiebriges, unberechenbares Glimmen angenommen.

»Gerade eben ist der Herr Professor angekommen!«, rief mir die Sekretärin entgegen.

»Das gibt mir Grund zur Freude!«, sagte ich. »Ich hätte ihn nämlich wie gesagt gerne gesprochen.«

»Aber ich sagte Ihnen doch schon: Warten Sie in Aufenthaltsraum 701! Dort wird er Sie umgehend aufsuchen!«

Fünf Minuten später hinkte Professor Bockberg de Sánchez in den Aufenthaltsraum 701. Nachdem er mir seine Hand mit dem Rücken nach oben zum Gruß gereicht hatte, ließ er sich neben mir auf dem Sofa nieder. Sein steifes Bein schlug er über das gesunde und lüpfte dabei sein Hosenbein mit einer fast delikaten Geste.

»Kommen wir zur Sache!«, sagte er und rammte den Spazierstock auf den Boden. »Sie sind also dieser ausländische Student, der hier am Institut für seine Doktorarbeit forschen will. Über welches Thema dissertieren Sie denn?«

Für mehrere Sekunden verschlug es mir die Sprache. Zwar war ich sonderbare Gerüche aus der Mundhöhle gewohnt – Frazetti, Gregorio und ich rochen spätnachts aufgrund der Mengen an Tequila und Kokain, die wir in unsere Körperöffnungen hineinsogen, grundsätzlich nach einer Mischung aus Industriealkohol, Kerosin und Formaldehyd, sodass feinere Nasen auf unseren Atem reagierten, als ob ein genmutierter Lindwurm sie anhauche. Aber aus Professor Bockberg de Sánchez' Mund quoll ein Odem, der unbeschreiblich war. Drogen, Speisen oder Alkoholika, die einen solchen Geruch hervorriefen, war ich noch nie begegnet. Es war ein Geruch, der an Pestbandagen, Tiermehlfabriken oder das Truppenklo der zehnjährigen Belagerung von Troja erinnerte.

»Über … über … die Essayistik … der Hiperión-Gruppe!«, presste ich heraus, bedacht darauf, nur mehr durch den Mund zu atmen.

»Wie bitte?«, fuhr Professor Bockberg de Sánchez auf. »Aber dabei handelt es sich ja um ein mexikanisches Thema!«

Der Gasausstoß bei dieser Aufwallung ließ mich fast ohnmächtig werden.

»Eben deshalb«, stieß ich hervor, »hat man mir … für dieses Thema … ein Stipendium in Mexiko gegeben.«

Professor Bockberg de Sánchez hieb wieder unwirsch seinen Stock auf den Boden.

»Aber wie wollen Sie denn eine Doktorarbeit über ein mexikanisches Thema schreiben? Sie sind doch gar kein Mexikaner! Sie kennen doch die ganze Diskussion nicht, die wir hier geführt haben!«

»Doch …«, stöhnte ich. »Drei Jahre lang … habe … habe ich diese Diskussion … von Deutschland aus verfolgt.«

Drei Jahre, schwirrte es mir durch den Kopf, um nun in Aufenthaltsraum 701 einem Erstickungsanfall zu erliegen.

»Ich halte Ihr Vorhaben für ein großes Problem!«, rief der Professor und durchsäbelte mit dem Stock die Luft. »Ein Fremder kann doch nicht einfach daherkommen und sich in die laufende Diskussion einmischen! Unsere genuin mexikanischen Identitätsentwürfe, unsere Erforschung des nationalen So-Seins – das können Sie als Außenstehender doch gar nicht beurteilen! Ich könnte es gerade noch gutheißen, wenn Sie einen deutschen Aspekt der Hiperión-Gruppe zum Zentrum Ihrer Untersuchungen machen, aber …«

Einen kurzen Augenblick überlegte ich, ob ich mich nicht mit einem Sprung durch die Glastür an die frische Luft retten solle. Doch da waren die Stipendien-Konten, die der DAAD in Deutschland eingefroren hatte, bis ich einen mexikanischen Betreuer vorweisen konnte. Da waren die ganzen in Bonn gehorteten Gelder, auf die ich nur Zugriff hatte, wenn jemand wie Bockberg de Sánchez sein Placet gab. Ich versuchte, meine letzten Kräfte zu bündeln.

»Sehen Sie, Herr Professor …, ich habe doch … in Deutschland … auch Ihr Buch über Heidegger gelesen. Es war … eine – echte Enthüllung!«

Professor Bockberg de Sánchez federte sich mittels des Stocks vom Sofa hoch und warf seine Pelerine zurück.

»Natürlich, Heidegger, oder ›Meister Martin‹, wie wir ihn oft nannten!«, rief Bockberg de Sánchez und stakste vor mir auf und ab. »Ich habe ihn ja noch persönlich kennengelernt, damals 1959, als er mich zu mehreren Seminaren nach Todtnauberg eingeladen hat. Wir verehrten ihn schließlich auch in Mexiko als heimlichen König der Philosophie. Wie dieser unerbittliche Seher und Frager uns jungen Studenten den Sprung ins Ungewisse wies – das waren Erschütterungen, die man heute gar nicht mehr nachvollziehen kann!«

Bockberg de Sánchez schüttelte den Kopf und stieß Atem aus.

»Doch«, versicherte ich, »man kann!«

»Immer war sein Denken so bodenständig, so grundverwurzelt, so tief!«, sagte Professor Bockberg de Sánchez, stemmte sich auf seinen Stock und beugte sich zu mir herab. »Ich erinnere mich, einmal, als wir, seine Schüler, im *Waldstüble* saßen und mit ihm – wie sagt man gleich? – ein Glas Achtele tranken, da rückte ich neben ihn und fragte, in welcher Beziehung denn sein Satz von der Kehre zu seinen Gedanken über die Härte des Schicksals stünde. Da war Heidegger plötzlich wie versteinert, wandte seinen Kopf ab und starrte mit weitgeöffneten Augen zum Herrgottswinkel. Dann sagte er in diesem tiefen, alemannischen Ton: ›*Die in die Kehre gelangen, sind gerettet! Denn in der Kehre ist das Denken ist ein Danken!*‹«

»Niemand kam je der Wahrheit näher«, sagte ich und presste meine Gesichtshälfte gegen die Wand.

Professor Bockberg de Sánchez lächelte versonnen.

»Also gut«, schloss er. »Ich bin geneigt, Ihre Forschungen zu betreuen. Aber eines stellen wir von vornherein klar! Sie müssen Ihre Doktorarbeit auf Spanisch schreiben und mir jede Woche einen Bericht abfassen, den ich persönlich entgegenzunehmen wünsche. Am besten eignen sich dafür die Abendstunden.«

»Die Abendstunden«, schreckte ich auf. »Aber da bin ich doch im *Cente*-«

»Und natürlich ist der Besuch all meiner Vorlesungen obligatorisch«, unterbrach mich Bockberg de Sánchez. »Morgen um acht Uhr werde ich das Hauptseminar *Mexikanische Metaphysik von Bruder Fray Servando bis zu Bockberg de Sánchez* abhalten, übermorgen zur gleichen Zeit den Grundkurs *Heideggers Rezeption in Mexiko – Unterwegs zur Erfassung von 5 Millionen Sekundärtiteln*. Lassen Sie sich von Señorita Montezuma die Listen mit der Pflichtlektüre geben.«

»Selbstverständlich«, nickte ich.

»Günstig wäre es ohnehin«, fuhr der Professor fort, »wenn Sie ein Zimmer in der Nähe der Universität beziehen, statt jeden Tag aus der Stadtmitte anzureisen. Die Nähe zur Universität wird die Fortschritte Ihrer Studien entscheidend fördern. Ich erwarte Sie also morgen um acht am Institut!«

»Natürlich«, sagte ich. »Ich werde zur Stelle sein.«

Bockberg de Sánchez hob zum Abschied resolut den Arm und hinkte davon. Mit zitternden Beinen wankte ich zum Ausgang des Instituts und sog gierig frische Luft ein, die wie eine Erlösung durch meinen Körper strömte. Ich wusste schon jetzt, dass mich keine zehn Pferde jemals wieder in dieses Institut oder auch nur in die Nähe der UNAM bringen würden. Allein die Vorstellung, zusammen mit irgendwelchen 18-jährigen Studienanfängern um die Gunst von Señorita Montezuma zu buhlen – zweifellos die perlenbestickte

Strickjoppe –, rief bei mir eine so drastische Gehbehinderung wie die von Bockberg de Sánchez hervor. Doch die Klimax des Horrors war der Gedanke, mich in dieser Wüste ansiedeln zu müssen, um jeden Morgen die Pflichtseminare des Professors zu besuchen, von denen eines abschreckender als das andere klang.

Auf dem Weg zur Busstation spielte ich kurz den Plan durch, Professor Bockberg de Sánchez mit einer Gruppe der beherztesten Schurken des *Centenario* aufzulauern – Frazetti, Gaspar und Humberto würden zweifellos Teil der Gruppe sein – und ihn – natürlich gesichert mit Atemmasken! – zu zwingen, einen Stapel Blanko-Gutachten zu signieren, die ich dann allmonatlich an den DAAD senden konnte. Doch ich verwarf den Plan und beschloss, mit all den monströsen Wesenheiten wie der Universität, dem DAAD und der gesamten Professorenschaft Mexikos einfach radikal zu brechen und die Gelder für den *Centenario* aus Quellen zu beziehen, über die ich mir selbst noch nicht genau im Klaren war.

Aber wie durch ein Wunder löste sich mein Problem von selbst: Zwei Wochen nach dem Treffen mit Bockberg de Sánchez trat die gesamte UNAM, in die ich nie wieder einen Fuß gesetzt hatte, in einen einjährigen Generalstreik. Tausende von Studenten, in Aufruhr wegen einer angedrohten Studiengelderhöhung, verbarrikadierten das Gelände, nahmen die Institute ein und legten das universitäre Leben vollständig lahm. Stacheldraht wurde ausgerollt, die Institutsmöbel wurden zu Schanzen umfunktioniert, Wachpatrouillen kontrollierten den Campus Tag und Nacht, um die Polizei an der Stürmung des Geländes zu hindern. Rädelsführer mit Rastafari-Zotteln, glasigen Augen und sagenhaften Semesterzahlen wie »El Mosh« (21. Semester Physik), »El Mufti« (25. Semester Völkerkunde) oder »El Fumaporros« (Zahntechnik als dritter unabgeschlossener Studiengang) setzten sich an die Spitze der Bewegung und hielten monatelang die mexikanische Presse in Atem. Mit bekifften Gesichtern und Fingern, die zu Victory-Zeichen erhoben waren, zierten sie fast täglich die Titelseiten. Ich schnitt mir ihre Fotos aus den Zeitungen aus, rahmte sie ein und richtete ihnen in meinem Hotelzimmer einen kleinen Hausaltar her, den ich jeden Tag mit Blumen und Opfergaben versah. Denn sie waren zweifellos die Hilfsgeister, die mich aus meiner misslichen Lage gerettet hatte.

Die soziale Gerechtigkeit und ich hatten gesiegt. Irgendwelche Gutachten konnten nun rein technisch gar nicht mehr angefertigt werden, weil »El Moshs« und »El Muftis« Jünger die amtlichen Stempel beschlagnahmt und die Verwaltungsdokumente einkassiert hatten. Selbst wenn meine Dissertation – und das war für mich schon ausgemacht – niemals zu einem Ende kommen sollte, konnte mir keiner mehr einen Strick daraus drehen. Ich kappte alle noch bestehenden Verbindungen zu Professoren und Assistenten, mit denen ich bis dahin telefonisch Kontakt gehabt hatte. Die monatlichen Rechenschaftsberichte an den DAAD in Bonn schrieb ich weiterhin, aber sie nahmen schon bald die Form eines Märchens an. Die Stipendienbezüge begannen zu fließen, und ich leitete sie schnurstracks um in Etablissements wie das *Rexo*, das *Tiburcio*, das *Cicero* und das *Tony Roma's*. Weitere Nutznießer waren die Dealer Mexico Citys, vor allem das Dreigespann Daniel, Huascár und das »Großmütterchen«. Das war mein endgültiges Entrée in den Club des *Centenario*.

Dass irgendetwas nicht mit rechten Dingen zuging, kam dem DAAD natürlich zu Ohren. Die Herren in Bonn hatten ihre Informanten in der Botschaft, am Goethe-Institut und an der Universität, die regelmäßig in Briefen und Telefonaten Rapport erstatteten. Begegnungen mit diesen Spitzeln waren unvermeidlich, wenn man auf den Vernissagen die Freigetränke dezimierte oder – just aus der Cantina getaumelt – die Kunstpartys unsicher machte. Ich konnte daher bildlich vor mir sehen, wie die Vorsitzenden des DAAD im Bonner Universitätsclub eine Krisensitzung vor den Jurymitgliedern einberiefen, die mir seinerzeit das Stipendium zuerkannt hatten. Alte Fotos und Bewerbungsunterlagen von mir auf dem Tisch ausbreitend, würden die Anwesenden dann irgendeinen subalternen Ministerialbeamten vorladen – vermutlich einen Mann mit einem so nichtssagenden Namen wie Dr. Willhardt – und ihn mit den notwendigen Maßnahmen beauftragen:

1. Vorsitzender: *Dr. Willhardt, haben Sie schon mal von Stipendiat Ingo W. Falkenhorst gehört?*

2. Vorsitzender (schnippt einer Hilfskraft zu): *Luke, würden Sie bitte das Tonband abspielen? Hören Sie gut zu, Doktor. Die Stimme wurde als die des Stipendiaten Falkenhorst identifiziert.*

(Interferenz- und Spulgeräusche.)

Stimme Falkenhorsts vom Tonband (stumpf, schleppend, debil): *Ich werde … alle eure … Finanzen … im* Centenario *verprassen! Stipendium für Stipendium … Forschungsgeld für Forschungsgeld … Bücherzuschuss für Bücherzuschuss …! Und m i c h nennen sie einen Irren. Wie heißt das, wenn Irre Irre anklagen …?* (Band bricht ab.)

2. Vorsitzender (nachhaltig erschüttert): *Ingo W. Falkenhorst war einer der hervorragendsten Stipendiaten, die dieses Land je hervorgebracht hat. Er war hochbegabt, herausragend in jeder Beziehung. Dann meldete er sich nach Mexiko, und von da an wurden seine Ideen irgendwie …* (reibt sich angewidert die Stirn) *– krankhaft!*

1. Vorsitzender (eifernd): *Er ist jetzt dort unten bei seinen Sauf-*

kumpanen, die ihn geradezu verherrlichen, anbeten wie einen Gott, und jede Bestellung befolgen, mag sie noch so lächerlich sein!

2. Vorsitzender: *Sie sehen, Dr. Willhardt, in diesen Forschungsprojekten verwirren sich da draußen ein bisschen die Dinge. Dort unter den Eingeborenen ist es bestimmt eine große Versuchung, Gott zu werden. Und jeder Mensch hat seinen Zerreißpunkt, Sie und ich ebenfalls … Ingo W. Falkenhorst ist an seinem angelangt – und offensichtlich ist er dabei geisteskrank geworden.*

1. Vorsitzender (knapp): *Dr. Willhardt, Ihr Auftrag lautet, mit einem Patrouillenboot die Kloake von Mexico City hochzufahren, die Spur von Stipendiat Falkenhorst im* Centenario *aufzunehmen und Schluss zu machen mit seinem Kommando!*

Asiatischer Gastdozent (drakonisch): *Velstehen Sie, Sluss machen mit dem Stipendialten! Und zwal um jeden Pleis!*

2. Vorsitzender (bietet Dr. Willhardt eine Zigarette an): *Ihnen ist klar, dass dieser Auftrag nicht existiert und auch nie existieren wird.*

Es war also lediglich eine Frage der Zeit, bis der vom DAAD entsandte Vollstrecker durch die Schwingtür des *Centenario* treten und mich absägen würde. Doch bis dahin, das wusste ich, war an den Biertischen alles in bester Ordnung.

Der König von Mexico City

»Was gilt's, dachte er sich,
ich brauche mich gar nicht erst umdrehen,
es ist ohnehin niemand anders als Walther.«
Der blonde Eckbert

»Bätoo! Komm her, wenn ich rufe! Bätooooo!«, quäkte eine Frauenstimme über den Tresen des *Tiburcios.* Die Stimme hätte aus der Audioshow des Escorial-Schlosses stammen können – Schallbeispiel: *Infantin, auf dem Bidet nach ihrem Hofzwerg rufend* –, aber da mich degenerierte Stimmen bisweilen interessierten, drängelte ich mich in ihre Richtung. Die Stimme stammte von einem Mädchen mit eingeföhntem Pony, millimeterdickem Lippgloss auf dem Mund und einer Solariumsbräune, die Hunger auf Grillhähnchen machte.

»Bätooooo! Maaaach mir noch einen Saaaake-Martini!«, quäkte sie wieder. Beto, der Barkeeper, setzte eine beflissene Miene auf, mixte einen Sake-Martini und schob ihn ihr über die Theke. »Daaanke, mein Schäääzchen!«, sagte sie und drehte Beto so schnell den Rücken zu, dass er keine Gelegenheit mehr hatte, von ihr die Zeche zu fordern. Das Mädchen schlabberte an dem rosa schimmernden Martini und verschluckte fast die Cocktailkirsche.

Beto begrüßte mich mit Handschlag.

»Wie geht's?«, fragte ich.

»Zum Kotzen!«, sagte er und steckte sich seinen Finger in den Rachen. »Bohemia und Ultramarino?«

Ich nickte. Beto schenkte Ultramarino ein und nahm eine Flasche Bohemia aus dem Eisfach. Ich überflog eine Weile die Gäste, dann zischte ich den Ultramarino runter.

Das *Tiburcio* – ein großer Glaskubus mit zwei Plateaus für Steh- und Restaurant-Bereich – war der angesagteste Laden der Stadt. Wer von Mexico Citys Society etwas auf sich hielt, nahm im *Tiburcio* sein Dinner ein – vorzugsweise direkt an der Glasfront zur Straße, um sich von denen begaffen zu lassen, die der Türsteher nicht hineinließ. Zusammen mit einer Reihe weiterer In-Restaurants gehörte das *Tiburcio* drei Brüdern aus der reichen jüdischen Gemeinde von Mexico City. Der älteste Bruder, Nestor, hatte einen Vollbart, ein dramatisch gefurchtes Gesicht und mit vierzig noch eine Zahnspange mit Gummibändern. Nestor war der Mächtigste der drei. Er rührte im *Tiburcio* niemals einen Finger, sondern saß meist neben der Kasse und ließ sich von seinen weiblichen Angestellten den Nacken massieren. Seinen linken Arm trug er seit ein paar Wochen in einem Gips, der so schmutzig war, dass es aussah, als sei Nestor Kanalreiniger. Der zweite Betreiber des *Tiburcio* war Diego, ein Telenovela-Schauspieler mit eisigen, emotionslosen Hai-Augen. Der jüngste der Brüder hieß Jorge, war sehr klein und schielte. Jorge hatte die Aufgabe, die prominenten Gäste persönlich an der Tür zu empfangen und unter zwergenhaften Verneigungen zu den Tischen zu geleiten.

Da mich zwei Drittel der Brüder meiner Nationalität wegen hassten, war es für mich gar nicht so einfach, in das *Tiburcio* eingelassen zu werden. Doch der indianische Türsteher hatte mich in sein Herz geschlossen, nachdem ich einmal mit einem weißen PRI-Politiker aneinandergeraten war, der den ganzen Abend lang die dunkelhäutigen Barmänner beleidigt hatte. Gegen einen Politiker trauten sich die Angestellten nicht vorzugehen. Lediglich die drei Brüder würden vielleicht etwas unternommen haben, doch sie waren an diesem Abend absent. Nestor hätte den Politiker vielleicht mit seinem dreckigen Gipsarm bedrängt, Diego hätte ihn mit seinem Vereisungsblick eingefroren, Jorge hätte ihn durch Schielen zu Boden gezwungen. Aber die drei waren nicht da, und so blieb es blöderweise an mir hängen, den Mann niederzuschlagen, nachdem er im *Tiburcio* auf mich losging.

Natürlich fragte ich mich manchmal, warum ich überhaupt um drei Uhr nachts in einem Laden wie dem *Tiburcio* herumstand und den Brüdern mein Geld in den Rachen warf. Die Erklärung war einfach: Das *Tiburcio* befand sich nur einen Steinwurf vom *Centenario* entfernt. Wenn der Centenario zusperrte, konnte man selbst in stark benebeltem Zustand sofort ins *Tiburcio* weiterziehen. Der zweite Vorteil des *Tiburcio* war, dass sich dort die Silberrücken der mexikanischen Medienwelttummelten: Leute wie der auf Lebenszeit eingesetzte *Excelsior*-Chefredakteur Edgar Domínguez, der zu fortgeschrittener Stunde von seiner Kindheit unter den Drogenzaren Sinaloas schwärmte. Oder Naty Soza, die Herrscherin über das Feuilleton des *Observador,* die einem Viehzüchter-Klan aus Chihuahua entstammte. Oder Emilio Krautweg, Bankierssohn und Verleger des Dreigestirns *Conspiración, Mundo Libre* und *Obsesiones,* der keine einzige Textsorte schreiben konnte – seien es Weihnachtsgrüße, Stierkampf-Impressionen oder Restaurantkritiken –, ohne darin mehrere Attacken gegen den »Comandante Marcos« und die Zapatisten zu verpacken.

In den *Centenario* setzten diese Leute nie einen Fuß, im *Ti-*

burcio dagegen konnte man sie greifen. Menschen mit einem vernünftigen Beruf hätten es natürlich als vollkommen unwesentlich erachtet, ob sich im Nachtclub ihrer Wahl ein Herr Domínguez, ein Herr Krautweg oder ein Fräulein Soza aufhielt. Doch für uns Mediensklaven war es eine Frage des Überlebens, diese Menschen abzufangen und ihnen Texte und Themen aufzuschwatzen. In ihren Büros waren diese Menschen unansprechbar – so sie denn überhaupt im Verlagsgebäude saßen und nicht bei irgendwelchen Empfängen, Banketten und Geheimunterredungen zugange waren. Im *Tiburcio* traf man sie dagegen in weitaus empfänglicherer Laune, nämlich betrunken und vollgekokst. Dann konnte passieren, was auf offiziellem Weg niemals passiert wäre: Nach dem fünften Martini Dry und der zehnten Line umarmten sie einen und gaben den Zuschlag für die Story – die dann je nach Auftraggeber natürlich die Drogenwirtschaft in ein mildes Licht rücken, Hiebe gegen Zapatisten verteilen oder die prallen, unerschöpflichen Kuheuter Chihuahuas preisen musste.

Doch um gerecht zu bleiben: Nicht alle Medienregenten waren so leicht manipulierbar. Es gab auch Leute, die sich gegenüber den Auswirkungen von Alkohol und Drogen absolut immun zeigten: Augusto Anz beispielsweise, der Herausgeber von *Diacrítica*, benahm sich i m m e r daneben, ganz gleich ob er stocknüchtern oder total zugedröhnt war. Augusto ließ in j e d e m Zustand die elementarsten Höflichkeits- und Verhaltensregeln außer Acht. Auch wenn man bereits Dutzende Artikel für Augusto geschrieben hatte, grüßte er einen weder dicht noch nüchtern. Traf man ihn in dichtem Zustand, war der einzige Unterschied, dass er einen minutenlang mit einem schizoiden Blick fixierte, bevor er sich dann wegdrehte – und wieder nicht grüßte.

Ich lachte verzweifelt auf, bestellte bei Beto zwei weitere

Drinks und starrte mein bleiches Gesicht in der Glasscheibe an, das sich flankiert von anderen Fratzen dort spiegelte. Die allgemeine Lage konnte man getrost als beschissen bezeichnen, aber noch viel beschissener war, dass ich seit Monaten keine Freundin hatte. Mittlerweile war der Winter mit seiner panzergrauen Wolkendecke über Mexico City hereingebrochen, und in meiner Hinterhof-Wohnung herrschte eine Kälte, dass ich mein Bier nicht mehr in den Kühlschrank zu stellen brauchte. Mangels anderer Tröstungen hatte ich die letzten Nächte bibbernd in meinem Bett gelegen und hatte den Schicksalsschlagern des Vollalkoholikers José José gelauscht, der sich von einem Trauerakkord zum nächsten kämpfte. Und obwohl ich Einsamkeit und Verwahrlosung durchaus gewohnt war, musste ich zugeben: Jemand, der sich nächtelang José Josés Konzeptalben *Sie sagen, ich bin ein Clown* (1975), *Zerronnen* (1977) und *Gefangener der Totalverzweiflung* (1979) anhörte, der war psychisch nicht mehr auf der sicheren Seite, der brauchte dringend eine weibliche Hand, die ihn bemutterte, der tat gut daran, sich schleunigst nach einer Freundin umzusehen, wenn er nicht den Verstand verlieren wollte.

Doch damit begannen schon die nächsten Schwierigkeiten: Denn selbstverständlich musste eine solche Freundin die edelsten Charakterzüge besitzen – musste heiteren Liebreiz mit Sittsamkeit, Demut und Maß verbinden... Selbstverständlich durfte eine solche Freundin kein Mädchen sein, das sich eigenwillig, vorlaut und naseweis in die Privatangelegenheiten eines Mannes einmischte, das diesen Mann zu verändern, zu verdrehen oder gar zu verbiegen versuchte... Nein, es musste ein Mädchen sein, das diesen Mann zärtlich hätschelte, wenn ihm von den Kokainpartys der vergangenen Nacht der Kopf platzte, ein Mädchen, das ihn mit tausend Streicheleinheiten verwöhnte, wenn er ausgewrungen von der Arbeit und den anschließenden Cantina-Exzessen nach Hause torkelte, kurz: ein Mädchen, das diesen Mann bei all seinen Missetaten treu unterstützte.

Ein wenig stellte ich mir dieses Mädchen immer so vor wie die junge, blonde Jan Gabrial, die Malcolm Lowry während seiner Alkoholdelirien in den Kneipen von Cuernavaca zugeflüstert hatte: »*Hör mir zu, sieh mich an! Du brauchst nie wieder einsam zu sein! Wir ziehen uns zusammen aus der Welt deiner Spukgestalten zurück! Die Dunkelheit wird von jetzt ab eine glückliche Zeit sein, weil ich auf dich warte ...* – nämlich exakt so lange, bis im Farolito der Alkohol alle ist und der Wirt zusperrt!« Und obwohl ich mich für die Authentizität des letzten Nebensatzes nicht völlig verbürgen konnte – so jedenfalls sollte im Großen und Ganzen der Geist beschaffen sein, der auch m e i n e Freundin durchdrang. Leider war es bislang bloß völlig unklar, wo man eine Frau mit solch hehrer Gesinnung aufgabeln konnte, denn entgegen gängiger Meinung waren so hingebungsvolle Wesen auch in Mexiko so selten wie eine Marienerscheinung.

Die Erfahrung hatte gezeigt, dass sie besonders selten im Ostteil, im Südteil und im Nordteil der Stadt waren – dort, wo die Armenviertel und die Kleinbürger-Kolonien lagen. Die Mädchen aus dem Osten, Süden oder Norden schröpften, übertölpelten und hintergingen einen gnadenlos, wenn man sich mit ihnen einließ. Die letzten Wochen hatte ich beispielsweise einem Mädchen namens Marilú nachgestellt, einer indianischen Supermarktverkäuferin mit Zahnspange und dick geschminktem Mondgesicht, die im östlichen Stadtteil Nezahualcóyotl wohnte. Schon beim ersten Telefonat hatte sich Marilú mit dem Satz verdächtig gemacht: »Ach, mein König, wir müssen unser Date leider verschieben: Zurzeit hab ich nämlich ein Zahnproblem, da kann ich blöderweise gar nichts essen...!« Von einer Essenseinladung war zwar nie die Rede gewesen, doch beflissen lud ich Marilú die Woche darauf abermals zum Ausgehen ein – diesmal tatsächlich ins Restaurant *Sanborn's*, wo wir wie durch Zufall ihrer hasenschartigen Cousine und ihrer dickleibigen Tante über den Weg liefen, die sich sofort zu uns an den Tisch setzten und stundenlang Speisen konsumierten. Aus Höflichkeit bezahlte ich für alle drei die Rechnung – exakt so wie in der Woche darauf, als Marilú im *Vip's* zufällig ihre Großmutter und ihre Taufpatin traf. Und als die Damen nach dem Essen zur Sprache brachten, wie gefährlich es für sie sei, zu dieser Uhrzeit ohne Männerbegleitung in ihr Viertel zurückzufahren, ließ ich mich sogar breitschlagen, mit ihnen ins Taxi zu steigen – wo sich natürlich herausstellte, dass niemand außer mir Geld für die einstündige Fahrt einstecken hatte. Der Taxifahrer jedenfalls seufzte auf dem Rückweg: »Was machen Sie denn da für Sachen, *compadre*! Die Frau, der Sie da hinterherlaufen, ist doch 'ne Schlampe! Schauen Sie sich doch nur mal an, in welcher Scheißgegend die wohnt!« Und obwohl ich ein eingefleischter Jünger des großen deutschen Philosophen mit dem Rauschebart war, der stets die Rolle des Proletariats in der Weltrevolution betont hatte, musste ich nach zwei weiteren Rendezvous mit Marilú (plus Schwippschwägerinnen und Großtanten) zugeben, dass der Taxifahrer Recht hatte: Frauen wie Marilú waren für eine Beziehung zu korrupt, fürs Vögeln zu tückisch und für die Weltrevolution zu dumm. Gewissermaßen ähnelten sie also – um die Worte eines anderen großen Philosophen zu gebrauchen – einem *»Messer ohne Klinge, dem der Griff fehlt«* (Georg Christoph Lichtenberg).

Nein, wenn man in dieser Stadt die geeignete Partnerin finden wollte, dann musste man den Osten, Süden und Norden meiden. Dann musste man sich nach Westen orientieren – die Gegenden, wo die Superreichen wohnten. Dann musste man es mit dem Grundsatz eines international bekannten Philosophenkollektivs namens Village People halten, das da sang: *»Goooo Weeeest! Sun in wintertime! Goooo Weeeest! We will feel just fine! Goooo Weeeest! Where the skies are blue! Goooo Weeeest! This is what we're gonna do!«* Und zweifellos fand man Frauen aus dem Westteil von Mexico City am ehesten dort, wo ich mich gerade besoff: im Tiburcio.

Im *Tiburcio* war jetzt die pure Raserei ausgebrochen. Naty Soza war von ihrem Stuhl im Restaurant-Plateau aufgesprungen und twistete zu Billy Idols *Dancing With Myself*, dass ihre Brüste im goldenen Spaghetti-Top herumschwappten. Emilio Krautweg lehnte sich über das Geländer und rief dem Mädchen mit dem Sake-Martini zu, sich doch nach oben zu ihm zu setzen, »bevor die Zapatisten uns alle fressen«. Und Edgar Domínguez kehrte mit geweiteten Augen vom Klo zurück und dirigierte in der Luft, als ob er ein Orchester vor sich sähe. Jetzt war eigentlich genau der Zeitpunkt gekommen, in dem man zuschlagen musste. Jetzt musste man auf sie zutreten und ihnen ins Ohr zischen: »Auf ein Wort! Ich habe hier die Monsterreportage, mit der Sie das Boot zum Schaukeln bringen…«

Edgar Domínguez drängte sich zu mir an den Tresen, schüttelte seinen hutzeligen, schimpansenartigen Kopf und bestellte bei Beto zwei Drinks für uns.

»Hab ich dir jemals erzählt, wie ich in den sechziger Jahren Amado Carrillo, den *König der Kokainflugzeuge*, kennengelernt hab?«

»Nein«, log ich. »Niemals.«

Edgar Domínguez starrte mit feuchten Augen in den Barspiegel.

»Es war ein tropischer Morgen in der Bucht von San Ignacio… Amado ritt auf einem strahlend weißen Hengst, flankiert von zwei Leibwächtern mit AK-47-Sturmfeuergewehren. Er trug enge Reithosen und hohe Stiefel, deren Schäfte in den ersten Sonnenstrahlen glänzten. ›*Bist du nicht der Domínguez-Sohn?*‹, sagte er zu mir. ›*Sitz auf, mein Junge! Es herrscht ein prächtiges Wetter, und ich möchte dir die Lagune zeigen!*‹ Er streckte mir seine Hand hin, zog mich auf die Kruppe zwischen seine ledernen Hosenbeine und …«

Während ich Edgar Domínguez' Lieblingserzählung aus dem Ohr blendete, sah ich sie. Nicht die ledernen Reithosen von Amado Carrillo, sondern das Mädchen an der Wand. Sie war etwas jünger als ich, lehnte allein im Durchgang zur Toilette und wandte mir ihr schlankes, bleiches Gesicht zu. Sie trug ein dunkelrotes japanisches Seidenkleid, einen Wildledermantel in derselben Farbe und Pumps mit Korkabsätzen. Ihren braunen Schopf hatte sie zu einem Dutt geflochten, in dem ein paar Papierblumen steckten, und die vielen Leberflecken rund um ihre hellen, europäischen Augen gaben ihr etwas Anämisches. Das Mädchen war hübsch, aber um Edgar Domínguez' Geschichte zu entkommen, hätte ich mich auch der Glöcknerin von Notre-Dame ans Herz geworfen. Ich schnappte also mein Glas, entschuldigte mich bei Domínguez und ging zu dem Mädchen hinüber.

»Wir könnten zusammen ein bisschen trinken, lästern und philosophieren«, sagte ich. »Stoff für diese drei Dinge gibt's hier ja genug.«

»Lästern und philosophieren sehr gern«, sagte sie. »Aber ich trink nicht.«

»Wirklich?«, fragte ich. Es war mir zwar schon immer unverständlich geblieben, wie jemand e i n f a c h n i c h t trinken konnte. Aber dass jemand einen Laden wie das Tiburcio nüchtern ertrug, dazu gehörten außerordentliche Kräfte.

»Ja, wirklich«, sagte sie. »Ich bin auch ohne Alkohol lustig.«

»Ich natürlich auch«, scherzte ich.

»Soooo? Aber warum sehe ich dich dann jedes Mal, wenn ich im *Tiburcio* bin, mit irgendwelchen Schnapsgläsern in der Hand?«

»Bist du dir sicher, dass du denselben Mann meinst?«, fragte ich.

»Natürlich...«, sagte sie. »Den, der immer hektisch die Drinks hinunterstürzt und dann bitter lächelt, wenn sie leer sind... Was findest du bloß am Alkohol, dass du so viel trinkst?«

»Tja...«, sagte ich und starrte dramatisch an die Wand. *»Er macht mich stark, er gibt mir Kraft, / Mit jedem Schluck er Abhilf' schafft. / Ich bin Er und Er ist Ich, / Trinkend seh ich mein ...«*

»Blödsinn«, sagte das Mädchen. »Kann man nicht viel eher sagen, dass der Alkohol einer der verheerendsten Aurazerstörer überhaupt ist?«

»Sagen kann man alles«, murrte ich. »Die Strophe stammt ja auch nicht von mir, sondern von José José.«

»Das macht die Sache nicht besser. Wie lange geht das schon so mit dir und dem Alkohol?«

»Lange...«, antwortete ich, »schon sehr lange... Um genau zu sein: Seit ein gewisser Nils Krommes mich auf der Abschlussparty der siebenten Klasse zum Gespött gemacht hat! Seitdem werde ich übergangen, seitdem spielt man mir übel mit!«

Das Mädchen schüttelte den Kopf.

»Klagen ist der falsche Ansatz«, sagte sie. »Schuld am Misserfolg sind nämlich nicht die anderen, sondern immer man selbst. Du musst dein Leben anders gestalten – ich hatte früher dasselbe Problem!«

»Wie meinst du das – mein Leben anders gestalten?«

»Werde dir erst einmal klar darüber«, sagte das Mädchen und fasste mich wie selbstverständlich am Arm, »wo du in deinem Leben stehst! Und dann schreib einen Wunschzettel, auf dem du all deine Ziele für die Zukunft festhältst. Diese Ziele müssen ganz detailliert formuliert sein. Du darfst also nicht einfach nur schreiben: *Guter Beruf, Schöne Wohnung oder Passender Partner*, sondern du musst ganz konkret werden: Wie soll der Partner, die Wohnung oder der Beruf aussehen? Als nächste Stufe musst du dir diese Ziele dann jeden Tag ganz fest wünschen, und die Wünsche werden Wirklichkeit – ein Wunsch nach dem anderen!«

»Bist du dir da sicher?«

»Ja. Alles geht in Erfüllung.«

»Gibt es da irgendeinen bestimmten Trick, wie man sich diese Sachen wünschen muss?«

»Nein, das geht ganz einfach. Du setzt dich zuhause aufrecht hin, konzentrierst dich und presst die Fingerspitzen aufeinander.«

»So etwa?«, fragte ich und presste die Fingerspitzen aufeinander wie ein Italiener, der einer feindlichen Sippe VAFFANCULO zurief.

»Nein«, sagte sie, nahm meine Hände und formte sie auf Nabelhöhe nach Art zweier Lotusknospen. »So musst du sie halten, und jetzt probier's mal!«

Ich schloss die Augen, presste die Fingerspitzen aufeinander und konzentrierte mich. Mit Schrecken musste ich schon nach Sekunden feststellen, dass ich keine großen, detaillierten Ziele hatte. In meinem Kopf schwirrten lediglich ein paar kleine, diffuse Tagesziele herum, die mit meinem Kontostand und meinen Arbeitsaufträgen zu tun hatten. Aber selbst diese kümmerlichen Zwergziele wurden überlappt von bizarren, mächtigen Wunschvorstellungen, die ich dem Mädchen bestimmt nicht erzählen durfte: Da war der Wunsch, dass Naty Soza sich in ein großes Ferkel verwandelte, mit dem ich meinen Schabernack treiben würde, da formte sich die Vision, dass Emilio Krautweg wie eine Wundertüte explodierte und aus seinem Inneren Millionen von Kokainpäckchen über den Barbereich herabregneten, und das alles mündete in die Fantasie, dass Beto die Gäste hinaustrieb, das *Tiburcio* abschloss und wir bis zum Morgengrauen die Bar leertranken.

»Und, was hast du dir gewünscht?«, fragte das Mädchen.

»Soll ich ganz ehrlich sein?«

»Natürlich. Raus mit der Sprache!«

»Ich habe mir gewünscht, mit dir mitzukommen…«

»Dann komm mit!«, sagte sie, stellte ihr Limoglas auf den Tresen und ließ sich von Beto den Parkschein geben. »Siehst du, wie's funktioniert?«

Tenderly hielt ihren Ford Thunderbird vorm *Edificio Basurto*, einem zwanzigstöckigen Art-déco-Hochhaus, das den Grundriss eines Kleeblatts hatte. Ich kannte das *Basurto*, weil es in den Zeitungen oft als Paradebeispiel exklusiver Architektur porträtiert war, weil es bekanntermaßen die teuersten Mietpreise des Viertels hatte und weil der Cantina-Puff *La Covachita*, in dem Frazetti, Gregorio und ich so manche Nacht ausklingen ließen, nur einen Steinwurf entfernt lag. Tenderly betätigte die Lichthupe und blitzte ganze zwei Minuten mit den Scheinwerfern ins Dunkle des vergitterten Garagenraums, der das Erdgeschoss des *Basurto* bildete. Ich verstand zuerst nicht, wozu das gut sein sollte, bis ich hinter dem Gitter einen indianischen Nachtwächter auf das Schiebetor zuflitzen sah. Sein Gesicht unter der Pudelmütze war rotgefroren, vom Schlaf verquollen und uralt. Unter Verbeugungen schob er das Garagentor auf. Wir stiegen aus, und Tenderly reichte ihm die Autoschlüssel.

»Danke, Paulino«, sagte sie.

»Señora, Ihnen zu dienen ist mir ein Vergnügen!«

»Es wäre nett, wenn du's morgen früh waschen könntest.«

»Selbstverständlich, Señora! Wird gemacht!«

»Und pass auf, dass kein Kratzer reinkommt. Meine Mutter bringt mich sonst um.«

»Señora können unbesorgt sein! Paulino passt auf wie ein Schießhund!«

Ich war gerade im Begriff, Mitleid mit dem Gesicht des Nachtwächters zu empfinden und davon zu fantasieren, wie wir beide neben Zapata auf wiehernden Hengsten durch die Sierra galoppierten und mit Salven unserer Repetiergewehre der sozialen Revolution zum Sieg verhalfen, als sein Blick von Tenderly zu mir wanderte. Sein freudiges Hecheln verschwand, sein Schwanzwedeln erstarb. Er zog seinen geflickten Anorak stramm, trat einen Schritt vor und starrte mich an, als ob ich mich im Hauseingang geirrt hätte und ein paar Blocks weiter in der *Covachita* besser aufgehoben wäre.

»Gut auf den Wagen aufpassen, Paulino!«, sagte ich und ging mit Tenderly die Marmortreppe zur Lobby hinauf. »Die Señorita und ich werden sonst sehr ungehalten!«

Während ich durch die steinernen Weinlauben des Portals trat, spürte ich eine gesalzene Ladung Repetiergewehrkugeln in meinen Rücken dringen, aber das mochte Einbildung sein.

Mit dem Aufzug fuhren wir ins oberste Stockwerk, Tenderly sperrte die Tür auf, und wir traten in ihr Apartment. Das Apartment war so groß, wie man es sonst nur aus Hollywoodfilmen kannte, seine Decke hätten nicht einmal die L.A. Lakers in Plateaustiefeln berühren können. Ehrfürchtig wandelte ich durch das Wohnzimmer.

»Tut mir leid, dass hier alles so unordentlich ist«, sagte Tenderly. »Mein Dienstmädchen ist eine einzige Zumutung, aber ich kann sie nicht rauswerfen. Sie ist die Tochter von der Magd, die bei meinen Eltern wohnt!«

Tenderly fuhr mit dem Finger über den Sockel einer Statuette und hielt mir ein paar Staubflusen unter die Nase.

»Sieh dir das mal an! Sie ist zu faul, sich zu bücken. Den groben Schmutz will sie nicht saubermachen.«

Ich schlenderte durch den Empfangsraum, besah mir die Einrichtung – Art-déco-Möbel, afrikanische Rundmasken, hohe indische Schnitzportale – und verweilte kurz vor dem Gemälde eines unbekannten Meisters, auf dem ein Zug Indianer, die große Ballen auf den Schultern schleppten, im pointillistischen Stil festgehalten war. Dann trat ich auf den zehn Meter langen Balkon, von dem man über den gesamten Westen Mexico Citys blicken konnte. Das Panorama war gigantisch: In dem wimmelnden Lichtermeer unter mir sah ich den Parque México mit seinen Zierpalmen und Teichanlagen, die das Blinken der Ampeln reflektierten, ich sah die poppig bemalten Luxushochhäuser von Polanco kühn in den Nachthimmel ragen, ich sah die kalifornisch gestylten Kitschvillen der Lomas-Gegenden wie Ostereier im Grün der Hügel liegen, ich sah die futuristischen Spiegelpyramiden von Santa Fé, die man am Stadtrand auf einer ehemaligen Müllhalde aus dem Boden gestampft hatte, weil der Baugrund für all die Neureichen, die sich in jeder Legislaturperiode an diesem Land wie Raupen vollfraßen, nicht mehr ausreichte, und zum ersten Mal seit meiner Ankunft in Mexiko sah ich all diese architektonischen Symbole der Macht nicht aus der Froschperspektive des *Centenario*, sondern auf gleicher Ebene.

Ich zerrte meine zerquetschte Zigarettenpackung aus der Tasche und steckte mir eine Camel an. Es war kaum zu fassen, aber durch die Bekanntschaft mit Tenderly hatte ich mich von einem Moment zum anderen in die höchsten gesellschaftlichen Sphären hinaufgeschossen. Diese Liaison – da war ich mir sicher – würde mir den Weg zu Positionen ebnen, die so schwindelerregend wie Tenderlys Balkon waren. Die Tage, an denen ich Bittgänge zu Herrn Domínguez, Herrn Krautweg oder Fräulein Soza abzuleisten hatte, waren nun vorbei. All diese Personen befanden sich ab jetzt weit unter mir, weit unter meiner Empore, auf der der zukünftige König von Mexico City stand. Etwas Besseres hätte mir nicht passieren können, und mit jedem Zug an der Zigarette gratulierte ich mir zu diesem Coup.

»Gefällt dir der Ausblick?«, fragte Tenderly und stellte sich neben mich auf den Balkon.

»Er ist fantastisch!«, sagte ich.

Tenderly legte einen Finger auf meinen Oberarm, neigte ihren Kopf an mein Ohr und sagte:

»Komm wieder rein. Ich zeige dir mal die ganze Wohnung.«

Einen Tag darauf waren Tenderly und ich ein Paar. Ich war damit auf dem besten Weg, König von Mexico City zu werden, doch so rasch, wie ich es mir vorgestellt hatte, ging die Krönung natürlich nicht vonstatten. Zunächst sah es sogar so aus, als ob die Probleme, die ich mit der Welt hatte, durch unsere Beziehung eher zunahmen, statt sich zu vermindern. Um ganz ehrlich zu sein, schlitterte ich nun in eine saftige Farce hinein.

Die erste Woche, die Tenderly und ich miteinander verbrachten, kam meinem Traum vom Königtum noch am nächsten: Beim Frühstück nach unserer Liebesnacht hatte ich nämlich meine Kreditkarte gezückt und Tenderly in das

Spa-Paradies *La Hacienda de Cortés* im Bergland von Morelos eingeladen. Zwischen Swimmingpools, Fangowannen und Dampfbädern verbrachten wir ein paar herrliche Tage – einzig getrübt durch Tenderlys Angst, ihre Mutter könne etwas von unserem Kurzurlaub erfahren. Die Tage auf der *Hacienda de Cortés* waren für mich wie eine Wiedergeburt: Ich schränkte meinen Alkohol- und Zigarettenkonsum ein, ich schloss mich an, wenn Tenderly nach den Gesundheitsbädern früh schlafen ging, und ich trieb zum ersten Mal seit Jahren wieder Sport. Zusammen unternahmen wir romantische Abendspaziergänge in den Nebelwäldern, und Tenderly erzählte von ihrer Schulzeit auf dem Elitegymnasium *Colegio Chateaubriand*, von ihrer Mutter und von ihren Berufsplänen, Kostümdesignerin zu werden. Ich dagegen gab Schwänke aus der Vergangenheit zum Besten und beichtete in sehr abgemilderter Form meine Kokain-Eskapaden – natürlich untermauert von dem feierlichen Schwur, das Teufelszeug nie wieder anzufassen. Die Tage vergingen schnell, und mit dem Ende unserer kleinen Flitterwochen kam die Rückkehr in die Wirklichkeit, und diese Wirklichkeit hieß: leeres Bankkonto, Mangel an Aufträgen und – wer hätte das gedacht? – eine Beziehung, die verrückter als alles Bisherige war.

Die erste Besonderheit dieser Beziehung war, dass Tenderly so gut wie nie Zeit für mich hatte. Obwohl sie strenggenommen keiner Arbeit nachging, war sie rund um die Uhr verplant: Ihre Vormittage und Abendstunden verbrachte sie wahlweise mit ihrer Yoga-Lehrerin, ihrem Geistheiler, ihrer Diätberaterin, ihrem Sterndeuter, ihrem Tanzlehrer für indische Ausdruckstänze, ihrer Nagelstylistin oder ihrem Friseur. Da ich selbst nur zwei bis drei wirkliche Hobbys hatte, fand ich diese Masse an Interessengebieten zunächst bewundernswert.

Doch je mehr ich mich mit den Werbebroschüren all

dieser Spezialisten beschäftigte, die Tenderly konsultierte, desto stärker gewann ich den Eindruck, dass es sich hier um einen Tross von Parasiten handle, die hinter ihrem Geld her waren. Mit Diätplänen beispielsweise hatte ich mich zwar nie befasst – mein momentan moderates Gewicht war Nebenwirkung meines Kokainkonsums –, aber eines wusste ich noch aus der Zeit, da ich Bodybuilding betrieben hatte: Eine »Pancha-Karma-Diät«, die zur Gewichtsabnahme Müsli, Bohnen, Reis und Mais empfahl, war ungefähr so sinnvoll wie Gnadengesuche an Gouverneur Schwarzenegger. Von Yogalehrerinnen, die jede zweite Hindugottheit falsch schrieben, oder Geistheilern, die auf Fotos wie Blixa Bargeld aussahen, einmal ganz zu schweigen.

Während Tenderly also den Großteil ihrer Woche diesen Spezialisten widmete, stand der Rest ihrer Zeit der Familie zur freien Verfügung – meistens für gemeinsame Mittagessen, die sich über Stunden hinzogen und bis zum Abend dauerten. Für einen Mitteleuropäer war es kaum zu glauben, wie viel Zeit diese Essen in Anspruch nahmen: Montag war zum Beispiel der Tag, an dem Tenderlys Tante kochte (natürlich kochte nicht die Tante, sondern das Dienstmädchen). Dienstags bat Tenderlys Großmutter zu sich, der Mittwoch war für die andere Tante reserviert. Donnerstags gab es ein Essen in Tenderlys Apartment, freitags lud die Mutter ein, und am Samstag und Sonntag war es Brauch, dass alle gemeinsam in einem Restaurant in Polanco speisten.

Da ich von diesem familiären Ritual zunächst ausgenommen war, kannte ich die Familie nur vom Hörensagen. Tenderlys Mutter durfte nicht einmal wissen, dass ihre Tochter einen neuen Freund hatte. Bis vor wenigen Monaten war Tenderly nämlich mit einem jungen Argentinier namens Fabio zusammen gewesen, in den die Mutter offenbar vernarrt war.

Ich hatte den Jüngling aus Argentinien – er war ein entfernter Verwandter von Präsident Duhalde und Leiter der argentinischen Kinemathek – auf einem gerahmten Foto in Tenderlys Apartment zu Gesicht bekommen, und ich musste zugeben, dass er keinen unsymphatischen Eindruck machte, auch wenn er so aussah, als ob er keinen Tag in seinem Leben Sorgen gehabt hätte. Sicherlich war er ein Mann, mit dem sich gut knuddeln, Nase reiben und Haare wuscheln ließ, und vielleicht wäre ich ja insgeheim gern selbst so gewesen, aber leider hatte Gott mich anders geschaffen: derb, bäurisch und immer zu blöden Späßchen aufgelegt.

Warum die Beziehung zwischen Tenderly und Fabio in die Brüche gegangen war, hatte ich nie herausfinden können. Aber es musste zweifellos große Liebe gewesen sein. Denn jedes Mal, wenn Tenderly seinen Namen erwähnte, ließ sie eine Stille wirken wie bei der Wandlung in der Kirche, wenn der Priester die Monstranz hochhält und die Ministranten mit den Glöckchen klingeln.

»Ich bin vom Aszendenten ja Mars und er Pluto«, seufzte sie dann. »Es war einfach die perfekte Konstellation.«

Irgendwann konnte Tenderly ihrer Mutter natürlich nicht mehr verheimlichen, dass wir ein Paar waren. Nachdem sie hatte durchsickern lassen, dass ich sie mehrmals ins *Tezka*, ins *Champs-Élysées* und in den *Teppan Grill*, kurz: in die teuersten Restaurants von Mexico City eingeladen hatte, war die Mutter sogar gewillt, mich kennenzulernen. Die Feuerprobe fand bei einem Familienessen in der Villa der Mutter in Lomas de Chapultepec statt, und die Gäste an diesem Tag waren: Tenderlys Mutter, eine sandblonde Mittvierzigerin mit dem bitteren, schicksalsgeprüften Gesicht einer Gräfin in UFA-Durchhaltefilmen; Tenderlys jüngere Tante, eine Brünette mit tizianrot getönten Haaren und einem jugendlichen, ulkigen Lachen;

und Tenderlys ältere Tante, eine distinguierte, grau melierte Dame, die ihre Haare zu einer Marge-Simpson-Frisur aufgetürmt hatte und ein Damasthemd mit hochgestelltem Spitzkragen und goldenen Broschen trug.

Tenderly hatte mir bereits Tage zuvor die Benimmregeln im Haus ihrer Mutter eingeschärft, und mit entsprechender Nervosität trat ich in den Salon. Meine Nervosität war berechtigt, denn im selben Moment, da ich Tenderlys Mutter zum ersten Mal die Hand gab, wusste ich, dass ich in ihr keine Freundin gefunden hatte. Ihre Nase hob sich, ihr Mund krümmte sich angewiedert und geschmerzt, und aus ihrem türkisen Kostümkleid wehte mir ein so kalter Hauch entgegen, dass ich ernsthaft rätselte, ob sie unter dem Stoff ein Gebläse versteckt habe. Die beiden Tanten waren durchweg herzlich, machten Späße und schnitten lustige Gesichter. Doch Tenderlys Mutter sprach während des gesamten Essens kaum ein Wort mit mir und sah mich nur manchmal mit einem empörten, kaum kaschierten Kopfschütteln an, so als ob ich vor Fabios Folie unmöglich bestehen könne.

Als ich Tenderly später auf das sonderbare Verhalten ihrer Mutter ansprach, sagte sie nur:

»Das musst du verstehen! Sie hat natürlich Angst, dass du mich finanziell ausnutzt.«

Zur Erläuterung berichtete Tenderly dann ausgiebig von den Familiendramen, die ihre Mutter und ihre Tanten durchlitten hatten: Alle drei Geschwister waren nämlich mit steinreichen weißen Mexikanern verheiratet gewesen, die nach mehreren Jahrzehnten der Ehe entnervt das Handtuch geworfen und sich mit weitaus jüngeren indianischen Geliebten aus dem Staub gemacht hatten. Alle drei Damen lebten seitdem in Scheidung und bildeten *de facto* ein Matriarchat, dem die Männer davongelaufen waren. Insbesondere ihren Vater schilderte Tenderly als einen Tunichtgut, der keinen Tag seines Lebens gearbeitet, sondern lediglich das Erbe seiner reichen Eltern aufgezehrt habe.

Diese Familienschicksale bewegten mich, aber ich verstand nicht ganz, wo Tenderly und ihre Mutter hier die bedrohliche Parallele zu mir sahen: Sicher war ich ein Tunichtgut, bloß leider keiner mit Geld, und bisher war *ich* es gewesen, der Tenderly eingeladen hatte, und nicht umgekehrt. Und wenn ich die drei hartherzigen, gewissenlosen Männer vor Tenderly auch aufs Schärfste verdammte, *einen* klitzekleinen Punkt musste ich zu ihrer Entlastung doch anführen: Tenderlys Tanten waren zweifellos die kultiviertesten, kunstbeflissensten Wesen der Welt, doch vor die Wahl gestellt, entweder Zyankali oder den Penis eines Mannes in den Mund zu nehmen, hätten sie sich alle drei für Zyankali entschieden.

Obwohl Tenderlys Mutter bei diesem ersten Essen also deutlich ihre Aversionen und Vorbehalte gegen mich zum Ausdruck gebracht hatte, war ich groteskerweise doch zu Tenderlys offiziellem Freund aufgestiegen. In dieser Eigenschaft wurde von mir nun erwartet, regelmäßig an den Familienessen teilzunehmen. Selbstverständlich legte ich mich bei diesen Essen mächtig ins Zeug, zeigte mich ausschließlich von meiner Schokoladenseite und versuchte, Tenderlys Mutter mit Bonmots, Scherzen und reichlich beschönigten Darstellungen meiner Berufsperspektiven gnädig zu stimmen. Dennoch richtete sie auch nach mehreren Essen nie das Wort an mich und starrte mich immer nur an, als ob ich eine unerhörte Profanation sei – ein Eindringling, den man einfach aussitzen müsse.

Gewiss, allein der Stammbaum von Tenderlys Mutter – namentlich lautete er Lomelín y Jourdain de Ponce – hatte einen so edlen Klang, dass man davor fast auf die Knie ging. Wie die meisten Familien in Lomas de Chapultepec – all die Gansen y Prats, Schleske de la Vegas, Ibarrutia de MacGregors – waren auch die Lomelín y Jourdain de Ponces blütenweiß und von keinem einzigen indianischen Genom befleckt. Manchmal bei den Familienessen nötigte mir das sogar Bewunderung ab: Welche Herkulesarbeit erforderte es, dass sich eine Familie Jahrhunderte hindurch weiß hielt – in einem Land mit 90 Millionen Mestizen und Indianern! Wie oft musste der Sexualtrieb erfolgreich in Schach gehalten werden, dass konsequent nur Avancen erwidert wurden, die von reichen, weißhäutigen Menschen stammten! Wie viele Heiratsanträge mussten abgeschmettert, wie viele sentimentalische Neigungen zu Schulkameraden und Kollegen abgetötet werden!

Was jedoch den pompösen Stammbaum betraf, sah ich freilich ganz und gar nicht ein, warum ich mich minderwertig fühlen sollte: Meine bescheidenen journalistischen Recherchen hatten mich nämlich darüber aufgeklärt, dass all diese Namen im städtischen Geburtsregister gegen Geld mit den kostbaren »de«s und »y«s herausgeputzt worden waren, um sie nach uralten feudalen Geschlechtern klingen zu lassen. Einen seriösen Adelsforscher musste man jedenfalls schon mit einer Schusswaffe bedrohen, damit er Namen wie Lomelín y Jourdain de Ponce eine dynastische Tiefe bescheinigte, die über die letzten fünfzig Jahre hinausreichte.

So blieben Tenderlys Mutter und ich also auf unserem Standpunkt der gegenseitigen Geringschätzung. Ihre eigentümliche Kälte, ihr dünkelhaftes Getue und ihr Desinteresse an allem, was nicht nach »de«s und »y«s klang, hätten mich noch nicht einmal gestört, wenn nicht auch Tenderlys Kopf davon vernebelt gewesen wäre. Es kostete Tenderly Monate, zu begreifen, dass ich nahezu beschäftigungslos und illegal in diesem Land lebte und für irgendwelche Eroberungen um ein halbes Jahrtausend zu spät gekommen war. Ich hatte keinerlei Rückendeckung, ich trug wertlose Glasperlen wie einen internationalen Journalistenausweis und ein paar Universitätsgutachten mit mir herum, die keinen Menschen interessierten, ich war einfach ausgespuckt am anderen Ende der Welt, und niemand hätte auch nur die nächste Pizza für mich bezahlt, wenn ich sie nicht mehr zahlen konnte – von irgendwelchen *Tezkas* und *Teppan Grills* ganz zu schweigen.

Als Tenderly das erste Mal meine Wohnung sah, war sie schockiert, wie man in einem solchen lichtlosen Loch leben konnte. Als ich ihr die Grundzüge des mexikanischen Mietmarkts erklärte, nach denen Ausländer ohne reiche mexikanische Bürgen froh sein mussten, nicht in irgendwelchen Mülltonnen zu hausen, zeigte sie sich hocherstaunt über meine Ausführungen, weil sie bisher von einer Eigentumswohnung in die nächste gezogen war. Als ich anklingen ließ, dass ich lediglich einen solchen Bürgen bräuchte, um eine schönere Wohnung zu ergattern, begann sie mir gähnend von irgendwelchen Problemen mit einem Einrichtungshaus zu erzählen, das ihre Lieblingsmöbel nicht in der von ihr gewünschten Größe zu zimmern vermochte. Und als ich schließlich zaghaft anfragte, ob ihre Mutter, die mehrere Immobilien in Mexico City besaß, vielleicht ein schöneres Mietobjekt für mich wüsste, fuhr Tenderly sofort auf und sagte:

»Aber ich bitte dich! Das können wir doch nicht fragen, denn das würde ja so aussehen, als ob du mich ausnützt!«

So blockte sie jede meiner Bitten ab, und tragischerweise ließen sich meine Probleme auch nicht mit der von ihr propagierten »Wunschzettelbestellung per Lotusknospenhand« lösen.

Diese sonderbare Distanz setzte sich fort bis in unser Liebesleben. Entgegen Tenderlys Behauptungen, ein ungemein emotionaler Mensch zu sein, blieb auch nach mehreren Wochen ein leidenschaftlicher Umgang aus. Sie war selten zärtlich und brachte es beispielsweise auch nicht fertig, mich »Amor« zu nennen – wobei ich selbstverständlich nicht verlangte, dass sie mich mit dem Namen des römischen Liebesgotts anredete, sondern schon zufrieden gewesen wäre mit einem endbetonten »amórrrr«, schlicht »Liebling«.

Im Grunde waren wir nicht einmal sexuell kompatibel: Tenderly beharrte durchgängig auf einer Sex-Stellung, die aus dem Kamasutra stammte, »Die Stellung der Indra-Gattin« hieß und so unbequem und anstrengend war, dass sie außer Indra eigentlich niemand auszuüben vermochte. Bei allem, was über die Stellung der Indra-Gattin hinausging, verstand Tenderly keinen Spaß. Einmal hatte sie in meinem Kleiderschrank herumspioniert und mit untrüglichem Gespür einen Lederslip zutage gefördert, den mir vor Jahren eine Freundin geschenkt hatte und der – ich schwöre es bei allen Heiligen! – unbenutzt und fabrikneu war. Nach Mexiko hatte ich den Slip nur deswegen mitgenommen, weil ich befürchtete, dass ihn in München jemand entdecken könnte. Und zugegeben, mit den stählernen Hodenringen, dem Penisfutteral und der Anus-Lasche war der Lederslip alles andere als geeignet, Vertrauen in seinen Besitzer zu wecken. Doch Tenderlys Reaktion, ihn unter Wutgebrüll zu konfiszieren und danach mit mir eine Woche lang kein Wort mehr zu reden, hielt ich doch für etwas übertrieben.

Da also meinem Wunsch nach gesellschaftlichem Aufstieg wie auch nach Verhätschelung nur in sehr geringem Maße Rechnung getragen wurde, fiel ich rasch in meine alten Gewohnheiten zurück: Ich begann wieder, zu trinken, zu rauchen und Koks zu konsumieren, und stellte den unterbrochenen heißen Draht zu meinen Saufkumpanen Frazetti, David und Gregorio wieder her. Und mit jedem Tag, den ich mich in der Beziehung zu Tenderly deplatzierter fühlte, wuchs die Zahl der Biere, die ich nachts in den Cantinas heimlich in mich hineinschüttete, und mit jedem Tag, den ich des ganzen Theaters mit Tenderlys Familie überdrüssiger wurde, potenzierten sich die Kokainpäckchen, die unser Pusherman namens Huascár in den *Centenario* zu tragen hatte, und schon nach wenigen Wochen war der Moment gekommen, an dem ich wieder so am Boden war wie zuvor.

An einem dieser durchzechten Morgen rüttelte mich Tenderly, bereits angezogen, aus dem Schlaf.

»Ich kann nicht mehr mit ansehen, wie du dich kaputt machst!«, sagte sie.

Ächzend setzte ich mich im Bett auf und rieb meinen Kopf. Meine Mundhöhle schmeckte nach Aschentonne, und meine Kiefermuskeln brannten, als hätte ich im Schlaf einen Rindsknochen zerkaut. Die Nacht zuvor war ich vollkommen zugekokst in Tenderlys Apartment eingetrudelt, hatte die Hausbar leergetrunken und dabei flammende marxistische Volksreden gehalten, die unmittelbar zur Revolution geführt hätten, wenn nicht die dösende Tenderly meine einzige Zuhörerin gewesen wäre.

»Gerade habe ich mit Hermengildo Betancourt, unserem Familien-Astrologen, telefoniert«, sagte Tenderly ernst. »Ich habe ihm deine Geburtsdaten gegeben, er wird dir ein umfassendes Geburtshoroskop erarbeiten. In drei Stunden hast du bei ihm einen Termin. Ich möchte, dass du diesen Termin wahrnimmst!«

»Tenderly!«, ächzte ich. »Ich brauche keinen Astrologen, ich brauche einen vernünftigen Job!«

»Nein, man muss dein Problem an der Wurzel anpacken«,

widersprach Tenderly. »Hermengildo Betancourt ist eine absolute Koryphäe, er betreut meine ganze Familie. Er wird dir Einblick in deine Persönlichkeit geben, deine Probleme aufdecken und deinen Schicksalsweg klären. Er hat damals auch Fabio geholfen, seine Konflikte zu lösen.«

Ich wollte einwenden, dass Fabios einziger Konflikt vermutlich die Frage gewesen war, ob er nun Lars von Trier oder Eric Rohmer inbrünstiger verehren solle, aber mein Kopf tat zu weh, um dies zu formulieren.

»Also zieh dich an!«, sagte Tenderly. »Hermengildo Betancourt wird deine Krise beenden.«

»Kommt gar nicht in die Tüte!«, sagte ich. »Mit solchen Quacksalbern möchte ich nichts zu tun haben.«

Tenderly stand verärgert vom Bett auf und marschierte zur Tür.

»Ganz wie du meinst!«, sagte sie. »Aber wenn du Betancourt versetzt, werde ich beim nächsten Familienessen vor allen Anwesenden etwas auf den Tisch legen, was deinem Lederslip verdammt ähnlich sieht.«

Drei Stunden später stand ich mit Tenderly vor der Tür eines Häuschens, an dem ein Kupferschild mit folgender Gravur prangte: *Dr. Hermengildo Enrique Betancourt – Arkana, Astrowissenschaften, Prophezeiungen.* Nervös lockerte ich meinen Hemdkragen und wischte mir den Schweiß aus dem Nacken. Tenderly hatte darauf bestanden, mich bis zur Tür von Betancourts Privatpraxis zu geleiten. Doch nun schien ihr diese Sicherheitsmaßnahme nicht mehr ausreichend. Nun war sie drauf und dran, mit mir die Praxis zu betreten und persönlich an der Sitzung teilzunehmen. Bei dieser Vorstellung schlotterten mir die Knie. Denn obwohl für mich feststand, dass Dr. Hermengildo Betancourt ein Scharlatan war – einer der vielen Nepper und Schlepper, die Tenderly hordenweise verfolgten –, durfte man den Mann dennoch nicht unterschätzen: Wenn er auch nur das kleine Einmaleins der Psychologie und Physiognomik beherrschte, würde er sofort durchschauen, dass die Beziehung zwischen Tenderly und mir eine Mesalliance war. Er würde die Interessen seiner solventen Kundschaft abwägen, einen Blick auf mein Trinkergesicht werfen und seine Sterndeutereien danach ausrichten, was jemand wie Tenderlys Mutter über mich zu hören wünschte. Mit viel Hokuspokus würde er dann ein Charakterprofil aus dem Hut zaubern, das sich gewaschen hatte, und mir noch einige Wahrsagungen mit auf den Weg geben, die geeignet waren, Tenderlys gesamte Familie in Schock zu versetzen. Es war dabei völlig zweitrangig, ob er sich wirklich auf Prophezeiungen und Astrowissenschaften verstand. Denn man musste kein delphisches Orakel sein, um meine Lebenslüge, vom verkannten Schriftsteller, der nur in Rausch und Ekstase seine Erfüllung fand, mit wenigen Sätzen zu pulverisieren und vom Tisch zu wischen. Um Betancourt zumindest ansatzweise in die Irre zu führen, hatte ich mir in Tenderlys Haus eine kühne Impresario-Frisur zurechtdrapiert und mich in meinen teuersten Anzug geschmissen, den ich nun mit Angstschweiß durchnässte. Wenn Betancourt auf den Trick mit meinem optimierten Äußeren nicht hereinfiel, war ich geliefert.

Tenderly drückte die Klingel, ein indianisches Dienstmädchen öffnete uns die Tür und bat uns in Betancourts Haus. Durch einen schummrigen, verwinkelten Gang, vorbei an mehreren schlicht möblierten Räumen, folgten wir dem Dienstmädchen zu Betancourts Sprechzimmer. Das Dienstmädchen klopfte an die Tür, eine Männerstimme bat uns herein, wir traten ein. Schon beim ersten Blick ins Sprechzimmer wurde mir klar, dass es ein schwerer Fehler gewesen war, hierherzukommen: Im Flackerlicht zweier Kerzenleuchter saß

Doktor Hermengildo Betancourt an einem schweren, schwarzen Schreibtisch, vor sich eine meterlange Schriftrolle, auf der ein Wirrwarr an Sphären, Achsen, Strahlen und Symbolen abgebildet war. Betancourt trug eine hochgeschlossene, Dr.-No-ähnliche Robe, und seine Gestalt war wie geduckt unter der Last böser Vorzeichen. Sein wächsernes, ausgemergeltes Gesicht starrte auf die Rolle, seine mageren Hände hantierten mit Zirkel und Bleistift, und seine dünnen Lippen murmelten Worte, die kaum zu verstehen waren, aber sinister klangen. Zur Begrüßung sah er nur kurz auf und nickte abwesend, ohne meine Frisur und meinen Anzug eines Blickes zu würdigen. Mehr als die schaurige Logenstimmung, die im Raum herrschte, beunruhigte mich die Tatsache, dass ich diesen Mann von irgendwoher kannte.

»Möchten Sie, dass Ihre Freundin draußen wartet?«, fragte Betancourt tonlos, ohne den Kopf zu heben.

»Nein«, sagte ich und blickte unsicher zu Tenderly. »Wir haben eigentlich keine Geheimnisse voreinander.«

»Wie Sie wünschen«, sagte er. »Es ist Ihre Entscheidung, aber beklagen Sie sich später nicht bei mir.«

Das musste ja verdammt ungünstig sein, was er da in den Sternen sah! Kleinmütig ließ ich mich auf einem Stuhl vor seinem Schreibtisch nieder, Tenderly setzte sich neben mich und nahm meine Hand. Minutenlang beobachteten wir, wie Betancourt auf der Schriftrolle Geraden zog, Fixpunkte einzeichnete und zu Zirkelschwüngen ansetzte, dabei aber jedes Mal düster den Kopf schüttelte. Während er in seine Berechnungen versunken war, überlegte ich fieberhaft, wo ich diesen Mann schon einmal gesehen hatte. Es musste erst kürzlich gewesen sein, denn dieses totenkopfartige Gesicht mit den dünnen, aufeinandergepressten Lippen, den tiefen Augenhöhlen und den haarlosen Lidern war mir noch lebhaft im Gedächtnis. Betancourt beendete seine Zirkelschwünge, packte ein Diktiergerät, das auf dem Schreibtisch lag, und murmelte hinein:

»Sternkonstellation Falkenhorst, Geburt 23.10.1968, 11.45 Uhr CDT, Analyse vom 03.02.2002...«

Im selben Augenblick, als ich auf Betancourts bleicher Hand, die das Diktiergerät hielt, zwei schmale rote Narben bemerkte, fiel mir ein, woher ich diesen Mann kannte: Er war Gast auf der wüsten Party gewesen, die Frazetti vor Monaten im Cuauhtémoc-Viertel gegeben hatte! Kaum zu glauben, aber das war der Mann, ich täuschte mich bestimmt nicht! Frazetti hatte ihn mir damals als verkrachten Feuilletonisten der Zeitschrift Replicante vorgestellt, von seiner Zweitexistenz als Nostradamus für Reiche schien von den Gästen niemand etwas geahnt zu haben. Ich hatte mit dem Mann sogar flüchtig ein Gespräch geführt, soweit ich mich erinnerte über die mexikanische Werkausgabe von Louis-Ferdinand Céline, aber der Mann war stärker an der Hausbar interessiert und stürzte einen Tequila nach dem anderen in sich hinein. Es war mir ebenfalls noch gut im Gedächtnis, dass die Gäste den Mann weder »Hermengildo« noch »Betancourt« nannten, sondern stets »Kike« oder – wenn er nicht gerade in der Nähe stand »Kike El Borracho«. Kurz nach Mitternacht war der Mann nämlich in der Tat so viehisch betrunken, dass er in die Glastür von Frazettis Wohnzimmer hineinstolperte und wegen mehrerer Schnittwunden ärztlich behandelt werden musste – ganz zu schweigen von anderen Dingen, die er sich in dieser Nacht geleistet hatte. Das war ja wirklich ein dicker Hund, dass mir »Kike El Borracho« hier als Sterndeuter Hermengildo Betancourt gegenübersaß, doch besser konnte es sich gar nicht treffen. Im Nu schöpfte ich neue Hoffnung, dass die Horoskopstunde nun glimpflich verlaufen würde. Es war schließlich eine ausgemachte Sache, dass eine Krähe der anderen kein Auge aushackte. Sein bisher schroffer Ton diente ganz sicher nur der Tarnung, damit Tenderly keinen Wind von unserer Seelenverwandtschaft bekam. Deutlich ruhiger lehnte ich mich nun im Stuhl zurück.

Betancourt alias Kike stellte das Diktiergerät vor sich auf den Tisch, beugte sich über seine Sternbilder und presste die Finger an seine ausgemergelten Schläfen. Dann begann er das Horoskop vorzulesen:

»Ich werde es kurz und schmerzlos machen!«, sagte er leise. »Eine so unheilvolle Sternenkonstellation wie bei Ihrer Geburtsstunde habe ich überhaupt noch nie gesehen: Die Mondknoten in voller Entfaltung, die Sonne im siebenten Haus, Uranus als wirkungsmächtigster Talpunktplanet, dazu ein konträres Feuerzeichen als Aszendenten... Ich muss sagen, Sie sind eine so ausgeprägte Schattenpersönlichkeit, dass man sich fast vor Ihnen fürchten muss! Vielleicht sollten wir zuerst einige besonders dramatische Phasen Ihres Lebens Revue passieren lassen, obwohl eigentlich alles an Ihrem Leben reichlich dramatisch, um nicht zu sagen katastrophal aussieht.«

Gott steh mir bei, dachte ich, jetzt kommt es dick! Dieses mit einem Paukenschlag begonnene Negativhoroskop konnte ich mir nur dadurch erklären, dass Betancourt mich bislang nicht wiedererkannt hatte.

»Blenden wir also in Ihren Lebensphasen ein wenig zurück!«, sprach Betancourt leise weiter. »August 1995 wurde Ihr Schicksalsweg zum ersten Mal tragisch verschüttet. Können Sie das nachvollziehen? August 1995 haben Sie versucht, Ihre damals in Trümmern liegende Partnerschaft neu zu ordnen. Damit sind Sie völlig gescheitert, bei so verkrüppelten karmischen Wurzeln und einem so kümmerlichen Geistesplaneten wie dem Asinus 32 natürlich kein Wunder! Schon ein Jahr darauf stürzten Sie sich wieder in den ähnlichen ›Versuch‹ einer Partnerschaft – vielleicht sollte man besser von ›Karikatur‹ sprechen, denn das beherrschende Muster in Ihren Beziehungen blieb sich gleich: Man leidet unter Ihnen. Es kann auch nicht anders sein, denn Ihre Sternenkonstellation zeigt uns das Porträt eines gigantischen Energiesaugers, eines Mannes, der auf seinem Weg in die Selbstzerstörung alles um sich herum zugrunde richtet.«

Gequält schaute ich zu Tenderly, die mich mittlerweile anstarrte wie einen Triebtäter, dem der Prozess gemacht wurde. Eins war klar: Ich musste dieses Horror-Horoskop unbedingt stoppen, auch wenn man zugeben konnte, dass Betancourt in manchen Punkten gar nicht so verkehrt lag.

»Seit August 1995 geht es mit Ihnen also kontinuierlich bergab«, fuhr Betancourt leise fort, »und Ihr Talpunkt ist noch lange nicht erreicht. Cäsarenwahn, verfehlte Berufswahl, Suchtproblematiken, Zusammenbrüche – das alles häuft und staffelt sich in Ihrem Lebensmuster spätestens ab Februar 1997, wobei Sie Ihre jeweiligen Partnerinnen jedes Mal mit in den Abgrund reißen und für ihr Mitgefühl bitter büßen lassen. Ein Paarhoroskop, wie Ihre Freundin es angeregt hat, brauche ich also gar nicht erst vorzunehmen. Es ist so undurchführbar wie die Kreuzung zwischen einem Waran und einem Schaf.«

»Señor Betancourt!«, rief ich und versuchte, ihm einen Wink mit meiner Hand zu geben, die Tenderly schon lange von sich gestoßen hatte. Betancourt blockte meine Bemühungen ab und sprach weiter:

»Aufschlussreich ist ebenfalls, was Ihre dynamischen Quadranten über Sie verraten: Seit Ihrer Kindheit sind Sie verfolgt von Alpträumen, Visionen und Ahnungen! Sie schreiten sehenden Auges in Ihren Untergang, Sie sind sich völlig bewusst, wohin Sie steuern!«

Nun war das Stichwort gekommen, Betancourts Wortschwall etwas zu dämpfen und ihn daran zu hindern, hier weiter Geheimnisse herauszuposaunen, die nicht für fremde Ohren bestimmt waren.

»Richtig!«, nickte ich eifrig. »Alpträume, Visionen und Ahnungen – seit meiner Kindheit suchen sie mich heim!«

»Ja, das geht klar aus den Sternen hervor!«, bestätigte Betancourt und schickte sich an, zu meinem nächsten charakterlichen Schandfleck überzuleiten.

»Wissen Sie«, fuhr ich dazwischen, »quälend ist vor allem e i n Alptraum, der mich immer wieder verfolgt: Ich sehe dort … – einen Raum, dessen Boden über und über mit zersplittertem Glas bedeckt ist … Ich sehe dort auch … – einen Mann, der Sekunden zuvor in die Glastür des Raums gestolpert ist und jetzt benommen zwischen den Scherben herumtaumelt … Der Mann ist schwer verletzt, er blutet an den Händen und lallt. Er muss völlig betrunken sein, denn trotz der Schmerzen lacht er und redet penetrant auf andere Menschen in diesem Raum ein. Schließlich wankt der Mann blutüberströmt auf einen Tisch zu, stürzt dabei fast ein zweites Mal und versenkt sein Gesicht – ich weiß, es klingt unglaublich! – in einen Riesenhaufen Kokain, der dort liegt. Der Mann ist danach so hinüber, dass er von der Ambulanz abtransportiert werden muss … Glauben Sie mir, das ist alles andere als ein schöner Traum! Ich vermute, aus ihm sprechen Ahnungen einer schrecklichen Zukunft, die mir beschieden sein wird. Aber wissen Sie, was sonderbar ist? In meinem Traum heißt dieser Mann immer nur Kike.«

Betancourt hob nun zum ersten Mal den Kopf, legte seinen Bleistift beiseite und sah mich ernst und forschend an.

»Er heißt – Kike?«, fragte er.

»Gewiss«, sagte ich.

»Sind Sie da ganz sicher?«, fragte Betancourt und rieb seine Narbe am Handrücken, als beginne sie zu schmerzen. »Kike heißt er?«

»Das ist sein exakter Name«, bestätigte ich. »Aber einerlei, wie der Mann in meinem Traum heißt – sein tiefer Fall aus Unachtsamkeit jagt mir jedes Mal Angst ein.«

Betancourt räusperte sich, stand auf und beugte sich erneut über die pergamentfarbene Rolle. Die Botschaft schien ihren Empfänger erreicht zu haben, denn sein Totenkopfgesicht wirkte nun besorgter denn je. Ungläubig schwankten Tenderlys Blicke zwischen Betancourt und mir.

»Aber was haben wir denn da?«, rief Betancourt und kratzte sich an seiner Wange. »Ich habe ja völlig Ihre Saturnringe übersehen! Das relativiert natürlich einiges!«

»Es steht also gar nicht so schlimm?«, fragte ich überrascht.

»Nein, es steht ganz und gar nicht so schlimm, wie ich anfangs dachte«, versicherte Betancourt. »Wie es scheint, beginnt für Sie ab nächstem Monat ein vollkommen neuer Lebensabschnitt! Dieser Lebensabschnitt steht ungewöhnlich klar unter dem Zeichen des Erfolgs, der Zweisamkeit und des Glücks. Man könnte fast sagen: Sie sind dabei, ein völlig neuer Mensch zu werden!«

Erstaunt, fast schuldbewusst wandte mir Tenderly wieder ihr Gesicht zu.

»Und wie ich ja schon anklingen ließ: Ganz grundsätzlich haben Sie ja die Neigung zu einer stabilen Partnerschaft«, fuhr Betancourt fort und verzog seine Kiefer, als ob ihm das Sprechen große Schwierigkeiten bereite. »Nur erwartet Ihr Partner oft viel zu viel von Ihnen. Sie neigen dann dazu, sich Ihrem Partner zu sehr anzupassen. Dann stehen Sie in seinem Schatten, und das ist sicher der Grund für einige Ihrer vergangenen Pechsträhnen.«

»Ja«, sagte ich und schüttelte ergriffen den Kopf. »So und nicht anders ist es!«

»Sie müssen also lernen, auch mal Nein zu sagen. Das haben Sie oft nicht hinreichend getan. Sie sollten daher die Dinge, die Sie individuell ausmachen, stärker ausleben, vorzeigen, zum Vorschein bringen – kurzum: stärker zu sich selbst stehen. Dann wird sich zwangsläufig der umfassende Erfolg in allen Lebensbereichen einstellen.«

»Darf ich das so verstehen, dass ich manchmal ruhig auch etwas mehr über die Stränge schlagen sollte?«, hakte ich nach.

»Nun ja«, sagte Betancourt und presste die Wörter wie heiße Kartoffeln aus dem Mund, »da dieses Über-die-Stränge-Schlagen ja als ein Teil des Zu-sich-selbst-Stehens angesehen werden kann …«

»Und könnte ich denn dieses … äähhh, Resümee von Ihnen auch schriftlich bekommen? Ich meine, falls jemand …« – hier deutete ich auf Tenderly, die wieder meine Hand ergriffen und ihren Kopf mit glücklichem Lächeln an meine Schulter gelehnt hatte »… einige Details noch eingehender studieren möchte?«

»Natürlich«, nickte Betancourt. »Ich werde Ihnen eine Abschrift an Ihre Adresse schicken.«

Herzlich verabschiedeten wir uns von Betancourt, und draußen vor seiner Praxis gab Tenderly mir einen langen Kuss.

»Siehst du?«, sagte sie. »Du musst nur öfters mal auf mich hören.«

In frisch gebügeltem Hemd und sauberer Jeans lag ich auf Tenderlys Bett und las Raymond Chandlers *Trouble Is My Business.*

Chandler war zweifellos der King. Sätze wie »Er sah etwa so unauffällig aus wie eine Tarantel auf einem Quarkkuchen« oder »Sie trug einen Hut, in dessen Krempe man die schmutzige Wäsche von einer Woche hätte unterbringen können« machte ihm so schnell keiner nach. Den abgewetzten Umschlag des Buchs zierte ein Detektiv, der mit gezückter Automatic im Halbdunkel einer Einfahrt lauerte und eine Zigarette rauchte. Seinen Mundwinkel mit der Zigarette umspielte dabei ein – wie Chandler es ausgedrückt hätte – »hartes, metallisches Lächeln«. Beim Anblick des Umschlags bekam auch ich Lust auf eine Zigarette, doch Tenderly hatte mir das Rauchen in ihrer Wohnung untersagt.

Eine Stunde blieb uns noch bis zum Mittagessen bei ihrer Mutter. Durch die Badtür sah ich, wie Tenderly ihr Gesicht von einer Gurkenmaske befreite und auf ihre Wangen einen Balsam auftrug, der laut Aufschrift des Töpfchens »den Schutzmantel der Haut optimiert, eingedrungene Fremdkörper ausmerzt und Schmutzpartikel als Schlacke abtransportiert« – ein Satz, den ich immer als Drohung empfunden hatte.

»Ich bin fix und fertig«, gähnte Tenderly. »Ich habe dem Dienstmädchen hundertmal gesagt, dass sie meine Hindu-Stola von der Reinigung holen soll, und jetzt musste ich es doch wieder selbst erledigen.«

»Dir sei der Stachanow-Orden verliehen«, sagte ich, aber sie hörte mich nicht.

»Soll ich lieber das rote oder das grüne Bindi hernehmen?«, fragte Tenderly.

»Beide Bindis sind mir recht«, sagte ich, ohne zu wissen, was ein Bindi war.

Tenderly kam ins Schlafzimmer, streifte sich ein indisch verziertes Hemd über und nahm die Hindu-Stola vom Kleiderhaken.

»Hast du das Spezial-Deo aufgetragen, das ich dir geschenkt habe?«, fragte sie mich.

Das Spezial-Deo war Tenderlys neueste Strategie, mich zu gängeln. Tenderly hatte es für mich erworben, weil sie der Ansicht war, dass aus meinen Schweißporen inzwischen Geruchsstoffe austraten, die ein normales Deo nicht mehr zu neutralisieren vermochte. Für mich waren diese Stoffe zwar nicht zu riechen gewesen, aber vielleicht hatte Tenderly Recht. Vielleicht mutierte ich in den Cantinas langsam wirklich zur Kolumbianischen Riesenkröte, zum *Bufo Cocainensis Centenarii*. Vielleicht waren meine Ausdünstungen für feine Nasen wirklich nur mehr mit dem Spezial-Deo zu ertragen.

»Ja, ich hab das Spezial-Deo aufgetragen«, sagte ich und blätterte heftig die Chandler-Seite um.

»Und schneuz dich bitte nicht wieder am Tisch wie das letzte Mal, als wir beim Nachtisch saßen!«

»Ich hab nun mal Heuschnupfen«, sagte ich, »aber ich werd's versuchen.«

Tenderly drapierte die Hindu-Stola um ihre Schultern, entnahm dem Kleiderschrank einen langen, hennafarbenen Häkelmantel und zog ihn an.

»Bist du fertig?«, fragte sie.

»Von mir aus kann's losgehen«, sagte ich und erhob mich vom Bett. Tenderly nahm mir das Buch aus der Hand und besah sich kurz den Umschlag.

»Ts-ts-ts! *Trouble Is My Business*«, sagte sie. »Was liest du bloß für Groschenhefte! Kein Wunder, dass du es im Journalismus zu nichts bringst.«

Bindis waren, wie ich in Tenderlys Auto feststellte, ein Glitzertand, den man sich auf die Stirn klebte und der eine Frau so verführerisch machte wie die betagteste Flusswäscherin von Kalkutta.

»Wie ist eigentlich dieses Vorstellungsgespräch verlaufen, das meine Mutter für dich eingefädelt hat?«, fragte Tenderly, als wir am Parque México vorbeifuhren.

»Du meinst das Gespräch mit dieser Verlagsmagnatin vom *El Financero*?«, sagte ich. »Tja, das ist leider nicht so gut verlaufen … Zuerst hat sie so getan, als ob sie mein Spanisch nicht versteht. Dann hat sie eingeräumt, dass meine Bewerbungsunterlagen wohl aus Versehen im Mülleimer gelandet sind, und zum Schluss hat sie versichert, dass sie sich in naher Zukunft bei mir melden wird – ich vermute, sobald im Großen Mayakalender das Jahr ›5 Schilf‹ wiederkehrt. Nach dieser kleinen Machtdemonstration hat sie sich wahrscheinlich in ihrem Büro eingeschlossen, um ausgiebig zu masturbieren.«

»Du bist unmöglich!«, sagte Tenderly. »Vielleicht solltest du wirklich wieder zurück nach Deutschland gehen. Andere finden sich hier zurecht, nur du hast immer Probleme.«

»Soso«, sagte ich. »Da fällt mir übrigens was ein. Halt doch bitte mal beim 7-11, ich muss noch schnell was kaufen!«

Tenderly hielt den Wagen, ich stieg aus und betrat den 7-11. Ich kaufte Kaugummis, eine Packung Zigaretten und die neue, druckfrische Ausgabe des Magazins *¡HOLA!*. Abgesehen von Raymond Chandler gab es keine Lektüre, die ich so liebte wie die *¡HOLA!*. Jede Nummer war eine Gala-Ausgabe, keine fiel ab. Die Art, wie in der *¡HOLA!* die Gesellschaft porträtiert war, ließ selbst Chandler blass aussehen. Ich setzte mich wieder ins Auto, Tenderly fuhr los, und ich blätterte die Seiten durch. Hauptattraktionen dieser Ausgabe waren: das alterssenile, dennoch nie gereifte Kindergesicht des Harald von Norwegen, das auf jedem Foto ein hirnrissiges Grinsen zur Schau trug; die grausam-kalte, hinter einer Sonnenbrille verborgene Betrügerfresse eines Don Cayetano Ordoñez de Irujo, Marqués von Salvatierra und Solera; das geistig verwirrte Wasserleichenantlitz einer Dame namens Inmaculada Rivas-Rivas y Rivas, Gattin des Präsidenten von Nicaragua; der zänkische, von Ibizas Sonne ausgedörrte Nagetierkopf einer Frau Fominaya Pretorius Pont; die speihässlichen, total depravierten Potentaten von Brunei, die ihre dicken Hintern in Badewannen aus Gold wälzten. Bei jeder *¡HOLA!*-Lektüre war es meine Lieblingsbeschäftigung, den Sieger dieser Trottelparade zu küren. Darin lag ein süßer, wenn auch kranker Kitzel. Denn es war jedes Mal völlig unmöglich zu entscheiden, welches Land nun die beknackteren Oberschichtsrepräsentanten vorzuweisen hat. Immer wenn ich bei der Durchsicht einer Fotostrecke zum Urteil kam: »Diese Schreckgestalt ist nicht mehr zu toppen!«, geriet meine Entscheidung bei der nächsten Doppelseite wieder ins Wanken. Ich lachte auf.

»Was gibt's zu lachen?«, fragte Tenderly.

»Hör dir das an!«, sagte ich. »*Die bildhübsche Moderatorin Fominaya gesteht: ›Leben ist fantastisch. Ich schaue eine Blume an und fühle Liebe. Liebe für die Familie und die Tierchen.‹* Welche Tierchen? Von was reden diese Menschen? Oder hier: Die Präsidentengattin Rivas-Rivas y Rivas bekennt: *›Zu Weihnachten schenken wir uns nur selbst gemachte Marmelade, weil man im Kampf gegen das materielle Denken mit gutem Beispiel vorangehen sollte.‹* Wenn auch nur einer von diesen Wahnsinnigen für 5 Centavos Hirn im Kopf hat, fress ich einen Besen …«

An der Essenstafel rief ich mir zum leisen Geklapper des Geschirrs unaufhörlich Tenderlys Losungen ins Gedächtnis: *Den Suppenlöffel mit der Spitze zum Mund führen! Die Salatblätter falten, nicht schneiden! Vor jedem Schluck am Weinglas* – dies war die schwierigste Aufgabe, weil das Glas auf mich eine unwiderstehliche Anziehungskraft ausübte – *den Mund an der Serviette abtupfen, damit kein Schmierfilm an den Gläsern kleben bleibt!* Juanita, die Dienstmagd, hatte eben das Hauptgericht serviert, einige Extrawünsche ausgeführt und sich in die Küche begeben, wo sie nun mit ihrem indianischen Mann die Reste des Menüs aß. Wir zersäbelten derweil auf unseren Tellern einen Hammelbraten, dessen Konsistenz vermuten ließ, dass der Hammel sein ganzes Leben in einem Bodybuilding-Studio verbracht hatte.

Tenderlys Mutter reichte mir mit ihrer adrigen, manikürten Hand den Soßenteller.

»Wie schmeckt es Ihnen?«, fragte sie. Normalerweise richtete sie nie das Wort an mich.

»Köstlich«, sagte ich. »Es zergeht auf der Zunge.«

»Habt ihr im Kino schon *Die rote Violine* gesehen?«, fragte Tenderlys Mutter die Allgemeinheit. »Ein Balsam für die Seele! Diese Opulenz der Farben, diese profunde Moral – einfach eine Augenweide!«

»Manche sehen das anders«, sagte Tenderly spitz.

»Nein, gar nicht!«, wehrte ich ab, obwohl ich noch vor Tagen in der *Reforma* geschrieben hatte: *»Bemüht kunstvoller Episodenschwulst über den Ringelpiez einer mit Blut lackierten Geige, die nur bei Besamungsszenen gut klingt.«*

»Wie geht es denn eigentlich mit eurem Filmprojekt voran?«, wandte sich Tenderlys jüngere Tante an ihren Neffen.

»Die Reportage ist im Kasten«, sagte Miguel und fuchtelte mit der Gabel herum. »Die Ausstellungseröffnung im *Taj Mahal* war umwerfend, das Land ist einfach pure Poesie! Sie haben die Artefakte dann auch noch nach Nepal und Bhutan gebracht, und *Die Welt – Dein Amigo* war immer vor Ort!«

»Hat *Televisa* die Reportage bezahlt?«, fragte Tenderlys ältere Tante.

»Nein«, hustete Miguel. »Ihr wisst ja, dass das seine Zeit braucht, bis man sich einen Namen in der Branche gemacht hat.«

»Natürlich«, nickte Tenderlys jüngere Tante. »Ich geb dir später ein Scheckchen, eure Ausgaben waren sicher nicht gering.«

»Klasse, ein Scheckchen, vielen Dank!«, sagte Miguel und säbelte an seinem Hammel weiter.

»Man muss die jungen Leute ja bei ihren Projekten unterstützen«, sagte Tenderlys jüngere Tante an mich gewandt. »Und dir, Tenderly, sollten wir eine Galerie in Polanco kaufen! Es hat doch keinen Sinn, dass du deine Zeit damit vergeudest, deine Bilder über Dritte anzubieten.«

Anstatt zu antworten, warf mir Tenderly einen strengen Blick zu. Au Backe, dachte ich, eben hatte ich wieder den Kopf zur Gabel geführt statt umgekehrt.

»Juanita!«, rief die Mutter in die Küche. »Du kannst dann den Kuchen servieren!«

»Sie sind Journalist, hat Tenderly mir erzählt«, sagte die ältere Tante. »Als Korrespondent welcher deutschen Zeitschrift arbeiten Sie denn?«

Nun war es an mir, zu husten.

»Leider bin ich kein Korrespondent«, sagte ich. »Ich arbeite nur als Freelancer.«

»Oooh«, sagte die Tante und machte ein Gesicht, als ob ich an einer schweren Krankheit litte. »Vielleicht habe ich schon einmal etwas von Ihnen gelesen. Wie ist Ihr Nachname?«

»Falkenhorst«, sagte ich.

»Oooh, Falken de Horst?«, fragte die Tante und gab einen anerkennenden Ton von sich.

Für Sekunden überlegte ich, ob ich nicht ein markiges Gesicht machen, mich über den Tisch lehnen und hervorstoßen solle: »Falken de Horst y Horst de la Falken à la Falken, um ganz genau zu sein.« Doch ich beließ es bei der Wahrheit.

»Nein, einfach nur Falkenhorst.«

Tenderlys Tante machte ein Gesicht, als ob sich meine Krankheit rapide verschlimmert habe. Juanita kam aus dem Küchenkabuff, in dem sie wahrscheinlich geboren worden war und auch sterben würde, und trug die Nachspeisen herein. Mit einem Lächeln, das zwischen Idiotie und kindlicher Freude schwankte, servierte sie die Teller vom Tablett. Tenderly warf mir plötzlich wieder einen strengen Blick zu, hob witternd ihre Nase und neigte sich zu mir:

»Sag mal«, flüsterte sie mir zu, »hast du vorher wirklich das Deo genommen?«

Das war der Augenblick, auf den ich gewartet hatte. Ich gab keine Antwort, sondern aß ruhig meinen Kuchen auf. Dann legte ich den Löffel auf den Nachspeisenteller, faltete die Damastserviette, wie Tenderly es mir oft genug eingeschärft hatte, ließ meine Hand in die innere Sakkotasche gleiten und zog ganz beiläufig die *¡HOLA!* hervor. Ich fühlte, wie die Blicke des gesamten Tischs auf mir lagen. Ein wenig blätterte ich in der *¡HOLA!* herum, schlug wie zerstreut mal diese, mal jene Seite auf und legte die *¡HOLA!* schließlich auf den Tisch.

»Sie lesen die *¡HOLA!*?«, fragte Tenderlys Tante perplex.

»Natürlich«, lächelte ich. »Ich bin ein großer Verehrer dieser Zeitschrift. Gerade als Journalist weiß man ihren Stil zu schätzen.«

Tenderlys Tante war die Erste, die dem Köder nicht widerstehen konnte. Mit einer Schnelligkeit, die ich ihr nicht zugetraut hatte, griff sie über den Tisch und riss die *¡HOLA!* vor allen anderen, die sich nervös die Finger rieben, an sich.

»Dann dürfen Sie sie doch nicht so knicken!«, sagte Tenderlys Tante und tatschte mir scherzhaft auf die Hand. Während sie sich in die erste Fotostrecke vertiefte, drängten sich alle bis auf Tenderly wie Hyänen um das Heft. Auch Juanita quetschte sich zu der Gruppe und lugte mit ihrem Kaspar-Hauser-Lächeln der Logenreihe über die Schultern.

»Aaah, der Marqués von Salvatierra!«, japsten die Damen.

»Das ist die neue Ausgabe! Die kenne ich ja noch gar nicht!«

»Don Cayetano de Irujo! Man sieht, er lässt beim besten Schneider arbeiten.«

»Harald von Norwegen, so ein schöner Mann!«

»Ja, er wäre eine Sünde wert.«

Während sich die Mehrzahl der Anwesenden vor der *¡HOLA!* zusammenballte, lehnte ich mich im Stuhl zurück, nahm ein Streichholz und zündete mir mit einem Schwung aus dem Handgelenk eine Verdauungszigarette an. In diesem Augenblick stand ich auf dem Zenit, in diesem Augenblick WAR ich der König von Mexico City. So viele Punkte hatte ich bei Tenderlys Familie noch nie eingeheimst. Vielleicht durfte ich künftig sogar unshampooniert und ohne Deobehandlung zu den Gastmahlen kommen. Ich sog ruhig den Rauch ein, vertiefte mich in den Glutkegel meiner Zigarette und hob nur einmal kurz die Augen, um Tenderly anzusehen, die als Einzige am Tisch sitzen geblieben war und genauso wie ich aus den Nasenlöchern dünnen Qualm absonderte. Ich musste es bei diesem kurzen Blick belassen und zum Glas greifen, sonst wäre ich vor Lachen unter den Tisch gefallen.

»Dafür wirst du büßen!«, zischte mir Tenderly zwischen den Zähnen zu.

Als Antwort gönnte ich mir etwas, das fast als »hartes, metallisches Lächeln« hätte durchgehen können.

Tenderlys Strafe folgte auf dem Fuße – in Gestalt eines Mannes namens Walter. Walter war ein weißer Bolivianer Ende dreißig, der mit seiner wuchtigen Statur, seinen geölten Kurzhaarwellen und seinem breitflächigen, fleischigen Gesicht wie ein vatikanischer Monsignore aussah, der seine Bordellbesuche mit Klingelbeutelgeld finanzierte. Diese italienische Assoziation verstärkte Walter dadurch, dass er meist Karojacketts, Pullis im Mailänder Stil und Anzughosen mit Gürtelschnallen trug, auf denen Buchstabenklimbim wie *D&G*, *GA* oder *VC* stand. Ich kannte Walter über seinen Cousin Huascár, von dem ich ein paar Monate lang mein Koks bezogen hatte. Auch Huascár war ein Mann, dem man nicht um die nächste Ecke trauen konnte. Aber während ich Huascár außerhalb unserer Transaktionen niemals sah – er empfing die Bestellungen auf seinem Beeper, kam mit dem Auto vorbei und haute, in der Mehrzahl der Fälle *Muss i denn zum Städtele hinaus* pfeifend, nach Erhalt des Geldes wortlos ab –, lief mir Walter auf Schritt und Tritt über den Weg. Walter war Stammgast im *Tiburcio*, wo er jede Nacht Jagd auf Frauen machte. Bei dieser Tätigkeit hatte Walter ziemlichen Erfolg, denn er war gerissen wie ein Wunderheiler. Er verstand es, innerhalb von Sekunden die verborgenen Schwächen und Wünsche seines Gegenübers zu sondieren und sich über diese Kanäle sofort in die Seele der Personen einzuspeisen.

Wenn mich Walter allein am Tresen einer Bar sitzen sah, machte er sich natürlich nicht die Mühe, seine hypnotischen Fähigkeiten auszuspielen. Er begnügte sich dann damit, mir zusammen mit seinem Sodbrennen misanthropische Tiraden ins Gesicht zu rülpsen, und nach der Sperrstunde pumpte er mich um Geld an. Traf er mich dagegen in weiblicher Begleitung, zeigte er sein ganzes Können: Zuerst drängte er sich zwischen mich und die jeweilige Begleiterin, um unser Gespräch zu torpedieren und unseren Blickkontakt zu unterbinden. Veränderte ich meine Position, um meine Begleiterin wieder im Blick zu haben, stellte auch er sich in geschickter Manndeckung neu auf. Nach dieser Vorarbeit – er hatte die Dame inzwischen in einen Smalltalk verwickelt – folgte seine chamäleonhafte Verwandlung: Wenn er sah, dass meine Begleiterin einen Hang zum Spiritualismus hatte, begann er vom »Weltethos« und den »Menschheitsreligionen« zu reden, und während er wie beiläufig ihre Schulter streichelte, murmelte er mit großen, feuchten Augen »Christus war Berührung...!« in ihr Ohr. Sprang meine Begleiterin dagegen auf das Thema »Geld und Luxus« an, streckte Walter die Brust aus seinem Karojackett, hakte die Finger in den Gürtel und referierte mit vielen Zahlenbeispielen die Umsätze seiner Werbefirma, von der ich aus neutralen Quellen wusste, dass sie nur dank des Geldes seiner reichen Ehefrau noch nicht bankrottgegangen war. Anders wiederum bezirzte Walter die Mädchen, die auf redegewandte, intellektuelle Männer standen: Mit ihnen redete Walter nur mexikanisches »Albur«, eine Art Geheimsprache, in der die Worte tausend erotische Doppeldeutigkeiten hatten. Ich konnte »Albur« nicht verstehen und hatte auch nicht vor, es zu lernen, aber der Subtext seiner Wortakrobatik erschloss sich auch mir: dass die Mädchen statt mit einem deutschen Trottel doch lieber mit einem just verfügbaren, unvorstellbar geistreichen Society-Hengst aus La Paz ins Bett gehen sollten. »Wer seinen Eintopf schärfer mag, muss sich die Chilis eben sorgfältig raussuchen!«, konnte so etwas auf Albur beispielsweise heißen.

Seit ich Walter im *Tiburcio* einmal am Kragen gepackt und ihn mit den Worten »Nimm endlich deine Finger von meinen Bekannten, du Titicaca-Penner!« gegen den Tresen gepresst hatte, machte er sich allerdings gar nicht mehr die Mühe, seine

Anmache in irgendwelche Geheimjargons zu verschlüsseln. Jetzt ging er mir in den Bars zwar aus dem Weg, aber jedes Mal, wenn ich die Toilette aufsuchen musste, steckte er meinen Begleiterinnen seine Visitenkarte zu – verbunden mit der Warnung, dass ich ein stadtbekannter Irrer sei.

Niemand anderes als dieser Walter war es nun, mit dem mich Gott für meine Sünden bezahlen ließ. Immer öfter hörte ich aus Tenderlys Mund seinen Namen, seit sie mit ihm im *Tiburcio* Bekanntschaft geschlossen hatte. Während sie Walter jedoch anfangs nur im Zusammenhang mit belanglosen Anekdötchen aus dem Nachtleben erwähnte, wurde er mir bei dem Streit, den ich an diesem Tag mit Tenderly hatte, bereits als Instanz, Gewährsmann und Richter entgegengehalten. Der Streit war an der Frage entbrannt, ob ich demnächst mit Tenderlys Familie in den Urlaub fahren durfte. Tenderlys Familie besaß ein Strandhaus in Cancún, und im Überschwang der *¡HOLA!*-Episode hatten mich ihre Tanten beim Digestif im Wintergarten eingeladen, an der Reise teilzunehmen. Natürlich ahnte ich, dass Tenderlys Mutter versuchen würde, diese Einladung zu hintertreiben. Um ehrlich zu sein, war es mir auch völlig gleichgültig, ob ich bei dem Sonnenspaß zugelassen war oder nicht. Im Gegenteil, ich fieberte bereits meiner sturmfreien Bude entgegen und überlegte, mit welchen Saufkumpanen und Mätressen ich sie füllen würde. Aber es war hochinteressant zu beobachten, wie Tenderly die Intrigen ihrer Mutter zu kaschieren versuchte, wie sie sich bei der Diskussion des Themas Urlaub immer stärker in Widersprüche verstrickte, wie sie sich krümmte und wand, wenn es um meine Teilnahme ging. In meiner Wohnung rückte sie nun das erste Mal mit der Wahrheit heraus:

»Sei mir nicht böse«, sagte Tenderly nach dem Abendessen, »aber leider kannst du doch nicht mit nach Cancún.«

»So?«, sagte ich und machte ein erstauntes Gesicht. »Aber ich war doch ausdrücklich eingeladen.«

»Ja«, sagte Tenderly, »aber wir haben festgestellt, dass im Strandhaus gar nicht genug Platz für alle ist.«

»Platz ist in der kleinsten Hütte«, zirpte ich und räumte die Teller ab.

»Ja, aber wir haben uns einfach in der Zahl der Betten geirrt.«

»In der Zahl der Betten geirrt? Wir sind doch lediglich zu sechst. Wie kann man sich da in der Zahl der Betten irren? Sag's doch einfach frei von der Leber weg: Was ist der wahre Grund, wieso ich nicht mit kann?«

Tenderly zuckte verlegen die Schultern.

»Meine Mutter ist der Meinung, dass wir beide nicht zusammenpassen.«

»Lässt du dir von deiner Mutter vorschreiben, mit wem du zusammen bist?«

»Nein, natürlich nicht! Aber um ehrlich zu sein: Das sagt nicht nur meine Mutter, das sagen auch Leute, die dich gut kennen.«

Nun begann das Thema richtig interessant zu werden.

»Leute, die mich gut kennen?«, fragte ich und setzte mich wieder an den Tisch. »Wer soll das denn bitte sein?«

»Zum Beispiel Walter.«

»Walter?«, rief ich. »Walter ist ein unverbesserlicher Gauner, der hinter Schloss und Riegel gehört. Wenn Walter irgendjemanden gut kennt, dann den Untersuchungsrichter für Mitgiftschwindel.«

»Das stimmt nicht!«, fiel mir Tenderly ins Wort. »Walter hat ein florierendes Unternehmen! Du bist nur eifersüchtig, weil Walter jedes Mal sehr galant ist, wenn er mich sieht.«

»Du glaubst doch nicht im Ernst, dass Walter mit seiner

kaputten Werbefirma *Waltworx* in Pedregal irgendwelche Kohle erwirtschaftet!«

»Doch. Im Gegensatz zu dir kauft Walter seine Garderobe immer in der Avenida Presidente Masaryk.«

»Du meinst seine drei Matt-Bianco-Anzüge, die er im Rotationsverfahren trägt? Entschuldige, dass ich lache! Diesen Zwirn kann er sich wahrscheinlich nur deswegen leisten, weil er Prozente von seinem Cousin kassiert, der Dealer ist.«

»Walters Cousin ist Dealer? Nie im Leben.«

»Natürlich, Huascár ist Dealer! Woher, glaubst du, beziehen wir im *Centenario* unsere Päckchen?«

»Hör auf, mich anzuschreien! Das Problem bist du und dein Drogenkonsum. Walter und sein Cousin haben damit überhaupt nichts zu tun.«

»Ich schreie überhaupt nicht! Aber es verblüfft mich einfach immer wieder, dass du einerseits eine unverbesserliche Spießerin bist, aber andererseits nicht durchschaust, dass jemand wie Walter dich einfach nur ins Bett kriegen will – wenn er nicht noch viel trübere Pläne verfolgt.«

Tenderly schlug die Hände vorm Gesicht zusammen. Die Tränen rannen ihr wie einer Mater Dolorosa über die schneeweißen Wangen. Sofort tat es mir leid, dass ich sie eine »unverbesserliche Spießerin« genannt hatte. Wahrscheinlich hatte Tenderly Recht. Wahrscheinlich war ich durch meinen Umgang mit Menschen wie Frazetti, Gregorio und David wirklich einer schrecklichen Gehirnwäsche unterzogen und zu einem herzlosen, misogynen Monster umgepolt worden.

»Tut mir leid, dass ich so grob war«, sagte ich und strich ihr durch die Haare. »Ich hab's nicht so gemeint.«

»Es ist ja gar nicht so«, schniefte Tenderly, »dass ich spießig bin und alle Drogen verurteile. Aber ihr macht euch mit eurem Kokain kaputt!«

»Ja«, gab ich zu, »du hast Recht.«

»Ich bin gar keine Spießerin! Ich bin offen für alles! Nur weil ich aus einem wohlhabenden Elternhaus komme, wirfst du mir vor, dass ich mich nichts traue.«

»Nein, ich werfe dir nichts vor. Ist schon alles o. k.«

»Dabei habe ich letztens sogar selbst einmal Drogen ausprobiert!«, sagte Tenderly und strich sich trotzig die Tränen von der Wange. Jetzt blieb mir die Spucke weg.

»Du hast… Drogen ausprobiert?«

»Ja«, sagte sie, »mit Walter. Er hat mich vor einer Woche im *Tiburcio* überredet, mit ihm ein Ecstasy zu nehmen. Dann haben wir die ganze Nacht in seinem Auto gesessen und haben Chers *You're My Ecstasy* gehört.«

Tenderly kniff die Augen zu und machte ein wohliges, zufriedenes Gesicht wie in einer Kaffeewerbung. Ich stand auf und ging zur Anrichte. In meinem Kopf hörte ich ein verstörendes elektrisches Britzeln, das ich mit einem Schluck Tequila zum Schweigen brachte. Dann setzte ich mich wieder und bemühte mich um einen sachlichen, pädagogischen Tonfall.

»Hör mal zu«, sagte ich, »ich habe dir mit Bedacht niemals Drogen angeboten. Ich war mir freilich auch absolut sicher, dass du sie ohnehin ausgeschlagen hättest. Dürfte ich vielleicht wissen, wieso du bei Walter eine Ausnahme gemacht hast?«

»Walter hat gesagt, das sei ein echtes Ecstasy aus Paris – ganz selten und wahnsinnig teuer. Walter muss ein Vermögen dafür hingeblättert haben.«

»Echtes Ecstasy aus Paris!«, ächzte ich und schlug die Hände überm Kopf zusammen. »Es ist nicht zu fassen, was dieser Walter für ein Schurke ist! Und dann habt ihr also in Walters Auto gesessen, beflügelt von dem raren, teuren Ecstasy?«

»Ja.«

»Und war da im Auto etwas zwischen euch?«, fragte ich, obwohl mir bereits die Vorstellung, dass meine Freundin mit einem Kotzbrocken in Karozwirn zu Chers Musik einen Soundorgasmus hatte, das Abendessen hochkommen ließ.

»Natürlich nicht«, sagte Tenderly. »Es ist dir offenbar bis jetzt entgangen, dass ich ein Mädchen mit Prinzipien bin. Ich würde nie fremdgehen, solange ich einen Freund habe.«

»Also nun hör mal zu«, sagte ich und nahm ihre Hand. »Walter würde dir statt dem Einsatz von Ecstasy genauso gut eine Äthermaske aufsetzen, um seinem Ziel näherzukommen! Ich verstehe also immer noch nicht ganz, warum du zu Walter mehr Vertrauen hast als zu mir.«

Tenderly schaute ratlos an die Wand und überlegte.

»Tja, ich weiß nicht…«, sagte sie. »Irgendwie erinnert er mich an Fabio.«

»Du weißt, dass Walter verheiratet ist und zwei Kinder zu Hause sitzen hat?«

»Er will sich scheiden lassen«, berichtigte mich Tenderly.

»Wirklich?«, sagte ich. »Na, dann muss seine Frau pleite sein.«

Tenderlys Gesicht wurde nun offen feindselig.

»Immer denkst du nur ans Geld!«, fauchte sie. »Bei Menschen wie dir dreht sich die ganze Welt nur ums Geld.«

Das Ende kam auf einer Party, die Tenderlys Schulfreund Darcy gab. Ich hatte Darcy vor mehreren Monaten während meines ersten Stierkampfbesuchs kennengelernt, wo er auf einem eigens mitgebrachten Heizkissen saß, übertrieben oft von seinem Tribünenplatz hochschnellte und dem Torero »El Zotoluco López« rare andalusische Spezialanfeuerungen zurief, die Darcy als Kenner tauriner Kunst auswiesen. Darcy war Regisseur, und auf der Party, die er in einer Villa im La-Roma-Viertel feierte, sollte sein erster Spielfilm präsentiert werden.

Tenderly hatte mir Darcys Adresse gegeben, weil sie zuvor mit ihrer Familie den Urlaub besprechen und erst gegen Mitternacht auf der Party eintreffen wollte. Um neun Uhr abends stand ich also allein vor Darcys Haus, das wie die meisten Gebäude der Gegend einst ein Stadtpalazzo steinreicher europäischer Einwanderer gewesen war. Ich stieß das schmiedeeiserne, mit Figuren verzierte Mauertor auf, trat in den Garten und spazierte zum Haus. In der Säulenhalle der Veranda standen bislang nur wenige Gäste und unterhielten sich. Da ich Hemmungen hatte, mich ungefragt fremden Menschen aufzudrängen, hielt ich zuerst nach Trinkmöglichkeiten Ausschau, konnte aber nur einen Tisch im Garten entdecken, auf dem etwa fünfzig fingerhutgroße Plastikbecher mit warmem Bier aufgereiht waren, die mich an eine urologische Praxis erinnerten. Ich verkostete einen der Becher, trat rasch hinter die Statue einer Nymphe und goss das Bier in den Erdboden. Dann stahl ich mich aus dem Garten und lief zehn Blocks weit zum nächsten 7-11, um mir zwei Snickers und eine 0,35-Flasche Tequila zu kaufen. Mit der Flasche Tequila würde ich mich auf der Party zwar sehr wahrscheinlich ins soziale Abseits katapultieren, doch das war mir nach den ersten Schlücken, die ich auf dem Weg zurück in den Becher kippte und austrank, gleichgültig.

Ich trat erneut in Darcys Garten – die Tequilaflasche halbherzig in meinem Sakko versteckt – und wandelte eine Weile ziellos auf der Veranda zwischen den Gästen und den klassizistischen Säulen umher. Inzwischen waren ein paar Gesichter hinzugekommen, die ich vom Sehen kannte: zum Beispiel Joshua Cairo, der argentinische Sänger einer Electro-Punk-Combo namens »Titan«, der jetzt in einem Skianorak und einer Hose mit Zottel-Applikationen auf der Veranda stand und zu seiner Begleitung sagte:

»Ich hasche *Iberia,* ich hasche allein schon die Uniformen der Stewardeschen, und besondersch hasche ich ihren Akzent! Am allermeischten aber hasche ich das *Hotel Maritim,* in dem ich immer gaschtieren musch!«

Neben Joshua erkannte ich eine Galeristin namens Carmen Lazlo, die – bekleidet mit Rugbyschuhen, Kniestrümpfen, einer hochgekrempelten Schlägerhose und einem Rolli wie ein Kettenhemd – ihre Augen aufriss und einer Freundin ins Gesicht schrie:

»Ich kann einfach nicht mehr, weil ich hab bei ihm einfach das Gefühl, er holt mich nicht dort ab, wo ich steh!«

Und dann erkannte ich auf der Veranda noch eine gewisse Pilar Rommel, die Telenovela-Schauspielerin war, ihre feenhaften Chiffonärmel durch die Luft gleiten ließ und sagte:

»Weißt du, so 'n Liquid Sound Pool is ganz was Individuelles, also viel mehr Well-Being als Wellness. Du fühlst dich, als ob du treibst, nein, als ob du schwebst! Du hörst Walgesänge, siehst Delphinbilder, und alle fünf Minuten wechselt das Lichtspektrum. Du wirst es nicht glauben, aber jede Farbe gibt eine ganz bestimmte Stimmung und …«

Ja, dachte ich, jedes beknackte Wort dieser Menschen gibt eine ganz bestimmte Stimmung, und leider ist diese ganz bestimmte Stimmung so geartet, dass sie nur mit sehr viel Alkohol abgetötet werden kann. Im selben Augenblick, da ich mir verstohlen einen neuen Schluck Tequila in den Becher einschenkte, sah mich Darcy, der in einem der Grüppchen stand. Er löste sich aus der Gruppe und kam zu mir herüber.

»Gefällt dir die Party?«, fragte er. »So lebendige Leute erlebt ihr in Deutschland nicht alle Tage, was? Hier muss man doch einfach Spaß haben!«

»Ja, ja«, sagte ich und versuchte, die Tequilaflasche in meine Tasche zu stopfen.

»Ich wollte mit dir mal was besprechen«, sagte Darcy und legte mir die Hand auf die Schulter. »Tenderly hat mir erzählt, dass du Journalist bist. Da dachten wir natürlich sofort daran, dass du vielleicht für ein paar deutsche Zeitungen was über unseren Film schreiben könntest. Ein bisschen Werbung im Ausland könnten wir gut gebrauchen, hier in Mexiko ist sie nicht so nötig.«

»Sicher«, nickte ich. »Und was springt für mich dabei raus?«

Darcy sah mich empört an und nahm seine Hand von meiner Schulter.

»Wir dachten, wir setzen dich als Gegenleistung auf unseren Verteiler!«, sagte er. »Dann wirst du immer auf unsere Partys eingeladen. Ist dir das etwa nicht genug?«

»Sicher«, sagte ich. »Ich werde sehen, was sich machen lässt.«

Darcy klopfte mir wieder auf die Schulter, sah das Gespräch als beendet an und setzte seinen Rundgang auf der Veranda fort. Ich lehnte mich – vom Tequila inzwischen in stumpfe Resignation versetzt – an eine Säule und betrachtete erneut die anwesenden Gäste: Nietzsche hatte irgendwo einmal behauptet, dass sich die Herrschenden – die »Schönen«, »Stolzen«, »Vornehmen«, »Zügellosen« – gegenüber den Beherrschten – den »Niedrigen«, »Schwachen«, »Gemeinen« – physiognomisch durch »eine mächtige Leiblichkeit«, eine »überschäumende Gesundheit«, »ein tapferes Drauflosgehn« und »Überwältigen-Wollen« auszeichnen – kurz: durch die Tugenden einer »Kriegerkaste«, die »wirklich versprechen d a r f «. Es war mir ein Rätsel, wo Nietzsche diese »Kriegerkaste« gesehen haben mochte, auf Darcys Partys war sie jedenfalls nicht.

Keiner der Gäste sah aus wie ein titanengleicher Eroberer, keiner wie der junge Hernán Cortés, der junge Pizarro oder der junge Núñez de Balboa. Sie alle sahen lediglich aus wie der junge Alexander Mazza, der junge Oliver Geissen oder der junge Jörg Pilawa. Man konnte sich beim besten Willen nur einen Bereich vorstellen, in dem diese Menschen »wirklich versprechen d u r f t e n«: Werbespots für *Bunte Smarties, Mattel* oder *Playmobil.*

Aus meinen geschichtsphilosophischen Rundflügen riss mich Tenderly, die offenbar gerade eingetroffen war und sich zu mir an die Säule gestellt hatte.

»Darcy ist völlig schockiert!«, sagte Tenderly und schüttelte mitleidig den Kopf. »Er hat gesagt, du hättest versucht, ihn um Geld zu erpressen!«

»Da hat Darcy den Begriff ›Erpressung‹ falsch verstanden«, sagte ich. »Wie gehen die Dinge mit eurer Urlaubsplanung?«

»Wir fahren am Sonntag«, sagte Tenderly. »Meine Mutter, mein Bruder, meine Tanten und ich – also alles ganz familiär. Nimm uns das bitte nicht übel.«

An der Art, wie Tenderly das sagte, erkannte ich, dass es aus war. Es klang wie ein Abschied, und so war es auch gemeint.

»I wo!«, sagte ich. »Es ist ohnehin besser, wenn ich ein paar Tage in Ruhe arbeiten kann. Ich wünsch euch eine gute Reise. Und dir alles Gute.«

Eine Glocke bimmelte auf der Terrasse und jemand rief, dass die Filmvorführung begann. Ich ließ Tenderly an der Säule zurück und folgte dem Strom der Gäste ins Haus zum Vorführraum. Der Saal war voll, und ich ergatterte lediglich einen Platz an der Türschwelle. Der Vorspann des Films belehrte mich, dass Darcy Produzent, Regisseur und Hauptdarsteller in einem war. Soweit ich der Handlung folgen konnte, ging es in dem

Film um den sexuellen Amoklauf eines Manns, der zugleich notorischer Lügner, umschwärmter Frauenheld und gefürchteter Ganove war. Mit Walter als Hauptdarsteller hätte der Film sicher an Realismus gewonnen, aber Darcy war eine Fehlbesetzung. Er musste sein Äußeres unwiderstehlich finden, denn die meisten Szenen waren von Großaufnahmen seines Gesichts beherrscht, das filterlose Zigaretten rauchte, schmutzige, knappe Sätze sprach und Frauen mit animalischen Blicken taxierte. Schon nach wenigen Minuten gab es wilden Sex auf dem Disko-Klo, Verfolgungsjagden durch glitzernde, regennasse Straßen und Schlägereien, in denen Darcys Gegner rasch den Asphalt küssten. Alles wirkte sehr französisch, sehr provokant und rau, und an den Außenaufnahmen war für mich nicht einmal zu erkennen, ob der Film überhaupt in Mexiko gedreht worden war. Als Darcy in einer weiteren Sexszene mit tierischen Lauten Pilar Rommel auf dem Rücksitz einer Limousine durchbürstete, hatte ich einen ausreichenden Eindruck erhalten, um sein filmisches Werk gewichten zu können. Ich trat vorsichtig von der Türschwelle zurück und ging unter den erstaunten Blicken der Umstehenden nach draußen.

Durch den verlassenen Garten, vorbei an den Statuen und den Bierbechern, auf die nun gespenstisch der Vollmond schien, spazierte ich zum Tor. Gut ein halbes Jahr war es nun her, dass ich mich angeschickt hatte, König von Mexico City zu werden – mittels einer Beziehung, die gerade zu Ende gegangen war. Ich hatte in dieser Zeit mehr Familienessen absolviert, mehr Indra-Stellungen durchgepaukt und mehr Spezial-Deos aufgetragen, als der heilige Rochus Hüte hatte. Doch anstatt mich zu irgendeiner Herrschaftsposition aufzuschwingen, war das einzige Privileg, das ich während all dieser Monate erworben hatte, in den Partyverteiler eines Spinners namens Darcy aufgenommen zu werden.

Im selben Moment, da ich das Torschloss aufzog, tauchte vor mir auf der Straße plötzlich wie aus dem Boden gewachsen Walter auf – noch pomadiger, noch fleischiger und monsignorehafter als sonst. Walter schien von unserem Zusammentreffen überrascht zu sein, denn sein breiter, sinnlicher Mund kräuselte sich halb verlegen, halb süffisant.

»Glückwunsch!«, sagte ich. »Du hast gewonnen.«

Walter neigte sein Gesicht wie ein ertappter Schüler und schwieg.

»Ich hoffe, du hast deine berühmten Pariser Jahrgangsecstasys dabei«, sagte ich. »Anders ist die Party nämlich nicht auszuhalten.«

Walter lachte kurz auf, und ich öffnete ihm das Gartentor. Mit einem Handschwung ließ er mir den Vortritt nach draußen, ich nahm die Geste an und ging an ihm vorbei auf die Straße. Was soll's, dachte ich, Walter mochte ein ausgemachter Gauner, Strauchdieb und Heiratsschwindler sein – aber zumindest sah er aus wie ein Mann. Sollte e r sich doch die Zähne an Tenderly und ihrer Mutter ausbeißen.

Ich jedenfalls war dem Reigen der Egomanen entflohen, und nun galten wieder die alten, bewährten Prioritäten. Ich spürte, wie sich Zeitfenster öffneten, die ungeheuer waren: Mo.-Di.-Mi.-Do.-Fr.-Sa.-So. im *Centenario* – vom Morgengrauen bis zum Schrei der Nachtigall, und niemand konnte mich aufhalten. Sollte ich Walters Cousin nicht gleich eine Anweisung auf seinen Beeper schicken, mir ein Päckchen vorbeizubringen? Ja, genau das sollte ich tun! Sollte ich nicht gleich Frazetti anrufen, ob er für einen Umtrunk verfügbar war? Ja, genau das sollte ich tun! Ich hielt das nächste Taxi an und nannte dem Fahrer eine Adresse, die es in sich hatte.

Der grosse Job

»We'll give you crazy performance /
We'll give you grounds for divorce…«
Freddie Mercury: *Let Me Entertain You*

Der große Job flog mir an einem Montag um drei Uhr nachts zu. Ich lag im Bett meines Apartments in der Hipopótamo-Straße und träumte einen süßen, sonderbar plastischen Traum: Vor mir gleißte die dreistöckige Galerie der Tequilaflaschen, die gewöhnlich hinterm Tresen des *Centenario* standen – der blaue, verschnörkelte Jugendstil-Flakon des *Corralejo Diez Años,* der rustikale Tetraeder des *Cuervo 1800* und der handlich geriffelte Klotz des *Suave Patria Premium* –, und all die Flaschen hatten ihre Gießaufsätze wie Schnäbel hungriger Vogelkinder in die Höhe gereckt. Gerade neigte sich der Barmann Mario in einem sanften Licht über den Tresen, um mich zu fragen, mit welcher Marke ich zu beginnen wünsche, als das Telefon neben meinem Bett losschrillte und mein Traumgebilde zerstäubte.

»Hier Chefredakteur Werffs vom *Esquire!*«, hörte ich eine barsche Stimme, die sich offenbar weder um Zeitzonenunterschiede noch um Höflichkeitsfloskeln scherte. »Sie sind doch der freie Journalist, der uns diese schockierende, alptraumhafte Frauengeschichte angeboten hat, die einem das Blut in den Adern gerinnen lässt …«

»Sie meinen … die Story über meine Exfreundin?«, murmelte ich schlaftrunken.

»Was?«, fuhr die Stimme auf. »Nein, ich rede natürlich von der Reportage über die Frauenmorde in dieser Stadt namens Ciudad Juárez. Die ›Monsterstory‹, wie Sie in Ihrer Mail behaupteten!«

Ich rappelte mich auf und ließ mit Lichtgeschwindigkeit all die Themen durch mein Hirn jagen, die ich in den vergangenen Monaten wahllos der mexikanischen Presse entnommen und als Reportagenangebote an deutsche Zeitschriften weitergeleitet hatte.

»Die Frauenmorde!«, drängte die Stimme. »Die Frauenmorde! Nun erzählen Sie mir bloß nicht, Sie können sich nicht mehr an Ihre eigenen Themenvorschläge erinnern.«

»Die Frauenmorde!«, rief ich. »Natürlich, die Frauenmorde, wo hatte ich nur meinen Kopf!«

»Folgendes: Ich will diese Story haben!«, sagte die Stimme in einem Ton, als treibe sie ausstehende Schulden ein. »Sie muss bereits ins Novemberheft, das heißt: Es brennt! Deadline ist in drei Wochen – ist das zeitlich für Sie zu machen?«

»Ich denke schon.«

»Besonders wichtig sind die Fotos. Die geschundenen Körper! Die zertretene Würde! Die Fratze des Wahnsinns! Man muss sehen, dass dort die Apokalypse im Gange ist! Können Sie diese Fotos beschaffen?«

»Dürfte kein Problem sein«, sagte ich, doch schon jetzt fühlte ich ein Faltengebirge an Problemen vor mir aus dem Boden wachsen.

»Gut«, sagte die Stimme, offenbar zufriedengestellt. »Meine

Sekretärin faxt Ihnen sofort den Vertrag zu. Also, geben Sie dem Affen Zucker!«

»Warten Sie«, sagte ich. »Werden denn die Spesen übernommen?«

»Äh-äh-äh«, geriet die Stimme ins Stocken und fand erst nach Sekunden wieder zu ihrem alten Ton zurück, »in vernünftigen, vertretbaren Grenzen selbstverständlich! Ich meine, wenn Sie nicht die ganzen Familien der Opfer zu Veuve Cliquot einladen ...«

Nach diesem Witzchen gönnte sich die Stimme ein kurzes, wieherndes Gelächter und beendete das Gespräch. Auch ich hängte ein und kroch wieder unter die Bettdecke, um mich beim Barmann Mario für eine der Tequilaflaschen zu entscheiden.

Sieben Stunden später traf ich mich mit Frazetti im *Fogoncito*, wo wir Dörrfleisch-Tacos und Rühreier frühstückten.

»Erzähl mir etwas über die Frauenmorde in Ciudad Juárez!«, sagte ich. »Ich muss morgen für eine Reportage dorthin fliegen.«

Frazetti starrte mich an wie jemanden, bei dem unvermittelt der Rinderwahnsinn ausgebrochen war.

»Bist du von Sinnen?«, rief er und pfefferte seine Serviette auf den Tisch. »Das ist eine verdammt schmutzige Geschichte, von der du besser die Finger lässt! Ciudad Juárez stinkt einen Kilometer zum Himmel!«

»Das tut Mexico City auch«, sagte ich.

»Im Vergleich zu Ciudad Juárez ist Mexico City ein Luftkurort! Abgesehen davon, dass in Ciudad Juárez das Drogenkartell des Félix-Clans seinen Hauptsitz hat und jeden umlegen lässt, der sich ins Business einmischt, ist die Stadt auch so was wie ein Disneyland für Psychokiller. In den letzten zehn Jahren wurden dort über 300 junge Mädchen ermordet. Es vergeht kaum eine Woche, an der nicht ein neues Grab ausgehoben wird.«

»Wurde denn nie ein Täter ermittelt?«, fragte ich.

Frazetti winkte ab.

»Der Polizei sind die Mädchen scheißegal«, sagte er. »Pro Jahr verschwinden in Ciudad Juárez Tausende von Menschen, ohne dass ein Hahn nach ihnen kräht. Sehr wahrscheinlich sind die Polizisten in die Frauenmorde sogar mit verwickelt.«

»Aber das FBI ...«, beharrte ich. »Irgendjemand muss die Sache doch mal untersucht haben! Ciudad Juárez liegt schließlich direkt an der amerikanischen Grenze.«

»Vergiss es!«, sagte Frazetti. »Das FBI hat mal irgendeinen hochdekorierten Possenreißer dorthin geschickt – ich glaube, es war derselbe, der in den siebziger Jahren den *Vampir von Sacramento* zur Strecke gebracht hatte –, aber dieser Typ kehrte nach zwei Wochen Ciudad Juárez totenbleich und vor Angst schlotternd in sein FBI-Department zurück. Er hat seine Ergebnisse nie veröffentlicht, und von seinen Ermittlungen über die Frauenmorde hat man niemals wieder etwas gehört.«

»Du meinst also, ich sollte die ganze Reportage abblasen?«

»Genau das meine ich. Hast du denn schon mit jemandem in Ciudad Juárez Kontakt aufgenommen?«

Ich lehnte mich im Stuhl zurück und versuchte, so knapp und abgeklärt wie Peter Scholl-Latour zu nicken.

»Heute Morgen habe ich mich mit dem Leiter der dortigen Menschenrechtsorganisation in Verbindung gesetzt. Er hat mir für die Reportage seine uneingeschränkte Unterstützung zugesagt.«

Frazetti stöhnte auf.

»Um den Sumpf von Ciudad Juárez unbeschadet zu überstehen«, sagte er, »brauchst du einen Vergil – irgendeinen unantastbaren Führer durch die Unterwelt –, aber jemand von der Menschenrechtsorganisation ist ganz sicher kein Vergil! Das ist einer, der bei den Killern selbst auf der Abschussliste steht! Als Erstes rate ich dir dringend, in Ciudad Juárez niemandem was von deiner Reportage zu erzählen – vor allem nicht der Polizei. Bleib unbedingt inkognito!«

»Gut«, sagte ich.

»Warum hast du der deutschen Presse überhaupt ein solches Wahnsinnsthema angeboten?«

»Aus Geldmangel«, seufzte ich, »warum denn sonst!«

Frazetti schüttelte den Kopf, zog ein Buch aus seiner Aktenmappe und schob es mir über den Tisch.

»Hier, damit du weißt, wie diese Psychokiller ticken – falls du mit ihnen zu tun bekommst und noch ein paar Sekunden zum Reagieren hast. Ich wünsch dir auf jeden Fall viel Glück!«

Dann umarmte er mich, rief den Ober und zahlte meine Rechnung mit, was er sonst nur sehr selten tat.

Es war ein strahlender Augusttag mit einem Himmel blau wie ein Schwimmbad, als mein Flug nach Ciudad Juárez ging. Den Abend zuvor hatte ich meine Exfreundin Tenderly ein letztes Mal in ihr indisches Lieblingsrestaurant eingeladen – vielleicht meine Henkersmahlzeit, dachte ich – und ihr meine Ängste mitgeteilt. Wie immer gab Tenderly ein Beispiel an Zartgefühl und Verständnis:

»Weißt du«, sagte ich, »dieses Ciudad Juárez ist offenbar

so eine Alptraumstadt, in der nur Mörder und Psychopathen unterwegs sind. Ich habe keine Ahnung, ob ich da lebend wieder rauskomme.«

»Mmmmhhhmm!«, schmatzte Tenderly und tunkte ihr Pakora in die Töpfchen mit den raffinierten erdfarbenen Soßen. »Köstlich, dieser eingelegte Fisch! So knusprig! Aber du musst auch unbedingt diese Crème hier probieren, die ist mit wilden Mangos.«

»Ich habe zwar schon den Flug gebucht«, sprach ich weiter und warf Tenderly einen Blick zu wie ein herrenloser Hund, der dringend einen Besitzer sucht, »aber mir wär's lieber, wenn mich jemand zurückhielte.«

»Mmmhhhmm, ich glaube, ich werde auch noch ein Dulaimi Dinghi bestellen müssen«, sagte Tenderly und schaufelte die Mangocrème leer. »Aber wenn du zurückkommst, möchte ich unbedingt mal das *Maharadja Palace* ausprobieren. Das hat in der Sonntagsbeilage *Mexiko prasst* ganze sieben Gourmetpunkte bekommen!«

Im Gedanken an diesen Abend packte ich nun meine Reisetasche mit journalistischen Utensilien voll – Fotoapparate, Mikrofone, Aufnahmegeräte und mehrere Stapel Zeitungsberichte, die ich im Archiv der *Reforma* fotokopiert hatte –, verschloss die Wohnungstür und machte mich auf den Weg. An der Straßenecke stieg ich in einen Bus Richtung Flughafen, dessen Route durch Mexico Citys Innenstadt führte. Da mich ein Blick auf die Uhr belehrte, dass mir noch drei Stunden Zeit bis zum Abflug blieben, beschloss ich, in einer beliebigen Cantina im Zentrum einen Zwischenstopp einzulegen und dort einige Biere gegen meine Flugangst zu trinken. Ich stieg am Zócalo aus, betrat die nächstbeste Cantina und machte es mir auf einem Barhocker bequem. Über den Tresen gebeugt nahm ich Frazettis Leihgabe, *Das Lexikon der amerikanischen Psychokiller*, zur Hand und las mich in die Materie ein, um frühzeitig für etwaige Konfrontationen gewappnet zu sein.

Schon nach wenigen Seiten stand mir kalter Schweiß auf der Stirn: Es handelte sich hier eindeutig um Menschen, die so geistesgestört waren, dass ihnen mit schulpsychologischen Tricks nicht beizukommen war. Hier waren Wahnsinnige am Werk, die sich, wenn man sie in ihrem Treiben behinderte, kaum von Mätzchen wie gezückten Journalistenausweisen, dem Pochen auf freie Berichterstattung oder der Zusicherung strengster Diskretion beeindrucken lassen würden. Schon die Beschreibungen der von ihnen angerichteten Blutbäder jagten einem Schauer über den Rücken, aber noch gruseliger klangen die Selbstaussagen der Täter:

Ramírez war überzeugt davon, dass man ihn nur deshalb nicht begnadigte, weil man seine »magnetische Anziehungskraft« fürchtete. Er hielt sich für einen Mann, dessen »Taten noch nicht richtig verstanden worden« wären und »erst in der historischen Perspektive als wahre Leistung erkannt« würden ... Gacy verstand sich als »Mordclown« – sein »Paradestück« war der »Trick mit dem Würgestrick«, den er seinen 22 Opfern »stundenlang demonstrierte« ... Schon in seiner Jugend beging Speck fast täglich Fetischdiebstähle: Nichts erregte ihn so stark, wie »gestohlene Frauenunterwäsche zu tragen«, in die er defäkiert hatte ... Nachdem Sirhan, der von sich nur in der dritten Person sprach, seine bestialischen Schlächtereien gebeichtet hatte, posierte er für den Fotografen an der Zellentür, zog den Bauch ein und fragte stolz: »Nun, mein Herr, was halten Sie jetzt von Sirhan?« ... Meyerhofer, der schon im Alter von fünfzehn den ersten Mord beging, litt von Kindheit an unter visuellen Halluzinationen: Jedesmal, wenn er in den Spiegel schaute, hatte er das Gefühl, dass sein »Gesicht nach und nach zerbröckele und zu Boden falle« ...

Auf ein Treffen mit der mexikanischen Abordnung dieser

Charaktere durfte man gespannt sein – vorausgesetzt, man war lebensmüder Masochist.

Ich verstaute Frazettis Buch wieder in der Reisetasche, bezahlte beim Barmann mein Bier und erwarb außerdem eine Flasche Mezcal zum Mitnehmen, um neben meiner Flugangst auch die Abneigung gegen diesen Flug im Besonderen zu bekämpfen. Dann trat ich vor die Cantina und hielt Ausschau nach einem Taxi.

Gerade als die Glocke der Kathedrale mit Schicksalswucht Mittag schlug, brach aus dem strahlenden, wolkenlosen Augusthimmel ein Hagelschlag los. Kieselgroße Eisbrocken trommelten auf den Hauptplatz der Innenstadt und fegten binnen Sekunden die Straßen leer. Alle Passanten flüchteten sich sofort in die Läden und Restaurants, minutenlang sah man nur Millionen der Eisklumpen wie Meteoritentrümmer aufs Pflaster prasseln. Es war rätselhaft, aus welchen Sphären dieser Wettersturz kam, aber er ließ vermuten, dass meine Reise unter keinem guten Stern stand. Geduckt unter die Markise der Cantina hielt ich das nächste Taxi an und sprang durch die Eisbrocken auf den Rücksitz.

»Aaahh, der junge Mann fährt zum Flughafen!«, lachte die Taxifahrerin gellend. »Darf man wissen, wohin die Reise geht?«

Die Taxifahrerin war vom Vordersitz halb verdeckt, aber sie schien eine Riesin zu sein, deren Kopf wie ein Medizinball aussah, über den man eine Perücke gestülpt hatte. Ihr Körper, der in einer Portiersuniform mit hundert sinnlosen Litzen, Troddeln und Kordeln steckte, war so ungeschlacht, dass das Taxi wie ein Kinderauto wirkte.

»Nach … Ciudad Juárez«, flüsterte ich und wandte den Blick ab.

»So, nach Ciudad Juárez geht die Reise!«, schrie sie und

trat aufs Gas. »Was für ein Zufall, dort bin ich nämlich geboren, hahaa! Wussten Sie, dass Ciudad Juárez berühmt für seine Steaks ist? Ja, wir lieben das Fleisch, die guten, dicken Schnitte! Rippen, Sirloins, Halsgrate, Blutsuppen – das müssen Sie alles probieren.«

Ich schwieg und starrte auf die Eisbrocken, die gegen das Fenster hämmerten und übers Pflaster kugelten. Wenn ich jetzt noch einen Funken Verstand hätte, schoss es mir durch den Kopf, würde ich aus dem Taxi springen, die Reise abblasen und mich die nächsten Wochen im *Centenario* verschanzen. Doch ich blieb sitzen und fuhr in mein Verderben.

»Ja, junger Mann, da dürfen Sie mich beim Wort nehmen!«, schrie die Taxifahrerin. »In Ciudad Juárez werden Sie viel Spaß haben! Wir sind immer für Überraschungen gut.«

Im Flugzeug köpfte ich den Mezcal und nahm mir die Artikel der *Reforma* vor, in denen die Frauenmorde von Ciudad Juárez über Jahre hinweg dokumentiert waren. Die Chronik der Ereignisse war bestürzend: Seit 1993 waren dort mehr als 500 Mädchen ermordet worden. Ihre Leichen fand man auf verödeten Grundstücken, am Rande der Stadt oder im Niemandsland der Wüste. Die Polizei ließ zwar immer wieder angebliche Täter verhaften – Ausländer, Hilfsarbeiter, Mitglieder von Jugendbanden, Menschen, die kaum ihren eigenen Namen schreiben konnten –, doch die Prozesse waren eine einzige Farce, die Zeugen bestochen und die Richter korrupt. Die Staatsanwaltschaft manipulierte DNA-Proben und ließ Beweisstücke verschwinden, die Polizei erpresste Aussagen unter Folter. Alles deutete darauf hin, dass in den Prozessen Sündenböcke verurteilt wurden, um dem öffentlichen Druck auf die Behörden den Wind aus den Segeln zu nehmen. Trotz dieser Schauprozesse gingen die Frauenmorde weiter. All das ließ nur einen Schluss zu: Es musste mindestens einen, wenn nicht sogar mehrere gut protegierte Serienmörder geben, die in der Stadt ihr Unwesen trieben.

An der Mezcalflasche nippend, scannte ich im halbleeren Flugzeug die Tathergänge, notierte mir Namen von Ansprechpartnern und entwarf einen Plan meines operativen Vorgehens. Mit jedem Schluck aus der Flasche wuchs ich über mich selbst hinaus, wurde detektivischer, scharfsinniger, ausgekochter. So konnten die Dinge in Ciudad Juárez nicht mehr weitergehen, nickte ich und steckte mir eine Zigarette an. Irgendjemand musste diesem Mörderpack das Handwerk legen, irgendjemand musste diesen Augiasstall der Korruption ausmisten, irgendjemand musste diesem ganzen Filz aus Verbrechen und Politik mit knallharten Untersuchungen zu Leibe rücken. Und während das Flugzeug über den ockerfarbenen Sanddünen, die wie Grabhügel aussahen, die Piste anflog und zur Landung ansetzte, schwor ich mir, dass i c h dieser Jemand sein würde, der den Mördern einheizte – und wenn es das Letzte war, was ich tun würde. Ich musste nur umsichtig sein, mit Bedacht vorgehen, mich geschickt meinem Ziel nähern und vor allem mein Inkognito gut schützen.

Nachdem das Flugzeug gelandet war, folgte ich den anderen Passagieren durch den Gangway-Schlauch zur Kontrollhalle der Polizei. Ich war der einzige Weiße im Flieger gewesen. Während alle anderen Passagiere unbehelligt durch die Halle zum Ausgang schlenderten, stellten sich mir zwei Polizisten mit abgewetzten Pumpguns in den Weg.

»Deinen Pass!«, befahl der eine.

Ich reichte ihm meinen Pass, er besah ihn sich und gab

meine Personalien durch ein Walkie Talkie an eine mir nicht sichtbare Instanz durch.

»Beruf?«, fragte der andere, griff nach meiner Reisetasche und wuchtete sie auf ein ausgeschaltetes Fließband.

»Student«, antwortete ich.

Der Polizist durchwühlte meine Reisetasche und förderte nach und nach die Manuskripte, den Fotoapparat, das Mikro und die Aufnahmegeräte zutage.

»So, so, Student!«, nickte der Polizist. »Was du nicht sagst!«

Sein Kollege raunte gerade etwas Chiffrenartiges in das Funkgerät, als es einen ohrenbetäubenden Knall gab. Am Boden lag meine Mezcalflasche, die in meiner Tasche gelegen hatte und jetzt in tausend Stücke zerschellt war.

»Hey, Moment mal!«, protestierte ich. »Wie gehen Sie mit meinen Sachen um! Der Mezcal war noch halbvoll!«

Der Polizist, der die Flasche zertrümmert hatte, kickte die Splitter mit seinen Stiefeln unters Fließband und lächelte.

»Dann kauf dir halt 'nen neuen«, sagte er.

»Viel Spaß in Ciudad Juárez, Schreiberling«, sagte sein Kollege und hielt mir meinen Pass wie eine wertlose Währung hin.

Ich räumte meine Tasche ein, nahm sie vom Fließband und ging zum Ausgang. Man konnte beim besten Willen nicht behaupten, dass mein Cover besonders lange gehalten hätte.

Um möglichst sicher und anonym in der Innenstadt zu logieren, ließ ich mich vom Taxifahrer vor einer riesigen Hotelanlage namens *Best Western Juárez* absetzen. Die Anlage bestand aus mehreren zweistöckigen Ziegelbungalows, die um Swimmingpools gruppiert und nach Art einer Hacienda von einer Lehmmauer umgeben waren. Die hohe, scherbenbestückte Mauer und die vielen Fluchttreppen, die von den Bungalows zur Terrasse führten, weckten mein Vertrauen. Ich zahlte an der Rezeption eine Woche im Voraus, dann trug ich meine Reisetasche aufs Zimmer im ersten Stock. Da in dieser Augusthitze niemand seinen Urlaub in einer Stadt mitten in der Wüste verbrachte, sah ich außer mir keine Gäste. Ich war zwar erst eine gute Stunde in Ciudad Juárez, doch ich hatte in meinem Leben noch nie so viel geschwitzt. Auf dem Weg zum Zimmer sprenkelte ich den Boden mit einer Spur von Schweiß.

Ich hängte mein triefend nasses T-Shirt zum Trocknen über das Geländer vor der Tür, verschloss mein Zimmer und schaltete den Fernseher und die Air Condition ein. Auf MTV lief das Video einer Band namens *Crazy Town*, in dem ein total vertrottelter weißer Sänger mit einem bleistiftdünnen Homobärtchen und einem hornartig nach vorne gezwirbelten Schopf albern herumhampelte, unablässig den Zeigefinger in die Luft stieß und dabei rappte: »*Come, my lady! Come, come, my lady! You're my butterfly, sugar baby!*« Eine Weile starrte ich auf den Fernseher und rauchte eine Zigarette. Das Grauenhafte an diesem Video war nicht, auf welchen Tiefpunkt Hiphop gesunken war, sondern die Tatsache, dass ein Trottel mit Zwirbelschopf samt seiner Combo namens *Crazy Town* Millionen scheffelte, während ich in einer wirklichen Crazy Town irgendwelchen Psychopathen hinterherjagen musste, um meine Miete bezahlen zu können.

Ich verwarf diesen Gedanken, stand vom Bett auf und trat halbnackt vor den Badspiegel. Ich sah einen leicht verfetteten Körper, müde Augen und einen breiten Gewerkschafter-Bart, der meinen Mund mit der hängenden Zigarette umrahmte. Eines war klar: Mit so einem Intellektuellenbart brauchte ich mich in dieser Stadt der Psychopathen gar nicht erst blicken zu lassen. Ich griff in meine Reisetasche und nahm Nagelschere und Rasierklinge zur Hand. Eine halbe Stunde lang schnipselte, schabte und rasierte ich an meinem Bart herum, um ihn nach und nach zu einem geiferförmigen, angsteinflößenden Zuhälterschnauzer umzumodeln. Nach getaner Arbeit begutachtete ich mein Werk im Spiegel. Ich spannte all meine Muskeln in der Front-Double-Biceps-Pose an und reckte eine Faust in die Höhe. Mit bebenden Nasenflügeln und zornesblitzenden Augen imitierte ich den Blick von Dschingis Khan, bevor er den Vernichtungskrieg gegen die Tanguten erklärte. Ich versuchte, im Spiegel einen journalistischen Tyrannen zu erkennen, einen erbarmungslosen Beherrscher und Zerstörer, der seine Reportagen mit Blut schrieb und sein Kürzel mit einem Niederschmettern der Faust setzte. Doch der Eindruck, den mein neuer, gefährlicher Bart auf mich machte, war eindeutig: Ich sah jetzt aus wie der Depp von *Crazy Town*. Nach dieser Erkenntnis ging ich zum hoteleigenen Supermarkt, kaufte ein Sandwich und eine Flasche Mezcal, so wie der Grenzpolizist es mir geraten hatte.

Morgens um neun stand ich auf, entriegelte die Zimmertür und trat nach draußen. Mit Missfallen stellte ich fest, dass jemand mein T-Shirt vom Geländer gestohlen hatte. Ich konnte mich erinnern, dass ich gegen vier Uhr früh Geräusche vor meinem Fenster gehört und einen dickleibigen Schatten herumschleichen gesehen hatte, den ich für einen Hotelangestellten hielt. Damit hatte ich wohl Unrecht gehabt. Sehr wahrscheinlich war es ein Typ vom Schlage Specks, der einen Fetischdiebstahl getätigt hatte. Sehr wahrscheinlich hatte er in mein T-Shirt schon defäkiert und trug es jetzt am Körper.

Da ich unter diesen Umständen mein T-Shirt nicht zurückerobern wollte, entnahm ich der Reisetasche ein neues und zog mich an. Dann ging ich vors Hotel, um auf meinen Kontaktmann zu warten.

Auf Frazettis Anraten hatte ich nun doch nicht den Vorsitzenden der regionalen Menschenrechtsorganisation, sondern lediglich einen Undercover-Fotografen namens Jaime Nuno von meinem Kommen unterrichtet. Jaime Nuno lichtete schon seit Jahren den Drogenkrieg in Ciudad Juárez ab, und seine Aufnahmen von niedergemetzelten Dealern und exekutierten Polizeispitzeln, die ich in einem Bildband gesehen hatte, waren ziemlich starker Tobak. Nach Durchsicht seiner Fotos stellte ich mir Jaime Nuno als einen Mann mit markanter Lino-Ventura-Visage, Stahlmuskeln und beißendem Zynismus vor. Kurz: als einen Mann, an dem die feindlichen Geschosse abprallen würden, wenn er mich mit seinem breiten Körper in Deckung drängte. Doch der Mann, der um halb zehn in einem VW Käfer am Hoteleingang vorfuhr, sah anders aus: Er war ein dicklicher Mittdreißiger mit Hornbrille und Pferdeschwanz, der die tapsigen Bewegungen eines kleinen Bären hatte. Um den Körper hatte er zwei Fotoapparate geschnallt, deren Riemen seine Brüste betonten. Jaime stieg aus dem Auto, trat auf mich zu und gab mir seine Hand, die sich nach einer weichen Pfote anfühlte. Man konnte sich Jaime durchaus in einem Hollywood-Thriller vorstellen, allerdings nur in der Rolle des Schauspielers, der in der ersten halben Stunde verblutete, während irgendein Schlächter »Du hättest dich besser raushalten sollen!« murmelte.

Ich stieg mit Jaime in seinen VW, und als erste Amtshandlung setzte er einen Joint in Brand, der dick wie eine Zigarre war. Dann ließ er den Motor an und fuhr los. Es war mir schleierhaft, wie jemand, der Polizeifotograf war, schon am frühen Morgen bewusstseinsbenebelnde Drogen zu sich nehmen konnte. Der Joint schien auch noch ausgesprochen stark zu sein, denn Jaime machte bereits nach wenigen Zügen einen völlig verwirrten, desorientierten Eindruck. Er reichte mir den Joint, doch ich lehnte ab.

»Kennst du eigentlich den Witz«, gluckste er, »wie Batman und Robin nach Ciudad Juárez geschickt werden, um dort Verbrechen aufzuklären?«

»Nein«, sagte ich und fächelte den Rauch zum Fenster hinaus.

Jaime hieb sich voller Vorfreude auf den Schenkel.

»Also: Batman und Robin fahren am Hauptplatz von Ciudad Juárez mit dem Batmobil vor. ›Ha!‹, ruft Batman und springt aus dem Wagen. ›*Wir sind gekommen, um diese grauenhaften Entführungen zu stoppen! Robin, park schon mal das Batmobil ein!*‹« Jaime kicherte, nahm gänzlich den Blick von der Fahrbahn und verdrehte seinen Kopf in alle Richtungen wie jemand, der verzweifelt nach etwas sucht. »Da schaut sich Batman um und fragt: ›*Robin ...? Robin ...?!! Robin ... WO BIST DU?*‹

Jaime schüttelte sich vor Lachen, hämmerte wie ein Irrer auf das Lenkrad und kollidierte fast mit einem entgegenkommenden Wagen. Dann sah er mich mit offenen, von Speichel verschleierten Lippen an, wie der Witz auf mich gewirkt hatte.

»Sehr komisch«, sagte ich. Es bestand nun kein Zweifel mehr, dass ich mit Jaime an meiner Seite selbst bei einem Showdown gegen Donald Duck den Kürzeren ziehen würde.

»Wohin soll ich dich eigentlich fahren?«, fragte Jaime, obwohl ich ihm zuvor den Ablauf unserer Route genau erklärt hatte.

»Zu Manuel DePonte«, sagte ich, »dem Chefredakteur vom

Diario de Juárez. Der müsste doch was über die Frauenmorde wissen.«

»Ach, richtig!«, rief Jaime. »DePonte ist o. k., ich hab für den früher mal Fotos geschossen.«

Jaime korrigierte seinen Kurs, bog von der Straße ab und in eine vierspurige Avenida ein, die gesäumt war von Restaurantketten und Shopping-Malls.

»Sag mal«, fragte er, »hast du dich in diesem Best-Western-Hotel eigentlich wegen deiner Recherchen eingemietet?«

»Nein, wieso?«, sagte ich.

»Weil die Polizei dort bekanntlich Zimmer anmietet, wenn sie jemanden foltern will.«

Ich sah Jaime an, um herauszufinden, ob das auch einer seiner Witze war. Aber er machte keine Anstalten mehr zu lachen, drückte den Joint aus und parkte den VW vor einem hässlichen, klotzigen Hochhaus.

Das Büro des *Diario de Juárez* befand sich in einem dieser typischen Narco-Hochhäuser, die von irgendwelchen dubiosen Immobilien-Konsortien mit Drogengeld aus dem Boden gestampft worden waren und die hässlichste Betonarchitektur der Welt besaßen. Wir fuhren mit dem Aufzug in den fünften Stock und traten in ein rauchfreies, kühles Großraumbüro im US-amerikanischen Stil. Hinter den labyrinthischen Trennwänden saßen Redakteure, die wie in einer Taxizentrale unablässig Infos aus Telefonhörern entgegennahmen und in andere Telefonhörer weitergaben. Eine Sekretärin führte uns zu einem verglasten Würfel am Ende des Großraumbüros. Sie öffnete die Tür, wir traten ein. In einem Drehstuhl saß Manuel DePonte, Chefredakteur des *Diario de Juárez*. Er trug ein hellblaues Hemd mit einem Jackett in englischem Stil und hatte ein fixes, europäisches Jungengesicht, das nach Yale-Studium und einem Handikap von 14 aussah. Von uns dreien war er vermutlich der Jüngste.

»Na, Jaime, ruinierst du wieder den Ruf unserer Stadt?«, feixte DePonte und forderte uns zum Sitzen auf. Jaime grinste mit rot verquollenen Augen und schraubte verlegen an seinen Fotolinsen herum. DePonte schob den Joghurt beiseite, den er eben hatte essen wollen.

»Also, womit kann ich dienen?«, wandte er sich an mich und lächelte verbindlich wie ein Fernsehmoderator.

»Ganz allgemein«, sagte ich, »wollte ich mit Ihnen über die Frauenmorde sprechen. Ich hätte gerne gewusst, was Ihre Meinung darüber ist.«

Sein Moderatorengesicht war einen Moment lang nicht mehr ganz so verbindlich, aber schon nach zwei Sekunden zauberte er wieder ein Lächeln auf seine Lippen.

»Die Frauenmorde!«, rief DePonte. »Aber dieses Thema ist doch Schnee von gestern! Passiert denn in Europa nichts mehr? Müssen denn deutsche Reporter jetzt schon bis nach Nordmexiko fahren, um noch Storys an Land zu ziehen?«

Ich zog eine Klarsichthülle hervor, in der ich die Artikel der *Reforma* gesammelt hatte.

»Ich habe hier Unterlagen aus Mexico City«, sagte ich, »in denen meine Informanten die Ansicht vertreten, dass es sich bei den Frauenmorden um von langer Hand geplante, politisch gedeckte Verbrechen handelt, die ...«

»Ach«, winkte DePonte ab, »die Journalisten in Mexico City haben uns Nordmexikaner noch nie ausstehen können. Diese ganzen Hauptstädter leiden einfach unter Verfolgungswahn von dem vielen Koks, das sie konsumieren. Ich kannte mal einen, der hat sich bei unserem Treffen extra ein Restaurant ausgesucht, wo er mit dem Rücken zur Wand sitzen konnte.

Und wissen Sie, was er dann tat? Er hat mir einen Umschlag ausgehändigt, in dem ein Stapel Kochrezepte lag.«

DePonte lachte aus vollem Herzen, und auch Jaime fiel glucksend mit ein. Ich zog mit einem störrischen Aufbegehren, das ich bei Gabriele Krone-Schmalz abgeschaut hatte, weitere Dokumente aus der Klarsichthülle.

»Hier sind die jüngsten Fälle, schwarz auf weiß dokumentiert in Ihrer eigenen Zeitung: *Evarista Gónzalez, 65, tot aufgefunden auf einem Schrottplatz in Flughafennähe, Leiche schon in Verwesung befindlich. Adelina Vázquez, 25, vor einer Woche nackt und mit zertrümmertem Schädel in ihrer Wohnung im Bellavista-Viertel entdeckt, Tatwaffe vermutlich Hammer. Luisa Barbero, 30, mit Genickbruch im Hinterhof ihres Hauses gefunden ...* Also, was sagen Sie nun!«

»Aber ich bitte Sie«, rief DePonte, »das sind doch alles Einzelfälle! Evarista Gónzalez war ein Großmütterchen, das von ihrem Enkel vergiftet wurde, weil dieser ihr Bankkonto leeren wollte. Adelina Vázquez ist von ihrem Verlobten erschlagen worden, als er herausbekam, dass sie ein Verhältnis mit dem Nachbarn hatte. Und im Fall von Luisa Barbero ist noch immer unklar, ob sie sich nicht einfach beim Sturz über ihre Einkaufstasche den Hals gebrochen hat.«

»Sie streiten also ab, dass es in Ciudad Juárez eine systematische Serie von Frauenmorden gibt?«

»Keineswegs«, sagte DePonte. »Es hat hier in der Tat vor vier Jahren mal eine Gewaltwelle gegeben, der auch mehrere Frauen zum Opfer fielen. Das will ich gar nicht bestreiten! Aber seit die berüchtigte Busfahrer-Bande geschnappt wurde, haben die Frauenmorde schlagartig aufgehört.«

»Wenn mich meine Unterlagen nicht trügen«, sagte ich, »bestand diese ominöse Busfahrer-Bande aus einem Haufen grenzdebiler, analphabetischer Hungerleider. Sie glauben doch selbst nicht, dass diese Menschen in der Lage waren, innerhalb von vier Jahren 500 Frauen umzubringen!«

»Tja, weiß man's?«, sagte DePonte und lächelte säuerlich. »Die Morde haben jedenfalls aufgehört. Vielleicht sind die Serienkiller ja in Rente gegangen. Aber ich sage Ihnen ganz ehrlich: Das Thema ermüdet mich, ich muss nun auch wieder weiterarbeiten.«

Mit einem galanten Schwung seiner Hand wies DePonte zur Tür und ergriff seinen Joghurt.

»Machen Sie sich einfach 'ne schöne Zeit in Cuidad Juárez«, sagte er zum Abschied. »Es gibt hier durchaus auch andere interessante Dinge zu entdecken. Jaime kennt ja schließlich die besten Puffs …«

DePonte lachte wieder, ich stand auf, nahm meine Akten und verließ mit Jaime das Büro.

»Stimmt es, was er über die Frauenmorde sagt?«, fragte ich Jaime, als wir durch den Lärm der Redaktionstelefonate Richtung Ausgang gingen.

»Na ja«, druckste Jaime herum. »Er hat nicht ganz Unrecht. Die Story ist wirklich langsam kalter Kaffee. Du bist halt einfach etwas zu spät gekommen. Seit den Verhaftungen vor einem halben Jahr gab es wirklich keine neuen Fälle mehr. Offenbar sitzen die Richtigen jetzt hinter Gittern.«

»Und wieso hast du mir das nicht am Telefon gesagt, als ich noch in Mexico City war?«

»Na, an irgendwen muss ich meine Fotos ja verkaufen«, sagte Jaime und klopfte mir auf die Schulter.

Für den Rest des Tages hatte ich Jaime freigegeben. Ich hatte den ganzen Nachmittag auf dem Bett meines Hotelzimmers gesessen und Telefonate geführt, um verschiedene Informanten zu kontaktieren und Gesprächstreffen zu vereinbaren. Als ich eine kurze Zigarettenpause einlegte, schrillte plötzlich das Hoteltelefon.

»Ich habe gehört, Sie interessieren sich für die Frauenmorde«, sagte eine belegte, gedämpfte Männerstimme. Sie klang, als ob sie von schalldichten Platten umgeben sei.

»So ist es«, sagte ich. »Mit wem spreche ich?«

»Mein Name ist unwichtig. Entscheidend ist allein, was ich Ihnen zu sagen habe.«

»Wenn Sie vorhaben, mich einzuschüchtern«, sagte ich, »können Sie sich die Mühe sparen.«

Die Stimme seufzte kurz und holte Atem.

»Im Gegenteil«, sagte sie, »ich habe vor, Ihnen zu helfen. Hören Sie mir also jetzt gut zu: Diese Morde tragen eindeutig die Handschrift eines Serienkillers. Dieser Killer läuft nach wie vor frei herum, und er wird wieder zuschlagen. Die Sache ist noch lange nicht vorbei!«

»Da bin ich ganz Ihrer Meinung«, sagte ich. »Bloß leider sehen das manche anders: DePonte, der Chefredakteur des *Diario de Juárez*, ist zum Beispiel der Ansicht, dass das Thema Frauenmorde seit der Verhaftung der Busfahrer-Bande passé ist.«

»DePonte ist Vorstandsvorsitzender der hiesigen Hotelvereinigung, sein Vater Chef des Tourismusverbandes. Damit dürften DePontes Ansichten ausreichend erklärt sein.«

»Sie glauben also, dass die Busfahrer-Bande unschuldig ist?«

»Ich glaube es nicht, ich weiß es. Ich war bei den Vernehmungen dabei, bevor die Staatsanwaltschaft den Fall an sich gerissen hat.«

»Sind Sie Ermittler?«

»Das tut nichts zur Sache«, sagte die Stimme.

»Wer ist also Ihrer Meinung nach der Täter?«

»Jemand, der aus irgendwelchen Gründen von der Staatsanwaltschaft gedeckt wird. Vom Täterprofil her würde ich ihn folgendermaßen beschreiben: Mestize, zwischen 25 und 30. Einzelgänger, der keine Beziehungen eingeht. Kontaktscheu, seelisch traumatisiert, Zwangscharakter. Verbringt seine Zeit allein in Bars oder anderen kommunikativen Orten, wo er seine Opfer kennenlernt. Auf den ersten Blick verhaltensunauffällig, in Wirklichkeit aber ein Ungeheuer, das allein einem dunklen, perversen Trieb gehorcht.«

»Und in welchen Bars würden Sie zu suchen anfangen?«, fragte ich.

»Genau deswegen rufe ich Sie an. Kurz bevor sich die Staatsanwaltschaft in den Fall eingemischt hat, erhielt unser Dezernat den anonymen Hinweis, dass im Kofferraum eines Wagens in der Calle Segundo zwei zerstückelte Frauenleichen zu finden seien. Man hat den Wagen untersucht, und die Geschichte hat sich als wahr herausgestellt. Der Wagen war angemeldet auf einen gewissen Manrique Máynez, Handelsvertreter in Ciudad Juárez. Man weiß, dass er oft in der *Bar Gek* verkehrte, einem Nachtlokal in derselben Straße. Und obwohl er untergetaucht ist, heißt es, dass er sich dort manchmal noch blicken lässt.«

Ich notierte mir den Namen und die Straße der Bar.

»Ich werde mir den Laden anschauen«, sagte ich. »Glauben Sie, dass ich dafür einen Bodyguard brauche?«

»Das müssen Sie selbst wissen«, sagte die Stimme. »Mir sind die Hände gebunden, ich habe mit diesem Fall nichts mehr zu tun. Aber zumindest wollte ich Sie meine Informationen wissen lassen.«

»Danke«, sagte ich. »Drücken Sie mir die Daumen, dass nichts schiefläuft!«

Bar Gek stand mit schwarzen Buchstaben auf der Leuchttafel über dem Eingang. So halbseiden, wie der Name klang, sah die ganze Bar von außen aus. Sie lag in einer Seitengasse der Altstadt, die um diese Zeit kaum mehr von Menschen besucht war. Ihre Fassade war mit dunklen, billigen Spanplatten verschalt, an denen Plakate von Wrestlingkämpfern und blutenden Christusfiguren klebten. Ich näherte mich vorsichtig dem Eingang und warf einen Blick durch das trübe Glas der Tür. Man sah einen Barraum, der wie ein Animierlokal gänzlich mit Spiegeln verkleidet und in Rotlicht getaucht war. An der Decke drehte sich eine Disko-Kugel, Musik war jedoch keine zu hören. Das Ambiente war schäbig, aber es entsprach mit großer Sicherheit genau dem Geschmack der Psychokiller, nach denen ich suchte. Wenn ich irgendwo fündig werden würde, dann hier.

Ich stieß die Tür auf und trat ein. Nur ein einziger Gast saß in der *Bar Gek*, regungslos brütend auf einem Barhocker an der Tresenzeile. Er löste sofort ein ungutes Gefühl bei mir aus. Sein Gesicht war roh, fleischig und von einem Schweißfilm bedeckt. Ein Wulst aus Fett wölbte sich in seinem Nacken, und sein Gesicht war platt und schroff wie ein Steinbruch. Er trug eine Drillichhose und ein verschwitztes Camouflage-T-Shirt, doch trotz dieses militärischen Outfits hatte er keinen Rekrutenschnitt, sondern eine sonderbar nach hinten gegelte, wiedehopfartige Haubenfrisur. Obwohl er den Kopf nicht wandte und mit dem Ausdruck eines Hirntoten an die Wand starrte, hatte ich den Eindruck, dass er jede meiner Bewegungen registrierte. »Einzelgänger, der keine Beziehungen eingeht!«, hallten mir die Worte des anonymen Ermittlungsbeamten in den Ohren »Verbringt seine Zeit allein in Bars oder anderen kommunikativen Orten. Mestize, zwischen 25 und 30. Auf den ersten Blick verhaltensunauffällig, in Wirklichkeit aber ein Ungeheuer, das allein einem dunklen, perversen Trieb gehorcht ...«

Langsam ging ich auf den Tresen zu. Mit jedem Meter, den ich näher kam, schwitzte der Mann am Tresen stärker. Es schien, als habe ihn bei meinem Eintreten eine ungeheure Anspannung erfasst. Während ich den Mann im Auge behielt, trat aus einem toten Winkel des Barbereichs ein Barkeeper hervor, der zuvor offenbar Angst gehabt hatte, allein vor dem Mann zu stehen. Ich bestellte mit einem stummen Zeichen ein Bier, nahm einen Hocker und setzte mich neben den Mann. Im selben Augenblick, da ich mich niederließ, zerquetschte er seine Zigarettenschachtel mit dem Stöhnen eines gehetzten, gestellten Tiers.

Der Barkeeper stellte ein Bier vor mich hin und verdrückte sich wieder in seinen Winkel abseits des Tresens. Noch immer starrte der Mann an die Wand. Dann griff er sein Bierglas, stürzte einen Schluck hinunter und befeuchtete die Lippen mit der Zunge.

»Sie sind ... fremd hier in der Stadt, nicht wahr?«, flüsterte er.

»Ja«, nickte ich.

»Ich muss Ihnen ... etwas gestehen«, flüsterte er.

»Nur zu«, sagte ich und versuchte, so neutral wie ein Beichtvater in mein Bierglas zu blicken.

»Was ich Ihnen ... sagen will, kann ich ... nur einem Fremden ... anvertrauen.«

»Sie brauchen keine Angst vor mir zu haben«, sagte ich leise. »Ich bin offen für absolut jedes Geständnis.«

Der Mann atmete auf, stürzte wieder einen Schluck Bier hinunter und wischte sich mit dem Daumen den Schweiß von der Stirn, der nun in einem dünnem Rinnsal seine Handwurzel hinablief.

»Wissen Sie, ich tue … schlechte, schmutzige Dinge«, flüsterte er. »Verstehen Sie, worauf ich hinauswill?«

»Ich denke, ja«, sagte ich. »Sie wollen sich etwas von der Seele reden, das schwer auf Ihnen lastet!«

»So ist es«, flüsterte er und schüttelte angewidert den Kopf. »Ich halte dieses Doppelleben nämlich nicht mehr aus! Stellen Sie sich vor, meine Ehefrau sitzt in diesem Augenblick mit dem Abendessen zu Hause … Sie glaubt, sie kennt mich – dabei hat sie nicht die geringste Ahnung, was mein wahres Ich ist! Wenn sie in meinen Kopf hineinschauen könnte, wenn sie wüsste, was ich wirklich treibe – sie würde sich das Leben nehmen!«

»Sprechen Sie weiter«, sagte ich und blickte in mein Glas.

»Verstehen Sie, es kommt über mich, fast jede Nacht! Es packt mich mit einer Gewalt, die unvorstellbar ist – und ich kann nichts dagegen unternehmen! Ich habe tausendmal versucht, es zu unterdrücken, aber immer sind da diese Stimmen, die flüstern: Geh raus und tu es! … Geh raus und tu es! Es lässt sich … praktisch nur ertragen, wenn man es mit Gleichgesinnten auslebt.«

»Es … mit Gleichgesinnten auslebt?«, hakte ich nach – bereit, mir jede Äußerung einzuprägen, die Komplizen belastete.

»Natürlich!«, nickte er. »Mit Gleichgesinnten! Glücklicherweise gibt es Gleichgesinnte, Menschen, die ihr zweites Ich aktiv bejahen! Ich könnte Ihnen zum Beispiel jetzt sofort eine Bar zeigen, in der nur Gleichgesinnte anwesend sind.«

Das war ja kaum zu glauben. Offenbar hatten die Mörder in Ciudad Juárez einen Treffpunkt, eine Art Privatclub, in dem sie ihre dämonischen Taten zelebrierten. Das war ja ein Komplott ungeheuerlichen Ausmaßes!

»Erzählen Sie mir mehr von dieser Bar!«, flüsterte ich.

»Die Bar …«, sagte er und wandte mir nun zum ersten Mal sein Gesicht mit den flackernden, pechschwarzen Augen zu, »sieht auf den ersten Blick ganz normal aus, wie jede andere Bar hier auch. Aber sie spielen dort sehr oft … Freddie Mercury.«

»Freddie … Mercury?«

Nun war ich baff. Dass eine Loge von Serienkillern ausgerechnet Freddie Mercury zu ihrem Lieblingssänger gekürt hatte, überraschte mich völlig. Aber trugen nicht auch manche seiner Lieder drakonische Titel wie *Death On Two Legs* oder *Another One Bites The Dust*?

»Ja«, fuhr der Mann fort, »zum Beispiel dieses großartige Stück, das er zusammen mit der spanischen Operndiva singt, die das hohe C so virtuos beherrscht … Aber das ist natürlich nicht alles, was die Bar zu bieten hat. In dieser Bar werden Dinge getan, die Sie sich kaum vorstellen können. Es gibt dort … Shows. Es gibt dort Männer, die wie Freddie Mercury angezogen sind. Und es gibt dort auch Männer, die auf der Bühne … Freddie Mercury imitieren.«

Er hielt inne und beobachtete meine Reaktion. Langsam beschlich mich ein grausiger Verdacht.

»Aber sagen Sie, gefällt Ihnen Freddie Mercury?«, hakte er rasch nach. »Ich meine, mögen Sie ihn wirklich?«

»Wollen Sie damit etwa andeuten«, fragte ich, die Wörter wie Bauklötzchen aufeinandersetzend, »dass es sich um eine Homosexuellen-Bar handelt?«

»Pssst!«, zischte der Mann und blickte ängstlich zu dem Winkel, in dem der Barkeeper stand. »Homosexuellen-Bar – das klingt gleich so abwertend! Es ist einfach nur eine Bar, in der die Gäste gerne Freddie Mercury hören.«

»Sie wollen also«, sagte ich, »mit mir in eine hundsordinäre Schwulenbar gehen?«

»Pssst!«, zischte er wieder. »Man muss die Dinge ja nicht immer gleich so hässlich aussprechen. Ordinär geht's dort höchstens am Wochenende zu.«

»Es ist nicht zu fassen«, sagte ich und warf einen Geldschein für das Bier auf den Tresen. »Ich dachte, Sie heißen Manrique und wüssten etwas über diese Frauengeschichte!«

»Ich heiße Gonzalo!«, empörte sich der Mann und strich seine Haare zurück. »Und ich sagte Ihnen doch schon: An Frauen habe ich nicht das geringste Interesse. Weder an meiner Ehefrau noch an anderen Frauen!«

Ich stand von meinem Barhocker auf, und der Mann griff nach meinem Arm. Sein Gesicht war nun tief gekränkt.

»Nein, gehen Sie nicht!«, flehte er. »In dieser Bar, von der ich Ihnen erzählt habe, sind Männer wie Sie und ich! Dort wird auch nicht nur Freddie Mercury gespielt! Sie haben dort auch Platten von dieser amerikanischen Band, die als Bauarbeiter und Polizisten auftreten. Wir haben uns doch jetzt so gut miteinander unterhalten.«

Ich entwand mich seinem Griff und wich Schritt für Schritt rückwärts in Richtung Ausgang, mit den Händen vage Gesten des Bedauerns vollführend. Fassungslos verharrte der Mann am Tresen. Sein Arm, der sich sehnsüchtig nach mir ausstreckte, sank nach unten, als ich die Tür schloss.

Die Sonne war schon vor Stunden untergegangen, doch die Hitze auf der Straße traf mich wie ein Holzhammer. Ein Taxi war nirgends zu sehen, also marschierte ich zwölf Blocks weit durch die klare Wüstennacht zu meinem Hotel. Ich ließ mir an der Rezeption meinen Schlüssel geben, bat zusätzlich um zwei Dosen Bier und ging aufs Zimmer. Dort schaltete ich den Fernseher an, auf dessen Bildschirm sich unwillkürlich der Trottel von *Crazy Town* verdichtete und mit zappeligem Gefuchtel rappte: »*Come, my lady! Come, come, my lady! You're my butterfly, sugar baby!«* Ich öffnete eine Bierdose, stellte mich wie schon am vergangenen Tag vor den Badspiegel und begutachtete mein Gesicht. Wie einst der Psychotiker Meyerhofer hatte ich das Gefühl, dass mein Gesicht im Spiegel nach und nach zerbröckelte und zu Boden fiel.

Die Gegend, in der Jaime gehalten hatte, war so gottverlassen öde, dass man sich in seinem VW wie in einer Mondraupe fühlte. Vor uns erstreckte sich eine endlose Staubwüste, in der eine Armee von meterhohen Dornensträuchern stand. Im Norden zog sich der Stacheldrahtzaun der US-Einwanderungsbehörde über eine Hügelgruppe, auf die jemand mit riesigen weißen Buchstaben *Lies die Bibel, sie ist cool!* geschmiert hatte. Weit im Süden zerfranste Ciudad Juárez in einen Saum aus Wellblechbaracken und Müllhalden. Jaime schaltete den Motor aus, lehnte sich in seinem Sitz zurück und blinzelte in die Sonne.

»Hier hat man also Rukys Tagebuch gefunden?«, fragte ich.

Jaime nickte.

»Ein paar Schleuser«, sagte er, »die Einwanderer und Drogen über die Grenze brachten, sind hier in der Wüste auf eine Hütte gestoßen. Die Tür war offen, also haben sie einen Blick hineingeworfen: Überall klebte Wachs, und die Wände waren mit all diesen kryptischen Zeichnungen von Spielkartensymbolen, Kapuzenmännern und Penissen vollgekritzelt. Am Boden lag Rukys Tagebuch. Ich habe von den Seiten Fotos gemacht, bevor die Polizei alles in die Spurensicherung gegeben hat.«

»Zeig mir die Abzüge«, sagte ich.

Jaime warf mir einen Umschlag auf den Schoß, ich packte die Aufnahmen aus: Es waren Fotografien eines Spiralblocks, auf dessen Seiten jemand mit ungelenker, krakeliger Klaue immer wieder Männer in Uniformen gezeichnet hatte. Aus den Hosenschlitzen der Männer ragten riesige erigierte Glieder hervor, und vor ihnen am Boden lagen tote Frauen. Mit Kugelschreiber waren neben die Zeichnungen in Grundschulschrift Einträge folgender Art geschrieben: »*Die baiden Luder sin superscharf und ehrst 16 Jahre alt! Wir tanzen mit ihnen zu der voll krassen Mucke, und dann tuhst du die Tabletten in ihren Drink, ey du waist schon welche! Jetzt sind sie voll die Opfer, jetzt schmaissen wir sie in der Wühste raus, wegen dem Spuhrenverwischen und so, du waist schon. Bald wern alle sehn was für ein grohser Zerstörer Ruky is. Mit freundlichen Grüßn: Ruky, der den Schulmädchen weh tut.*«

»Was für ein kranker Mist«, ächzte ich. »Die Polizei hat den Verfasser nie identifizieren können?«

»Nein«, sagte Jaime. »Aber sie haben es auch gar nicht erst versucht.«

»Das ist nicht nur so ein hingekritzelter Schwachsinn«, sagte ich und begutachtete die Fotos. »Das hört sich nach genau den Leuten an, die wir suchen.«

»Schwer zu sagen«, meinte Jaime. »Vielleicht war die Hütte einfach auch nur der Partyraum von ein paar Proleten, die sich hier einen angesoffen haben.«

»Welcher normale Mensch möchte sich in einer solchen Gegend einen ansaufen?«, sagte ich, stieg aus dem VW und schlug die Autotür zu. »In welcher Richtung steht diese Hütte?«

»Direkt geradeaus, mitten hinein in die Sträucher«, sagte Jaime.

»Warte hier auf mich!«, sagte ich.

Ich ließ Jaime im Wagen zurück, trat in den Dornenverhau und kämpfte mich vorwärts in die Richtung, die Jaime mir gewiesen hatte. Die ersten Meter lag überall entsorgter Schrott herum – Schuhe, Kittel, Kanister, Autoreifen, Fäkalien. Dann hörten die menschlichen Spuren auf, und nur noch halbverweste Tierschädel glotzten mich an, die einen unerträglichen Gestank verbreiteten. Nach und nach verklebte der Staub, den ich aufwirbelte, meine Geruchsnerven. Wenn die Temperatur in der Innenstadt von Ciudad Juárez schon unerträglich war – hier in der Wüste herrschten geschätzte 60 Grad. Mein Kopf schwoll zu einer blauroten Kugel an, und mein Hirn fühlte sich an wie köchelnde Nudelsuppe. Mit jedem Schritt, den ich mich vorwärtskämpfte, lernte ich die verschiedenen Dornentypen um mich herum näher kennen: Da gab es Dornen, die einfach nur einen Zentimeter tief ins Fleisch drangen, Dornen, die mit faszinierend gestaffelten Widerhaken ausgestattet waren, Dornen, die mit Giftkanälen von sich reden machten, und schließlich Dornen, die die Formen der verschiedensten historischen Stichwaffen nachzuahmen wussten. Nach einer halben Stunde Fußmarsch war mein Körper so mit Dornen gespickt, dass ich die Hauptrolle in *Hellraiser* hätte spielen können. Doch trotz meines von Schmerz geschärften Sehvermögens konnte ich nirgends in dieser Spuklandschaft das ehemalige Domizil eines Geisteskranken namens Ruky finden.

Nachdem ich die Sinnlosigkeit meiner Suche eingesehen hatte, beschloss ich, umzukehren. Mit der Inschrift *Lies die Bibel, sie ist cool!* als Orientierungshilfe kämpfte ich mich wieder zurück in Richtung der Wüstenpiste. Dort angelangt musste ich feststellen, dass ich mich in der Entfernung verschätzt und Jaimes Wagen um mindestens einen Kilometer verfehlt hatte. Ich schlug den Weg in Richtung von Jaimes Wagen ein, als ich in der Ferne hinter mir ein Brummen und ein Poltern hörte wie von Autoreifen, die in Schlaglöcher krachten. Am Horizont, umschwirrt von einer Wolke aus Staub, näherte sich ein Fahrzeug. Ich hoffte, dass es Jaime war, der einen Umweg gemacht hatte, um mich zu suchen. Doch die eckige Form des Fahrzeugs und sein Dachaufbau belehrten mich, dass es sich um einen Streifenwagen handelte.

Ein Treffen mit der Polizei war im Augenblick das, was ich am wenigsten gebrauchen konnte. Ich dachte kurz daran, mich in die Dornenbüsche zu schlagen, hielt es aber für klüger, nicht aufzufallen und keine Nervosität zu zeigen. Also marschierte ich, das bedrohliche Motorengeräusch im Rücken, den eingeschlagenen Weg weiter. Ich hörte, wie der Wagen sein Tempo drosselte und leise, schleichend und verstohlen hinter mir her fuhr – wie ein Hai, der auf Beute aus war. Ich blieb stehen, wandte mich um und sah, wie der Wagen abrupt aufschloss und neben mir hielt. Im Wagen saßen zwei junge Streifenpolizisten mit hellblauen Uniformhemden, Sternplaketten und Ray-Ban-Brillen, in denen sich die Sonne spiegelte. Beide kauten Kaugummi, beide hatten sonderbare, hauchdünn rasierte und in wilder Zickzackform die Wangen stückelnde Sartyrbärte. Der am Steuer war ein hellhäutiger, langer, schnittiger, sein Kollege ein dunkler, öliger, orientalischer Typ. Kaugummi kauend musterten sie mich, als ob sie ein solches Wesen noch nie in ihrem Leben gesehen hätten.

»Ist mit Ihnen alles in Ordnung?«, fragte der hellhäutige Polizist, der am Steuer saß.

»Ja«, sagte ich, »ich bin nur ein bisschen durch die Wüste spaziert.«

Die Polizisten warfen sich einen sonderbaren Blick zu.

»Hören Sie«, sagte der Mann am Steuer, »das hier ist keine gute Gegend zum Spaziergehen. Hier an der Grenze treibt sich 'n Haufen verrücktes Volk rum, hier geht's drunter und drüber, da blicken selbst wir nicht mehr durch …«

»Ja«, bekräftigte sein Kollege, »da tummeln sich Typen, bei denen selbst wir keinen Durchblick mehr haben …«

»Und auf jeden Vogel, den wir schnappen, kommen zwei, die's umso wilder treiben!«, sagte der Hellhäutige.

»Jaja, noch weitaus wilder«, nickte sein Kollege.

»Sollen wir Sie vielleicht in die Stadt zurückfahren?«, fragte der Fahrer. »Bei so 'ner Hitze sitzt man doch lieber in 'ner gepflegten, netten Bar.«

»Danke, nein«, sagte ich.

»Sind Sie sicher? Wir tun das gerne.«

»Nein, ehrlich nicht. Ein Freund von mir wartet da vorne im Auto.«

»Ach so...«, sagte der Fahrer mit einem eigentümlichen Ton und schwieg. »Aber vielleicht hätten Sie gern ... – unsere Telefonnummern? Ich meine, für den Fall, dass Sie mal Hilfe brauchen?«

»Hilfe kann man immer mal brauchen«, schob sein Kollege rasch nach.

»Sehr freundlich, aber ich komm schon zurecht.«

Die Polizisten starrten mich weiter unverwandt an – so als ob ihnen etwas schwer zu denken gäbe. Dann ließ der Fahrer den Motor an, doch sein Kollege beugte sich rasch zu ihm hinüber und raunte ihm etwas ins Ohr. Der Fahrer würgte den Motor wieder ab, lehnte sich vor und legte seinen Arm auf den Schlag.

»Hören Sie!«, sagte er. »Eine Sache würde uns doch interessieren!«

»Ja?«

»Wir möchten ja nicht neugierig sein, aber ... – Sagen Sie: Wo haben Sie sich eigentlich Ihren Bart schneiden lassen? War das 'n Laden in Ciudad Juárez?«

»Nein«, sagte ich gequält, »das hab ich selbst gemacht.«

Der Polizist am Steuer rieb sich mit Kennermiene das Kinn.

»Interessanter Stil«, sagte er, halb zu seinem Kollegen gewandt. »Maskulin, aber mit Pepp … Hier sieht man so was ja leider nur in amerikanischen Kinofilmen …«

»Oder in Musikvideos …«, sagte sein Kollege.

»R i c h t i g …!«, nickte der Fahrer und schnippte seinem Kollegen wie in einer plötzlichen Eingebung zu. »Der Junge in dem Video hat 'nen ganz ähnlichen Bart.«

Dann legten die beiden den Finger an ihre Kappen, fuhren los und verschwanden in einer gigantischen Staubwolke.

Drei Nächte darauf saß ich am Tresen einer Imbissbude namens *Señor Frog's* im Zentrum von Ciudad Juárez und betrank mich. Die ganzen letzten Tage hatten keinerlei Fortschritte bei der Aufklärung dieser Mordfälle gebracht. Von morgens bis abends war ich pflichtbesessen mit dem permanent zugedröhnten Jaime von Termin zu Termin gehetzt – alles unter dieser sengenden Sonne, die einen langsam in Dörrfleisch verwandelte. Ich war vergeblich in der Strafanstalt vorstellig geworden, um die Busfahrer-Bande zu befragen, die aber inzwischen von der Regierung mit einem Presseverbot belegt worden war; ich hatte Anwälte und Menschenrechtsbeauftragte konsultiert, die mich mittags in ihren Villen im Bademantel empfingen; ich war noch einige Male zur *Bar Gek* geschlichen, wo aber niemals ein anderer Gast saß als Gonzalo; ich hatte versucht, Kontakt zu Familienangehörigen der Opfer zu knüpfen, die meist jedoch aus der Stadt weggezogen waren; ich hatte in den Slums nachgeforscht, wo sich trotz Hunderten von Leichenfunden kein Anwohner an besondere Vorkommnisse erinnern konnte. Was bei meinen Befragungen herauskam, war ein einziger Wirrwarr widersprüchlicher Informationen und Schuldzuweisungen, in dem man absolut nirgends einen vernünftigen Anhaltspunkt für die Lösung dieser Mordfälle finden konnte. Ich war auf dem besten Wege, die Reportage gegen die Wand zu fahren, und niemand war in Sicht, der dies verhinderte. »Wo ist der Dreh bei dieser Story?«, hörte ich Chefredakteur Werffs schon jetzt durchs Telefon schreien. »Ich sehe hier hinten und vorne keine Fakten, sondern bloß Gerüchte, Vermutungen und Theorien!«

Während Werffs' Schreie in meinem Kopf hallten, trank ich mein Bier aus und zahlte beim Barmann die Rechnung. Dann trat ich nach draußen und lief in Richtung Taxistand. Was war das nur für ein Höllenjob, den ich hier angenommen hatte! Warum war nirgendwo ein Deep Throat aufzutreiben, der mich mit heiser geflüsterten Infos direkt aus dem Zentrum der Verschwörung fütterte! Weshalb händigte mir kein anonymer Insider irgendwelche brandheißen Dokumente aus, die belegten, wer seine Finger bei diesen Morden im Spiel hatte! Während ich die Straße zum Taxistand entlangging, kam ich am Eingang einer Cantina vorbei, deren Licht scharf, grell und eisig auf die Straße fiel. Beim Vorbeigehen warf ich einen kurzen Blick durch die Schwingtür. Ich sah einen Raum, der gefliest und beleuchtet wie ein Operationssaal war. Unter einer Glühbirne saßen junge harte Burschen mit Holzfällerhemden, Cowboyhüten und Körpern wie Fliegengewichtsboxer an den Tischen. Ich war schon einige Meter an der Tür vorbei, als ich einen Schrei aus der Cantina hörte:

»Nieder mit den Frauen!«, brüllte jemand – betrunken, entfesselt und gewalttätig.

Ich blieb stehen und überlegte. Dies war vielleicht die letzte Chance, etwas über die Morde in Erfahrung zu bringen. Ich zündete mir eine Zigarette an, ging zurück und stieß die Schwingtüre auf.

Die Gespräche an den Tischen verstummten, als ich eintrat. Um die Gäste gleich einmal wissen zu lassen, woher der

Wind wehte, ging ich zur Jukebox, warf eine Münze ein und wählte zunächst einen Song von Vicente Fernández, einem der kernigsten Machos Mexikos. Dann schwang ich mich auf einen der Barhocker, ließ mir vom Barmann ein Bier reichen und blickte provokant von Tisch zu Tisch. Vicente Fernández' markiger Mariachi-Tenor füllte den Raum, untermischt mit Pistolenschüssen und Pferdegewieher: »*Manche sagen, ich bin zivilisiert*«, schmetterte Vicente Fernández. »*Doch ich fühl, wie's vibriert, wenn ich in Wallung bin! Ich fühl, wie's KOCHT, wie's EXPLODIERT, das Blut, das in meinen Venen läuft, wenn mir die Stimmung danach ist …*«

Während Vicente Fernández in gnadenlosem Dur seine Männlichkeit herausposaunte, froren die Bewegungen der Gäste ein. Unter den Krempen der Cowboyhüte loderten nun zwanzig Schlitzaugenpaare zu mir herüber. Nachdem das Lied verklungen war, herrschte eisige Stille.

»Vicente Fernández is'n Schwuler!«, hörte ich jemanden sagen – gedehnt, langsam und voller Hohn.

Ich stand vom Barhocker auf, zertrat meine Zigarette und suchte mit den Augen den Urheber dieser Beleidigung ausfindig zu machen. Das war ja eine ungeheure Provokation! Wenn diesen Menschen selbst jemand wie Vicente Fernández zu schwul war – ein Mann, der zeit seines Lebens nichts anderes getan hatte, als Colts leerzuschießen, mit Reitpeitschen zu knallen und Tequilaflaschen zu leeren –, dann konnte es sein, dass ich nun vor der lange gesuchten Bande von Psychokillern stand. Jetzt galt es, sich Respekt zu verschaffen – mit allen Mitteln.

»Ihr haltet euch wohl für mächtig harte Jungs!«, rief ich in den Raum. »Aber ihr solltet mich nicht unterschätzen! Ich kann austeilen und einstecken, dass ihr mit den Ohren schlackert.«

»Hört, hört«, sagte jemand – fast lüstern, dies zu erproben.

Ich stieß mich von der Bar ab und trat einen Meter auf die Tische zu.

»Glaubt ihr, ich zieh den Schwanz ein, nur weil ihr Cowboyhüte tragt? Ich hab vielleicht nicht so viel Dreck am Stecken wie ihr, aber Mumm genug!«

»Dreck am Stecken…«, grinste jemand.

Ein Junge, der in der Ecke saß, stand gemächlich vom Tisch auf und stupste seinen Stetson mit dem Daumen nach oben. Wie alle anderen trug er ein kariertes Holzfällerhemd, bestickte Cowboystiefel und einen Ledergürtel mit protziger Eisenschnalle, die die Form eines Hufeisens hatte. Er konnte nicht älter als 22 sein, denn sein Oberlippenbart bestand nur aus weichem Flaum. Mit tückischer Behendigkeit arbeitete er sich durch die Tischgruppen auf mich zu. Aus der Jukebox schepperte jetzt ein schneller Banditen-Corrido von Javier Solís, den ich ebenfalls gewählt hatte.

»Auch Javier Solís is'n Schwuler«, sagte der Junge und schüttelte mitleidig den Kopf, »aber nehmen Sie's nicht tragisch!«

Ich verharrte vorm Tresen, ballte die Fäuste und überlegte, mit welcher Kombination ich ihn vor seinem Angriff am schnellsten zu Boden strecken könne. Kurz bevor er in meine Reichweite kam, schwenkte er nach links, drehte sich in einer überraschenden Finte halb um seine Achse, stemmte die linke Hand in die Hüfte und lehnte sich neben mich an den Tresen. Mit der rechten Hand umfasste er meinen Bizeps, offenbar um zu prüfen, wie muskulös ich war, bevor es zum Kampf kam. Er hatte einen harten, dominanten Griff, den ich seinem schmalen Körper gar nicht zugetraut hätte.

»Passt Ihnen vielleicht nicht, was ich da gerade gesagt habe?«, fragte er und knetete meinen Muskel.

»So ist es!«, sagte ich – irritiert, dass er nun so ruhig neben mir lehnte. »Denn Sie haben einfach nicht Recht! Vicente Fernández ist nie im Leben schwul. Er ist im Gegenteil einer der männlichsten, heterosexuellsten Sänger dieses Landes. Und genauso verhält es sich mit Javier Solís!«

Der Junge legte den Kopf in den Nacken und lachte wie von Sinnen.

»Wieso weiß ich dann davon nichts?«, fragte er.

Ein weiterer Gast in Cowboykluft stand vom Tisch auf und schlenderte zu uns her. Er war wesentlich älter als der Junge, trug einen grauen. militärisch gebürsteten Schnurrbart und ein geschmackloses, violettglänzendes Lycrahemd mit Goldknöpfen. Sein ovaler Kopf unter dem Filz-Stetson glühte vom Alkohol. Er lehnte sich links neben mich – nun wurde ich also von beiden Seiten in die Zange genommen.

»Mein Kollege sagt die reine Wahrheit«, lallte er. »Sie müssen wissen, Vicente Fernández is'n Magier! In ihm verschwinden die Schwänze wie bei 'nem Zaubertrick. Niemand bekommt was davon mit, niemand sieht's – aber die Schwänze verschwinden ruckzuck!«

»Und genauso isses mit Javier Solís!«, pflichtete ihm der Junge bei. »Nichts gefällt den beiden nämlich mehr, als Schwänze einzustecken!«

»Aber wie könnt ihr euch dann da so sicher sein?«, rief ich.

»Weil sie schon mal hier waren«, sagte der Junge, und sein Kollege nickte heftig.

»H i e r … waren?«, fragte ich entgeistert. »Was soll denn das heißen?«

»Das hier ist eine Schwulenbar«, sagte der Junge und hob die Handflächen, als ob er allgemein bekannte Tatsachen kundtat. »Der Barkeeper, wir, die anderen – alle um dich hier herum sind schwul.«

»Und um ehrlich zu sein«, setzte sein Kollege nach, »du siehst ebenfalls aus, als ob du schwul bist.«

»Wie bitte?«, rief ich. »Wie kommt ihr denn darauf?«

Beide sahen mich listig an, und ihre Worte waren eifernd und glatt:

»Es ist die Art, wie du vorher die Beine übereinandergeschlagen hast … die Art, wie du die Zigarette gehalten hast … die Art, wie du an deinem Bier genippt hast … Vor allem aber die Art, wie dein Bart geschnitten ist …«

Beide nickten wie bei einer gelungenen Beweisführung.

»Das kann doch alles nicht wahr sein!«, sagte ich und sank ächzend gegen den Tresen.

»Doch, doch«, beharrte der Junge. »Wir erkennen solche Kleinigkeiten. Hier in Mexiko muss man ein Magier sein, damit die Schwänze verschwinden.«

»Und weißt du, was jetzt passiert?«, fragte sein Kollege.

»Nichts!«, stieß ich hervor.

»Doch!«, beharrte der Junge. »Jetzt lädst du uns auf'n Bier ein! Die Nacht ist schließlich noch jung!«

»Meinetwegen«, resignierte ich.

»Der Blonde lädt auf Bier ein!«, rief der Junge seinen Kumpanen an den Tischen zu. Weitere Gestalten standen nun von den Stühlen auf und gesellten sich zu uns an den Tresen. Alle trugen Stetsons, alle hatten Schnurrbärte, und alle taxierten mich mit neugierigen, geschmäcklerisch erhobenen Augenbrauen.

»Habt ihr auch Cowboyclubs in deinem Land?«, fragte einer.

»Stimmt es, dass bei euch die Männer heiraten können?«, fragte ein anderer, und ein paar Gäste brachen in hysterisches Gelächter aus.

»Halt!«, schrie einer, der vollkommen betrunken war und

trotz seines Schnurrbarts das maskenhafte, runzelige Gesicht einer Großmutter hatte. »Zuerst soll der Blonde die Wahrheit sagen: Liebt man die mexikanischen Männer in seinem Land oder nicht?«

»Natürlich, man liebt sie!«, versicherte ich.

»Die Wahrheit!«, greinte er und schlug sich auf die Brust. »Der Blonde soll die Wahrheit sagen!«

»Man liebt sie abgöttisch«, stöhnte ich auf, »aber ich muss jetzt gehen!«

Ich reichte dem Barkeeper ein paar Scheine über den Tresen, und Empörung machte sich breit.

»Hey, Blonder, meine Flasche hast du noch nicht bezahlt«, reklamierte einer.

»Meine auch nicht!«, protestierte ein anderer.

»Doch«, versicherte ich. »Ich hab die ganze Runde bezahlt!«

»Nein, da muss ich widersprechen«, greinte der Mann mit dem Großmuttergesicht. »Rafael, komm her! Hat der Blonde meine Flasche bezahlt? Nein, bei allem Respekt, die musst du jetzt noch zahlen!«

Ich schüttelte unwirsch den Kopf, bahnte mir einen Weg aus ihrer Umzingelung und stampfte zum Ausgang. Ihr Gejohle begleitete mich bis vor die Bar.

»Na, dann, Adios, du Magier!«, gackerten sie mir hinterher.

Eine Woche nach meiner Ankunft in Ciudad Juárez packte ich meinen Koffer und machte mich bereit für den Rückflug nach Mexico City. Irgendeinen Frauenmörder zu entlarven war mir nicht gelungen, aber nach Aussage der meisten meiner Interviewpartner war die Zeit der Frauenmorde ohnehin vorbei. Bei der Durchsicht meines angesammelten Materials flippte ich auch die Spesenbelege durch. Ich musste feststellen, dass sie nicht nur sehr hoch, sondern auch sehr alkohollastig waren. Selbst bei einfachen Dingen wie Supermarkt-Kassenzetteln hatten sich regelmäßig Posten wie »Mezcal El Bueno 0,5 Liter ... 100 Pesos« oder »Tequila La Garaffa 0,35 Liter ... 60 Pesos« eingeschlichen, die in dieser Deutlichkeit einer Erstattung durch die Buchhaltungsabteilung meines Auftraggebers natürlich im Wege standen. Jaime hatte mir zwar geraten, das hohe Alkoholaufgebot vor der Buchhaltung so zu begründen: »Flasche Tequila unabdingbar, um Informant XY zu interviewen! Informant durch ortsbedingte Traumatisierung schwer alkoholabhängig geworden!« Doch ich hatte meine Zweifel daran, dass Chefredakteur Werffs diesem Nonsense Glauben schenken würde.

Bevor mich Jaime zum Flughafen fuhr, ging ich in ein Internet-Café und schickte Werffs per Mail meine Reportage, die ich mit dem Arbeitstitel *Ciudad Juárez – Das Tor zur Hölle versah.* Ein paar Scans von Jaimes Fotos reichte ich in weiteren Mails nach. Die Schuld an den Frauenmorden schob ich wechselweise den Drogenzaren, den Politikern, dem Polizeiapparat und versprengten Kontingenten amerikanischer Psychokiller in die Schuhe – eine klug ausgetüftelte Mischung, aus der mir niemand einen Strick drehen konnte. Meine wahre Theorie, dass Leute wie Gonzalo oder der Cowboyclub seit Jahren alle Frauen in Ciudad Juárez umnieteten, um die sexuelle Konkurrenz auszuschalten und endlich zu ihrem wohlverdienten Fick mit Leuten wie mir zu kommen, hatte ich dabei bewusst verschwiegen, weil sie für westeuropäische Ohren etwas zu stark nach einer geisteskranken, homophoben Verschwörungstheorie klang.

Nachdem ich meine Mail-Korrespondenz erledigt hatte,

fuhr mich Jaime, der draußen im Auto auf mich gewartet hatte, zum Flughafen.

»Lass uns ein letztes Bier zusammen trinken«, schlug Jaime vor, »ich lad dich ein! Schließlich ist alles doch ganz gut über die Bühne gegangen!«

»Wie man's nimmt«, sagte ich. »Aber mit einem letzten Bier bin ich einverstanden.«

Jaime bog an der Stadtgrenze von der Schnellstraße ab und hielt vor einer kleinen Lastwagenfahrer-Bar.

»Bestell eins für mich mit!«, sagte er. »Ich tank nur eben den Wagen noch voll.«

Ich stieg aus seinem VW, ging über den Parkplatz zur Bar und trat ein. Die Bar war ein ungemütlicher Schlauch mit einem Metalltresen, dessen Oberfläche schmierig wie eine Klotürklinke war. Im Fernseher flimmerte eine Superbowl-Übertragung, hinterm Tresen schichtete eine alte Frau Literflaschen in die rostbraune Brühe einer Kühlbox. Vor ihr stand nur ein einziger Gast, ein Mexikaner mit Lederweste und schwarzen, langen Haaren, der mich schon beim Eintreten provozierend angestarrt hatte. Er war stark betrunken, schwankte herum und suchte am Tresen sporadisch Halt mit den Armen, auf denen Sensemänner mit Mexiko-Flaggen und Maschinenpistolen tätowiert waren. Sein Gestank nach Achselschweiß und Alkohol verpestete den ganzen Raum. Einen bemerkenswerten Aspekt zumindest besaß der Mann: Von allen Menschen, die ich in Ciudad Juárez getroffen hatte, war er der Einzige, dem ein wirklich gefährlicher Bart geglückt war: ein langer, speckiger Schnauzer im Stil des Motörhead-Sängers Lemmy Kilmister, der über seine pockennarbigen Kinnladen bis zu den Koteletten hochlief.

Kaum hatte mir die Barfrau zwei Biere eingeschenkt, hieb mir der Mann auf den Rücken.

»WOTCH IT!«, schnaubte er und klatschte auf den Tresen. »I – YEARS – GO – MEXICO – GRINGOLANDIA! GO Douglas. GO Tucson. GO Houston. GO Waco. GO Laredo. GO Chicago …«

Während er mit dem Blick eines Besessenen Stadt um Stadt aufzählte, vertiefte ich mich in den großen Popel, der in seinem Nasenloch klebte. Beleuchtet vom Tageslicht, das durch den Eingang fiel, schillerte der Popel in phantasmagorischem Grün.

»WHY – GO – THERE?«, schnaubte er und brachte mit einem Ruck seines Kopf den Popel noch besser zur Geltung. Ich gab keine Antwort, weil ich von seinem schauderhaften Englisch kein Wort verstanden hatte.

»BISNESS!«, antwortete er sich selbst und lachte höhnisch. »MÄNI bisness! MÄNI, MÄNI BISNESS!«

»Entschuldigen Sie«, sagte ich, »I don't understand. Aber Sie können mit mir auch Spanisch sprechen!«

»WHOT?«, schrie er und hieb auf den Tresen. »NOT STAND? Are STUPIDPIEPL who not stand!«

Beschleunigt vom wütenden Schnauben nach dem Wort »STUPIDPIEPL« schoss der Popel in einer kurzen Flugbahn aus seinem Nasenloch heraus. Der Popel segelte in mein Bier, sank sprudelnd ab und begann an der Oberfläche ein interessantes Schaummuster zu bilden. Ich schob das Bier beiseite, und der Mann sah mich an, als hätte ich ihn tödlich beleidigt.

»Hören Sie«, sagte ich in fließendem Spanisch. »Jetzt machen Sie's für uns beide halt nicht so schwer! Ich weiß, worauf Sie hinauswollen! Sie sind nicht nur so ein bisschen schwul, wie manche Magier hier. Sie sind mit ganzem Herzen homosexuell, hab ich Recht?«

»WHOT?«, schrie er.

»Sie sind jemand, der keine halben Sachen macht. Sie stehen hundertprozentig auf alles, was das Homosexuellen-Herz begehrt. Das wollten Sie doch sagen!«

Der Mann erstarrte kurz, dann klopfte er sich auf all seine Hosentaschen, so als suche er Dinge, von denen er nicht mehr wusste, wohin er sie gesteckt hatte.

»You will PAY!«, flüsterte er und deutete über die Biere hinweg. »FOR DIS YOU WILL PAY!«

»Nein«, sagte ich und schüttelte den Kopf, »ich bin es ein für allemal leid, ständig für Homosexuelle zu zahlen.«

»You will PAY!«, nickte der Mann und wankte ans Ende der Bar zum Garderobenständer, wo er fieberhaft seine Motorradjacke durchsuchte.

Im selben Augenblick trat Jaime hinter mich und zerrte mich aus der Bar, ohne dass ich Zeit hatte, die Rechnung zu bezahlen.

»Bist du wahnsinnig geworden!«, rief Jaime. »Wir müssen hier raus, bevor der Typ seine Waffe findet. Hast du denn nicht seine Kartell-Tätowierungen gesehen!«

»Quatsch«, sagte ich, während wir ins Auto sprangen und losfuhren. »Er ist ein Magier, so wie alle anderen auch!«

Wenige Tage nach meiner Ankunft in Mexico City rief mich Chefredakteur Werffs an, zu der ihm nach wie vor genehmen Stunde von drei Uhr nachts. Diesmal war ich wach. Ich befürchtete schon, Werffs würde mich für eine zweite Reportage in irgendein neues Wahnsinnsnest schicken, doch er hatte andere Sorgen.

»Was ist denn das für eine Story«, rief er, »die Sie mir da zugeschickt haben?«

»Sie deckt sich im Wesentlichen mit der Wahrheit«, sagte ich.

»Mag ja sein! Aber was zum Teufel sollen diese grauenhaften Fotos! Dieser verfaulte Fuß einer Frauenleiche! Diese exhumierten Typen am Straßengraben! Diese ganzen Toten! Wie sollen wir das unseren Lesern zumuten? Das ist eine Lifestyle-Zeitschrift!«

»Sie wollten doch …«, sagte ich und fummelte einen Notizzettel hervor, »… ich zitiere hier Ihre Worte – ›*die zertretene Würde, die geschundenen Körper und die Fratze des Wahnsinns*‹ abgebildet haben. Kurz: ›*Man muss sehen, dass dort die Apokalypse im Gange ist.*‹«

»Ja, aber bei diesen Fotos dreht es einem ja den Magen um! Da weiß man doch nicht, ob man kotzen soll!«

»Guter Mann, dann schicken Sie das nächste Mal einfach einen Fashion-Fotografen hin und schreiben die Story selbst. Ich besorg Ihnen sogar eine Eskorte aus dem Cowboyclub.«

»Eine … Eskorte aus dem Cowboyclub?«, stotterte Werffs.

»Richtig«, sagte ich und schlug den Hörer auf die Gabel.

Zwei Minuten danach klingelte erneut das Telefon. Ich dachte eigentlich, dass es Werffs sein würde, der nun entweder herumtobte oder völlig eingeschüchtert zu jeder Honorarforderung klein beigeben würde. Doch es war Jaime, der mich auf Neuigkeiten im Internet aufmerksam machte. In der vergangenen Nacht hatte man in Ciudad Juárez ein neues Massengrab entdeckt. Die forensischen Analysen der Frauenleichen ergaben, dass es sich um Mordfälle handelte, die alle in den letzten zwölf Monaten geschehen sein mussten. Bei manchen Opfern war selbst noch die Nagellackfarbe zu erkennen gewesen. Die Killer waren nach wie vor unterwegs.

Ein bisschen Frieden

»Die Werftgarantie liegt bei 90 Metern, aber wir können auch tiefer. Irgendwann is natürlich Schluss, is klar! Dann hält der Druckkörper nicht mehr.
Dann wird das Boot vom Wasserdruck zerquetscht.«

Das Boot

Ich lehnte an der Mauer vor meinem Haus, rauchte eine Zigarette und sah der Gewitterwand nach, die mit letzten bedrohlichen Blitzen in den Ostteil von Mexico City abdriftete – dorthin, wo die Ghettos lagen. Es war ein warmer Junimittag, die Luft roch nach Blattwerk, Waschmittellauge und Flieder, und durch den Rinnstein plätscherte glitzernd das graubraune Regenwasser, das die Gifte der Stadt in die Kanalisation spülte. Der Himmel riss auf, die Wolken zersteuten sich und gaben eine Sonne frei, die strahlte wie in einem US-Bibelfilm. Der Nachmittag würde prächtig werden, doch ich hatte andere Sorgen – beispielsweise die vergangene Nacht.

Es war mal wieder eine Nacht gewesen, die – das darf man ruhig so ausdrücken – noch länger im Gedächtnis haften bleiben würde: Frazetti, Gregorio und ich hatten uns im *Centenario* auf ein kurzes Bierchen getroffen, waren über diesem Bierchen wie üblich ins Reden gekommen und hatten weitere Bierchen nachfolgen lassen. Die Zeit verging wie im Flug, und irgendwann gegen eins, als Mario die Sperrstunde ausgerufen und die Eingangstür verriegelt hatte, erschien draußen am schmiedeeisernen Gitter des Fensters ein weißer Mexikaner Ende vierzig, der mit seinem Schnurrbart, seinen buschigen Koteletten und seinem Kordsakko wie einer dieser gütigen, edlen Telenovela-Advokaten aussah, die verfolgte Jungfrauen vor Männern wie uns beschützen.

»Heh da, Jungs!«, zwitscherte der Mann durch die Gitterstäbe, und seine Stimme kam mir sofort eine Spur zu liebenswürdig, ja fast schon k r a n k h a f t freundlich vor.

»Womit können wir dienen?«, fragte Frazetti und sah zum Fenster hoch.

»Seid doch so nett und macht die Tür auf«, sagte der Mann verschmitzt, »ich möcht nur rasch was trinken!«

»Geht leider nicht!«, entgegnete Frazetti. »Der Geschäftsführer hat den Laden gerade dichtgemacht.«

»Jetzt stellt euch nicht so an!«, sagte der Mann – nun schon etwas schärfer. »Ich will ja bloß ein kurzes Bier!«

»Tut uns leid«, sagte Frazetti, »wir haben nicht mal den Schlüssel für die Tür.«

»Blödsinn, du Trottel!«, rief der Mann. »Dir ist wohl nicht klar, mit wem du sprichst!«

»Doch«, sagte Frazetti, »vermutlich mit einem ziemlichen Großmaul, das keine Manieren hat.«

Der Mann tauchte vom Fenster ab, und eine Sekunde lang dachten wir, er habe Vernunft angenommen. Doch dann hörten wir draußen ein so beunruhigendes Knirschen, Knarzen und Knacksen, dass wir dachten, ein Kopf drehe sich mehrmals um die eigene Achse. Gleich darauf schnellte der Mann wieder zu den Gitterstäben hoch, jetzt freilich mit einem gänzlich veränderten Ausdruck. Sein Mund war ein zischendes, vulgäres Loch, und sein Gesicht, das er gegen die Gitterstäbe gepresst hatte, sah aus wie ein Rollbraten aus der Hölle:

»Euch Tunten mach ich alle!«, schrie er. »Euch Hosenscheißer nehm ich her wie nichts, euch Strichjungs fick ich, dass es kracht!«

»Hören Sie«, seufzte Frazetti, »diesen Blödsinn glaubt Ihnen vielleicht Ihre Mutter, die als Spermaprinzessin hinterm *Merced*-Markt arbeitet, aber lassen Sie uns mit so 'nem Quatsch in Frieden!«

Blitzartig griff der Mann mit dem Arm durchs Gitter und versuchte, Frazetti an der Jacke zu fassen zu bekommen, doch sein Arm reichte nicht weit genug. Derweilen schnappte sich Gregorio eine ausgequetschte Limone, berechnete ihre Flugbahn und pfefferte dem Mann die Limone direkt auf die Stirn, wo sie kurz kleben blieb und mit einer nassen, fruchtigen Schliere nach unten rutschte. Gregorio nahm schmunzelnd unsere Ovationen entgegen, und der Kopf des Mannes verschwand abermals vom Fenster.

Einen Sekundenbruchteil darauf hämmerte jemand mit einer so beängstigenden Wut gegen die Stahltür des Eingangs, dass man glaubte, in einer Rotterdamer Technodisko zu sitzen. Mario kam aus der Küche gelaufen, um nach dem Rechten zu sehen, und bevor wir ihn warnen konnten, entriegelte er die Tür. Der Mann stob in den *Centenario*, schmiss sein Kordsakko in die Ecke und wischte sich brodelnde Schaumflocken aus dem Mundwinkel:

»Du und ich gehen jetzt raus!«, schrie er Gregorio an. »Und zwar sofort!«

»R a u s ?«, fragte Gregorio mit gespieltem Erstaunen. »Warum denn raus? Hier im *Centenario* ist doch genügend Platz.«

Gregorio hatte den Satz noch nicht beendet, da stürzte sich der Mann auf ihn, und die beiden prügelten sich durch die leeren Tischreihen des *Centenario*, dass die Fetzen flogen. Die Wut schien dem Mann übermenschliche Kräfte verliehen zu haben, denn obwohl Gregorio in seiner Jugend Amateurboxer gewesen war, konnte er seinen Gegner nicht bändigen. Als nach zwei Minuten das Knäuel der beiden immer noch mit Autsch- und Uff-Lauten durch den *Centenario* rollte und keine Entscheidung gefallen war, wurde es uns allen schließlich zu bunt, und wir traten den Störenfried mit vereinten Kräften wieder nach draußen.

»Ich schwöre euch, ihr werdet von mir hören!« schrie der Mann, als Gregorio ihm einen letzten Arschtritt verpasst und sein Sakko nach draußen geworfen hatte. »Euch verpass ich einen Denkzettel! Da werdet ihr euch wundern!«

Feixend und lachend setzten wir uns wieder an den Tisch, Mario verschloss die Tür, wusch die Gläser und gab eine Lokalrunde aus, die mit Grölen in Empfang genommen wurde, als plötzlich ein greller Fotoblitz den *Centenario* erleuchtete.

»Mit Gesindel wie euch geb ich mich gar nicht erst ab!«, rief der Mann durchs Fenster, in seiner Hand eine Digitalkamera. »Da mach ich mir nicht die Finger schmutzig, solche Sachen lass ich andere erledigen! Freut euch auf baldigen Besuch!«

Unser Gesichter waren noch benommen von dem grellen Blitz, da rief Frazetti, der die Lage als Erster erkannt hatte:

»Aber Señor, verstehen Sie denn gar keinen Spaß?«, und Gregorio hüpfte auf und sekundierte:

»Warten Sie! Ich glaube, Sie sind ein äußerst interessanter Mensch! Kann man Sie denn nicht auf einen Tequila einladen?«, aber der Mann hatte sich schon aus dem Staub gemacht.

Dann hörten wir den Motor eines imposanten Automobils und das Gequietsche von Reifen, die energisch über den Gehsteig bretterten, und wenige Sekunden darauf klopfte der Parkwächter an die Tür und sagte:

»Entschuldigen Sie, Señores, ich möchte mich ja nicht in Ihre Angelegenheiten einmischen, aber der Mann hat vorher in seinem Auto mit jemandem namens ›*El Pipo*‹ ein kurzes Telefonat geführt, bei dem ich mir an Ihrer Stelle Sorgen machen würde!«

Damit hatte der Mann unsere Achillesferse getroffen: Wenn man seine Drohung ernst nahm – und es bestand kein Grund, dies nicht zu tun –, konnten wir uns Umtrünke im *Centenario* für die nächsten Monate abschminken. Ausgerüstet mit unseren Konterfeis brauchte der Mann bloß zu einem x-beliebigen Auftragskiller zu gehen – in Vierteln wie Tepito, Doctores und Candelaria lungerten solche Leute ja zuhauf herum – und ihn mit einer Racheaktion zu betrauen. Meistens hatten diese Kriminellen so harmlose Spitznamen wie »El Pato« (Der Erpel), »El Panzón« (Der Schmerbauch) oder »El Tío« (Der Onkel), meistens waren sie unterbelichtete, unqualifizierte Grobiane, aber da in Mexiko eine völlige, allumfassende Straflosigkeit herrschte, brauchte man wahrlich kein Superhirn zu sein, um jahrelang ungestraft Mordaufträge auszuführen. Wir hatten also allen Grund zur Sorge.

Leider war dies noch nicht einmal der erste Fall gewesen, dass wir bei einem unserer Umtrünke in die Scheiße geschlittert waren. Unsere nächtlichen Entgleisungen in den Cantinas hatten sich während der letzten Monate gehäuft, und ohne es zu wollen, waren wir schon wiederholt in Situationen geraten, die in die Selbstzerstörung führten.

Freilich – jemand mochte einwenden, dass unser Hauptproblem der Alkohol war: Tequila rief bekanntlich eine Parallelwelt hervor, in der Begriffe wie »Pflicht«, »Tugend« und »Moral« nur mehr stark verblasst existierten, und dem Mezcalschnaps bescheinigte die spanische Kolonialverwaltung schon 1645, dass er ein *»nigromantisch Deiffels=Trunk«* sei, der *»ein geistig Siechtum und Leyden gebieret, zwas nur Gott zu lindern vermag«* – weswegen seine Konsumenten auch nicht der Staatsgewalt, sondern gleich der Inquisition überstellt wurden. Und gaben nicht auch namhafte Schriftsteller ein drastisches Zeugnis für die Gefährlichkeit des hiesigen Alkohols? Malcolm Lowry, der in den Cantinas von Oaxaca halb wahnsinnig geworden war … William Burroughs, der seiner Ehefrau bei Trinkspielen »versehentlich« den Kopf weggeschossen hatte … Antonin Artaud, der direkt nach seiner Mexikoreise in die Pariser Irrenanstalt eingewiesen wurde … Und genügte schließlich nicht ein einfacher Blick auf unsere gestrige Tischrechnung – meines Wissens listete sie neben den Bierchen 12 doppelte *Suave Patria*, 9 *Chamucos* und 6 *Ultramarinos* auf –, um vorherzusehen, dass die Dinge nun etwas schwungvoller wurden?

Andererseits musste man mit solchen vorschnellen Pauschalurteilen über den Alkohol, mit solchen vereinfachenden, monokausalen Schuldzuweisungen natürlich v e r d a m m t v o r s i c h t i g sein! Bevor man nämlich übereilt den Alkohol zum Sündenbock machte, war es nötig, die Lage in ihrer ganzen Vertracktheit zu betrachten und auch die anderen Faktoren zu berücksichtigen, die das gestrige Drama mitbestimmt hatten – von der Luftverschmutzung über die Kontinentaldrift bis zum Ozonloch.

Denn Mexico City hatte die Eigenschaft, die Psyche seiner Bewohner nach und nach zu deformieren: Der Mangel an Sauerstoff, der uns optisch immer mehr so aussehen ließ wie die Marssträflinge in *Total Recall* (Verhoeven hatte seinen

Endzeitthriller übrigens hier gedreht), der allgegenwärtige Gestank nach Bratfett und Abgasen, das nie verstummende Motorengeknatter, die zermürbenden, ständig anschwellenden und abschwellenden Polizeisirenen (die absolut keinen Sinn ergaben, weil 95 Prozent der Verbrechen niemals aufgeklärt wurden), die debilen Bachata- und Cumbia-Schlager, die einem an jeder Straßenecke entgegenplärrten, und die ewig gleichen Schwachsinnsreime von »amor« und »dolor«, »calor« und »sabor« hatten, der anerkennende, muntere Tonfall, mit dem das Fernsehen und die Presse die neuesten Gewalttaten herausposaunten (*»Bummsbäng-Crash auf der Achse Nord: Satte 15 Leichen!« »Jugendbande macht Rambazamba mit AK-47: 10 Tote! Busfahrer: ›Schlimm, die Bengels!‹« »Zickezacke-Machetengehacke: Tlalpán liegt bei Sonntagsmorden vorne!«*)...

Das alles war zermürbend, gleichzeitig aber nur die Hintergrundmusik, vor der erst die wirklich kranken Melodien aufgespielt wurden: der tägliche Kleinkrieg um Nebensächlichkeiten, den man mit Wahnsinnigen aller Schattierungen ausfechten musste; das Anstehen in den kafkaesken Ämtern, Banken und Zahlstellen; der erbarmungslose Darwinismus bei allen Besorgungen; das Vorgedrängle der indianischen Tratschtanten in sämtlichen Supermärkten; das monatelange Gelaufe um jedes blöde Honorar, die Expeditionen zum Arsch der Welt, wenn man seine neue Hi-Fi-Anlage, seinen Fernseher oder seine Waschmaschine, die aufgrund irgendwelcher eingebauten Selbstzerstörungsmechanismen kollabiert waren, zur Werkstatt bringen musste, um dort gesagt zu bekommen, dass man die Garantiefrist leider um eine Woche überschritten hatte...

Wir schmorten in dieser Stadt wie in einem Kochtopf, und relaxt war hier schon lange niemand mehr. Man mochte an einem beliebigen Morgen ausnahmsweise friedlich und ausgeglichen aufwachen – zehn Minuten nach Verlassen des Hauses schwelgte man schon wieder in Träumen von verchromten Schusswaffen und Koka-Lines so lang wie Maos Marsch. Es war also nur verständlich, dass Bummsbäng-, Rambazamba- und Zickezacke-Reflexe nach und nach auch bei uns Einzug hielten.

Schon zwei Monate nach meiner Ankunft, als ich dem Einwanderungsministerium einen ärztlichen Psycho-Check vorlegen musste, war es daher zu peinlichen Szenen gekommen:

»Weinen Sie öfters ohne Grund?«, fragte mich der behandelnde Arzt. »Leiden Sie unter Fantasien, die Sie selbst als beunruhigend empfinden? Haben Sie manchmal das Gefühl, von einer schrecklichen Dunkelheit verschlungen zu werden?«

Und obwohl ich diese Fragen insgeheim allesamt bejahen musste, hütete ich mich natürlich, ihm die Wahrheit zu sagen.

»Was sehen Sie auf diesen Bildern?«, forschte der Arzt nach und legte mir mehrere Rorschach-Bögen mit Farbklecksen vor – logischerweise um mich in die Enge zu treiben, denn auf diesen Bögen war *ganz deutlich und für jedermann klar ersichtlich* eine Steyr AUG mit Lunatron-Restlichtverstärker und einem Päckchen Hohlspitzmunition abgebildet. Derart unter Druck gesetzt, packte ich meine Brieftasche aus und fragte: »Würden Ihnen 100 Pesos die Fertigstellung des Gutachtens erleichtern?«, und der Arzt nickte und schrieb: »Proband ist gesund.«

Einerlei!, dachte ich und warf nun schon den fünften Zigarettenstummel in den Rinnstein vor meiner Haustür – man musste diesem Wahnsinn schnellstmöglich ein Ende bereiten, man musste diesem Ritt in den Untergang umgehend

Einhalt gebieten! Schon als Frazetti, Gregorio und ich nach den gestrigen Vorfällen fluchtartig ein Taxi bestiegen hatten, um so rasch wie möglich in unsere schützenden Wohnungen zu gelangen, war klar, dass wir unser Leben radikal verändern mussten. Was nottat war ein Umdenken – eine Hinwendung zur Gewaltlosigkeit, zu einem besonneneren, vernünftigeren Verhalten.

»Diesmal haben wir den Bogen überspannt!«, hatte Frazetti immer wieder gemurmelt, fassungslos seinen Vogelkopf geschüttelt und dann angekündigt, noch in dieser Nacht nach Xalapa aufs Land zu fahren, um seine bettlägrige Großmutter zu pflegen. Gregorio dagegen hatte hüstelnd erklärt, dass er die nächsten Tage bei seiner Exfreundin Sandra verbringen werde, um ihre gemeinsame Beziehung »*ab ovo* durchzusprechen und wenn möglich zu kitten« – eine Ankündigung, die mich erstaunte, denn noch vor Tagen hatte er getönt, dass er »nie im Leben zu Sandra, dieser warzenschweinbäuchigen Metze zurückkehren« werde.

Ich war dann am Hipopótamo-Rondell aus dem Taxi gesprungen und hatte mich für den Rest der Nacht in meiner Wohnung verschanzt, um Trost und Hilfe im Internet zu finden. Bald war ich auf mehrere Webportale rund um das Thema Buddhismus gestoßen, und die Lektüre dieser Webseiten war bestürzend: Schon nach wenigen Absätzen wurde einem völlig klar, wie verfehlt man sein eigenes Leben bisher gelebt hatte. Ich musste mir nur einmal das *»Mahayana«* – die Lehre des *»Großen Fahrzeugs«* – vor Augen führen, um zu sehen, dass ich praktisch mit jedem Schritt ins Fettnäpfchen trat. All meine Gefühlsregungen – Stolz, Liebe, Leidenschaft, Begierde, Ich-Sucht, Zorn und Hass – waren dort ausdrücklich als *»Geistesgifte«* gebrandmarkt, die das Karma ruinierten … Jede meiner Neigungen stand auf einer Art schwarzen Liste, deren Zweck es war, die sogenannten »*Ursachen der Niederlage*« aufzuzeigen ... Aber nicht nur in meinem Gefühlsleben versagte ich kläglich – auch in jeder meiner alltäglichen Verrichtungen lag der Hund begraben: meine Hingabe an Nichtigkeiten wie Alkohol, Sportveranstaltungen und das weibliche Geschlecht ... mein Interesse an losem Geschwätz, unbedeutenden Unterhaltungen und albernen Blödeleien ... meine Angewohnheit, mich kontinuierlich selbst zu loben und andere durch den Kakao zu ziehen ... meine generelle Bereitschaft, Beschimpfungen mit Beschimpfungen zu vergelten und Schläge mit Schlägen ...

Das alles war – wie das »*Mahayana*« ganz richtig feststellte – nichts als ein sklavisches Anhaften an den Trugbildern dieser Welt – völlig ungeeignet, den Leidenskreislauf zu durchbrechen und Erlösung zu erlangen ... Wenn ich dagegen die wirklichen Tugenden betrachtete – geistige Ruhe, Geduld, Weisheit und eine grundsätzliche »Nicht-Feindschaft«, die »allein Feindschaft aufhebt« –, musste ich zugeben, dass ich sie entweder nie besessen oder aber in den letzten Jahren verloren hatte. Eines jedenfalls stand nach dieser aufrüttelnden Lektüre fest: Wenn ich im Moloch von Mexico City nicht völlig zugrunde gehen wollte, musste ich von den Lehren des »*Großen Fahrzeugs*« künftig einiges beherzigen – auch wenn es schwerfiel, eingefahrenes Verhalten von einem Tag zum anderen zu ändern.

Die erste Grundsatzentscheidung stellte sich mir schon jetzt, als ich vor meiner Haustür stand und den fröhlichen, plaudernden Grüppchen von Menschen zusah, die aus ihren Büros kamen und Mittagspause machten. Durch das Hipopótamo-Rondell waberten die Gerüche der kleinen Garküchen und Grills, und da ich an diesem Tag noch nicht einmal gefrühstückt hatte, meldete sich der Hunger nun auch bei mir. Die letzten Monate hatte ich mein Mittagessen immer ein paar Straßen weiter beim sogenannten »Fischnazi« zu mir genommen, einem hageren, grau melierten Mexikaner, der am Medellín-Markt einen Fischstand betrieb. Der Fischnazi verkaufte den besten, saftigsten Fisch der Stadt – Riesenflusskrebse, Schwertfische, prallrote Huachinangos –, aber er war ein notorischer, unbelehrbarer Faschist. Jedesmal wenn er die Ware in die Pfanne warf, erzählte er die haarsträubendsten Geschichten – beispielsweise dass sich Hitler, Jodl und Bormann in einem Haunebu-Flugkreisel zum Saturn gerettet hätten, dass die alliierte Flugabwehr gegen den Thule-Akzelerator (6.000 km/h!) und die Donar-Kanone des Flugkreisels machtlos gewesen sei und dass der Flugkreisel schließlich in naher Zukunft zurückkehren werde, um – hier verfiel der Fischnazi stets in ein krankes Schmunzeln – »alle Arschlöcher wegzuballern«. Bei meinem letzten Besuch hatte der Fischnazi aus der Nische seines Stands sogar ein Buch namens *Führer der Bewegung* sehen dich an hervorgezogen, um mir zu zeigen, wer als weiteres Besatzungsmitglied der Haunebu infrage käme. Mit seinen von Schuppen verklebten Fingern schlug er die Seiten auf und präsentierte mir eine halbe Stunde lang die gesamte NSDAP-Führungsriege von 1933, wobei er jeden Namen wie ein Mantra aussprach und mich dabei ansah, als ob er Begeisterungsschreie erwarte. Schließlich schob er das Buch wieder in die Nische zurück, warf mir ein halbes Pfund Krabben extra in die Tüte und sagte: »Komm übermorgen wieder, dann hab ich Stachelrochen von der Schwarzen Küste!«

Als ich jetzt vor meiner Haustür stand, Zigaretten rauchte und mir den Kopf darüber zerbrach, was ich zu Mittag essen sollte, wurde mir klar, dass ich meinen neuen Vorsätzen gemäß eine Entscheidung gegen den Fischnazi treffen musste: Zwar hatte ich zu nichts mehr Lust, als mir ein Dutzend Flusskrebse mit Olivenöl herausbraten zu lassen, aber wenn man den Weg des *»Großen Fahrzeugs«* einschlagen wollte, musste man den Fischnazi meiden. Der Fischnazi war einer der größten Demagogen dieser Stadt, und sein Fisch war so faschistoid, dass ich manchmal befürchtete, die Doraden würden in der Pfanne gleich Nazireden halten. Es musste also eine Tagesplanung her, die einen Schlussstrich unter den Fischnazi und seine verrohte Weltanschauung zog.

Die rettende Idee kam mir nach einer weiteren Zigarette: Ich erinnerte mich, dass Gregorio einmal behauptet hatte, ein Restaurant im Peralvillo-Viertel namens *Tzin Tzun Tzan* sei spezialisiert auf vegetarische Gerichte der Maya-Indianer. Die vegetarische Küche der Mayas war vom Kosmos des Fischnazis samt seiner »Schwarzen Küste« so weit entfernt, dass man von einer Signalwirkung sprechen konnte – die vegetarische Küche der Mayas tendierte deutlich zum *»Großen Fahrzeug«*. Ich ging also zurück in meine Wohnung, steckte Geld ein und studierte den Stadtplan, der mir verriet, dass Peralvillo ein ganzes Stück entfernt lag – zwischen den Ghettos Tepito, La Guerrero und Morelos im Norden der Stadt. Ich war in Peralvillo noch nie gewesen, aber die Idee, ein indianisches Restaurant aufzuspüren und einen klaren Bruch mit dem Fischnazi herbeizuführen, verlieh mir Energie: Ich nahm daher meine Jeansjacke, sperrte die Wohnung ab und ging nach draußen, um ein Taxi zu suchen.

Schon nach Sekunden hielt ein grünes VW-Käfer-Taxi vor meinem Haus. Der Fahrer stieß den Schlag auf, und ich sah ins Wageninnere: Von allen Berufsgruppen in Mexico City waren die Taxifahrer die Verrücktesten, auch wenn sich unter ihnen vom Professor bis zum Müllmann die verschiedensten Bevölkerungsschichten tummelten. Einmal hatte ich einen Taxifahrer erlebt, der den ganzen Weg von Huitzilucán ins Zentrum meine Schulter gepackt hielt und mir von den perversen Sexualpraktiken seiner Nachbarin vorschwärmte (»Das müssen Sie am eigenen Leib verspürt haben! Sie kennen Mexiko nicht, wenn Sie sich das durch die Lappen gehen lassen! Am besten wird sein, wir besorgen uns was zum Schnupfen und fahren bei Mariana gleich vorbei!«)... Ein anderer Taxifahrer war völlig aus dem Häuschen geraten, als er erfuhr, dass ich aus München stamme – woraufhin er mir alle Giorgio-Moroder-Lieder dieser Welt vorgesungen hatte, inklusive *I Feel Love!*, bei heruntergekurbeltem Fenster vor allen Verkehrsteilnehmern.

Diese zwei Taxifahrer hatten auf den ersten Blick ganz normal ausgesehen, doch der Taxifahrer, der jetzt vor meiner Haustür hielt, machte eher keinen normalen Eindruck: Mit haarlosem, nacktem Oberkörper, Fürst-Bismarck-Bart und einem indianischen Vokuhila-Schnitt, den sonst nur Zuhälter tragen, saß er hinterm Steuer – feist, triefäugig und mürrisch. Rechts an der Windschutzscheibe hatte er als Talisman einen großen Teufelskopf aus Pappmaché befestigt, dessen Augen rötlich blinkten, links neben seinem Sitz lag ein Brecheisen. Der Mann sah aus wie jemand, zu dem man nicht ins Taxi steigen durfte, aber ich war spät dran und musste die Öffnungszeiten der Restaurants bedenken.

»Kennen Sie das *Tzin Tzun Tzan*?«, fragte ich. »Das ist ein Restaurant in Peralvillo!«

»TTTTSSSSS!«, schnaubte der Taxifahrer, so als ob meine Frage eine ungeheure Beleidigung seiner Intelligenz sei. Angewidert winkte er mich herein, und ich quetschte mich auf die Rückbank, wo ein riesiges Rostloch unter meinen Füßen klaffte. Der Taxifahrer trat aufs Gas und raste die Hipopótamo-Straße hoch – so halsbrecherisch, dass es mich auf dem Rücksitz hin und her warf.

»Natürlich kenn ich ein *Tzin Tzun irgendwas* n i c h t !«, rief er. »Woher soll ich einen solchen Scheißdreck kennen?«

»Aber Peralvillo werden Sie zumindest finden, oder?«

»TTTTSSSSS, Peralvillo ...!«, schnaubte der Taxifahrer.

»Stört Sie's, wenn ich eine rauche?«

»Du kannst hier qualmen, bis du umfällst ... Ist mir völlig egal!«

Verzweifelt versuchte ich, mir eine Zigarette anzuzünden, doch es war unmöglich. Wie in einer Achterbahnkabine warf es mich von links nach rechts, und ich musste meine Füße und Hände gegen den Vordersitz stemmen, um nicht in das Rostloch zu rutschen. Während der Asphalt unter mir vorbeiraste, wurde mir zunehmend klar, dass ich hier in einem *»Fahrzeug«* saß – bloß weder im *»Großen«* noch im *»Kleinen«*, noch in sonst irgendeinem der *»Fahrzeuge«*, die der Buddhismus propagierte.

Der Taxifahrer raste die Insurgentes hoch, scherte zuerst in die Reforma und dann in die Achse-1-Nord ein. Als wir auf der Höhe der Slums waren, drosselte er plötzlich die Geschwindigkeit und bog in eine Straße ab, die von Schlachtblut und Abwässern schillerte. Offenbar war Markttag, denn es wimmelte von zerlumpten Gestalten, die sich um Stände mit Fleischteilen und brutzelndem Irgendwas scharten. Die Slums des nördlichen Zentrums waren zu Beginn des Jahrhunderts einmal blühende Gegenden gewesen, doch jetzt waren die Art-déco-Häuser von Smog und Schwermetallen zerfressen, und überall sah man zersplitterte Fenster, verkohlte Fassaden und Ruinen. Im Schritttempo fuhren wir durch die Menschenmassen, die nicht weichen wollten, vorbei an rauchenden Pfannen und Trögen mit gequirltem Perlmutt, das einen perversen Gestank verbreitete ... Leimschnüffler taumelten aus den Hauseingängen und stolperten roboterartig vor unsere Kühlerhaube … Prostituierte mit Käferkörpern stöckelten den Gehsteig entlang und spotzten in unsere Richtung … Indianische Kräuterhexen schrien uns Flüche zu, und ein Ausgemergelter drängte sich an die Autotür, lüpfte die Ärmel und präsentierte mit leisen Bitten seine Armbeugen, die mich an das marxistische Standardwerk *Die offenen Adern Lateinamerikas* erinnerten … All diese Bilder schienen den Taxifahrer nicht zu stören, gelangweilt starrte er aus dem Fenster.

»Das ist doch nie im Leben Peralvillo!«, sagte ich. »Wir sind hier mitten in Tepito!«

»Natürlich ist das Peralvillo!«, rief der Taxifahrer und hieb aufs Lenkrad. »Alles was du hier siehst, ist Peralvillo!«

»Blödsinn!«, sagte ich. »Laut Stadtplan müssten die Straßen in Peralvillo nach Komponisten benannt sein: Chopin, Gounod, Bizet, Zarazate … Und hier, wo Sie mich gerade durchkutschieren, sehe ich nur eine Blechpresser-, Stahlgießer- und Klempner-Straße …«

»Blonder, wir sind mitten in Peralvillo!«, sagte der Taxifahrer und schüttelte den Kopf wie über einen Idioten. »Glaubst du, ich bin zu blöd, deinen Scheißladen zu finden?«

»Halten Sie kurz an …«, sagte ich. »Ich frag jetzt diesen Mann dort nach dem Weg …«

Der Taxifahrer sah mich im Rückspiegel an, dann trat er aufs Gas und bretterte durch die Menge – mit einem Gesicht, das von Wut verzerrt war, Wut gegenüber der Wahrheit.

»Warum willst du diesen Typen da fragen?«, schrie er. »Das ist doch ein Schwachkopf, der hat doch keine Ahnung!«

»Ja, aber vielleicht weiß er den Weg!«

Der Taxifahrer riss das Steuer herum und raste zurück zur Achse-2-Nord. Ohne auf den Verkehr zu achten, donnerte er über die Achse, drehte rund um die Lateralstreifen einen wirren, tollwütigen Kreis und bretterte dann ohne Orientierung weiter in die nächstgelegenen Straßenzüge – hinein ins nächste Problemviertel. Seufzend sah ich nach draußen, wo neue Horrorparaden von Deklassierten, Verstoßenen und Fluchbeladenen durch die Straßen schlurften.

»Das ist genauso wenig Peralvillo!«, sagte ich. »Ich kann's nicht beschwören, aber für mich sieht's aus wie Candelaria de los Patos …«

»Alles, alles hier ist Peralvillo!«, schrie der Taxifahrer, starrte mich im Rückspiegel an und nagte hasserfüllt auf seinen Lippen.

»Da, dieses Pärchen da an der Ecke …!«, rief ich. »Halten Sie an! Die fragen wir jetzt nach dem Weg!«

»Das sind doch lauter Gestörte!«, schrie der Taxifahrer und raste an dem Pärchen vorbei. »Hier wohnen doch nur kaputte Arschlöcher! Die darf man doch nicht nach dem Weg fragen!«

»Warum denn nicht? Vielleicht wissen sie ihn ja!«

Eine rote Ampel unterbrach unsere Irrfahrt, und schwer atmend stützte der Taxifahrer seinen nackten Arm aufs Steuer.

»Geben Sie's doch zu …«, sagte ich. »Sie haben nicht die geringste Ahnung, wo Peralvillo liegt! Sie wissen wahrscheinlich noch nicht mal, wie man's schreibt!«

Erschöpft atmete der Taxifahrer durch – wie jemand, der mit ansehen musste, wie seine Lebenslügen von einer teuflischen, fremdländischen Kralle zerstört wurden.

»Ich hab von Ihrer Slumtour genug!«, sagte ich. »Halten Sie mich für einen Trottel?«

»Ich halte Sie für einen Juden …«, sagte er plötzlich ganz ruhig.

Ich schob die Tür auf, stieg aus dem Taxi und mischte mich unter die Passanten.

»Wenn Sie Fahrgeld wollen, holen Sie sich's!«, rief ich.

Der Taxifahrer trat aufs Gas, bretterte über den Bordstein und versuchte, mich frontal über den Haufen zu fahren. Ich sprang zur Seite, und der Strom des Gegenverkehrs blockierte hupend sein Fahrzeug und hielt ihn von weiteren Attacken ab. Während ich mich im Menschengewühl aus dem Staub machte und geschlagene 25 Blocks zu Fuß nach Peralvillo lief, ging mir das biblische Gleichnis durch den Kopf, in dem der Blinde den Lahmen schleppt und sich beide somit auf gewinnbringende Weise voranbewegen. Man konnte nicht behaupten, dass der Taxifahrer und ich ein solches Gespann gebildet hätten.

Es war bereits später Nachmittag, als ich das *Tzin Tzun Tzan* fand – ein lieblos und karg eingerichtetes Bürorestaurant, das neben einer Fabrikhalle lag. Die Mittagspause war schon lange vorbei, und nur an einem Tisch saß noch eine Runde von mestizischen Beamten, die Domino spielten. Ein Blick auf ihre pseudoedlen, speckigen Anzüge genügte, um zu wissen, dass sie dem Unterbau der Lokalpolitik entstammten. Es waren Vampire, die davon lebten, alte Omas um Butterstullen zu erleichtern … Blutsauger, die verbriefte Bürgerrechte nur dann durchsetzten, wenn das Schmiergeld stimmte … Strauchdiebe, die dennoch ständig vom US-Imperialismus plapperten, wenn es darum ging, jemandem die Schuld an Mexikos Misere in die Schuhe zu schieben.

Um möglichst weit weg von diesen Menschen zu sitzen, wählte ich einen Tisch am anderen Ende des Raums – unter einem Fernseher, der brüllend laut Das Boot von Wolfgang Petersen ausstrahlte. Ich warf einen Blick in die Speisekarte und stellte fest, dass Gregorio sich geirrt hatte: Das *Tzin Tzun Tzan* war durchaus nicht spezialisiert auf irgendwelche vegetarischen Maya-Spezialitäten, sondern bot genau die gleiche Palette an Gerichten an, die man auch sonst in mexikanischen Restaurants zu essen bekam: Fleisch, Fleisch und nochmals Fleisch. So einfallslos die Speisewahl war, so gepfeffert das Preisniveau – vor allem wenn man bedachte, dass wir mitten im Slum saßen. Wie es schien, versuchte mir der Tag eine deutliche Lektion zu erteilen: Es rächte sich, vom Fischnazi abgefallen zu sein ... Tage ohne den Fischnazi endeten zwangsläufig im Verderben ...

Vom Tisch der Dominospieler löste sich ein Mann mit grün schillernder Weste, violetter Krawatte und einer Uhrenkette aus Katzengold. Sein protziger Gang verriet mir, dass es sich um den Geschäftsführer handelte.

»Die Küche ist bereits geschlossen«, sagte er und schnalzte sein Wischtuch heraus. »Das Einzige, was es noch zu essen gibt, sind Stierhoden.«

Stierhoden galten in Mexiko als Spezialität. Ich hatte im Nobelrestaurant *Fonda de Santa Clara* in der Tat einmal ganz passable Tacos mit gebackenem Stierhoden gegessen, der in etwa wie ein Wiener Schnitzel geschmeckt hatte. Im Augenblick wäre mir etwas weniger Exzentrisches zwar lieber gewesen, aber es war zu spät, um Ansprüche zu stellen.

»Wie ist der Hoden zubereitet?«, fragte ich.

»Nach Art des Hauses«, sagte der Geschäftsführer und stopfte sein Wischtuch wieder in die Hosentasche, ohne den Tisch gesäubert zu haben.

»Na gut, geben Sie mir den Hoden«, sagte ich. »Und ein Bier!«

Der Geschäftsführer ging, und ich vertiefte mich in Wolfgang Petersens Meisterwerk, in dem Prochnow gerade den Führerbefehl vorlas. Nach fünf Minuten kam der Geschäftsführer aus der Küche und servierte mir den Hoden und das

Bier. Schon als ich auf den Teller blickte, sah ich, dass dieser Hoden nicht die geringste Ähnlichkeit mit der kulinarischen Raffinesse in der *Fonda de Santa Clara* hatte. Das was da vor mir lag, sah aus wie gekocht und glänzte vor Nässe. Es war weißlich-grau, und nur auf einer Seite dieses glitschigen Objekts, das bei Berührung mit der Gabel über den Teller flutschte, konnte ich so etwas wie eine Spur von Bratvorgängen erkennen. Ich schnitt ein Stück dieses weichen Etwas' ab, an dem abstruse Knoten und Stränge hingen, und probierte: Schon nach dem ersten Bissen machte sich in meinem Mundraum eine mysteriöse, breiige Substanz breit, die meine Zunge mit einem totalen Taubheitsgefühl überzog und sich zu einem pelzigen Belag verdichtete, dem weder mit Schabe- noch mit Spachtelbewegungen meiner Zähne beizukommen war. Ich stellte das Essen ein, schob den Teller weg und schüttete Bier in meinen Mund – in der eitlen Hoffnung, damit diesen perversen, unbeschreiblichen Geschmack loszuwerden.

Dann atmete ich tief durch, zog den Teller wieder zu mir heran und zwang mich zu äußerster Gelassenheit: Ich versuchte, diesen Hoden zur Abwechslung g a n z n e u t r a l zu betrachten, s i n e i r a e t s t u d i o, ohne eurozentrische Geschmäcklerei, chauvinistische Kastrationsangst oder Lebensüberdruss. Das Ergebnis meiner Betrachtung war Folgendes: Bei diesem Klumpen auf meinem Teller handelte es sich um den ältesten Hoden Mexikos. Es war ein Hoden, der Zeuge der Eroberung Tenochtitláns gewesen war, der die Füsilierung Kaiser Maximilians II. und den Kuchenkrieg gegen Frankreich so hautnah miterlebt hatte wie die Revolutionswirren und die Verstaatlichung der Erdölindustrie. Was da vor mir lag, war ein Zeitzeuge, dessen Berichte Bibliotheken gefüllt hätten, ein biologischer Ausnahmefall, dessen Jahresringe die gesamte mexikanische Geschichte umfassten! Dies alles musste ich würdigend zugestehen, aber dennoch war es beim besten Willen nicht möglich, auch nur einen einzigen Bissen dieser alptraumhaften Proteinkugel hinunterzuwürgen. Ich war gewiss nicht penibel und hatte in meinem Leben schon allerhand vertilgt, was nicht lupenrein war, aber dieser Hoden schoss einfach kulinarisch den Vogel ab. Dieser Hoden war die abnormste Zumutung, seit es Nahrungsketten auf der Erde gab.

Ich steckte mir eine Zigarette an, schob den Teller wieder aus meinem Gesichtskreis und starrte hoch zum Fernseher, wo Jürgen Prochnow mit blutunterlaufenen, schicksalsgezeichneten Augen dem U-Boot beim Versinken zusah. Der Geschäftsführer mit der Katzengoldkette erhob sich von der Dominorunde, kam an meinen Tisch und begutachtete verärgert den vollen Teller.

»War irgendwas mit dem Essen nicht in Ordnung?«, fragte er.

»Jaaa«, sagte ich. »Es hat nicht geschmeckt.«

»Sooo, es hat nicht geschmeckt!«, äffte er mich nach.

»Richtig. Ihr Hoden war vollkommen ungenießbar.«

»Mein Hoden?«

»Nein, Ihren Hoden kenne ich Gott sei Dank nicht. Ich meine den hier zur Diskussion stehenden, sich auf diesem Teller befindlichen Todeshoden.«

Der Geschäftsführer hakte seine Finger in die Westentasche und schob den Bauch vor.

»Wieso bestellen Sie als Ausländer überhaupt Hoden, wenn Sie so etwas gar nicht als Spezialität würdigen können?«, fragte er.

»Gut, ich bin im Irrtum«, seufzte ich. »Der Hoden war fantastisch! Vor allem die breiige Samenleitersubstanz, die mir immer noch als pelziger Belag auf der Zunge klebt, war sterneverdächtig. Sie sollte eigentlich das nächste Mal als *Amuse gueule* zwischenserviert werden.«

Der Geschäftsführer sah auf meinen Teller und schwieg.

»Sind Sie einer von diesen Leuten, denen in Mexiko nichts gut genug ist?«, fragte er leise. »Einer von denen, die glauben, man müsste vor ihren stinkenden Dollars niederknien?«

»Richtig«, sagte ich. »Ich bin einer von diesen Gringo-Imperialisten.«

Der Geschäftsführer riss meinen Teller vom Tisch, trug ihn zur Gruppe der Dominospieler und präsentierte ihn dort wie einen Beweis. Die Dominospieler hielten in ihrem Spiel inne, nickten ernst und schüttelten entrüstet die Köpfe.

»Schaut euch den da an!«, hörte ich einen sagen. »Was denkt der eigentlich, wer er ist!«

Ich erwiderte ihre Blicke, inhalierte Rauch und stippte Asche auf den Boden. Etwas in mir war nahe daran, aufzustehen, zu diesem Tisch zu schlendern und Dinge zu tun, die mich s e h r w e i t davontrugen von den Gelübden des *»Großen Fahrzeugs«* – Dinge, die mit dem »Pfad der Entsagung« nur sehr wenig gemein hatten. Doch stattdessen entschied ich mich für etwas anderes. Ich drückte die Zigarette aus, nahm mein Handy und wählte Michelles Nummer:

»Ja?«, sagte Michelle. »Wer ist dran?«

»Gott sei Dank!«, atmete ich auf. »Bist du zu Hause? Pass auf, ich schnapp mir ein Taxi und bin in fünf Minuten bei dir …! Nein, warte, das mit dem Taxi ist heut keine gute Idee! Ich nehm den Bus. Bleib zu Hause, ich bin gleich da!«

Stämmig und selbstbewusst wie ein kleines Stierchen stand Michelle an der Tür – mit ihrer schwarz gerahmten Cinecittá-Brille, ihren ruhigen, braunen Augen und den dunklen Korkenzieherlocken, die in allen Richtungen von ihrem Kopf abstanden. Sie trug einen grünen Seidenrock und ein silbernes Spaghetti-Top, ihre Hausschuhe, ihr Schlafzimmerblick und das Leselicht im Hintergrund ließen vermuten, dass ich sie gerade vom Sofa hochgescheucht hatte.

»Mein Schatz, ich brauch dringend was zu trinken!«, ächzte ich, küsste sie auf ihre rotbraune Wange und schlängelte mich am Türstock vorbei.

»War der Tag so schlimm?«, fragte sie und lächelte spöttisch.

»Er war grauenhaft!«, sagte ich und ließ mich auf ihr Sofa fallen, neben dem eine Leselampe brannte. »Wenn ich noch so einen Tag erlebe, häng ich mich am Fahnenmast vorm Präsidentenpalast auf!«

Michelle ging in die Küche, raffte ihren Rock und kniete sich zum Kühlschrank hinab, sodass ihr fester Po wie der Bürzel eines Entleins hervorstand.

»Ich kann dir nur Mezcal anbieten«, sagte Michelle. »Es sei denn, du möchtest lieber Sekt aus Russland. Da steht noch einer hier im Kühlschrank rum.«

»Sekt aus Russland?«, fragte ich. Den »Deiffels= Trunk« Mezcal musste ich meiden – das war klar.

»Ja«, sagte Michelle. »Den hat mir ein Bekannter mitgebracht. Unten an der Ecke gibt's seit neuestem 'nen russischen Lebensmittelladen.«

»Soso. Geschenke von fremden Männern ... Zeig mir doch mal die Flasche!«

Michelle lachte und reichte mir den Sekt.

»*Krimsekt Krimskoye ...*«, las ich auf dem purpurnen Etikett. »*»Inbegriff der Exklusivität ... einzigartiges Cuvée ... Ein Sekt, der in den großen Werken der Weltliteratur immer wieder genüsslich erwähnt* *wird …*‹ Wahrscheinlich in Landserromanen, die der Fischnazi liest! Dann doch lieber 'nen Mezcal …«

Michelle seufzte, verstaute die Sektflasche wieder im Kühlschrank und schenkte sich eine Limo und mir einen Mezcal ein. Dann stellte sie die Gläser auf einem Korktablett auf den Lesetisch, setzte sich neben mich und zog ihre braunen Beine hoch aufs Sofa. Ich nahm einen Schluck vom Mezcal und betrachtete Michelle – ihre wunderschönen gekringelten Naturlocken, ihre kurzen, etwas abgekauten Fingernägel mit dem hellroten Nagellack und ihre Brustwarzen, die wie Babypimmel durch das silberne Satintop stachen. Langsam fühlte ich mich besser.

»Na, klingt das Fieber ab?«, fragte Michelle und stieß mit mir an. »Was ist denn nun passiert, dass du so am Ende bist?«

Ich nahm noch einen Schluck vom Mezcal.

»Sie haben mir den schlimmsten Fraß meines Lebens vorgesetzt. Dieser Hoden im *Tzin Tzun Tzan* war so grauenhaft, dass er mich bis ans Ende meiner Tage verfolgen wird.«

»Iiiih!«, lachte Michelle. »Hoden essen doch nur Leute, die unbedingt für Spanier gehalten werden wollen, die bei Stierkämpfen immer ›olé‹ rufen und die sonntags ins *Casino Español* gehen!«

»… Nur die Grießnockerl meiner Großmutter waren schlimmer als dieser Hoden – ich schwöre es …«

»Was bitte sind Grießnockerl?«

»Ein Art Klöße aus Grieß … Die schmecken an sich schon ziemlich eigenwillig, aber meine Großmutter war überdies sehr alt und hat da Sachen zusammengeköchelt, die keiner Kontrolle mehr unterlagen. Ich weiß nicht, wie das Rezept aussah, aber diese Grießnockerl waren der Hammer …«

Fröstelnd nahm ich noch einen Schluck. Michelle streckte ihre Hand aus, kraulte meinen Nacken und sah mich an. Ihre

Augen waren ruhig und schläfrig wie ein Teich, mit einem ganz leichten Silberblick, der sie immer ein bisschen weggetreten erscheinen ließ.

»Dann hat dir also das Essen im *Tzin Tzun Tzan* den Tag verdorben?«

»Nein, auch die ganzen Wahnsinnigen. Diese Stadt wimmelt von Tollhäuslern. Man geht mit den besten Vorsätzen aus dem Haus, und eine Stunde später wird man fast von irgendeinem Typen mit dem Auto zerquetscht.«

»Tja«, sagte Michelle. »Rein rechnerisch ist das natürlich klar: Die Hälfte aller Mexikaner lebt in Mexico City, also gibt's hier natürlich auch die meisten Wahnsinnigen. Kennst du das Sprichwort? Nach einem Atomkrieg überleben nur Wanzen, Kakerlaken und die Einwohner von Mexico City.«

»Schrecklich … Und wie kommt's, dass du immer so 'nen ausgeglichenen Eindruck machst?«

Michelle streckte den Rücken durch und gähnte.

»Gewusst wie!«, sagte sie. »Ich hab da gewisse Strategien – Übungen, um genau zu sein.«

»So, so«, sagte ich und besah mir das Buch, das auf ihrem Lesetisch lag und so ähnlich hieß wie: *Die tausend Ehemänner der Doña Irgendwas.* »Interessant … Werden diese Übungen denn auch mit Männern praktiziert, die russische Alkoholika ins Haus tragen?«

Michelle sah mich an und prustete los:

»Ich hab' wohl Wasser im Ohr!«, sagte sie. »Monsieur müssen größenwahnsinnig geworden sein! Erst hört man zwei Monate lang nichts von ihm, und kaum lässt man ihn zur Tür herein, meldet er schon Besitzansprüche an!«

»Ich hatte 'ne Freundin«, seufzte ich. »Deswegen konnte ich mich nicht melden …«

»Jetzt schlägt's aber dreizehn! Du meinst dieselbe Freundin, die du hattest, als du mir nach der Party dein Ding reingesteckt hast? Ich wusste gar nicht, dass du dich inzwischen zum Heiligen entwickelt hast!«, sagte Michelle, nahm die Fernbedienung und schaltete wütend den Fernseher an: Auf *Televisa* kam ein Nachrichtenmagazin, in dem ein Reporter an einem blutbespritzten Bushäuschen stand und wie ein Moritatensänger deklamierte: *»Nieeeeedergestreckt mit drei Schüüüüssen wuuurde er, weil er immer wieeeeeder nach den Buszeiten fraaaaagte.... Vieeeele von Ihnen werden das versteeeehen!«*

»Sei nicht sauer«, sagte ich. »Ich weiß, ich hätte mich melden sollen ...«

Michelle zog einen Flunsch und schaltete weiter auf *TV Azteca*, wo ein dickleibiger Polizist – laut Bildleiste *»Der Wachtmeister der Woche«* – einem Journalisten berichtete: »Der Kerl schlug wie wild auf dieses Großmütterchen ein! Ich hab gesehen, dass er unbewaffnet war – wissen Sie, ich hab für so was nämlich 'nen Blick! –, also bin ich von hinten an ihn ran und hab ihn einfach festgenommen!« – »Und wie haben Sie sich dabei gefühlt?«, fragte der Interviewer. »Ich hab mich r i c h t i g g u t gefühlt!«, sagte der Wachtmeister.

»Meine Süße!«, sagte ich, robbte an Michelle heran und streichelte ihre Ohrmuschel. »Mach bitte-bitte den Fernseher aus und küss mich!«

Michelle schaltete aus und sah mich mit schmalen, prüfenden Augen an. Für einen Moment war es still, und man hörte lediglich das Zirpen der Grillen und das Rascheln der frischen Wäsche im Hof, an der sich bereits die ersten Schmutzpartikel absetzten.

Michelle beugte sich vor, nahm mein Kinn und züngelte blitzschnell über meinen Mund.

»Machst du's mir heute besonders zärtlich?«, fragte ich.

»Meine leichteste Übung …«, flüsterte Michelle, schlüpfte mit der Hand in meine Hose und streichelte meine Eier.

»U u u a a a r r r r g g g g h h h !«, schrie ich auf.

»Was ist denn los, mein Schatz?«, rief Michelle und zog panisch ihre Hand zurück.

»Nichts«, sagte ich, »alles o. k. … Ich musste nur nochmals an diesen Hoden denken.«

Als ich mittags aus Michelles Haus trat, schlug mir ein diabolischer Luftstoß entgegen. Im Osten der Stadt bliesen die illegalen Ziegelöfen toxischen Dreck über unsere Köpfe, in den Kesseln der Imbissbuden blubberten Schweineschnauzen vor sich hin, und riesige Gebläse peitschten Flammenstöße über das glutamatgetränkte Grillfleisch, das auf Spießen zusammengequetscht war. Ich lief drei Blocks weit zur Busstation an der Insurgentes-Achse, um nach Hause zu fahren. Die Insurgentes war ein einziges Gewimmel aus Mikrobussen, die die Straße wie Heuschrecken in beide Richtungen abgrasten. Mittags war der Verkehr am schlimmsten, obwohl sich eigentlich den ganzen Tag lang eine Stoßzeit an die andere reihte. Jeder Bürger versuchte, nach Beginn der Mittagspause irgendwohin zu fliehen – nach Hause zu seiner Familie, ins Stundenhotel oder ins nächste Schanklokal –, um sich dort so lange zu verschanzen, bis es Nacht geworden war und der Verkehrswahnsinn ein Ende genommen hatte.

Ich ließ den ersten Bus, der an der Windschutzscheibe mit Klebebuchstaben den Namen Kanaille trug, an mir vorüberziehen, weil die Fahrgäste schon aus den Türen quollen und die Scheiben von ihrem Adrenalinschweiß blind waren. Auch *Mad Max*, den *Blutsäufer* und den *Henker* ließ ich sausen. Erst bei einem Bus namens *Christus – Der Herr von Mexiko* griff ich zu, weil das etwas pazifistischer klang. Was den Busfahrer zur Wahl des Namens bewogen hatte, war freilich schwer zu sagen, denn er fuhr schlimmer als Mel Gibson im Rinderwahnsinn. Da die Mikrobusse alle zu konkurrierenden Transportunternehmen gehörten, kämpften sie um jeden Fahrgast. Ganze Konvois schnitten, bremsten und crashten sich gegenseitig aus, um an weitere 50 Centavos Fahrgeld zu kommen.

Während der Busfahrer seinen riesigen, penisförmigen Gangknüppel herumwuchtete, um eine Gruppe von Fußgängern auseinanderzusprengen, die seinem Überholmanöver im Wege standen, taumelte ich in Schlangenlinien bis ans Ende des Busses und ließ mich dort auf einen Sitzplatz fallen. An der hinteren Tür stand ein Bettler mit einer Gitarre und sang – die Armbeuge um eine Haltestange gepresst – *Imagine* von John Lennon. Der Bettler konnte kein Wort Englisch, denn er ahmte den Text onomatopoetisch nach, weswegen der Refrain bei ihm *»Smashing all de piepl, / living life in piss«* hieß. Und obwohl ich die Originalversion auswendig kannte, musste ich zugeben, dass es mir schon jetzt – eine halbe Stunde nachdem ich Michelles Liebesnest verlassen hatte – ausgesprochen schwerfiel, der Vision hinter Lennons Lied zu folgen. Um ganz offen zu sein: Ich ertappte mich bereits dabei, wie ich dem Bettler bohrend in die Augen schaute, damit er endlich seine verdammte Schnauze hielt.

Der Bus stoppte an einer Kreuzung auf der Höhe von Escandón – einem heruntergekommenen Armenviertel auf der Höhe der 5-Süd. Frazetti war hier zur Grundschule gegangen, und da er ein kleines bisschen hellhäutiger war als seine Mitschüler – unwesentlich, aber das genügte –, musste er sich bis zur vierten Klasse täglich mit irgendwelchen indianischen Hohlköpfen herumprügeln, die mehrmals durchgefallen waren und jetzt wahrscheinlich Mikrobusse wie *»Chri-*

stus – Der Herr von Mexiko« lenkten. Der Busfahrer betätigte die Türautomatik, und ein Schwung von Menschen strömte herein – unter ihnen einer, der mein Herz stocken ließ.

Ich sah ihn bereits, als er noch sechs Meter von mir entfernt im Gewühl der Fahrgäste steckte. Ich sah ihn in einer geradezu mikroskopischen Schärfe, nah wie in einem irrsinnigen Zoom: Ich sah seinen braunen, kurzgeschorenen, knochigen Kopf, seine fanatischen, hochmotivierten Augen, seine Knast-Tattoos am Hals und seine zerrissene schwarze Windjacke … Vor allem aber sah ich die behende Entschlossenheit, mit der er sich durch die Fahrgäste hindurchzwängte – direkt auf mich zu.

»Heilige Maria, Mutter Gottes voll der Gnaden!«, flüsterte ich.

Der Wahnsinnige kam näher – mit einem Lächeln, das vermutlich auf knüppelharte Frühstücksdrogen zurückzuführen war. Ich sah die Narben in seinem Gesicht, in denen so dicke, schwarze Schmutzreste lagerten, dass man glauben konnte, er habe sich durch ungeheure Flöze und Erdschichten hindurchgraben müssen, um endlich zu mir zu gelangen und zu guter Letzt sah ich seine Gesamterscheinung, die so grauenhaft war, dass sie sich jeder Computerspiel-Programmierer für das letzte, grässlichste Level aufgespart hätte.

»Weißes Arschloch, RUTSCH, wenn ich mich setzen will!«, schrie er und schlug mit solcher Wucht gegen meine Schläfe, dass ich an die Scheibe knallte. Die Fahrgäste blickten erstaunt auf, vertieften sich aber rasch wieder in ihre Zeitungen und Privatunterhaltungen. Verdattert rieb ich meine taube Gesichtshälfte und sah den Typen an, der seine Fäuste um die Sitzbank geschraubt hatte und mich angrinste. Er war etwa einen Kopf kleiner als ich, aber bislang hatte ich nicht den Eindruck, als ob ihn das vor Angst lähmen würde.

»Ich weiß, Sie sind beauftragt«, flüsterte ich. »Sie tun das wegen der Sache im *Centenario*!«

Grinsend schüttelte er den Kopf, wie um zu sagen: *Wenn jemand wie* ich *in Erscheinung tritt, dann sicher nicht nur wegen irgendwelchem Firlefanz in einem Laden namens Centenario! Sendet man* mich *aus, müssen da schon andere Dinge vorgefallen sein!*

»Lassen Sie uns über die Sache sprechen!«, flüsterte ich. »Ich bin seit gestern ein anderer Mensch. Ich kann Ihnen alles erklären!«

Sofort schlug er mir wieder ins Gesicht – so schnell, dass ich seine Faust nicht einmal kommen sah. Sterne rieselten in einem tauben Schauer durch meinen Kopf, meine Zunge schmeckte Blut. Der Bänkelsänger hatte seine Version von *Imagine* nun beendet und begann sich an *Stairway To Heaven* zu vergreifen.

»RUTSCH ENDLICH, weißes Arschloch!«, zischte der Typ. »Ich hab doch gesagt, du sollst deinen Hintern bewegen!«

»Man hat Sie also nicht wegen der Sache im *Centenario* geschickt?«

»Quatsch keinen Dreck, sondern RUTSCH!«

»Die beiden sind nicht ganz normal«, flüsterte eine Mutter in der Sitzreihe vor mir ihrem Sohn ins Ohr und strich ihm über den Scheitel.

»Was erlauben Sie sich!«, fuhr ich auf. »Ich habe bei meiner Einreise eine nervenärztliche Untersuchung absolvieren müssen! Nichts wurde festgestellt, absolut nichts! Ich kann das beweisen, ich bin im Besitz der Unterlagen!«

Die Mutter nickte und drückte ihren Sohn an sich. Mein Freund mit dem Satansgesicht ballte wieder die Faust, und bevor er ein drittes Mal zuschlagen konnte, sprang ich hoch, packte mit der Rechten seine Gurgel und presste ihn in die

Masse der Fahrgäste hinein, die wie eine Gummiwand nachgab. Jetzt schlug er mit beiden Fäusten nach mir aus, doch Gott sei Dank waren seine Arme kürzer als meine.

»Dich bring ich um!«, zischte er und spie mir durch seine zerfressenen Zähne ins Gesicht.

Plötzlich musste ich auflachen. Eben noch lag ich in Michelles warmem Bett – entspannt, glücklich und bereit, ein neues Leben zu beginnen. Eine halbe Stunde später stand ich in einem Mikrobus namens *»Christus – Der Herr von Mexiko«* – geschlagen, bespuckt und eines Hirnschadens verdächtig, wobei meine Hand, die im Augenblick um eine fremde Kehle gequetscht war, nur wenig zu meiner Entlastung beitrug.

Ich sah, dass meine Haltestelle nahte, also stieß ich den Typen in die Menge und hastete, so schnell ich konnte, zwischen den Fahrgästen hindurch zur Tür. Mein Widersacher sprang hinter mir her und verfolgte mich mit Fußtritten. Der Mikrobus hielt, ich hüpfte die Treppe hinab und bekam von dem Typen einen letzten, so saftigen Tritt in den Hintern, dass ich seinen dreckigen Turnschuh fast im Mastdarm fühlte. Auf dem Gehsteig drehte ich mich um.

Nun, da sich die Szene vom Mikrobus auf die Straße verlagert hatte, legten die Fahrgäste jede Scham ab: Die Nasen und Hände an die Scheibe gepresst, glotzten sie auf den Ausgang des Duells. Selbst der Busfahrer schien auf meine Reaktion zu warten, denn er machte keinerlei Anstalten, weiterzufahren. Der Typ stand auf dem Treppenabsatz, ließ einen Spuckeregen über mich niedergehen und brüllte mir Flüche ins Gesicht. Eine Weile starrte ich fasziniert auf die Speichelbatzen auf meiner Jeansjacke, dann ballte ich die Faust, sprang auf den Treppenabsatz und schlug dem Typen, so fest ich konnte, aufs Nasenbein. Ein Ruck ging durch ihn, an dem Roman

Herzog seine Freude gehabt hätte: Er sackte ein, wankte einen Schritt zurück und griff sich mit beiden Händen an die Nase. Ich studierte die Gesichter der Fahrgäste und hatte den Eindruck, dass dieses Publikum noch nicht zufrieden war … Ich hatte den Eindruck, dass dieses Publikum v e r w ö h n t war, dass dieses Publikum Unterhaltung sehen wollte, die noch stärker an Filme wie *Buddy haut den Lukas, Eddie – Gib ihm Saures* oder *Nobody ist der Größte* erinnerte. Also sprang ich nochmals vor und gab dem Typen einen Nachschlag aufs Ohr – dorthin, wo besonders viele Nervenzellen liegen. Er vergrub schützend den Kopf und drängte sich wie ein Igel gegen die Fahrgäste, mit Klagelauten, die ganz anders klangen als seine Protzsprüche zuvor. Das Bild war schön, und man musste zugeben, dass es Lust auf mehr machte – und deswegen gab ich ihm noch einen Tritt für Mami und einen für Papi und einen für Onkel Ernesto und einen für Tante Eufelia … Sicher, den *»Stillen-Lotus-Orden«* oder den *»Jawaharlal-Nehru-Preis für internationale Verständigung«* konnte ich mir nun abschminken. Aber das war das Großartige an diesem Land: sein charakterformendes Potenzial! Alle guten Vorsätze wurden hier umgehend pulverisiert, alle hehren Pläne vereitelt, und man brauchte sich zumindest keine Gedanken zu machen um Gen-Gemüse, Leberwerte, internationalen Terrorismus, Rentenversicherungen, Hämorrhoiden und ökologisches Hundefutter und-und-und, weil täglich neue Tollhäusler aus dem Boden wuchsen und einem die Nichtigkeit jeder Zukunftsplanung demonstrierten.

Ich hüpfte wieder auf die Straße, und nun war auch der Busfahrer befriedigt, denn er schloss die Tür und fuhr los. Ein paar Sekunden blieb ich an der Straßenkreuzung stehen und wartete, ob sich noch irgendeine unvorhergesehene Entwicklung der Dinge ergeben würde, doch der Mikrobus entfernte sich schaukelnd und schlingernd, ohne einen Stopp einzulegen.

»Dem haben Sie's aber gegeben!«, sagte der dicke indianische Straßenverkäufer mit der Rockabilly-Tolle und den Riesenkoteletten und bot mir eine Coladose an.

»Nicht wahr?«, lachte ich. »Man tut, was man kann ...«

»Aber war das nicht etwas unklug von Ihnen?«, fragte er. »Der Junge sah nicht aus wie jemand, der das auf sich sitzen lässt. Er braucht ja nur hierher zurückzukommen und nach Ihrer Adresse zu fragen – huuiiii, dann geht's rund! Ich würde ihm natürlich niemals Ihre Adresse verraten, Señor, ich nicht! Aber hier in der Gegend weiß doch jeder, wo Sie wohnen!«

Mit einem unterwürfigen, schadenfrohen Grinsen nahm der Straßenverkäufer das Geld für die Cola in Empfang, und mir fiel wie Schuppen von den Augen, dass er Recht hatte. Plötzlich war mir ganz entschieden die Lust vergangen, nach Hause zu gehen und dort auf baldigen Besuch zu warten. Ich überquerte daher nur kurz die Straße, holte meine Post aus dem Briefkasten und lief zügig zum Parque México hinunter, dessen Fliederbüsche, Hyazinthen und exotische Stauden in schönster Frühlingsblüte standen. Während ich im Gehen all die Rechnungen, Reklamen und Mahnschreiben sichtete, unter denen sich auch ein dicker, mit einem pompösen Pudelkopf-Logo versehener Umschlag aus Deutschland befand (vermutlich die Absage auf eine meiner vielen Bewerbungen als Redakteur), näherte ich mich vorm Park einem weiß getünchten Art-déco-Gebäude, das die Leuchtschrift »*CENTENARIO – CANTINA SEIT 1945*« trug. Vorbei an drei indianischen Straßenkindern, die vorm Eingang herumlungerten, ihre Akkordeons auf den Rücken geschnallt hatten und sie wie Jimi Hendrix hinterm Kopf traktierten, betrat ich den *Centenario*. Am Ecktisch saßen zwei Männer und tranken Bier – genau das Bild, das ich erwartet hatte. Der eine – ein Dicker, Gemütlicher mit strähniger Halbglatze und väterlichem Schmunzeln – hieß Gregorio, der andere – ein Zäher, Hagerer mit Vogelgesicht und zerfetzten Haarbüscheln – hörte auf den Namen Frazetti, und während die beiden Männer aufsprangen und mich mit hochroten Köpfen begrüßten, schien es mir, als würden ein paar klitzekleine, kaum merkliche Details – war es Frazettis Bluterguss unterm Auge oder Gregorios geschiente, verächtlich abwinkende Hand? – den Schluss erlauben, dass sie den Tag genauso gesellig wie ich verbracht hatten, aber dennoch nicht gewillt waren, sich jemals zu verändern.

Das Jahr des Busenmagazins

Diese Geschichte ist erstunken und erlogen von einem verklumpten Hirn.

»I'm not one to look behind, I know that times must change. / But over there in Barrytown they do things very strange.«
Steely Dan

Der Mann, der mich in der Woche nach meiner Rückkehr aus Mexiko ins *Romanoff's* bestellt hatte, saß an einem Ecktisch des Atriums – steif, schnittig und glitzernd wie eine NASA-Rakete. Er trug einen hautengen, stahlblauen Anzug, und seine Haare waren zu einem Kamm drapiert, der einem Irokesen Angst gemacht hätte. Der Mann schob sein Champagnerglas beiseite, fletschte die Zähne zu einem Lächeln und gab mir die Hand. Er hatte einen angenehmen, festen Händedruck.

Auch mein Händedruck war fest, obwohl ich aussah wie ein Isar-Penner: Die Nacht zuvor hatte ich mit einem phantastischen Mädchen verbracht, das auf einer Grillparty ihre bevorstehende Weltreise gefeiert hatte. Als die Party zu Ende ging, die Kohle zerzischt war und die Mückenschwärme kamen, nahm sie mich mit zu sich nach Hause. Am Morgen weckte sie mich mit Aperol Sour, öffnete nochmals ihre sexuelle Trickkiste und drückte mir die Daumen für das Vorstellungsgespräch. Im *Romanoff's* hätten also auch Stalin und Dschingis Khan sitzen können, und ich wäre ihnen auf die gleiche Art gegenübergetreten: relaxt, bereits wieder angetrunken und geräuchert wie eine Sprotte.

»Was ich suche, sind frische, unverbrauchte Hirne!«, sagte der Mann, während ich mich setzte. »Ich habe Ihre Reportagen gelesen, die Sie mir geschickt hatten. Da war viel Witz drin, viel Tempo, viel Esprit. Also hab' ich mir gedacht: Dieser Mann passt in meine Truppe! Setzen wir uns doch gleich mal drauf auf den!«

»Danke für das Kompliment!«, sagte ich, auch wenn es mir im Augenblick lieber gewesen wäre, wenn sich das Mädchen von heute Morgen nochmals auf mich draufgesetzt hätte.

Der Mann zog ein knallbuntes Magazin aus seiner Aktenmappe und klatschte es auf den Tisch.

»Zunächst mal möchte ich Ihre Meinung zu unserem Dummy hören! Schauen Sie sich das Heft gleich mal an!«

Zögernd nahm ich das Heft entgegen, schlug die ersten Seiten auf und sah ein Gewusel von Kästchen mit schokobraunen Starlets, türkisen Rallye-Autos und Schnickschnack wie Weltraumuhren, Titanzahnstocher und Weißgold-Nagelknipser. Dann folgte eine Doppelseite mit der Kolumne eines jungen Manns, der wie ein Luxusstricher des 23. Jahrhunderts aussah, laut Überschrift Ben Plissé hieß und – wenn die Zwischentitel die Wahrheit sagten – Sätze schrieb wie: *»Für Gabriele Strehle ist Tanz dasselbe wie ein Milchbad.«*

»Habe ich eingekauft«, sagte mein Gastgeber knapp. »Ben Plissé – Popliterat der ersten Stunde, wandelndes Stilbarometer, absolute Edelfeder!«

Ich nickte, als ob ich wüsste, wovon der Mann sprach, und blätterte die nächsten Seiten durch, auf denen sich ein Nacktmodell namens Sonja auf einer lianenbeschatteten Sanddüne rekelte.

»Das luxuriöseste Strandressort von ganz Madagaskar!«, sagte der Mann. »Genau das ist die Marschrichtung: Raus aus der Schmuddelecke, hin zu absoluter Noblesse und Grandezza!«

Während ich mich in Sonjas stumpfnasiges, gelangweiltes Wurstverkäuferinnen-Gesicht vertiefte, musste ich wieder an die vergangene Nacht denken: Das Mädchen hatte mich – der ich ohnehin schon stark angeheitert war – in ihrer Wohnung dermaßen betrunken gemacht, dass ich sie kurzzeitig dreifach gesehen hatte. Doch schon Sekunden nachdem wir uns auf dem Boden kringelten, scheuchte sie den Alkohol vollständig aus meinem Kopf – mit Talenten, die …

»Was sagen Sie zu dieser Sonja?«, unterbrach der Mann meine Delirien. »Die ist doch der Wahnsinn!«

»Klar, der totale Wahnsinn!«, pflichtete ich ihm bei.

»Ab hier kommen nun die typischen Männerthemen!«, sagte der Mann und tippte aufs Heft. »›*Das verrückteste Schneeraupenrennen von Alaska*‹, ›*Der todesgeile Privatflugzeugträger des US-Präsidenten*‹, außerdem Interviews mit Ayman, Susann Atwell und Saskia Valencia. Das will man doch lesen!«

Ich hatte von Menschen wie Ayman, Susann Atwell und Saskia Valencia noch nie in meinem Leben gehört – ein großer Vorteil, wie sich bald herausstellen sollte –, hielt es aber für riskant, dies offen auszusprechen. Stattdessen nickte ich und nahm den Champagner entgegen, den ein Ober mir auf den Wink meines Gastgebers hin vor die Nase gestellt hatte.

»Aber jetzt wird es noch glamouröser!«, sagte der Mann, riss mir das Heft aus der Hand und blätterte hastig ein paar Seiten vor. »Elisabeth Shue – nackt, wie Gott sie erschuf! Uns zeigt sie sich hier in ganzer Pracht! Das ist einfach das Sahnehäubchen!«

»Ja, das Sahnehäubchen«, murmelte ich, blickte in den blubbernden Champagner und dachte wieder daran, wie das Mädchen auf dem Teppich ihre Beine gegrätscht hatte, mein Ding an ihrem roten, geschwollenen Schlitz gerieben, Kulleraugen gemacht und geflüstert hatte: »Sag, magst du rein in mein kleines Fötzchen?«, woraufhin ich irgendwelche Bejahungen gegurgelt hatte und sie mit ihrer Hand …

»Elisabeth Shue, der Star von Leaving Las Vegas!«, rief der Mann und sah mich entrüstet an. »Wissen Sie denn überhaupt, von was ich rede?«

Rasch nickte ich wieder, denn *Leaving Las Vegas* war mir sogar ein Begriff. Nicht, dass ich den Film gesehen hätte, aber meine Exfreundinnen verglichen mich oft mit dem Hauptdarsteller – meiner Schönheit und Ausstrahlung wegen, vermutete ich.

»Sagen Sie bloß, Sie kennen *Leaving Las Vegas* nicht!«

»Doch, sicher«, begehrte ich auf. »Ich werde sogar häufig mit dem Hauptdarsteller verglichen!«

Der Mann sah mich sonderbar an, dann nahm er das Heft und klatschte mit der Hand darauf.

»Also: Wie finden Sie unser Debüt? Haben Sie Verbesserungsvorschläge?«

»Nein«, sagte ich, »es ist perfekt.«

»Ja, es ist ein Heft der Superlative, anders kann man es nicht ausdrücken! Und Sie habe ich da als Wunderwaffe vorgesehen! Arbeitsbeginn ist übermorgen, bis dahin sollten Sie diesen neuartigen Stil vollkommen verinnerlicht haben!«

Dann bestellte der Mann noch weitere Runden Champagner und ließ sich von mir Abenteuer aus Mexiko erzählen, die ich natürlich nur stark selektiert und zensiert zum Vortrag brachte. Als ich schließlich auch ihn in dreifacher Ausführung zu sehen begann – mein geläufiger Modus in diesem Sommer –, verabschiedete ich mich, spazierte zum Hofgarten und legte mich dort in die Sonne, um ein Nickerchen zu machen. Jetzt würde berufsmäßig endlich die Post abgehen!, dachte ich, während mich das Gras in den Schlaf wiegte. Jetzt würde ich zeigen können, was in mir steckt! Jetzt würde mein Traum von Abenteuer und Narrenfreiheit Wirklichkeit werden! Jetzt würde ein wilder Taumel durch sämtliche Frauenbetten beginnen, und wen auch immer mein Finger erkor – das Mädchen von heute Morgen, Gabriele Strehle oder lianenbeschattete Wurstverkäuferinnen namens Sonja –, sie würde mir nun zu Füßen liegen! Und bevor ich in Schlaf versank, verwandelten sich die Grashalme in eine wogende Menge, vor der ich – ein Mikrofon in der Faust und eine meterlange Dauerwellenmähne im Wind – mit Heliumstimme sang: »*Cuz I'm a cowboy. On a steel horse I ride. / I'm wanted, wanted – dead or alive!*«

Tags darauf war ich wieder nüchtern, schmiss mich aufs Sofa meiner provisorischen Untermietswohnung und studierte das Heft – Seite für Seite, Bild für Bild, Wort für Wort um den »neuartigen Stil« vollkommen zu verinnerlichen. Ich war 15 Jahre alt gewesen, als ich zum ersten Mal eine Ausgabe dieses Magazins in der Hand gehalten hatte – auf der Suche nach einem erschwinglichen Geburtstagsgeschenk für meinen Vater. Die Zeitschrift war mir damals sehr spannend erschienen, und ich erinnerte mich noch gut an die Inhalte und den Stil des Hefts: Da ging es um Halbwelt, Koks und Abenteuer, um verruchte Frauen, exzessive Partys und ein wenig auch um Revolution. Da gab es zehnseitige Exklusiv-Interviews mit Yassir Arafat, Fidel Castro, Muhammad Ali und Marlon Brando, also mit Menschen, die in ihrem Leben schon mal die eine oder andere interessante Sache gemacht hatten. Da waren Kurzgeschichten abgedruckt von Hunter S. Thompson, Jörg Fauser und Charles Bukowski – alles Leute, von denen man in puncto Sarkasmus, Coolness und Rasanz einiges lernen konnte.

Doch wie ich jetzt auf meinem Sofa feststellen musste, kam keines dieser Elemente in der aktuellen Heftausgabe vor. Zwar wurden auch dort Menschen präsentiert, die durch die Bank Rebellen waren: Ein gewisser Larry J. Ellison – seines Zeichens Boss von Oracle – bezeichnete sich beispielsweise als »Revoluzzer«, weil er während der Hippiezeit am liebsten Anzüge getragen, Yachten gekauft und Finanzimperien aus dem Boden gestampft hatte. Ein anderer Mann namens Oliver Geissen sah sich als »Rebell zur falschen Zeit«, weil *Born in the U.S.A.* 1984 seine absolute Lieblingsplatte gewesen war, und ein Dritter namens Johannes B. Kerner nannte sich einen »eingefleischten Querdenker«, weil er für seine Frau jedes Mal den Abwasch erledigte. Auf derselben sonderbaren Wellenlänge wie diese drei Menschen, die auch sonst nur Mist zusammenquatschten, lag das ganze Heft: Da wurden seitenweise Wörter wie »Neckholder«, »Chiffontop« und »Designkreation« heruntergebetet, da wurden am laufenden Band Namen wie »Dolce & Gabbana«, »Galliano« und »Gaultier« beschworen, und da gab es keinen einzigen Text mehr, der noch irgendeinen politischen Bezug gehabt hätte – abgesehen vielleicht vom Special *»Der todesgeile Privatflugzeugträger des US-Präsidenten« (zum Aufklappen!)*.

In Mexico City hatte ich Journalisten kennengelernt, die ich für fähig hielt, eine zeitgemäße Männerzeitschrift zu schaukeln. Sie alle waren liebenswerte Koksnasen gewesen, Spötter und Desperados – gewohnt, schallend zu lachen, sich die Nebenhöhlen zu verkleistern und schönen (bisweilen auch weniger schönen …) Frauen hinterherzujagen, die ihrerseits nie darum verlegen waren, ihre Verfolger an der Nase herumzuführen. Zusammen mit diesen Menschen hätte ich mir zugetraut, bei einer solchen Zeitschrift mitzuarbeiten, aber was ich hier auf dem Sofa in Händen hielt, stürzte mich in tiefe Zweifel: Das konnte ja heiter werden, wenn ich, der ich jahrelang geglaubt hatte, dass »Dolce & Gabbana« eine italienische Nachspeise war und »Galliano« eine der wenigen Alkoholika, die untrinkbar waren, an dieser Zeitschrift mitarbeiten sollte! Das konnte ein gewaltiges Fiasko geben, wenn von jetzt an i c h die Milchbäder der Gabriele Strehle besingen oder die Heldentaten von Geissen, Kerner & Co. rühmen sollte! Und als ich an diesem Abend zufällig an dem Glaspalast mit der Leuchtschrift *Komet Media Group* vorbeikam, hatte ich Angst, dort übermorgen im dritten Stock mein Büro zu beziehen – und diese Angst war nicht unbegründet.

Der erste Tag in der *Komet Media Group* ließ sich überraschenderweise sehr angenehm an. Die Textredaktion, der ich zugeteilt wurde, bestand aus drei Kollegen, die mir sofort sympathisch waren. Da war Marc, ein gutaussehender Blondschopf mit einem herrlich lauten, gekitzelten Lachen, der gern schmutzige Witze riss und sich nach Arbeitsschluss überwiegend für Opern, Sauna-Treffs und das Berliner Gay-Magazin *Siegessäule* interessierte. Da war Ronny, ein Kölner mit Travolta-Tolle, der beim Sprechen stets den Mund spitzte, als ob er ein Liedchen pfiff, und jeden Tag in ein anderes Mädchen aus dem Nachtleben verschossen war. Und da gab es noch Hajo, einen sperrigen, langen Friesen mit scharfen Augen und stolperndem Gang. Hajo war der Älteste und Erfahrenste von uns. Da er eine große Begabung hatte, Menschen in Widersprüche zu verwickeln und ihnen Geheimnisse aus der Nase zu ziehen – mich als Alkoholiker zu enttarnen, hatte ihn gerade mal dreißig Sekunden gekostet –, kümmerte er sich um die Interviews. Marc betreute die ersten zwanzig Seiten, die sich um Kultur und Warenwelt drehten, und Ronny war zuständig für Motor und Sport. Mein Ressort war nicht fest umrissen, es umfasste jedoch alles, was mit Sex, Drogen und Alkoholika zu tun hatte – Bereiche, in die ich verschiedentlich hineingeschnuppert hatte.

Marc, Ronny und Hajo waren Quereinsteiger im Journalismus. Wie ich hatten sie irgendeinen Nonsens studiert, nach dem kein Hahn mehr krähte, und waren nun durch eine glückliche Fügung einige Wochen vor mir vom neuen Chefredakteur eingestellt worden. Alle drei besaßen die schöne Eigenschaft, sich nicht sonderlich ernst zu nehmen, und wie es schien, waren sie gänzlich desinteressiert an Intrigen, Eifersüchteleien und Wettläufen um irgendwelche Posten.

Auch meine Befürchtung, dass ich Ideen beisteuern müsse zu Glamour und Noblesse, trat nicht ein. Die Heftplanung machte der Chef ganz allein, von uns Redakteuren hatte dabei niemand etwas mitzubestimmen. Die Themen und Texte, die ins Heft kamen, wurden dem Chef von seinen engen Freunden angeboten, den Rest übernahm er aus fremdsprachigen Lifestyle-Magazinen. Es gab keine Themenkonferenzen, keine Brainstormings und keine Diskussionen, aber ich persönlich vermisste diese gängigen redaktionellen Pfeiler auch nicht, weil ich ohnehin keinen Wert darauf legte, vor elf Uhr morgens im Büro zu erscheinen. Bei Arbeitsbeginn wurde man vor zum Chef zitiert und bekam einen Packen bedrucktes Papier in die Hand gedrückt. Den Rest des Tages verbrachte man dann damit, Texte zu kürzen, Infokästchen zu recherchieren, Bildunterschriften zu verfassen und die Titel und Headlines zu schreiben. So ereignislos verstrichen die ersten Tage, und es gab keine nennenswerten Vorkommnisse. So leicht konnte das doch alles nicht sein, dachte ich, irgendeinen Haken musste es an der Sache doch geben.

»Auf was muss man aufpassen, wenn man hier seinen Job behalten will?«, fragte ich Hajo nach Arbeitsschluss. Hajo lehnte sich im Stuhl zurück, legte seinen Kartoffelschädel in Falten und schnippte Ronny zu:

»Dietel! Nennen Sie mir die Zusammensetzung des DB-7-Motors von Aston Martin!«

»Der DB-7-Motor«, rief Ronny und sprang vom Stuhl auf, »besteht aus einem im 60-Grad-Winkel eingebauten Vollaluminium-V12-Benziner mit zwei oben liegenden Nockenwellen und 48 Ventilen!«

Hajo nickte befriedigt und deutete auf Marc:

»Und Sie, Roberts! Wie lauten die Hauptbestandteile der Givenchy-›Intensity‹-Gesichtscrème?«

Marc stand stramm und zog seinen Ledermantel vor der Brust zusammen:

»Melde gehorsamst: Die ›Intensity‹-Gesichtscrème enthält hauptsächlich Cocoglyzeride, Propylparabene, Myristyle, Citronellparaffin und kostbares Jojoba!«

»Du siehst«, sagte Hajo an mich gewandt, »man legt hier Wert auf Hintergründe und Details! Die zweite wichtige Sache heißt: Finger weg von Frauen!«

»Wieso das denn?«, fragte ich. »Ich dachte, das ist 'ne Männerzeitschrift?«

»Sicher. Aber der perfekte Redakteur nähert sich Frauen in einem essenziell kastratischen Modus.«

»Und was passiert, wenn man das anders handhabt?«

Marc packte Ronny, drückte seinen Kopf nach unten und säbelte mit der Hand an seinem Nacken herum.

»Dann folgt Strafe!«, rief er. »Dann wird einem der Kopf abgeschnitten!«

Ronny und Marc rangelten eine Weile im Zimmer herum, Hajo sah mich belustigt an.

»Und sonst?«, fragte ich. »Sonst gibt's nichts zu beachten?«

»Nein, ansonsten herrscht Nihilismus«, sagte Hajo, und alle lachten – außer mir, der ich noch nicht ganz verstand.

»Ich glaube, du hast 'n Gespür für subtile Erotik«, sagte der Chef, lehnte sich im Stuhl zurück und fasste mich scharf und prüfend ins Auge.

Ich saß mit ihm in seinem Büro, das durch die Größe des Raums, die strengen Stuhlreihen an der Wand und den Lichtkegel überm Schreibtisch wie ein Logensaal wirkte, mit dem Unterschied, dass statt eines Allsehenden Auges ein riesiger Plasmabildschirm über seinem Kopf hing, der MTV ohne Ton ausstrahlte.

Wie immer trug der Chef einen engen, futuristisch opalisierenden Anzug, bei dem die Farbe von größter Bedeutung war: Montags, wenn er entspannt aus dem Wochenende kam, trug er meist Blautöne. Mitte der Woche, wenn seine Stimmung gereizter wurde und seine Mundwinkel beim Sprechen zu zucken begannen, wechselten die Blautöne ins Violette, um gegen Ende der Woche schließlich Rot zu erreichen. Die roten Anzüge waren besonders eng geschnitten – so eng, dass sie wie eine Neoprenhaut knarzten, wenn der Chef mit fahrigen Bewegungen Visionen und Befehle durch den Raum schrie. In der »roten Periode« musste man tunlichst vermeiden, von ihm ins Büro gerufen zu werden, doch Gott sei Dank war heute Montag, und er trug Blau.

»Ich bin auch sonst ganz zufrieden mit dir«, sagte der Chef und zog seinen Stuhl näher heran, »deswegen hab ich mir für dich 'ne Beförderung ausgedacht: Du wirst ab heute sämtliche Nacktfotos betexten, die ins Heft kommen!«

»Danke!«, sagte ich wieder, obwohl ich noch nicht recht wusste, worin hier die Beförderung lag.

»Unter jedes Foto ein paar *ganz spezifische, exakte und detailgetreue* Zitate der Mädels«, fuhr der Chef fort und schlug energisch die Beine übereinander, »damit man 'nen Eindruck von ihrer Persönlichkeit bekommt! Kontaktdaten kriegst du von der Pictorialredaktion.«

»O. k.«, sagte ich und starrte fasziniert auf die messerscharfen Bügelfalten seiner Hosenbeine.

»Wenn die Mädels zum Beispiel gerne Wurst essen, dann will ich wissen, was das für 'ne Wurst ist! Dauerwurst, Schlackwurst, Brühwurst ... Wiener, Pfälzer, Lyoner ... Das Gleiche gilt bei Pizza, Pasta und Käse. Denn die Unterschiede machen die Persönlichkeit!«

»O. k.«

Der Chef legte die Hände mit den hellblauen Manschetten aneinander, stützte die Ellenbogen auf den Tisch und sah mich an.

»Dann möchte ich noch deine Meinung zu 'ner wichtigen Sache hören«, sagte er. »Meine Überlegung war nämlich, das Niveau des Hefts *einfach noch stärker* zu heben!«

»Das Niveau noch stärker *heben*?«, hüstelte ich. »Welches – ich meine, *wohin* heben?«

»Ich weiß, es klingt verrückt«, lachte der Chef mit einem Kopfschütteln, »weil mehr Niveau praktisch unmöglich ist. Aber ich rede ja auch nicht vom Inhalt, sondern von der personellen Besetzung.«

»Von der personellen Besetzung?«

»Richtig«, sagte der Chef, starrte mich eine Weile an und massierte sich schließlich träumerisch das Kinn. »Du weißt ja: Am liebsten hätte ich in dieser Redaktion die Besten der Besten sitzen, die Berühmtesten der Berühmtesten, die Crème de la Crème! Baldessarini fürs Moderessort, Breuer für die Finanzseiten, Netzer für die Sportreportagen, Kerner für die Interviews – so sähe mein Traumteam aus! Ich hab zwar mal bei denen angefragt, aber – die machen das nicht.«

»Tja, sonderbar …«, sagte ich, kaute auf meiner Unterlippe und überlegte, durch wen er mich wohl ersetzen wollte – vielleicht ja durch Harald Juhnke.

»Also, um auf den Punkt zu kommen: Glaubst du, Hajo, Marc und Ronny haben als Redakteure überhaupt was drauf?«

»Sicher, die Jungs sind voll o. k.«

»Aber – k ö n n e n die auch was?«, fragte der Chef und fixierte mich eindringlich. »Ich bin mir da nicht so sicher.«

»Natürlich. Für die drei leg ich meine Hand ins Feuer!«

»Aber sind die nicht eventuell … von der Denke her viel zu verdreht?«, fragte er und tippte an sein Oberstübchen.

»Nein, die machen alles super.«

»Wirklich?«

»Ja, wirklich.«

»Na, dann bin ich ja beruhigt«, sagte der Chef und atmete tief durch. »Ich hatte da nämlich irgendwie … Bedenken, dass die's vielleicht nicht draufhaben könnten!«

Der Chef lachte wie über einen Alptraum, der vom Tageslicht zerstreut wurde, und griff in die Schreibtischschublade.

»Ich hab für dich noch 'nen Spezialauftrag!«, sagte er und warf mir ein vergilbtes, mit einem Klebezettel markiertes Magazin auf den Tisch, das den mir völlig unbekannten Titel The *Oklahoma Monthly* trug. »Schau dir mal diesen irren Bericht an! Völlig durchgeknallt, schrill wie 'ne Luftschutzsirene! Über diesen Typen sollten wir unbedingt ein Zehn-Seiten-Special bringen!«

Ich schlug die markierte Seite auf und sah einen circa vierzigjährigen Mann mit Burt-Reynolds-Schnauzer und skurriler Sausewind-Frisur, die seit den späten Sechzigern niemand mehr trug. Der Mann war halbnackt, trug pornografisch enge Jeansshorts und eine Goldkette und posierte kess lächelnd auf einem Fischkutter, direkt neben einem riesigen, an Fleischerhaken aufgehängten Orka-Wal. *Das total verrückte Leben des Vince W. Ferguson* – stand in Großbuchstaben über der Reportage.

»Das ist 'n Mann!«, sagte der Chef und schüttelte begeistert den Kopf. »Mit dem sollten wir mal ein Rieseninterview machen!«

»Der Mann ist eventuell schon etwas älter«, sagte ich und entzifferte den winzigen Copyrightvermerk am Fotorand, der irgendetwas von 1973 schrieb. »Könnte sein, dass seine verrücktesten Zeiten schon ein wenig her sind …«

»Egal!«, rief der Chef. »Echten Männern können 'n paar Jahre nichts anhaben! Kümmer dich um diese Geschichte – und vergiss nicht, die Pictorials zu betexten!«

Ich merkte recht schnell, was es mit meiner Beförderung, von jetzt ab die gesamten Nacktfotos zu betexten, auf sich hatte. Die Produktion der Nacktfotos unterstand nämlich drei Mädchen, die ihr Büro in einem Trakt am Ende des Flurs hatten und auch sonst gerne den Eindruck vermittelten, mit den Niederungen der Textredaktion nichts gemein zu haben. Anders als Hajo, Marc, Ronny und ich waren sie bereits mit Anfang zwanzig ins Zeitschriftengeschäft reingerutscht – auf welchem Wege, hatte ich nie herausfinden können – und vom vorherigen Chefredakteur eingestellt worden. Jennifer, eine magere Brünette mit Mette-Marit-Gesicht, L'Oreal-Locken und Porn-Star-Brille, war die Älteste. Sie kam aus Bogenhausen, war über mehrere Ecken mit Ralph Siegel verwandt und hatte eine Zeit lang ein In-Café in der Maximilianstraße geführt. Julie, eine hakennasige Halblibanesin aus Barbados, war Club-Med-Animateurin in der Karibik gewesen, hatte ein paar Semester an der Münchner Schauspielschule studiert und kannte Jennifer über gemeinsames Modeling. Jessica war die Jüngste, entstammte einer Hoteliersfamilie und war praktisch direkt nach ihrer Abiturfeier von Jennifer ins Boot geholt worden. Zwar gönnte ich meinen drei Kolleginnen ihre glamourösen Biografien, aber was mich entschieden nervte, war das prinzessinnenhafte Getue, mit dem sie mich behandelten. Ich hatte in Mexico City drei Jahre lang wie ein Tütenkleberhäftling Leseproben zusammengeleimt, um eine Festanstellung in Deutschland zu ergattern, behelligte aber trotzdem niemanden mit meinen Egoproblemen. Im Gegensatz dazu benahmen sich Jennifer und ihre Freundinnen jedoch grundsätzlich so, als seien krankhafte Männer wie *ich* daran schuld, dass sie immer noch mit Nacktaufnahmen herumzuwursteln hatten und nicht schon längst Nachfolgerinnen von Angelica Blechschmidt, UNO-Frauenbeauftragte oder schlicht Kanzlerinnen geworden waren:

»Du, dann hatte der diese goldenen Armaturen und ein Bad, das komplett so eingerichtet war wie der Bodywrapping-Raum im Bankok Oriental!«, sagte Jennifer und warf ihre

L'Oreal-Mähne nach hinten, als ich in ihr Büro kam. »Ich hab geglaubt, ich spinn! Aber wenn mir jemand so auf die Dreiste kommt, dann sag ich's ab, weil: Option auf Verliebtsein brauch ich!«

Ihre Kolleginnen stützten ihre Köpfchen in die Handfläche und nickten andächtig.

»Was willst du?«, wandte sich Jennifer an mich – mit einer Stimme hart wie ein Puck.

»Ich bräuchte zwei Telefonnummern«, sagte ich. »Zuerst mal die von dem Besitzer des Oldtimers, in dem die Nacktfotos gemacht worden sind. Der Chef will nämlich Baujahr, Benzinverbrauch, Beschleunigung, Hubraum, Drehmoment und Leergewicht im Infokasten haben. Und dann brauch ich fürs Kurzinterview noch die Nummer dieser Daphne Dutti, die nackt in dem Oldtimer abgelichtet wurde.«

Jennifer klappte seufzend ihre Kroko-Agenda auf, schrieb eine Telefonnummer ab und reichte sie mir wie einen Smaragd:

»Der Besitzer dieses Oldtimers ist ein Milliardääär und ein zieeemlich wichtiger Mann«, sagte sie. »Dies nur zur Info, damit du weeeeißt, mit wem du spreeechst.«

»O. k.«, sagte ich. »Und jetzt bitte noch die Nummer von Daphne Dutti.«

Ohne mich zu beachten, wandte Jennifer sich wieder an Jessica und Julie:

»Dieser Oldtimer-Besitzer ist übrigens ein gaaanz, gaaanz lieber Mensch! Der lässt sich gar nicht anmerken, wie reich er eigentlich ist.«

»Echt? Glaubste ja gar nicht!«, sagten Jessica und Julie, zogen die Augenlider hoch und legten ihre Hände vor den offenen Mund.

»Doch, wirklich!«, bekräftigte Jenny. »Letztens hab ich ihn

im Frederic's getroffen, da sagt er zu mir: ›Weißte, Jenny, ich fahr auch mal mit der U-Bahn. Ich mag die soziale Mischung dort, die is irgendwie so angenehm ausgewogen. Da fährt auch Otto Normalverbraucher, da is nichts überspannt.‹«

»Die Nummer!«, ächzte ich und stützte mich an der Wand ab. »Ich brauch die Nummer von Daphne Dutti!«

Jennifer klappte kopfschüttelnd ihre Agenda auf, bekritzelte einen Zettel und gab ihn mir. Als ich bereits an der Tür war, hörte ich sie sagen:

»Aber unterhalt dich mit Daphne Dutti nicht länger als nötig! Die ist nämlich nicht irgendwer!«

Unter Aufwendung aller Selbstbeherrschung drehte ich mich um:

»Wieso sollte ich mich mit Daphne Dutti länger als nötig unterhalten?«, fragte ich.

»Man weiß ja nie«, lächelte Jennifer und zuckte mit den Schultern. »Ich wollte nur sichergehen, dass du ... verstanden hast.«

»O.k., ich habe verstanden!«, sagte ich. »Daphne Dutti ist nicht irgendwer. Im Gegenteil, sie hat mehrere Titel und Ehren inne: Zuallererst ist sie selbstverständlich Die-von-Ben-Biwaak-Gefotzte, siehe Bild-Aufmacher: *Daphne Dutti: Marika-Rökk-Enkel schlug mich windelweich!* Darüber hinaus ist sie aber auch noch Die-nach-dem-Fotzenskandal-von-RTL-Entlassene – man lese hierzu: *Daphne Dutti: Mein Sender ist gemein zu mir!* –, und zu guter Letzt ist sie natürlich Die-mittels-stinklangweiliger-OldtimerNacktfotos-auf-das-Comeback-Spekulierende ... Du hast Recht, sie ist nicht irgendwer, ich werd's mir merken.«

Ganz sicher war ich mir nicht, aber der Blick, den Jennifer mir zuwarf, ließ vermuten, dass es mit der »Option auf Verliebtsein« zwischen uns beiden nicht weit her war.

Mit den Nummern, die ich von der Fotoredaktion zu erbetteln hatte, sollte ich nach dem Willen des Chefs die Pictorials betexten. Das bedeutete, die Nacktfotos mit Originalzitaten der Mädchen zu versehen und den Mädchen dadurch so etwas wie Leben einzuhauchen. Obwohl das leicht klang, war es harte Arbeit. Denn wie bei allen Textpartien achtete der Chef auf eine extrem hohe Spezifik der Aussagen, und solche präzisen, auf den Punkt gebrachten Statements waren aus dem Mund der Mädchen nur unter großen Mühen zu erhaschen. Nicht dass die Mädchen dumm gewesen wären – i bewahre, die Zunge möge den Lügnern verdorren, die solches behaupteten! –, aber sie hatten alle derart ähnliche Ansichten, Geschmäcker und Vorlieben, dass man ins Verzweifeln geriet.

Feinfühlig, wie ich war, rückte ich den Mädchen telefonisch nicht mit allzu schwierigen Fragen zu Leibe – etwa nach Quantenphysik, Gentechnik oder der Handlung von *Matrix* 3 –, sondern beließ es beim Einfachen: »*Was ist a) deine Lieblingsmusik?, b) dein Lieblingsgericht?, c) dein Lieblingsdrink?, d) dein Lieblingshobby?, e) dein Lieblingsland?, f) das wichtigste Merkmal eines tollen Mannes? und g) dein Ziel für die Zukunft?*« Die Antworten lauteten dann stets: »*a) R'n'B, b) Pasta, c) Cocktails, d) Bücherlesen, e) Australien, f) gepflegte Fingernägel und g) weg aus Deutschland, weil hier alle so langweilig sind.*«

Wenn ich sie darum bat, ihre Antworten noch ein wenig zu präzisieren, wurde es tragisch. Ich besaß Gesprächsaufzeichnungen, in denen es den Mädchen trotz einer halbstündigen Themenvertiefung und endloser Suggestivvorschläge meinerseits (»Können wir uns auf Spaghetti Vongole einigen? Bitte sag ja!«) nicht möglich war, sich an den Namen oder die Zutaten ihrer Lieblingspasta zu erinnern. Ich verfügte über Mitschnitte, in denen Mädchen, die sich als »absolute Leseratten« bezeichneten, keinen einzigen Buchtitel aus ihrer Heimbibliothek im Gedächtnis hatten, und natürlich gelang es mir ebenso wenig, jemals die tiefere Bedeutung der Antworten a), c), e), f), g) zu lüften.

Natürlich konnte ich unter die Nacktfotos nicht texten: *›Am liebsten lese ich Bücher‹, sagt die 22-jährige Jessanyn mit einem kecken Augenaufschlag. ›Welche, musst du schon selbst herausfinden, weil ich mich fünf Minuten nach der Lektüre nicht mehr an Titel und Inhalt erinnern kann.‹* Also versuchte ich, aus meinen mühsam erkämpften Infofetzen Zitate mit Charme und Witz zusammenzubasteln – Zitate, die in der Wirklichkeit keine Entsprechung hatten.

Gewiss, man musste zugeben, dass es unter den Mädchen auch löbliche Ausnahmen gab, Mädchen, die man rundheraus als Originale bezeichnen konnte: Die Oldenburgerin Djana beispielsweise unterhielt sich eine ganze Stunde mit mir, ohne ein einziges Mal die Worte »R'n'B-Disko«, »Cocktails«, »Pasta« und »gepflegte Fingernägel« zu erwähnen. Als ich sie auf ihre Hobbys ansprach, sagte sie: »Schlafen! Den ganzen Tag am liebsten ins Bett mummeln und nur schlafen!«, und auf meine Fangfrage nach Australien reagierte sie mit völligem Unverständnis:

»War ich nie … was soll ich da?«, gähnte sie. »Ich fahr' viel lieber nach Zypern oder in die Lüneburger Heide.«

Noch Wochen nach dem Gespräch war ich von Djana jedenfalls so begeistert, dass ich um ein Haar zum offenen Stalking übergegangen wäre.

Meine Feuerprobe kam, als sich der Chef entschloss, mich mit einer Enthüllungsreportage über die sagenumwobene kubanische Boxerschule *La Finca* zu betrauen, also d i e Boxerschule, die wie militärisches Sperrgebiet bewacht wurde, die kein ausländischer Journalist jemals betreten hatte und die seit dreißig Jahren einen Weltmeister nach dem anderen hervorbrachte – mittels streng geheimer Technologien und Trainingsmethoden. Da ich die kubanische Bürokratie kannte, wusste ich, dass es für Außenstehende unmöglich war, Einlass in dieses nationale Heiligtum zu erhalten, nicht einmal Schmiergelder halfen da weiter. Ich hatte daher nicht die geringste Lust, mich in Kuba mit einem solchen Auftrag zu verlustieren, wenn ich zur gleichen Zeit beim Betexten nackter Geistestitaninnen eine halbwegs ruhige Kugel schieben konnte.

Ich kontaktierte also einen 50-jährigen, nach Kuba emigrierten Hamburger Beat-Schriftsteller namens Rick Heller, der sich tatsächlich bereit erklärte, die Reportage zu übernehmen. In prahlerischem Ton versicherte mir Heller, dass der oberste kubanische Sportminister (dessen Namen er freilich gerade nicht parat habe) sein Duzfreund sei, dass er selbst in der *Finca* praktisch täglich ein und aus gehe und dass gegen einen Obolus von 5.000 Dollar auch die Fotogenehmigungen problemlos zu beschaffen seien. Obwohl manches an Hellers Ausführungen ungereimt klang, beauftragte ich die *Komet Media Group* mit der Geldüberweisung. Dann rief ich unsere Korrespondentin in den USA an, um einen geeigneten Fotografen zu finden, jemanden, der lateinamerikaerfahren, sprachkundig und zäh war. Die Korrespondentin empfahl mir einen gewissen Jim Stark aus Oregon – einen jungen, aber erprobten Mann. Da die Zeit drängte, rief ich zu nachtschlafender Zeit in Oregon an, und Stark (der offenbar bei seiner Großmutter wohnte) bestieg die erstbeste Maschine nach Havanna. Ich hatte ihm eingeschärft, Rick Heller unter keinen Umständen blind zu vertrauen und mir umgehend Bericht zu erstatten, falls Unregelmäßigkeiten auftauchen sollten. Nach all diesen Vorbereitungen konnte ich nichts weiter tun, als darauf zu warten, dass in meiner Mailbox die Jahrhundertreportage eintrudelte, die eines der letzten Mysterien der Sportgeschichte enthüllen würde.

Als ich fünf Tage lang keinerlei Nachricht von meinen beiden Kontaktmännern in Havanna erhalten hatte, wurde ich unruhig. Ich versuchte, Stark und Heller telefonisch zu orten, aber es war unmöglich: Stark hatte sein Handy ausgeschaltet, Heller hob nicht ab, und der Druckschluss des Hefts rückte unaufhaltsam näher. Langsam wurde das Warten zur Tortur.

»Was ist nun mit dieser verflixten Kuba-Reportage?«, rief der Chef und rauschte in mein Büro – bekleidet mit einem engen, blutroten Maßanzug.

»Sie muss jeden Augenblick in meiner Mailbox sein!«, beschwichtigte ich ihn. »Ich weiß, sie ist schon fix und fertig! Es kann sich nur noch um Minuten handeln.«

»Das waren d e i n e Kontaktpersonen! Ich habe dir von Anfang an gesagt, d u sollst nach Kuba fahren!«, rief der Chef und verschwand wutentbrannt im Flur.

Die Sekunden verstrichen, und ich klickte immer wieder meine Mailbox an, in der Hoffnung, endlich Nachricht von Heller und Stark zu erhalten. Gegen Abend war es so weit, Starks Mail traf ein – komplett mit Text und megabyteschweren Attachments! Ich öffnete den Anhang, und zuerst hielt ich nicht für wahr, was sich da auf dem Bildschirm entfaltete: Da ploppten schwarz-weiße Scans auf, die eine heruntergekommene Hütte mit Garten zeigten ... Interieuraufnahmen, die einen staubigen, gähnend leeren Raum mit zerbröckelnder Tünche und Rissen im Mauerwerk abbildeten ... Nahaufnahmen eines schwarzhäutigen kubanischen Nobodys, der im Garten seine Bizepsmuskeln anspannte, während andere schwarze Nobodys im Hintergrund Unkraut jäteten, die Hek-ken schnitten und Blattwerk zusammenfegten … Mikroskopisch genaue Studien einer herabhängenden Dachrinne … Und die Totale einer Veranda, auf der – notdürftig versteckt – ein paar Flaschen *Havana Club* herumstanden, während hinter der Hausecke etwas hervorlugte, das durch die Lupe betrachtet wie ein Busen im Bikini aussah …

Sprachlos starrte ich auf die Fotos. Was auch immer sie darstellen mochten – den Schrebergarten Raúl Castros, die Partei-Datscha, in der die Regimegegner verbuddelt wurden, die Nuttenlaube irgendeines Funktionärs oder das vorstädtische Kräuterparadies eines —añigo-Hexers! –, ein Sujet war auf ihnen definitiv nicht abgebildet: die berühmte Boxerschule! Die streng geheime, hermetisch abgeriegelte Champion-Schmiede, die Titanen wie Teófilo Stevenson und Félix Savón hervorgebracht hatte – sie sah mit Sicherheit anders aus!

Ich klickte die Mail her, die Stark mir geschickt hatte, und las sie aufmerksam durch: Sie war in einem verdächtigen Ton verfasst, halb kleinlaut und schuldbewusst, halb orgiastisch-verzückt. Sonderbarerweise sprach Stark in ihr nicht mehr von »der Boxerschule«, die Heller und er »tagelang und ohne jede Einschränkung porträtiert« hätten, sondern von »einer Boxerschule« – freilich »einer phänomenalen, unvergesslichen und ganz und gar einzigartigen«. Des Weiteren schrieb Stark, dass ihn die freundliche Atmosphäre, die Offenheit und Zwanglosigkeit in dieser Boxerschule so beeindruckt hätten, dass er vorerst nicht nach Oregon zurückfahren werde. Ganz besonders begeistert sei Stark übrigens von Hellers Organisationstalent, und seine Bewunderung für Heller gehe inzwischen so weit, dass er eine ständige, feste Zusammenarbeit mit ihm ersehne. Und abschließend fragte Stark (auch im

Namen Hellers), ob unsere Zeitschrift nicht Interesse an weiteren, hochbrisanten Undercover-Reportagen über kubanische Themen habe.

Nachdem ich Starks Mail gelesen hatte, vergrub ich meinen Kopf in den Händen und überlegte, wie es zu dieser Pleite kommen konnte. Schon nach Sekunden stellten sich vor meinem geistigen Auge die ersten Bilder ein: Ich sah eine Laube im tropischen Dunst … Ich sah einen Mann, der aus seiner Tasche Dollarnoten zog, sie an andere Personen verteilte und ihnen das Wort »Boxerschule« einschärfte … Ich sah ein klappriges, rostzerfressenes Auto, dem ein Kontingent von Mulattinnen entstieg, die ebenfalls mit Dollarnoten bestückt wurden … Und dann sah ich ein nagelneues, frisch gewienertes Flughafentaxi nahen, in dem ein Amerikaner aus Oregon saß – und schließlich hatte ich die ganze Szene plastisch vor Augen:

»Aber das ist ja gar nicht die Boxerschule!«, empörte sich Jim.

»No importa, Jim!«, zwitscherte Esmeralda und spielte gelenkig mit dem goldenen Halskettchen, das ihm seine Großmutter geschenkt hatte. Esmeraldas Mandelaugen waren so tief, dass Jim Angst hatte, hineinzufallen. »Ich muss diesem Sog standhalten«, ermahnte er sich.

»Mein Auftrag war aber, die Boxerschule zu fotografieren!«, rief Jim und stampfte auf. »Und das hier ist nicht die Boxerschule!«

»Immerrr denkst du nurrr an Boxerschule, mi amor!«, flötete Esmeralda, tätschelte seine Hand und führte sie lockend an ihren Ausschnitt. »Gib mir lieberrr Küsschen!«

Jim überlief ein heißer Schauer, bedingungslos bot ihm Esmeralda ihre Lippen dar. Genau in diesem Moment kam Rick mit den frisch gefüllten Gläsern …

Ich hörte ein Geräusch, hob den Kopf und sah, dass der Chef neben mir stand und fassungslos auf die Fotos am Bildschirm starrte. Sein Körper vibrierte, und seine Fäuste verkrampften sich wie infarktische Herzen.

»Soll d a s die Boxerschule sein?«, presste er heraus.

Ich zog den Kopf ein und machte eine vage Geste der Bestätigung.

»Aber das ist ja das Jämmerlichste, was ich je gesehen habe!«, schrie er. »Das sieht ja aus wie Onkel Toms Hundehütte! Da sind ja die Bahnhäuschen von Billwerder ein Sanssouci dagegen!«

»Tja …«, sagte ich und hob entschuldigend die Hände.

Eine Minute lang starrte der Chef auf den Bildschirm und schüttelte immer wieder den Kopf.

»Fantastisch!«, flüsterte er schließlich mit feuchten Augen. »Fantastisch, was diese kubanischen Sportler für 'ne Willenskraft haben!«

Die nächste Krise stellte sich ein, als der Chef mich für ein Format einzusetzen begann, das sich *Weekend in Paradise* nannte. Sinn des Formats war, das Nachtleben der Schönen, Reichen und Mächtigen in den hippsten Städten der Welt zu porträtieren. Das klang zwar wie ein glamouröser Auftrag, endete für mich aber immer im Desaster. Mein *Weekend in Istanbul* war zum Beispiel davon überschattet, dass ich in der Oriental-Lounge *Göksen Klübü,* die einer reichen Deutschtürkin aus Bogenhausen gehörte, dringend aufs Klo musste, um zu kacken – woraufhin die zusammengeleimte Kloschüssel, die seit Süleyman dem Prächtigen nicht mehr erneuert worden war, unter meinem Hintern zerbarst und mich die osmanischen Securitymänner so lange auf der Toilette festhielten, bis ich per Visacard 300 Euro für eine neue Schüssel bezahlt hatte.

Bei meinem *Weekend in Paris* rief der Türsteher des Technoschuppens Frénétique die Polizei, weil er bei meiner Leibesvisitation ein Schnappmesser zutage förderte (Kostenpunkt meiner Freilassung nach 24 Stunden Haft: 300 Euro). Auf dem Weg zum *Weekend in Wien* verschüttete mein Zugnachbar eine Flasche Blauen Zweigelt auf mein Gepäck – was zur Folge hatte, dass ich im Einkaufszentrum des Westbahnhofs zunächst einmal neue Kleidung kaufen musste, die selbstverständlich weit mehr als 300 Euro kostete. Doch trotz dieser Wechselfälle lieferte ich pünktlich meine Szeneporträts – alle natürlich ein einziger Brei aus Beschönigungen, Edelfloskeln und Blabla, denn das Nachtleben der Reichen und Mächtigen war in all diesen Städten sterbenslangweilig.

Als nächste Mission hatte der Chef nun Madrid für mich auserkoren, und ich war schon gespannt, welche finanziellen Minusposten, die die *Komet Media Group* wie immer nicht bezahlte, diesmal anfallen würden. Ich wurde nicht enttäuscht, denn in Madrid wartete ein besonderes Martyrium: Die Bildredaktion gab mir nämlich einen Fotografen aus Oberstdorf mit, der es schaffte, mich innerhalb kürzester Zeit zur Weißglut zu treiben. Schon am Flughafen eröffnete mir der Fotograf, dass er schwer kokainabhängig sei, ohne Zufuhr von Stoff seinen Job nicht erledigen könne und in Ermangelung spanischer Sprachkenntnisse völlig auf meine Hilfe angewiesen sei. Obwohl ich seit Mexiko kein Kokain mehr genommen hatte, versprach ich, ihm zu helfen. Zunächst jedoch wollte die Reportage vorbereitet sein, und ich musste in den verschiedenen Clubs vorstellig werden, um mit den Besitzern zu sprechen, Fotogenehmigungen zu erbitten und den Zeitplan auszuarbeiten.

Schon während der Taxifahrten zu diesen Treffen redete der Fotograf von nichts anderem als von Kokain, das er mit dem Codewort »die weißen Hemden« verschlüsselte:

»I konn's kaum mehr erwartn!«, schnaubte er, zog sein blaues Ledersakko stramm und ließ den Kopf mit dem langen, grau melierten Pferdeschwanz gegen den Rücksitz fallen. »I brauch jetzad dringend de weißen Hemden!«

Als ich beim ersten Clubbesitzer vorsprach – einer dieser kühl-distanzierten, kastilischen Großunternehmer –, zupfte mich der Fotograf ständig am Ärmel und zischte:

»Who is that man? Is he the one we were speaking about? Is he the one with de weißen Hemden?«

Auch beim nächsten Termin fuhr er ununterbrochen dazwischen, zeigte auf meinen Gesprächspartner und befahl: »Äsk him! Äsk him, if he has de weißen Hemden! He looks like someone who loves de weißen Hemden!«

Diese Szenen wiederholten sich die ganze Nacht: Wenn ich mit Taxifahrern den Routenplan besprach, belästigte der Fotograf Passanten mit Fragen nach den »weißen Hemden«, wenn ich bei Türstehern um Einlass bat, diskutierte der Fotograf zwei Meter entfernt mit marokkanischen Straßendealern über die »weißen Hemden«, wenn ich Gäste für Schnappschüsse zu gewinnen suchte, rannte er irgendwelchen wildfremden Typen hinterher und brüllte:

»They have de weißen Hemden! Do you understand? They will sell us de weißen Hemden!«

Irgendwann spätnachts, als ich alle Clubs abgeklappert, dem Fotografen sein verdammtes Koks besorgt und dann einen halben Liter Magno in mich reingekippt hatte, um sein Gerede nicht mehr zu hören, begann die Qual von neuem:

»Hmmm!«, summte der Fotograf und sog erlöst Luft durch die Nase. »Woaßt, wenn i de weißen Hemden spür, kriag i immer Feelings! Dann muass i reden, stundenlang, am liabsten von de weißen Hemden …«

Zurück nach München kam ich in einem Zustand der Wut. Ich fuhr direkt vom Flughafen ins Büro, setzte mich an den Schreibtisch und hämmerte die Reportage runter. Dieses Mal schrieb ich keinen PR-Mist für all die halbgaren Clubs, läppischen Lounges und auf den Hund gekommenen Diskos. Dieses Mal schrieb ich, wie die Dinge wirklich waren.

Am selben Abend zitierte mich der Chef in sein Büro. Streng und feierlich wie ein Raumschiffkommandant saß er im Lichtkegel einer Halogenlampe am Schreibtisch und presste sein Handy ans Ohr. Gut sichtbar vor ihm lag meine Reportage.

»Mausi, ich muss jetzt Schluss machen!«, sagte er. »Hier gibt's was Wichtiges mit einem meiner Schreiberlinge zu klären … Natürlich, ich komm nach Hause, so schnell ich kann.«

Der Chef beendete das Gespräch, beugte sich über meine Reportage, legte seine Finger an die Schläfe und las laut vor:

»WEEKEND IN MADRID … *Von Reporter Ingo Falkenhorst … 20.30 Uhr: Die indische Cocktail-Lounge Shankar ist mit wunderschönen Seventies-Retro-Wandwaben des Madrider Stardesigners Pitxibatxi ausgekleidet. Der braunhäutige Barkeeper serviert mir den Martini Dry mit Salzrand – was darauf hindeutet, dass er weder in seiner jetzigen noch in einer früheren Inkarnationsstufe jemals ein Cocktailhandbuch durchgeblättert hat. Das tophippe, ebenfalls von Pitxibatxi designte Mikro-Cocktailglas macht diese infernalische Rezeptur jedoch mehr als wett …*«

Der Chef machte eine Pause und sah mich an.

»Was soll das sein?«, fragte er.

»Ironie«, sagte ich.

Der Chef nickte kurz und las weiter:

»23.45 Uhr: Im Warm-up-Club Otto Sass legt DJ *Spástiko 6006 auf – der derzeit angesagteste* DJ *des Madrider Nachtlebens. Kühl gedimmtes Rotlicht flutet die Bar, damit* DJ *Spástikos Musik – eine Mischung aus Todesröcheln und Betonmischmaschinengeräusch – noch besser zur Geltung kommt. Die Grimassen, mit denen Spástiko seine Turntable-Akrobatik untermalt, heizen mächtig ein und lassen völlig vergessen, dass der Sound vom* CD*-Player unterm* DJ*-Pult stammt ...«*

Der Chef sah mich wieder an:

»Und das?«, fragte er.

»Sarkasmus.«

Der Chef nickte, als hätte er es geahnt. Dann schüttelte er wie bei einem grauenhaften Alptraum den Kopf.

»Hast du völlig den Verstand verloren?«, stieß er hervor. »Mit einem solchen Geschmiere fahren wir extrem die falsche Kiste! Wenn ich dich für teures Geld ins Ausland schicke, dann möchte ich von dir die besten, teuersten und glamourösesten Clubs porträtiert haben!«

»Es w a r e n die besten, teuersten und glamourösesten Clubs«, sagte ich. »Die mit den überteuertsten Preisen, dem versnobbtesten Publikum, der härtesten Tür und den längsten Warteschlangen. Und gleichzeitig waren es durch die Bank dumme Pinten.«

Der Chef sprang auf, marschierte durchs Zimmer und stach wie mit Nähnadeln in die Luft.

»Scheißegal! Dann werden die negativen Seiten eben einfach unter den Tisch gekehrt! Dann konzentriert man sich auf das, was positiv ist! Irgendein positiver Aspekt wird doch in Gottes Namen auch an diesem ... diesem ... Spástiko 6006 zu finden sein, wenn er der angesagteste DJ von Madrid ist!«

»Ein positiver Aspekt an – Spástiko 6006?«, fragte ich. »Warte, lass mich nachdenken … Gleich hab ich's … Ich komm' noch drauf …«

Der Chef sah mich erwartungsvoll an.

»Nein, es gibt keinen«, sagte ich.

Der Chef beugte sich zu mir hinab, und seine Mundwinkel zuckten, als würden dort lokale Sprengsätze detonieren:

»Ich sage dir ein für alle Mal: Wer bei dieser Zeitschrift arbeitet, muss ein Spielbube sein, und ein Spielbube kennt keine Ironie! Ein Spielbube muss blind die drei magischen Ks beherrschen: Kontrolle, Kontenance, Kistenpräzision! Und Ironie ist ein Zeichen, dass einem die drei magischen Ks entgleiten! Dass man die Kontrolle verliert, die Kontenance vergisst und die Kiste an die Wand fährt! Als Spielbube aber hat man alles unter Kontrolle, als Spielbube sieht man über die Schwächen hinweg, als Spielbube krittelt, zweifelt und spöttelt man nicht herum.«

»Verstanden«, sagte ich.

»Doch nun zum Knackpunkt!«, sagte er und schnappte sich erneut das Heft. »*Am Tresen des Cacao Club treffe ich die zauberhafte, 22-jährige Exilkubanerin Yusimy. Als Yusimy den Fotografen erblickt, verscheucht sie binnen Sekunden alle Gäste, um ganz allein abgelichtet zu werden. Während Yusimy den Tresen aufmischt, muss ich an einen Abel-Ferrara-Thriller denken, wo ein Gangster den anderen anfaucht: ›Wenn ich so was wie eine soziale Ader gehabt hätte, wäre ich in der Volksrepublik geblieben!‹* …«

Verlegen besah ich meine Fingernägel.

»Bist du denn völlig übergeschnappt?«, schrie er. »Warum, glaubst du, suchen wir unermüdlich nach den feinsten, edelsten und saubersten Orten, wenn wir Mädchen in Szene setzen? Um die Mädchen auf den Thron zu hieven! Um die Mädchen auf den Mann herabsehen zu lassen – wie unnahbare, makellose Göttinnen! Um jedem Gedanken an Ficki-Ficki-Schmuddelkram bis in alle Ewigkeit eine klare Absage zu erteilen! Das Frauenlob in seiner reinsten, fast mittelalterlichen Form – das muss die Utopie dieser Zeitschrift sein!«

Der Chef blieb wie angewurzelt mitten im Raum stehen, hob die Arme und starrte ehrfürchtig an die Zimmerdecke, als ob dort Walther von der Vogelweide persönlich zu sehen sei.

»Utopie?«, murmelte ich. »Mir kommt's so vor, als ob das alles längst schon Wirklichkeit ist.«

Die große Neuigkeit war, dass der Chef Julie gefeuert hatte. Julie hatte sich in einer Bar mit dem Chefredakteur der Konkurrenzzeitschrift getroffen, einen Firmenwechsel besprochen und deutliche Worte über ihren jetzigen Chef verloren – nicht ahnend, dass eine Freundin des Chefs am Nebentisch saß. Einen Tag darauf zitierte der Chef Julie ins Büro, zog seine üblichen verrückten Grimassen und teilte ihr die fristlose Kündigung mit. Julie räumte noch am selben Tag ihren Tisch, und gegen Abend versammelte sich die Belegschaft in ihrem Büro, um sie zu verabschieden. Trotz mehrerer Flaschen Champagner herrschte eine Stimmung wie bei einem albanischen Dorfbegräbnis: Jennifer, Julie und Jessica fielen sich die ganze Zeit in die Arme, schluchzten, stöhnten und rauften sich die Haare. Mir taten weinende, geplagte Menschen zwar grundsätzlich leid, andererseits konnte ich die ganze Aufregung nicht ganz verstehen: Julie hatte über Jahre hinweg das zweithöchste Gehalt der Redaktion verdient – 10 000 Euro pro Monat, viermal so viel wie ich –, verfügte über hervorragende Kontakte in der Medienwelt und würde jetzt lediglich ein paar Telefonate führen, um in irgendeinem anderen Lifestyle-Magazin mit großzügigem Gehaltszuschlag wiederaufzuerstehen. Selbstverständlich behielt ich diese Ansichten jedoch für mich und ahmte mimisch Trauer nach.

»Nein, nein! Geh nicht von uns!«, schrie Jennifer und fiel Julie um den Hals. »Sag, dass es nicht wahr ist!«

»Was sollen wir bloß tun, wenn du nicht mehr da bist?«, schrie Jessica und krampfte die Hände vor der Brust zusammen.

»Du lässt uns im Unglück zurück ...«, rief Jennifer, »allein mit diesem geisteskranken Tyrannen!«

»Ja, zur Hölle!«, rief Julie, riss sich gewaltsam aus Jennifers Armen los und stürzte auf die Wand zu. »Er ist ein geisteskranker Tyrann! Er ist der Saddam Hussein unter den Chefredakteuren! Und er zerstört mein Lebenswerk!«

Sie hielt vor der Wand, die mit Postern vollgeklebt war, auf denen nackte Mädchen an allen erdenklichen Stränden der Welt herumlagen.

»Jahrelang habe ich mich aufgeopfert«, rief sie, »dass dieses Heft eine menschliche Erotik ausstrahlt! Jahrelang habe ich darum gekämpft, dass in diesem Heft den Mädchen nichts von ihrer Würde entrissen wird! Mein Herzblut hing an diesen Produktionen! Und nun kommt dieser Emporkömmling und macht meine ganze Arbeit kaputt! All die wunderbaren Momente, all die kostbaren Augenblicke – alles zerronnen, alles Perlen, die vor die Säue geworfen waren! Aber da keiner mein Werk verdient, soll es auch keiner mehr zu sehen bekommen!«

Wie eine Besessene fetzte Julie die Poster von der Wand, zerknüllte sie und schleuderte sie durch den Raum.

»Und du«, schrie sie und hielt mir einen Fetzen unter die Nase, auf dem *Sabine – Die Sonnenkönigin* neben einer Meeresgrotte stand und ein Gesicht zog, als hätte sie einen Sechser in Mathe kassiert, »du steckst mit ihm unter einer Decke!«

»Ich?«, rief ich. »Jetzt schlägt's aber dreizehn! Was hab ich denn mit der Sache zu tun?«

»Warum lästerst du nie über ihn! Warum bist du immer mucksmäuschenstill, wenn wir über seine abnormen, krankhaften Wahnsinnstaten reden!«

»Weil ich froh bin, dass ich endlich 'nen festen Job hab. Ich kenn leider nicht Gott und die Welt!«

»Und wie bist du an den Job rangekommen?«, hielt Julie triumphierend dagegen.

»Durch ein Vorstellungsgespräch«, seufzte ich, »aber so was kennt ihr ja offenbar nicht.«

Nach langen Mühen hatte ich es schließlich auch geschafft, das Interview mit Killerwalfänger Vince W. Ferguson unter Dach und Fach zu bringen – dem lasziven, halbnackten Mann, den der Chef auf den Seiten des furiosen People-Magazins *The Oklahoma Monthly* entdeckt hatte. Die Vorbereitungen für dieses Interview waren alles andere als leicht gewesen, weil besagter Vince W. Ferguson schon seit geraumer Zeit keine Killerwale oder andere Meeresungeheuer mehr jagte, sondern seinen Lebensabend völlig zurückgezogen in einer hawaiischen Seniorenresidenz verbrachte. Nach ersten Vorrecherchen hatte ich den Chef darauf hingewiesen, dass Vince W. Ferguson weitaus mehr Jahre als erwartet auf dem Buckel hatte, dass seine Lebenserinnerungen daher eventuell auch andere Epochen als die unsrige streifen würden und dass die Fotobestückung mitunter etwas komplizierter werden würde, weil aus dem ehemals bronzehäutigen, schlangengleichen Sonnyboy ein hutzeliger Rentner geworden war, der aufgrund seiner Altersbronchitis und seiner Zahnlosigkeit am Telefon kaum zu verstehen gewesen war ... Doch ungeachtet meiner Warnungen: Der Chef wollte die Ferguson-Story unbedingt haben.

Ich hatte deshalb mit Vince W. Ferguson ein mehrstündiges Telefon Interview geführt – wegen der Zeitverschiebung morgens um drei, als im Altersheim von Hawaii gerade das Abendbrot abgeräumt worden war – und schon nach wenigen Minuten unserer Unerhaltung musste ich zugeben, dass dieser Ferguson eine echte Type war – ein Abenteurer und Hasardeur, wie man ihn selten traf ... ein Mann, der mehr durchlebt und durchlitten hatte als hundert andere –, und wenn jemandem das Prädikat »absolutes Männeridol« gebührte, dann diesem Teufelsbraten Vince W.! Die Anekdoten seines abenteuerlichen Lebens zogen einen schon nach der ersten Minute in den Bann – all die Extremfischerei zwischen Seattle und Melanesien, all die Duelle mit Seeschlangen, Stachelrochen und Riesenkalmaren, ganz zu schweigen von den vielen Schiffbrüchen im antarktischen Treibeis, den Windhosen im Phönix-Archipel und den hochriskanten Küsteneinsätzen vor Korea ... Doch als Vince W. Ferguson dann noch weiter ausholte und mit brüchiger, nostalgischer Stimme von den Höhepunkten seiner Jugendjahre erzählte – dem Goldrausch am Klondike, der Strafexpedition gegen Pancho Villa, der Besetzung der Philippinen und der Winterschlacht von Wounded Knee – da schien mir doch, dass die Aktualität des Ferguson-Interviews etwas in Mitleidenschaft gezogen war, vor allem wenn man bedachte, dass der Chef Vince W. als »Pudelohr-Gigolo des Monats« ins Heft nehmen wollte.

Also legte ich das fertig abgetippte Interview, zusammen mit einem Jahreszahlenregister der Ereignisse und der schüchternen Anfrage, ob man nicht doch einen aktuelleren Kopf zum Pudelohr-Gigolo küren solle, ins Brieffach des Chefs, worauf er mich eine halbe Stunde später ins Büro rufen ließ.

Erschüttert saß er hinter seinem Schreibtisch, hielt den Ausdruck vors Gesicht und starrte auf das Interview, so als lese er dort kaum Vorstellbares.

»Junge, Junge …!«, stöhnte er schließlich, »fantastische Arbeit! Ich sehe, du hast das Zeug zu 'nem g a n z g r o ß e n Journalisten!«

»Danke …«, murmelte ich baff.

»Unfassbar, was dieser Ferguson hier schreibt …! *Einen Orca-Wal kann man nur mit dem harten, präzisen Schlag eines Hammers stoppen – ich selbst habe so schon mehrere Male mein Leben gerettet …!* Dieser Ferguson kennt keine Kompromisse, was?«

»Tja … sieht ganz so aus …«

Der Chef lachte auf und schüttelte fassungslos den Kopf:

»Das is 'n echter Mann, was? Der ist sich selbst treu geblieben … Irgendwelche Schwurbeleien, Schnörkel und Warmduscherreflexe gibt's bei dem nicht … *Nur mit dem harten, präzisen Schlag eines Hammers …!* So direkt sollten wir alle sein, oder?«

Ich nickte wieder, der Chef lehnte sich zurück, legte die Finger an die Schläfe und presste seine Lippen zusammen.

»Aber hat Ferguson gesagt, mit welchem Hammer?«

»Nein.«

»War es vielleicht ein M700-*Odin*-Vorschlaghammer?«

»Nicht, dass ich wüsste …«

»Oder etwa ein 20-Oz-Circum-Fäustel mit Schutzkappe und vergossenem Kopf?«

»Ich habe keine Ahnung …«

»Oder ein Klauenhammer nach rheinischer Form?«

»Ich weiß es wirklich nicht …«

»Oder vielleicht gar ein *Stanley*-Gummihammer?«

»Da bin ich wirklich überfragt. Ich glaube jedoch zu wissen, dass es ein mindestens 50 Jahre alter Hammer war – sehr wahrscheinlich sogar ein Modell von vor dem Krieg …«

»Das muss doch herauszufinden sein, welcher Hammer!«, rief der Chef und schob mir unwirsch das Interview über den Tisch. »Das gibt der ganzen Geschichte 'ne ganz andere Tiefe! Da stellen wir sofort nochmals 'ne telefonische Direktschaltung nach Honolulu her!«

Wenn mich die allgemeine Linie des Hefts auch in Erstaunen versetzte, über nichts in unserem Heft wunderte ich mich stärker als über die Nacktfotos: Die Fotostrecken, die ich hier vor mir sah, waren das perfekte Antidot gegen sexuelle Erregungszustände, chronisch übersteigertes Verlangen und krankhafte Penisversteifungen. Nach der ersten Fotostrecke ebbte beim Betrachter die Libido spürbar ab, nach der zweiten Fotostrecke wurde man angenehm schläfrig, nach der dritten Fotostrecke fiel einem vor Müdigkeit die Zigarette aus der Hand. Wenn diese Fotos in der Geschichte der Erotik irgendein Pendant hatten, dann die Selige Delphina von Sabran (1284–1360), eine adelige Provenzalin, die ihrem Gatten Eleazar, kaum dass er das Schlafgemach betreten hatte, so lange von den keuschen Ehen des Hl. Alexius und der Hl. Caecilia zu erzählen pflegte, bis er endlich eingeschlafen war.

Schleierhaft war mir allein schon, wie man den gesamten Prozess der Herstellung von Nacktaufnahmen einer Männerzeitschrift in die Hände von drei Spießerinnen legen konnte, die von der Auswahl der Models und ihres Stylings bis zum endgültigen Fotoshooting jeden Produktionsschritt kontrollierten. Das war so sinnvoll, wie das Küchenamt im *Sedlmayr* einem Veganer anzuvertrauen oder einen Prohibitionshetzer zum Barchef des *Schumann's* zu ernennen. Selbst Marc, der die seismischen Erschütterungen heterosexueller Erotik sehr wohl spürte, wenn sie nur stark genug waren, schlug bei jeder dieser Fotostrecken die Hände über dem Kopf zusammen, weil wir von Erotik zwanzig Lichtjahre entfernt waren. Plump, platt und nichtssagend hockten in diesem Heft irgendwelche Hennen herum – bemüht, verruchte Posen aus dem neuesten Beyoncé-Video nachzuahmen und dabei ihre primären Geschlechtsmerkmale mit Händen und Füßen zu verbergen.

Verblüffend war allein schon die Auswahl der abgebildeten Mädchen: Viele sahen exakt aus wie Klone von Jennifer, Jessica und Julie – bis hin zu deren bevorzugter Garderobe: Miss-Sixty-Hüfthosen, Spaghetti-Tops und Stringtangas. So wie der Chef für die Dressman-Fotostrecken oftmals raketenförmige Männer mit konischen Köpfen bevorzugte, suchten Jennifer und ihre Mitjurorinnen nach derselben Gesetzmäßigkeit am liebsten Mädchen aus, die ihnen selbst ähnlich waren – und sodann füllten spröde, plattarschige Karmeliterinnen das Heft.

Wenn die Aufnahmen ausnahmsweise ein wenig schmutziger wirken sollten, griff die Fotoredaktion zu mächtigen Geheimwaffen: Dann wurde den Mädchen ohne Rücksicht auf Verluste leicht mal ein Cowboyhut auf den Kopf gesetzt, eine Reitgerte in die Hand gedrückt oder ein Leder-BH umgeschnallt. Doch es war verlorene Liebesmüh, denn sexuelle Anziehung stellte sich nimmermehr ein. Zugegeben: In einem Al-Qaida-Camp oder einem Altersheim, dessen Insassen 1930 beim Auftritt der »Feschen Lola« ihren letzten Orgasmus gehabt hatten, mochten diese Bilder vielleicht Furore machen.

Aber außer diesen zwei sehr speziellen Lesergruppen lockten sie keinen Hund hinterm Ofen hervor.

Ich musste einfach nur meine Fingerspitzen aneinanderlegen und an einige der Frauen denken, die ich in meinem Leben gekannt hatte – Frauen mit einer Ausstrahlung wie Jeanne Moreau, Monica Vitti und Anouk Aimée ... Frauen, bei denen nicht nur die Gesichter, sondern auch die Geschlechtsteile beseelt waren mit Eigenleben, Charakter, Charme und Witz ... Frauen mit Vulkanvaginas – wie die Vagina von Tessa, die enger als die Deadline der Bild-Zeitung war und beim Sex regelmäßig zu reißen drohte. Oder die Vagina von Katrina, die sich an meinem Schwanz festkrallte wie eine Trapperfalle. Oder die Vagina von Eleonora (†), die so ungewöhnlich gekrümmt, gefurcht und geriffelt war, dass sie wie Lenins Hirn der Nachwelt in einem Ehrentempel zugänglich gemacht hätte werden sollen. Kurz: Diese Frauen hatten surreale, unvergessene, zeitlose Vaginas – Vaginas, die die Pforte waren zu sexuellen Galaxien (hier spiele man bitte die *Raumschiff-Enterprise*-Titelmelodie ein!), die nie zuvor ein Mensch betreten hatte. Und selbstverständlich prägten diese Vaginas ihre Besitzerinnen. Es waren reife, schöne, mutige Frauen, geistig klar, frei und rebellisch – auch wenn sie noch nie eine einzige Seite Judith Butler gelesen hatten. Meiner Erfahrung nach war es gar nicht so schwer, Frauen dieser Kategorie zu finden. Man traf sie in S-Bahnen, Supermärkten, Aufzügen, Kinos und Grünanlagen. Aber sie in Deutschlands hochkarätigstem Männerheft zu finden? Ausgeschlossen.

Nach dem Staatstrauertag um Julie gingen die Dinge bald wieder ihren gewohnten Gang. Keines der Mädchen entfachte eine Revolte, keines stürzte sich von den Zinnen der *Komet*

Media Group, keines folgte Julie ins Exil. Im Gegenteil, der Chef ernannte Jennifer, die begeistert annahm, zur neuen Leiterin der Fotostrecken und erarbeitete mit ihr zusammen den Plan, einen radikalen Kurswechsel in der Fotoästhetik einzuleiten: Nun wurden als Locations für die Nacktfotos nicht mehr Strände, Wälder und Wiesen gewählt, sondern nur mehr ultramoderne, sündhaft teure Nobelhotels, und damit wurden die Fotos sogar für jemanden wie mich interessant: Wer hätte zum Beispiel gedacht, dass die Suite des *Kempinski Hamburg* so kalt und spröde wie ein Königssaal der Zeugen Jehovas aussah oder dass die Lounge des *Adlon Berlin* dieselben unbequemen Ledercouchs wie mein Internist besaß! Man kam in diese Hotels so selten – vor allem, wenn man so viel verdiente wie ein Textredakteur dieses Magazins.

In Ermangelung größerer Aufgaben war es mittlerweile zu meiner Lieblingsbeschäftigung geworden, in Hajos Büro herumzusitzen, blöde Witze zu reißen und dabei Zigaretten wegzuqualmen. Hajo hatte noch nie in seinem Leben eine einzige Zigarette geraucht, trotzdem störte es ihn nicht, wenn man sein Büro für Zigarettenpausen benutzte.

»Hast du schon gehört, dass Jennifer eine persönliche Assistentin bekommen hat?«, fragte Hajo und blätterte in der neuen Heftausgabe herum.

»Ja«, sagte ich. »Es scheint ihr wohl vom Chef als Zeichen ihrer Beförderung bewilligt worden zu sein. Wie heißt diese Assistentin doch gleich wieder?«

»Auch irgendwas mit J…«, murmelte Hajo. »Ich glaube Jacqueline.«

»Und weiß man schon, ob sie in die Redaktion passt?«

»Keine Ahnung … Gewisse Voraussetzungen wird sie sicher haben, sonst hätte Jennifer sie wohl nicht gewählt.«

Hajo blätterte gelangweilt im Heft, dann hielt er plötzlich

inne und zeigte mir eine Fotostrecke: Wie jedes Mal waren die Geschlechtsteile der Mädchen wegretouchiert worden – verstümmelt und ausradiert, bis nur mehr eine konturlose, leberkäsfarbene Wölbung zwischen ihren Beinen übrig blieb.

»Irgendwie erinnern mich diese Fotos an afrikanische Klitorisbeschneidungen«, seufzte Hajo kopfschüttelnd.

»Mich erinnern sie eher an Keanu Reeves«, sagte ich.

»An – Keanu Reeves?«

»Ja, an diese Szene in *Matrix*, wo er plötzlich keinen Mund mehr hat. Er versucht verzweifelt zu schreien, er will um Hilfe rufen, aber es gelingt ihm nicht, weil Agent Smith ihn verhext hat ...! Seine Haut ist zu einer teuflischen Zwangsjacke geworden.«

Hajo lachte laut und für einen Friesen fast dreckig. In diesem Moment kam Jennifer zur Tür herein – in ihrem Kielwasser die neue Assistentin, eine völlig unscheinbare Brünette mit goldgelb gesträhnter Joan-Jett-Frisur, einem bauchfreien, schwarzen Top mit Pinguin-Schwanz und einem Gesichtsausdruck, der dröger war als Lyotards Gesamtausgabe. Wutentbrannt bauten sich die beiden vor meinem Schreibtisch auf.

»Lass mich Hoffnung schöpfen, Jennifer!«, sagte ich. »War irgendwas mit dem Text fürs Pictorial nicht in Ordnung?«

Jennifer warf mir die neue Heftausgabe hin und schüttelte den Kopf.

»Du bist so billig!«, stieß sie hervor.

»Billig und schäbig!«, rief ihre Assistentin.

Ich hob vorsichtig das Heft und las die Headline: *»Die 23-jährige Nicolette aus Sensendorf liebt Tapetenwechsel«*, stand da geschrieben. *»Wie ihre neue Wohnung in Schwabing aussehen soll, weiß sie schon genau:* ›Ein riesiges Wasserbett und Blick auf den

Englischen Garten muss sie haben – und einen Balkon, damit ich im Sommer kleine Würstchen grillen kann!‹«

Eigentlich war ich mit meiner Headline ganz zufrieden.

»'tschuldige, Jenny«, sagte ich, »was hätte ich denn deiner Meinung nach schreiben sollen? … *damit ich im Sommer diese ganz dicken Käseknacker grillen kann* …? Das waren nämlich exakt ihre Worte im Interview …«

Hajo neigte sich bebend über den Tisch, Jennifer riss mir das Heft aus der Hand.

»Nein, stimmt nicht«, berichtigte ich mich. »Den Begriff ›Käseknacker‹ kannte Nicolette nämlich nicht. Ihre exakten Worte waren: ›… *damit ich im Sommer diese ganz dicken Mega-Würstl grillen kann – die was des Weiße haben, des was da rausläuft.*‹ Der Wurst-Passus war eine von Nicolettes wenigen Aussagen mit Spezifik, und deswegen habe ich darauf mein Charakterprofil aufgebaut – sozusagen mein Plädoyer für eine menschliche Erotik!«

Am nächsten Morgen um elf Uhr befahl der Chef die gesamte Redaktion zu sich ins Büro. Eine solche außerordentliche Sitzung hatte es zuvor nur zweimal gegeben: als ein Drohbrief mit angeblichem Milzbrandpulver in der Redaktion eingegangen war und als ein Totalverriss unseres Magazins in der *FAZ* erschien. Dieses Mal würden ähnlich gravierende Neuigkeiten verkündet werden – das war schon beim Eintritt in das Chefzimmer klar.

Steif und gereizt hockte der Chef auf seinem Sessel, den er ausnahmsweise in der Raummitte platziert hatte – neben ihm ein Junge, zusammengekauert auf einem Stuhl. Der Junge – er mochte nicht älter als 25 sein – war schlaksig und groß, hatte strubbelige Philosophenlocken und ein sanftes, amorphes, fast feenhaftes Gesicht. Er trug einen Trenchcoat, dazu einen braunen Strickpulli, der einen vorklappbaren Latz mit Hornknöpfen besaß, eine rustikale Kordhose und beige Bowlingschuhe. Mit ungeheuer großen, feuchten, fast verschreckten Augen beobachtete er, wie die Belegschaft nach und nach ins Büro trat und sich im Halbkreis um ihn und den Chef setzte.

»So, jetzt alle mal herhören!«, sagte der Chef. »Hier liegt 'ne Sache an, die von größter Wichtigkeit ist! Ich möchte euch Gabriel vorstellen!«

Der Junge namens Gabriel rieb seine Wange an dem Latz und zog treuherzig die Augenlider hoch, und für Sekunden dachte ich, er werde nun zur Adoption freigegeben.

»Gabriel wird nämlich ab sofort die Textredaktion ein wenig auf Trab bringen!«, sagte der Chef und sog Luft durch seine gefletschten Zähne. »Ich bin überzeugt, er ist der richtige Mann, stilistische Schwächen auszumerzen, Unsicherheiten zu glätten und den allseits grassierenden Fehlerteufel zu beseitigen! Im Gegensatz zu anderen wurde Gabriel nämlich schon in jungen Jahren mit einer gewichtigen Auszeichnung bedacht: Dem *Mimo-Mimputz-Medienpreis für besonders wachsamen Journalismus*!«

»Oooohh! Aaaahh!«, fuhren die Mädchen der Pictorial-Redaktion – wobei ich wettete, dass man Jennifer und ihre Gehilfinnen auch mit Auszeichnungen wie dem *Josef-Mengele-Preis für besonders freundliche Bakteriologie* beeindrucken konnte.

»Er ist also einer der profiliertesten Köpfe seines Jahrgangs«, sagte der Chef und zischte bei jedem »s« wie ein Ventil, »und daher erwarte ich, dass seiner Hilfe und seinen Anregungen kein falscher Starrsinn entgegengesetzt wird! Doch nun genug der Ausführungen, nun hat Gabriel das Wort!«

Der Junge, der bislang nur sanft und wässrig auf den Chef

geschaut und zu jedem seiner Worte genickt hatte, erhob sich mit einem Sprung, wischte seine Locken aus der Stirn und trat ein paar Schritte vor:

»Wie ja ehwe gonz rischtisch gsaagt worre isch: Isch bin da, um eisch zu helfe! Denn dass ma eisch helfe muss isch eh klar. Dess sieht ma jo, wommer sisch des Heftl anguggd. Ich hees Gabriel, dassas wissd. Damid' ihr b'scheid wissd, sagisch eisch korz, was isch schonn gemachd hab: Volontariat bei de *Rheinpfalz*, Kulturredakdeur bei den *Karlsruher Nachrischde*, Feulletonleida beim *Monnheima Morge*, Haubtstadtreporder beim *Südwestfunk* 2 ...«

»Aaaahh! Oooohh!«, seufzten die Mädchen der Pictorial-Redaktion.

»Im Männersegmend hawwisch mir en Name gmacht als Beraader und Entwiggler des – ma darf scho sage – legendäre Szeenemagazien *Boyz'n Da Wood*. Und gonz newebei war isch fürd *Fronkforder Rundschau* no all die Jahr de exklusive Bolo-Reborder in London.«

Marc lachte auf.

»Bolo-Reborder?«, fragte er. »Was bitte ist ein Bolo-Reborder?«

Gabriel musterte Marc, der ihn unterbrochen hatte, und plötzlich waren seine Augen nicht mehr sanft.

»Des sold eina mit Berufserfahrung eigendlisch wisse!«, sagte Gabriel und nickte bitter. »En Reborder, wu ekgslusiv üba Bolo berischd'd!«

»Schon klar«, sagte Marc. »Es hat mich nur verblüfft, dass sich die *Frankfurter Rundschau*, die noch nicht einmal 'nen London-Korrespondenten besitzt, einen eigenen Polo-Reporter leistet.«

»Tut nichts zur Sache!«, fiel ihm der Chef ins Wort. »Gabriel wird uns jedenfalls ab sofort helfen, in der heißen Phase der

Produktion das Heft durchzuklotzen! An jeder Textbaustelle, an der's brennt, wird er so 'n bisschen mitarbeiten! So, und jetzt jeder wieder auf seinen Platz, wir müssen nämlich Nägel mit Köpfen machen!«

Alle erhoben sich, rückten die Stühle zur Wand und traten aus dem Büro. Im Gang stupste mich Hajo mit dem Ellenbogen an.

»Und, was hältst du von ihm?«, fragte er.

»Er ist das Trojanische Pferd«, sagte ich.

Hajo starrte mich verständnislos an.

»Er ist – w a s ?«, fragte er.

»Das Trojanische Pferd. Er ist hier reingerollt worden, um den Laden aufzumischen, und er wird Menschen bringen, die keine schönen Pläne mit uns haben.«

»Wie kannst du denn da so sicher sein?«

»Da genügt ein Blick in seine Kaninchenaugen, die von vorne bis hinten Tarnung sind. Der Typ beißt zu, dass wir uns noch alle wundern werden.«

»Jetzt halt mal den Ball flach«, sagte Hajo. »Alkoholiker neigen häufig zu Verfolgungswahn.«

»So?«, fragte ich. »Na, dann wart mal ab.«

Die »heiße Phase der Produktion« bedeutete für mich, dass ich binnen zweier Tage das 30-seitige Mega-Special *Puff-Report Deutschland* zu redigieren hatte. Anders als der Titel vermuten ließ, ging es darin nicht um die Politik der Bundesregierung, sondern um käuflichen Sex. Der Chef hatte vor Wochen eine Phalanx befreundeter Journalisten ausgesandt, um das deutsche Rotlichtmilieu zu porträtieren, und die Ergebnisse ihrer Recherchen träufelten nun nach und nach in meine Mailbox – zwei Tage vor Deadline. Da gab es Erfahrungsberichte von zufriedenen Freiern, verliebten Freiern und kreuzunglücklichen

Freiern, Testimonials von Prostituierten aus Liebe, Lust oder Leidensdruck, Hintergrundberichte zu Schwarzgeld, Zuhälterkriminalität und Kondomwirtschaft, und ich redigierte all dieses Material mit mehr Armen als Gott Vishnu.

Der Zeitdruck wäre erträglich gewesen, wenn der Chef nicht als Sahnehäubchen des Specials bei der Stiftung *Question Star* eine »Breitband-Umfrage« in Auftrag gegeben hätte, die den *Puff-Report* mit hochbrisanten, aufrüttelnden Fakten erden sollte. Alsdann schickte uns *Question Star* ein Konvolut von 150 Seiten, und ich hatte noch vernehmlich in den Ohren, wie der Chef auf den Packen schlug und schrie:

»Das musst du behandeln wie TNT, damit gehen wir ganz groß an die Presse! Jedes Ergebnis muss da wie ein Sprengsatz kommen, jeder Fact muss da vollkommen wasserdicht sein, jede Aussage muss da bis auf die fünfte Stelle hinterm Komma stimmen!«

Schon als ich die Umfrage-Ergebnisse von *Question Star* zum ersten Mal aufschlug, wurde ich von ihrer Wucht förmlich gegen die Wand geschleudert. Denn die Stiftung hatte sich nicht die Mühe gemacht, irgendwelche Prozente auszurechnen, sondern legte lediglich nackte, wirre Zahlen vor, die noch dazu auf jeder Seite andere Bezugsgrößen hatten: »*Welche Sexualpraktiken bevorzugen Sie mit Ihrem normalen Partner?*«, lautete beispielsweise eine Frage, und als Umfrage-Ergebnis listete *Question Star* dann auf:

»Normaler Sex: 176
Hand-Massage: 89
Oralverkehr: 57
Analverkehr: 12
(von 453 Befragten)«

Und obwohl ich zum aufrechten Fähnlein der zwölf gehörte, konnte ich natürlich nicht schreiben: »Höret, Leser, höret! 12 von 453 Befragten plus Redakteur Falkenhorst bevorzugen mit ihrem normalen Partner den Analverkehr!«, sondern musste diesen Punkt wie auch alle anderen Punkte der 150 Seiten prozentual aufdröseln – um mich anschließend natürlich zu fragen, was die verschollenen 119 Testpersonen mit ihrem »normalen Partner« trieben. Und um selbstverständlich verzweifelt aufzulachen, weil der Begriff »normaler Partner« vollkommen irreführend war, wenn man an seine Exfreundinnen dachte.

So war ich also gezwungen, diesen ganzen Zahlenwust, der zudem dutzendfach in Altersgruppen, Bundesländer und Parteienzugehörigkeit untergliedert war, stundenlang mit dem Taschenrechner durchzuackern. Und selbst wenn ich nach vielen Mühen einen allgemeinen Trend in den Daten zu erkennen glaubte, kamen lediglich so bizarre Ergebnisse heraus wie: *»Saarländische NPD-Wähler zwischen 40 und 50 Jahren nehmen sich für den Geschlechtsverkehr mit einer Prostituierten über drei Stunden Zeit, während bayerische Christdemokraten zwischen 60 und 70 Jahren ihn in weniger als 15 Minuten hinter sich bringen – übrigens in derselben Zeit wie niedersächsische PDS-Wähler zwischen 20 und 30 Jahren.«*

Wenn man schon die Fakten von den zärtlichen NPDlern und den frühejakulierenden Postkommunisten nicht so recht glauben wollte, dann geriet man bei den anderen Ergebnissen der Stiftung Question Star erst recht ins Staunen. Generell gewann man bei der Durchsicht der Antworten den Eindruck, dass bereits die Fragen falsch gestellt waren: Wenn in Thüringen und Sachsen-Anhalt beispielsweise 72 Prozent der befragten Männer zugaben, Verkehr mit Prostituierten überwiegend ohne Kondom auszuüben, aber gleichzeitig 69 Prozent der Befragten verneinten, sich jemals eine Geschlechtskrankheit eingefangen zu haben, dann mochte ich nicht wissen, welche von Syphilis aufgeweichten Köpfe hier ein »Nein« gewackelt hatten, als der Mann von *Question-Star* den Füller zückte.

So rang ich also unter höchstem Zeitdruck mit den Tücken des *Puff-Reports Deutschland*, als plötzlich Gabriel vor meinem Schreibtisch stand – in der Hand einen Ausdruck der bisherigen Texte, den er sich mit schleierhafter Geschwindigkeit aus dem Intranet besorgt hatte.

»Isch hab ewe grad de aktuelle Stand fumm Prosdidution-Special geleese, des uff doim Mischd gewachse isch«, sagte Gabriel. »Da hawischisch glei en Haufe Fehla gsehe! Da steht zum Beispiel hier im Zwischetext: ›*Dess war so geil*‹, *lachte die Hur*, ›*du bisch oafach de Beschde!*‹, undutt de näggschde Seit schreibsch schunn wiedder: do lacht die Hur … des gehd ned, do muscht varriiere!«

»Du hast Recht, Gabriel«, sagte ich, »aber lass uns den Kleinkram später erledigen! Ich rechne hier gerade diesen Wahnsinn von *Question Star* durch, der von vorne bis hinten keinen Sinn ergibt. Schau dir das mal an, ich komm da nicht weiter!«

»Ward'emol, des isch koi Kleinkram! Dass isch oafach e Frag von emme flüssische Stiehl! Du konnsch net zweemal schreiwe: *do lachte die Hur*!«

»Ich schwöre dir, das ist provisorisch! Im Augenblick sollten wir uns ganz darauf konzentrieren, die Analverkehrfans stochastisch zu erfassen!«

»Isch glaab, du hasch misch ned rischdisch verschtande'. *Do lachte die Hur* werd jetz glei nachgebesserd!«

»O. k., regeln wir's anders«, sagte ich und schwang im Sessel herum. »Ich hab seit meiner Kindheit ein Problem mit Autoritäten, vor allem mit Pseudoautoritäten. Du schneist hier in mein Büro rein, stellst dich noch nicht einmal vor und erteilst mir schon im ersten Satz Befehle. Wer zum Teufel glaubst du, dass du bist?«

Gabriel schloss traurig die Augen und nickte wie ein Schlafwandler:

»Mir konnsch niggs vormache«, sagte er leise, »isch wees B'scheid iwwa disch! Du hosch emol e Repotage für den Werffs gschriewwe und die hodd em garned gfalle. Da isch so einiges verzeelt worre in de Reddaktion …«

»Armer Werffs«, seufzte ich, »aber ehrlich gesagt interessiert's mich einen feuchten Wischlappen, ob sie ihm gefallen hat oder …«

»Mit deine uffmüpfische Tour hosch bei mir koa Chance!«, flüsterte Gabriel und schüttelte mitleidig den Kopf, »do kriehe mir zwee gonz schnell Krach miteinanna. Weil die Schtolze unn die wu Alles Bessawisse, die hawwisch eh gfresse! So oana bisch du …«

»Ganz und gar nicht. Ich bin eine arme Sau, sonst würde ich nicht hier sitzen und diesen Quatsch …«

»Schwättz net!«, zischte Gabriel. »Die Hur hott in deiner Reportasch nedd zweemol was zu lache! Des weerd ausgebessert! Der Boss hodd g'sagt, dass isch ab heut de Textcheff bin. Im Wort *»Chef«* stekt ja scho drin, was isch moan, und was du nedd schnallschd …«

Ich schwieg, betrachtete eine Weile Gabriels Gesicht und dachte an Tätigkeiten, die mir schon damals in Mexiko die Erleuchtung zum Boddhisatwa verbaut hatten. Doch statt aufzustehen, Gabriel am Kragen zu packen und ihn hochkant raus auf den Flur zu werfen entschloss ich mich, zunächst einmal beim Chef die Kompetenzen zu klären.

»Na gut«, sagte ich, »wie du befiehlst! Die Hure lacht hiermit also nur einmal.«

Am Abend kurz vor Arbeitsschluss wartete ich, bis die Luft rein war, dann ging ich vor zum Chef und betrat das von der Sekretärin verlassene Vorzimmer. Durch die Glasscheibe sah ich Gabriel am Schreibtisch sitzen, und der Chef nickte konzentriert und nachdenklich:

»Der Ronni weess als gar net, wie ma schreibt!«, hörte ich Gabriels gedämpfte Stimme. »Da hewwisch bessere Leut! Und der Blonde im Ledermonndl, wu die Lifstil-Story' macht, do hab isch imma des Gfühl, der is garned von derre Weld. Der is total anders als mier! Awwa de Schlimmschde isch de Falkenhorschd, der is schlichtweg renitent! Wenn isch in derre Texdredaktion en wachsame Journalismus hawwe will, donn muss isch einiges ändern!«

Ich dachte eigentlich, Gabriel würde uns eine kurze Verschnaufspause geben, bevor er einen Gang hochschaltete, aber da hatte ich mich getäuscht: Am nächsten Morgen wurden wir alle wieder vom Chef ins Büro gerufen, wo Gabriel auf einer eigens aufgebauten Stuhlreihe saß – zu seiner Rechten ein kleingewachsener Blonder mit flinken Augen, spitzer Nase und einem keilförmigen Bürstenschnitt, der seine Spock-Ohren betonte, zu seiner Linken ein Kräftiger, Massiger mit hängenden Armen, stumpfem Blick und langen, wirren Landsknechtshaaren, der mich ein wenig an das verschwundene Bindeglied zwischen Cro-Magnon-Mensch und Neandertaler erinnerte. Als die beiden den Mund öffneten und eine wohlbekannte Sprachmelodie erklingen ließen, war auch Hajo klar, wovon ich tags zuvor gesprochen hatte:

»... unn wie de Gabriel ewe schon ganz richtig gsagd hod ...«, zwischerte der Blonde.

»... wolle mir euch oifach e bissl unter die Arme greife!«,

grunzte der Massige und kratzte sich schwerfällig seinen Rücken.

»Mir hewwe die weite Reis bloß gemacht …«,

»… um euch zu helfe!«, sekundierte der Massige und hob seinen schweren Arm in die Höhe.

Keine drei Minuten später standen wir in Hajos Büro, um Kriegsrat zu halten:

»Was glaubt ihr, was sie jetzt tun werden?«, fragte Ronny und lief im Zimmer auf und ab, seine Hände in der Jeans und die Elvis-Tolle zu Boden geneigt. Hajo starrte düster aus dem Fenster.

»Zunächst mal werden sie natürlich versuchen, uns Zuständigkeiten zu entziehen«, sagte er. »Für so viele Leute gibt's in der Redaktion schließlich gar nicht genügend Jobs.«

Marc verzog die Augenbrauen und schlenkerte mit seiner Hand.

»Na, wenn schon!«, sagte er. »Da ist doch gar nichts dagegen zu sagen, wenn sie uns ein bisschen Arbeit abnehmen! Ich bin's ohnehin leid, jeden Monat stundenlang mit dem Chef darüber zu diskutieren, welcher Uhrenkrimskrams oder welche überflüssige Bodylotion nun als *›Männerspielzeug des Monats‹* ins Heft kommt …«

»Ja, aber so ist das Ganze nicht gedacht!«, entgegnete Hajo. »Sie werden natürlich nachzuweisen versuchen, dass wir selbst für Kleinigkeiten wie das *›Männerspielzeug des Monats‹* zu dumm sind!«

»Was wollen sie denn da nachweisen?«, lachte Marc. »Um das *›Männerspielzeug des Monats‹* zu betexten, kann man gar nicht dumm genug sein!«

»Ich vermute, die Phase der Beweise ist längst gelaufen«, sagte ich. »Wahrscheinlich hat Gabriel als Erstes seinen Mimo-Mumpitz-Branchengrößen erzählt, dass wir Trottel sind, und daraufhin postwendend dem Chef gesteckt, dass uns die einschlägigen Branchengrößen für einen Trottelhaufen halten. Die üblichen Büro-Standardtänze halt ...«

»Das Wichtigste ist, dass wir uns nicht geschlagen geben!«, sagte Ronny. »Es ist noch lange nicht raus, wer hier die Hosen anhat! Da können noch gewaltige Überraschungen passieren! Wie mein Großvater schon sagte ...«

»Unn, alles frisch im Schridd?«, unterbrach ihn eine Stimme, und die drei neuen Kollegen traten ins Zimmer. Der Massige postierte sich am Türstock und hakte die Finger in seinen Gürtel, Gabriel marschierte zum Schreibtisch und klatschte eine Klarsichthülle mit Fotokopien darauf, der Blonde stellte sich ans Fenster und sicherte mit seinen scharfen Mauseaugen die Flanke.

»Super, dass ihr alle do seid!«, rief Gabriel. »Do konn isch mir's spare, jedem Einzelnen die neue Richtlinie zu erkläre! Also Punkt Eins: Ihr habt zviele Ressors! Dess müsse ma umstrukturiere, dess müsse mer besser uffteile, do werd oigegriffe! Donn werd die Heftarbeid glei viel lockerer, und jeder konn sisch uff soi Sach konzentriere.

Zähneknirschend starrten wir Gabriel an. Gabriel zückte seinen Korrekturstift und deutete auf Hajo:

»Dei Interwjews konnsch behelde, awwa die Musik kriegt de Dominik. De Dominik interessiert sisch voll für d'Musik! Und du schreibsch em glei die Bezugsadress fer die koschdeloose CDs uff ...«

Der Blonde mit dem Bürstenkopf verbeugte sich und machte vor Hajo eine knappe Aufwartung.

»'S Gleische gild für die Elektrogeräde!«, sagte Gabriel und zeigte mit seinem Korrekturstift auf Marc. »Des kriegt ah de Dominik. Des iss unser Elektronik-Kaiser, do mescht dem koina was vor ... Und d i r ...« – hier richtete er den

Stift auf mich »dir misse ma leida dei *Weekend in Paradise* streidig mache! Des kriegt ah de Dominik, der reist nämlisch gearn!«

»Das ... *Weekend in Paradise*?«, rief ich und schlug auf den Tisch.

»Genau«, nickte Gabriel. »Odda hosch was degeje oinzuwenne?«

»Nein«, sagte ich, sah zu Boden und versprach dem Herrgott eine Wallfahrt nach Altötting.

»Awwa des isch noch nedd alles!«, fuhr Gabriel fort. »De Hannes...« – hier deutete er auf den bulligen Mann am Türstock, der behäbig sein Gewicht verlagerte »setzt ab heut verbindliche Abgabetermine für jede Seid fescht. Do konnisch die Korrekture in oim Aufwasch erledische. Isch hab nämlich als noch e paa andere Sache zu mache, isch konn ned jeden Dag noochm Rechte gugge!«

»Sooo, verbindliche Abgabetermine ...«, sagte Hajo. »Was genau soll das heißen?«

»Dass dei Seite morgge bei mir uffm Disch liegt«, lächelte Gabriel.

»Kann es sein«, zwitscherte Marc, »dass du uns mit Schulkindern verwechselst, die Hausaufgaben abgeben müssen? Aus dem Alter sind wir, glaube ich, raus!«

Gabriel nickte geschmerzt, nahm seine Klarsichthülle und zog ein paar Fotokopien hervor:

»Isch hab' ma emol eure schönste Stilblüte zosamme gsucht: *Puff-Report Deutschland!*«, deklamierte er und untermalte meine zugegebenermaßen etwas gebrechliche Headline mit dramatischen Gesten. »Unsere Zeidung hodd grad die grösste Studie erstelld, die wu's bislang zum Thema gewwe hod. Ergebnis: Männa gehe locker mit dem Thema um ...«

Gabriel brach ab und schüttelte gequält den Kopf.

»Des is niggs!«, rief er. »Den Einstieg hätt mei Oma bessa gschriwwe! Natürlisch muss dess heiße: *Ergebnis: Hinter den Kulissen lauerts Verbresche und's AIDS! – AIDS*, moin isch.«

»Aber von einem lauernden AIDS ist in den Umfrage-Ergebnissen doch gar nicht die Rede!«, verteidigte ich mich. »Im Gegenteil: In Sachsen-Anhalt – Heimstätte der Kondomverdrossenen –...«

»Es isch doch egal!«, jaulte Gabriel auf. »So e Thema muss ma hochjazze, des muss mer hochpitsche! So was lernsch ned uff de Uni, des lernt ma nur off einer vernünftische Journalisteschuul ...! Oder der Text hier!« – rief Gabriel und wandte sich an Marc »Do les isch: *Ein weiterer sympathischer Vorteil vom Seiko SuperPäd isch sein Preis* ... Horchemal! So was konnsch ned schreiwe. Des is Scheiße! Des tönt beliebig, weil symphatisch ... symphatisch isch vieles uff de Welt!«

Gabriel stellte sich in Positur, hob seinen Arm wie ein Stimmbildner und rief:

»Des muss ma anders mache: *Ein weiterer stylischer Vorteil isch de Superpreis fumm Seiko SuperPäd!* Des klingt scho ganz anners, odda?«

»Wie kann denn ein Abstraktum namens Vorteil stylisch sein?«, fragte Marc und verzog sein Gesicht.

»Na, siehscht!«, bestätigte Gabriel. »Des polarisiert! En guuder Text muss immer polarisiere ...! Hodd noch einer e Frag? Nein? Dann nix wie g'schaft! Bis morge hewisch die Seit!«

Gabriel packte die Fotokopien in die Mappe, gab seinen Freunden einen Wink und wandte sich zum Ausgang – seine Gefolgschaft im Kielwasser. Kurz vor der Tür drehte er sich nochmals um und blickte in die Runde:

»Konn einer von euch kicke?«, fragte er.

»Wenn's drauf ankommt!«, sagte ich.

»Bitte keine Mannschaftssportarten!«, sagte Marc.

Ronny winkte ab.

»Und ich hab 'ne Knieverletzung«, sagte Hajo.

Gabriel schüttelte mitleidig den Kopf.

»Und ihr wolld Journalisten sei«, seufzte er, »unn neddemol kicke könne! Am Wochenend hawe ma gspielt middm Werffs ... Aber Hallo! Da war alles zu spät. Guder Sturm von Hannes, Steilpass uff misch, isch Fallrückzieha hin zum Werffs – T o o r ! So hawwe mas Spiel gewunne ...

Gabriel nickte, schüttelte ergriffen den Kopf und rauschte mit seinen Freunden aus dem Zimmer. Wie zusammengestauchte Schüler blieben wir auf unseren Plätzen stehen, sahen uns mit langen Gesichtern an und schwiegen. Eigentlich hätten nur noch spitze Schandkappen auf unseren Köpfen gefehlt.

»Männer in Fußballhosen ...«, murmelte Hajo, machte seine Augen schmal und wandte sich zu Marc. »Das müsste d i r doch eigentlich gefallen!«

Empört zog Marc seinen Ledermantel straff und warf den Kopf nach hinten:

»Bevor ich mit Männern in Fußballhosen Sex hab«, sagte er, »geh ich lieber in den Darkroom und hol mir das AIDS.«

Kurz vor Arbeitsschluss überlegte ich, ob ich nicht ein zweites Mal versuchen sollte, beim Chef vorzusprechen und gegen Gabriels Handstreich aufzubegehren, aber ich hatte nicht mehr die Kraft dazu. Gegen jemanden zu intrigieren, war mir schon seit jeher vollkommen fremd, ebenso fremd wie Um-Zensuren-Feilschen, Lieder-am-Lagerfeuer-singen oder Einfach-mal-einen-alkoholfreien-Tag-einlegen. Es war ohnehin alberne Fantasterei, zu glauben, dass der Chef nicht wusste, was vor sich ging. Auf dem Weg zum Ausgang blieb ich daher nur kurz vorm Chefzimmer stehen, um mir Gewissheit zu verschaffen, ob ich mit meinen Vermutungen richtig lag. Ich spähte für einen Augenblick durch die Glasscheibe und sah das erwartete Bild:

»Null Motivation«, hörte ich Gabriels Stimme, »Erotik voll des Fremdworrd … totale Fehlbesetzung … koin blasse Schimmer … stilsicher wie mei Oma …«, und der Chef nickte ernst und düster.

»Und 's Beschte isch«, rief Gabriel und hob verzweifelt die Hände, *»die kenne nedd emol kicke!«*

Der Chef stutzte, legte die Stirn in Falten und sah Gabriel skeptisch an:

»Na ja«, sagte er, »das müssen sie ja auch nicht. Wir sind ja hier schließlich keine Shaolinschule!«

»Wie ich höre, kommst du mit Gabriel nicht so gut zurecht!«, sagte der Chef und faltete seine Hände, die lang und schlank wie Mikadostäbchen waren.

»Ja … nein … ja …«, zögerte ich. »Total verkracht sind wir nun auch wieder nicht …«

Der Chef machte eine ruckartige Bewegung im Bürostuhl, die seinen hautengen violetten Anzug in den Nähten krachen ließ.

»Die Frage ist nämlich«, sagte er, »in welches Zimmer ich Gabriel einquartiere! Wir haben schließlich nicht lauter Suiten hier frei.«

»Wenn's unbedingt sein muss«, seufzte ich, »kann er meinetwegen zu mir.«

Der Chef fasste mich ins Auge, nickte kurz und zog einen Stapel Papier hervor:

»Wir werden da schon 'ne Lösung finden, die für euch beide akzeptabel ist!«, sagte er. »Jetzt aber zum Wesentlichen!

Ich wollte dir nämlich 'ne Geschichte zeigen, die so brandheiß ist, dass du mit den Ohren schlackerst! Also: Letzten Samstag war ich die ganze Nacht in der *Pacha V.I.P. Lounge* Champagner süffeln mit Michael Thor von Greifenberg. Sagt dir der Name was? Klingelt's da?«

»Nein«, musste ich zugeben.

»Michael Thor von Greifenberg«, sagte der Chef, rollte den Papierstapel zusammen und akzentuierte jedes Wort mit einem Hieb auf den Schreibtisch, »ist einer der l e t z t e n lebenden klassisch-investigativen Journalisten dieses Landes! Einer der a l t e n Schule, einer, der sein Handwerk noch unter Wolf Schneider und Rudolf Augstein gelernt hat! Und kein Geringerer als dieser Michael Thor von Greifenberg kam da in der *Pacha V.I.P. Lounge* mit 'ner rattenscharfen, sensationellen Story an: das bis heute nicht gelüftete G e h e i m n i s d e s O e t k e r - L ö s e g e l d s ! ›Bis heute nicht‹ will heißen: bis Michael Thor von Greifenberg kam, denn er hat es gelüftet. Also setz dich schnellstens an die Story ran und mach die druckfertig! Die muss ins nächste Heft, bevor uns diesen Scoop die Konkurrenz wegschnappt.«

Der Chef warf mir den Papierstapel vor die Nase, und das Erste, was ich sah, war ein Anschreiben an die Buchhaltung, das im Fettdruck folgenden Satz enthielt: »*Neben der Überweisung obiger Spesensumme für sechsmonatige Intensiv-Recherche bitte ich auch um unverzügliche Zahlung meines Honorars in Höhe von 18 000 Euro ...*«

»Nicht ganz billig«, sagte ich und pfiff durch die Zähne.

»Ja, aber jeden Cent wert!«, empörte sich der Chef. »Selbst du wirst mir da zustimmen, wenn du diese Story gelesen hast. Versteh mich recht: Hajo und du, ihr seid gute Mechaniker. Nichts gegen euch, ihr macht 'ne solide Arbeit. Aber Thor von Greifenberg ist 'ne gelernte Spürnase von der Pike auf! Der heftet sich an die Fersen seiner Pappenheimer, der beißt sich fest, der lässt sich weder von Tod noch Teufel abschütteln! Der weiß, wie man heiße Eisen anpackt!«

Missmutig nahm ich den Papierstapel, erhob mich aus dem Sessel und schlurfte davon. So wie die Dinge aussahen, würde ich mangels journalistischer Fähigkeiten immer der Depp vom Dienst bleiben, der trottelige Textmechaniker, dem man außer dem Aufbocken und Rumschrauben an irgendwelchen glamourösen Kisten nichts zutrauen konnte. Diese ganze Branche wimmelte offenbar von Menschen, denen ich in keinster Weise das Wasser reichen konnte. Menschen, die in den mythischen Ordensburgen des Journalismus Geheimkünste erlernt hatten, als ich noch am Schnuller nuckelte. Menschen, die Jahrhundertskandale aufgedeckt, Regierungen zu Fall gebracht und Dunkelmänner ins politische Aus getrieben hatten, als ich meine ersten Donald-Duck-Heftchen las …

Noch auf dem Weg zurück in mein Büro nahm ich mir Thor von Greifenbergs Reportage vor. Der Einstieg war – anders konnte man es nicht ausdrücken – grandios, ein journalistisches Kleinod, das seinesgleichen suchte, und zähneknirschend musste ich zugeben, dass mir eine solche sprachliche Rasanz höchstens alle fünf Jahre einmal gelang. Auch der zweite Absatz klang sehr tüchtig, bloß sonderbarerweise war er vom Tempus bis zur Syntax ganz anders als der Einstieg gehalten. Nach dem dritten Absatz vollführte die Reportage des Investigativen weitere, völlig unvorhergesehene stilistische Volten. Wie ein vermummter, schattenhafter Ninja sprang sie unter Kampfschreien mal hierhin, mal dorthin, und ab der Mitte zerfiel sie plötzlich erschöpft in lauter Einzel- und Kleinstteile, so als habe der Investigative keine Lust mehr verspürt, sich noch weiter mit ihr herumzuplagen.

Irgendetwas roch sonderbar an dieser Reportage. Ich setzte

mich an den Computer, tippte ein paar Satzfetzen ab und gab sie wahllos bei *Google* ein: Praktisch jedes einzelne Fragment wurde von *Google* im Internet geortet, mal auf Webseiten der NZZ, mal bei der *Berliner Morgenpost,* mal bei der Weltwoche und mal beim *Stern* – sie alle hatten Reportagen über dasselbe Thema, bloß stammten leider alle von verschiedenen Verfassern, von denen keiner deckungsgleich mit dem berühmten Michael Thor von Greifenberg war. Ich zögerte eine Weile, dann schrieb ich dem Chef eine E-Mail, dass uns bei Abdruck des klassisch-investigativen, aus zehn Webseiten zusammengeschusterten Bravourstücks möglicherweise Copyright-Probleme ins Haus stünden. Brüllend nahte sich der Chef daraufhin meinem Büro, und am nächsten Tag war Gabriel in mein Zimmer einquartiert.

Inzwischen hatten die Pfälzer gänzlich die Macht übernommen, jegliche Gegenwehr war zusammengebrochen, und durch die Redaktionsgänge hallten von morgens bis abends ihre Witzchen und ihr Lachen. Nun wurden keine halben Sachen mehr gemacht, nun wurde hochgejazzt und hochgepitscht, was das Zeug hielt: Dominik hatte das leere Büro schräg gegenüber meinem bezogen und es durch Pressegeschenke von Elektroartikeln innerhalb kürzester Zeit in eine Räumlichkeit verwandelt, die an ein Hi-Fi-Lager oder den Bühnenaufbau von Pink Floyds späten Tourneen erinnerte. Hannes war ein Zimmer weiter untergebracht worden, in einer Art Wachstube, von der aus er jede halbe Stunde seine Runde abschritt, um Hajo, Ronny, Marc und mich zur Eile anzutreiben und uns neue Trotteljobs vor die Nase zu knallen. Gabriel residierte derweil am Schreibtisch mir gegenüber, kritzelte kopfschüttelnd mit seinem roten Marker in unseren Artikeln herum und führte Telefonate, die sich um alles Mögliche drehten – bloß nicht ums Heft. Aus Gründen der Bequemlichkeit legte er bei diesen Telefonaten immer seine Füße auf den Tisch, und da er im Büro Pantoffeln trug (seine Bowlingschuhe waren in der Zimmerecke zwischengelagert), hatte ich den ganzen Tag profillose Sohlen mit der Stanzschrift *Mephisto* vor der Nase.

»Ganz genau, Frau Haase …!«, sagte er, lehnte sich mit dem Handy im Stuhl zurück und fuhr sich durch seine Locken. »Sie müsse wisse, der Werffs is en Kollege von mir … Mir verstehe uns super, volles Verdraue, Wertschätzung, alles vorhande. S letzte Mol beim Kicke hodda zu mir g'sagt: Gabriel isch hab große Plän mit Dir … Er lässt ausrichde, dasser sisch persönlich freue tät, wonn isch die Gloss in Ihrer Zeidung übernemme könnt …«

»Aaahhh …«, ächzte ich, schottete meine Ohren ab und beugte mich über mein Diktiergerät, um unter größtem Termindruck die Reportage *Pekings geheime Partei-Bordelle – Rotlicht extrem* fertigzubekommen. Die Fotos zu dieser Reportage hatte für uns ein Hongkong-Chinese namens Mr. Han geschossen, der bei seinem Auftrag etwas ehrgeiziger gewesen war als das Gespann Heller & Stark – mit dem Ergebnis, dass die chinesische KP ihn inzwischen mit Landesverbot belegt hatte. Mangels ausreichender Englischkenntnisse hatte Mr. Han keinen Text zu den Fotos geliefert, weshalb ich ein mehrstündiges Telefoninterview mit ihm nach Hongkong führen musste, um an die Hintergrundinfos zu seinen Schnappschüssen zu gelangen. Dummerweise sprach Mr. Han einen solchen Kauderwelsch aus Kantonesisch und gebrochenem Englisch, dass ich kaum eine Antwort verstanden hatte und jetzt praktisch in mein Diktiergerät hineinkriechen musste, um seine Ausführungen Wort für Wort zu entschlüsseln. Rekonstruiert hatte ich bereits, dass die Parteigrößen bei ihren Sexpartys gern kommunistische Lieder grölten, teuren Rotwein tranken und sich mit Aufputschmitteln vollpumpten (bislang ganz verständliche Vorlieben …). Nun war ich bei der Passage angelangt, in der Mr. Han die sexuellen Praktiken in den Bordellen enthüllte. Zum hundertsten Mal drückte ich auf »Rewind« und »Start«:

»*The speciaaal sexuaaal seeerviiice in the* Xi Guang Hotel …«, quäkte Mr. Han vom Magnetband, »*is eee…*«

»Wie bidde? Was sage Sie, Frau Haase …?«, rief Gabriel, presste sein Handy ans Ohr und starrte mich zornig an. »Isch konn nixs verstehe, mir hawwe voll des Tahuwabohu bei uns im Büro …!«

Ich spulte die Aufnahme wieder zurück, Gabriel hielt seine Hand vors Handy und deutete mit dem Finger auf mein Diktiergerät.

»Du, des geht a e bissl leiser …!«, sagte er. »Ja, do bin isch widda, Frau Haase …! Was hawwe Sie g'sagt? Ob isch gnug Zeit für die Gloss hab – mit meine Possitione und Aufgabe? Also do müsse Sie entschuldige: Wer de Mimo-Mimputz-Preis hodd, der schreibt e Gloss in fünf Minudde …!«

»*The speciaaal sexuaaal seeerviiice in the* Xi Guang Hotel …«, quäkte Mr. Han vom Magnetband, »*is eee tecniiiique which they call FIRE & ICE and …*«

Befriedigt tippte ich die neugewonnenen Worte »FIRE & ICE« in den Computer, schenkte mir aus meiner Büroflasche etwas Absinth in ein Glas und drückte wieder auf »Rewind« und »Start«.

»Awwa natürlisch, Frau Haase!«, nickte Gabriel, »isch rischt dem Werfs beschte Grüss aus … Genau so verbleiwe mir … Ich schick's mid em nette Foto … Also gud – die Gloss kummd em Mondag!«

Gabriel wirbelte seine Füße vom Tisch, knallte sein Handy vor sich hin und deutete auf mein Diktiergerät:

»Muss des so laut sei? Muss ma imma so ein Rabatz mache? Mir sin doch ned in eina Disko!«

Ich gab keine Antwort und blickte auf Gabriels Handy, das für gewöhnlich in einem Schrillton läutete, der mich jedes Mal bis zur Zimmerdecke hochschreckte. Sein Handy war aus mattem Carbon, groß wie ein Automatic-Magazin und ummantelt von einem geriffelten Hartgummigriff. Außer in der Reportage *Kommando Spezialkräfte – Die Killerelite der Zukunft*, die im letzten Heft erschienen war, hatte ich ein solches Handy noch nie gesehen.

»*The speciaaal sexuaaal seeerviiice in the* Xi Guang Hotel«, quäkte Mr. Han, »*is eee tecniiiique which they call FIRE & ICE and basically consiiiists of oraaaal sex, duuuring whiiich the girls alternaaaately*...«

»Da bin isch gschpannt, was des für e Reportage werde soll ...!«, sagte Gabriel kopfschüttelnd. »Und vor allem, wann isch's uff de Tisch krieg ...!«

»Bald ...«, murmelte ich und tippte die brandneuen Wörter ein, »bald kriegst du's auf den Tisch.«

An der Tür tauchte Hannes auf – mit seiner wie üblich schwerfälligen, cromagnonartigen Körperhaltung, den hängenden Armen und dem unheimlichen, somnambulen Leuchten in den Augen, die von seinen massigen Stirnwülsten halb verdeckt waren. Langsam wie ein Stummfilmmörder stapfte er ins Zimmer – ein sonderbares, geheimnisvolles Lächeln auf den Lippen.

»Hey, Gabriel!«, sagte er. »Kumm emol zum Dommi üwwer!«

»Isch kann ned!«, ächzte Gabriel. »Isch erwart noch en Haufe wichtische Anruf!«

»Awwa mir kucke grad *Amerikan Pei* mit den Mädls ...«, sagte Hannes und zwinkerte ihm verschwörerisch zu. »Panasonic hod em Dommi heut morge nämlisch ein 120-Zoll-Plasmafernseher gschickt! Und isch sag dir: Wen de des Visualsuperboost-System siehscht – kriekst fascht en Ständer!«

Ungläubig schob ich meinen Bürostuhl zurück, spähte an Hannes vorbei und erhaschte durch den Türstock einen Blick in Dominiks Büro – wo die Pictorial-Redakteurinnen gemeinsam mit Dominik am Boden saßen, verzückt zum Plasmabildschirm hochschauten und sich prustend auf die Schenkel klopften.

»Habt ihr des gsehe?«, hörte ich Dominiks Stimme. »Des war en Supergag!«

»Also was isch jetzt? Kummsch?«, fragte Hannes.

»Heer, isch hab oifach koi Zeit!«, seufzte Gabriel und hob die Hände. »Isch hab no en Haufe Arbeid!«

»Dann kummsch hald schpäder ...«, sagte Hannes und wollte eben kehrtmachen, als sein Blick auf mein Absinthglas fiel. Schwerfällig stapfte er auf meinen Schreibtisch zu, hob mein Absinthglas an und führte es an seine Nase:

»Was trink'sch denn du da?«, fragte er. »Des riecht wie Hustensaft! Wie konn man so ebbes trinke? Da trinkt ma doch lieber en Pfälzer Wein!«

Ich stand auf, riss Hannes mein Glas aus der Hand und nahm einen tiefen Schluck. Dann setzte ich mich, zündete mir eine Zigarette an und spulte das Diktiergerät zurück.

»Jetzt raucht der schon wida oine ...!«, jammerte Gabriel. »Des is voll eklisch!«

»Oh liewa Gott ...!«, sagte Hannes und wedelte den Rauch von der Nase weg. »Do kummsch glei besser zu uns rüber!«

Hannes ging zurück in Dominiks Zimmer, ich betätigte das Diktiergerät.

»*The speciaaal sexuaaal seeerviiice in the* Xi Guang Hotel«, quäkte Mr. Han, »*is eee tecniiiique theeey call FIRE & ICE and consiiiists of oraaaal sex, duuuring whiiich the girls alternaaately driiiink hot tea …*«

Gabriels Handy ratterte los, sodass ich fast einen Herzstillstand hatte: Wie ein unter Strom gesetzter Riesenkäfer drehte es sich mehrmals um die eigene Achse, gab schrille Alarmtöne von sich und vibrierte einen halben Meter lang über den Tisch – direkt auf mich zu. Gabriel sprang auf, stürzte sich auf das Handy und presste es ans Ohr:

»Wart emol kurz, mir sin grad ned unter uns …!«, schrie er und hastete aus dem Zimmer. »Hosch die Sache gmacht wie isch dir gsagt hab? Was soll des heiße, du schaffst's ned? Isch hab dir doch glare Instrukktione gebe, was jetzt zählt is Schnelligkeit! Des is die Chance, die kummt nie mehr! Drei sin gud, aber mit viere geh ma uff Nummer sicher …!«

Ich seufzte, vergrub meinen Kopf in die Hände und betätigte wieder das Diktiergerät.

»*The speciaaal sexuaaal seeerviiice in the* Xi Guang Hotel«, quäkte Mr. Han, »*is eee tecniiiique which theeey call FIRE & ICE and consiiiists in oraaaal sex duuuring whiiich the girls alternately driiiink hot tea and ice water …*«

Ich schob meinen Bürostuhl zurück, stand feierlich auf und dehnte den Brustkorb. Glücklich wie jemand, dem gerade eine Sure offenbart worden war, fasste ich zusammen, in lauten, vernehmlichen Worten:

»Der erotische Spezialservice im ›Xi Guang Hotel‹ ist eine Technik namens FIRE & ICE: Sie besteht aus Oralverkehr, bei dem die Mädchen abwechselnd heißen Tee und Eiswasser trinken …«

»Jaaaa!«, schrie ich und hieb meine Faust in die Luft. Ich hatte das Rätsel gelöst, ich war der Meisterjournalist, ich hatte gesiegt – auch wenn die ganze Welt Störlaute von sich gab, Geheimtelefonate führte oder sich über *American Pie* kaputtlachte! Ich war der Champ, und nur Woodward & Bernstein standen noch auf meiner Stufe!

Ich eilte ans Regal zum Ghettoblaster, den mir die *Komet Media Group* als Büroausstattung zugeteilt hatte, öffnete den Deckel und legte Steely Dans *Countdown to Extasy* ein: *»If you come around«*, näselte Donald Fagen, *»no more pain and no regrets./Watch the sun go brown./Smokin' coke on cigarettes./There's no need to hide./Takin' things the easy way./If I stay inside, I might live 'til Saturday …«*

Mein Gott, dachte ich, es gibt doch noch Schönheit auf der Welt! Donald Fagens sardonischer Humor, der auf alles pfiff, Walter Beckers geniale Akkordsprünge, diese ganze Könnerschaft, diese Lässigkeit, dieser Soul … Ich drehte laut auf, fegte wie ein Derwisch durchs Büro und ahmte vor dem Regal Danny Diaz' durchgeknalltes Gitarrensolo nach, das alle Jazzgitarristen von Wes Montgomery bis George Benson zu Zwergen schrumpfen ließ …

Kaum war das Solo vorbei, stürmte Gabriel ins Büro, zeigte mit seinem Handy auf den CD-Player und stampfte auf den Boden:

»Isch konn's nid glaube …!«, schrie er. »Des darf ned wahr sei …!«

Wenn er sich jetzt über die Lautstärke beschwert – schwur ich mir –, fliegt er auf den Gang.

»Des isch fascht des geilste Schtück uff de ganze Platt …!«, rief Gabriel. »Ach Gott noa, is de Fagen lässig! Isch hät nedd gedenkt, dass du so ebbes hersch. Isch hät eher gedenkt, du hörst nur so e NewMetal-Zeug.«

Begeistert schüttelte Gabriel den Kopf, und mein Mund klappte auf wie bei den Mädchen im »Xi Guang Hotel«.

»Die Steely Dan warn scho e ganz bsonders stylische Grupp!«, sagte Gabriel, drehte sich um und ging hinüber in Dominiks Zimmer.

Ich hörte mir das Lied zu Ende an, dann nahm ich die CD aus dem Player und warf sie in den Papierkorb. Irgendwas mussten Fagen und Becker da falsch gemacht haben.

Nach Arbeitsschluss hatte ich meist nicht mehr die Kraft, in meine Giesinger Kasernenbau-Wohnung zurückzufahren und dort die Wand anzustarren. Normalerweise stieg ich ein paar Stationen davor aus der U-Bahn, um mich in den Kneipen am Gärtnerplatz total zu betrinken. Diese Stadt war nicht mehr dieselbe, seit ich damals nach Mexiko gezogen war, sie hatte sich bis zur Unkenntlichkeit verändert: Überall sah man jetzt diese weiblichen Dragoner, die mit waffenrockartigen Mänteln, Lederkoppeln und Meldertaschen durch die Straßen stiefelten, meistens begleitet von jungen Männern, die wie mutierte Marder aussahen und zu ihren Fransenfrisuren affige Yoko-Ono-Brillen trugen. Die Bars, in denen ich früher gern gewesen war, gab es nicht mehr. Dafür sprossen an allen Ecken und Enden dieselben antiseptischen Coffee-to-go-Läden aus dem Boden, in denen die Gäste auf Würfelhockern beieinandersaßen und etwas taten, was irgendwo anders »Klönen« und »Schnacken« genannt wurde, in meiner Lexik aber »Scheiße-Daherreden« hieß.

Auch das Stadtbild war kaum mehr wiederzuerkennen: In jeder Straße des Viertels hatten sich neofeudale Dienstleistungsbetriebe breitgemacht – Mosaikleger, Stuckateure, Blumenbinder, Glasbläser, Freskenmaler, Antikbad-Installateure –, flankiert von Start-up-Unternehmen, die sich hauptsächlich durch Erbschaften zu finanzieren schienen. Trotz dieses ganzen Booms war es jedoch nicht möglich, auch nur eine Bar zu finden, in der interessante Menschen saßen. Meistens ging ich in die *Waikiki Lounge*, die genauso schrecklich wie all die anderen Läden der Gegend war, aber zumindest einen tätowierten Barkeeper besaß, der Aquavit in 0,1-Liter-Rationen ausschenkte und – ein überaus stylischer Vorteil! – die Gläser ohne Salzrand servierte.

Auf den Tresen gestützt leerte ich dann meine Aalborgs und beobachtete die Gäste. Sie waren eine Spezies, die es in München früher nicht gegeben hatte: Die meisten kamen aus irgendwelchen fernen, volkreichen Provinzen Deutschlands, waren vermutlich die Kinder der dortigen Dorfschulzen, Bonzen, Pastoren und Großbauern, hatten für das Medienmekka München ihre parkinsonkranke Oma, ihre schwangere Freundin und ihren Polarhund »Liam« im Stich gelassen und benahmen sich nun in der großen Stadt wie Superstars auf Angel Dust. Höflichkeiten wie Tür-Aufhalten oder Danke-sagen-wenn-man-die-Tür-aufhielt gab es nicht mehr – das hätte zu sehr den Anschein erweckt, man sei für München nicht »taff« genug. Wenn ich beispielsweise auf die Toilette zum Pinkeln ging, gab es bei meiner Rückkehr jedes Mal Streit, weil irgendein Marder mit seiner Dragonerbegleitung in der Zwischenzeit meinen Hocker besetzt hatte – ganz gleich, ob ich Zigaretten, Drinks oder Zeitungen am Tresen liegen ließ – und meine Reklamationen mit »Wärste halt nicht aufs Klo gegangen!« konterte.

Diese Stadt war einfach verkommen zu einem Abenteuerspielplatz für Provinzschnösel, zu einer Westernstadt für Mauerblümchen, zu einer Hollywoodkulisse für Kleinstadtspießer, und so wenig man in Läden wie der *Waikiki*

Lounge Spaß haben konnte, so unmöglich war es auch, dort ein gutes Mädchen kennenzulernen. Die Frauen, die die *Waikiki Lounge* in typischen Feierabend-Pulks bevölkerten, kamen alle aus der Medienbranche, interessierten sich nur für die Medienbranche und redeten von nichts anderem als der Medienbranche. Entgegen landläufiger Meinung war der Nimbus, den die Arbeit bei einer Zeitschrift wie der unsrigen verlieh, aber ausgesprochen gering. Die wenigen Male, die mich Frauen in der *Waikiki Lounge* ansprachen, verliefen immer nach demselben Muster: Sobald sie in Erfahrung gebracht hatten, bei welchem Magazin ich arbeitete, steckten sie sich unter Würgegeräuschen den Finger in den Rachen und schrien: »Bäähh! Das Magazin mit den Pudel-Ohren? Is ja ekelhaft, is ja wirklich das Allerletzte! Wie kann man bei so 'nem Heft nur arbeiten? Wie kann man so was überhaupt nur geil finden?«

Wenn ich ihnen davon erzählte, dass es bei uns üblicherweise Frauen waren, die anderen Frauen Pudel-Ohren aufstülpten, reagierten sie wie elektrisiert – exakt so, als ob ich in ihrem beschränkten Hirn einen Schalter angeknipst hätte: »Ach wirklich, F r a u e n sind da zuständig? Hmmm, hochinteressant! Brauchen die vielleicht noch Redakteurinnen? Oder kann man sich da mal um ein Volontariat bewerben? So 'ne Arbeit hätte mich nämlich schon immer mal interessiert!« Dann gaben sie einem Handynummern und E-Mail-Adressen mit Namen wie wicked_sandra@yahoo.de, madhousekatja@hotmail.com oder britta_your_armageddon@gmx.net, die ich natürlich sofort in den Müll warf, weil mir nicht daran gelegen war, das Amazonentum um Jennifer und Konsorten noch weiter zu mästen.

Es waren also sehr sonderbare Mädchen, die man in der *Waikiki Lounge* traf, und alles in allem erinnerten mich diese

Vorkommnisse nur mehr äußerst unangenehm an den Film *Fight Club*, wo sich gegen Ende auch immer mehr Menschen mit eigenartigen Interessen, Zielen und Gesichtern um einen zusammenrotteten und man zunehmend das Gefühl bekam, dass hier etwas vor sich ging, was absolut nicht lupenrein war.

Gegen ein Uhr nachts bezahlte ich dann meine Aquavits, nahm die letzte U-Bahn und fuhr nach Giesing, wo im Untergeschoss Obdachlose schliefen und Bettler die Mülltonnen durchwühlten, »die angenehm ausgewogene soziale Mischung«, von der Jennifers Oldtimer-Besitzer immer so schwärmte. Dann lief ich durch die dunklen Kasernenwege nach Hause und dachte über mein Leben nach: Ich hätte nie aus Mexiko weggehen dürfen. Ich war scheißeinsam, umgeben von Zombies, die sich für ein Praktikum gegenseitig abmurksten und Deutschland im neuen Jahrtausend für rundum bejahenswert hielten. Bei meiner Haustür angekommen, sperrte ich dann die Wohnung auf und stieg als letzte Amtshandlung unter die Dusche, die wegen irgendwelcher Defekte im Wasserboiler kaum mehr regulierbar war. Wie jedes Mal verbrühte mich die Dusche, und nach einer Minute goss sie nur noch eiskaltes Wasser auf meinen geschundenen Körper. Fire & Ice, dachte ich, so in etwa muss es sich wohl anfühlen.

Im Vollrausch zusammengesunken und stumpf vor mich hinbrütend, saß ich allein am Schreibtisch, als Hajo ins Büro trat. Hajo sah auf mein Schnapsglas, die halbvolle Flasche Absinth und die verklebte Lache am Tisch. Sein Blick sagte alles: Ich war am Ende.

»Wie geht's mit deinem Roman voran?«, fragte Hajo und blickte mich todernst an.

»Grrrmmlrrmmchgrmm«, knurrte ich und goss mir einen neuen Schwall Absinth ein.

»Du wolltest vor einem Monat mit dem Ding fertig sein! Stattdessen ruinierst du dich jeden Tag mehr mit deiner Sauferei!«

»Lllmmllrmmchrrrmm«, lallte ich, setzte das Glas an den Mund und kippte den Absinth in mich rein.

»Du musst d r a n b l e i b e n ! Du musst w e i t e r s c h r e i - b e n ! Du darfst n i c h t aufgeben!«

»Cchsssrcccchssrrrchsss«, fauchte ich und schaute Hajo anklagend an, während mir Rinnsale des Absinths aus dem Mundwinkel rannen.

»Du solltest verdammt glücklich sein! Nicht jeder hat das Talent zum Schriftsteller!«

Ich zuckte unkontrolliert mit dem Arm und fegte das Glas vom Schreibtisch.

»Du w e i s c h , e s i s c h n i t s o o i f a c h !«, schrie ich. »Isch glaub, des muss isch da ned erkläre! Die Sach is nämlich die, Talent zählt heutzutag en Scheiß!«

Entsetzt starrte Hajo mich an.

»Entschuldige!«, stammelte ich, mich wieder unter Kontrolle bringend. »Ich bin seit Tagen einfach verdammt durch den Wind! Der Druck macht mich langsam fertig! Die ganzen letzten Wochen waren die Hölle: Seit Nächten träume ich von ihren Filmkomödien, ihren Handymodellen und ihren Geheimtelefonaten, aber was das Allerschlimmste ist: Allmählich träume ich schon davon, dass ich so zu reden anfange wie sie!«

Hajo hob brüsk seine Hand und drohte mit dem Finger.

»Moment mal!«, sagte er. »Wenn du Gabriel und seine Freunde wegen ihrer Machtgier auf die Schippe nimmst, muss ich dir zustimmen! Aber wenn du dich über ihre Herkunft und ihren Dialekt lustig machst, dann bist du einfach ein scheißarroganter Rassist!«

»Binnenrassist«, berichtigte ich ihn.

»Du bist krank! Du verurteilst Leute, nur weil sie nicht wie du in der Großstadt aufgewachsen sind! Ronny, Marc und ich kommen auch aus der Provinz!«

»Ja, aber ihr seid … anders«, wand ich mich. »Ihr seid cool …«

»Das hat mit der Sache nichts zu tun! Du veräppelst Leute wegen ihres Dialekts, und dann benutzt du das Ganze auch noch dazu, um deine Sauferei zu rechtfertigen! Das ist wirklich das Allerletzte!«

Hajo schüttelte angeekelt den Kopf, wandte sich ab und rauschte aus meinem Büro. Beschämt blieb ich am Schreibtisch zurück. Ich spürte, wie der Alkohol langsam aus meinem Kopf verpuffte und sich Gewissensbisse breitmachten. Ja, Hajo hatte vollkommen Recht: Ich war intolerant, unfair, schäbig und gemein. Mit einer Anmaßung ohnegleichen brach ich hier den Stab über Menschen, die wahrscheinlich mehr mit mir gemein hatten, als ich zugeben wollte. Denn hatte ich nicht selbst bis zu meinem zehnten Lebensjahr unverständlichsten bayerischen Dialekt gesprochen? Und war es nicht vielmehr der bloße Selbsthass, der mich so hämisch reagieren ließ? Das Schuldgefühl, der sprachlichen Gleichschaltung gewichen zu sein? Die Frustration darüber, meine geheimsten Neigungen verleugnet zu haben? Der heimliche Neid auf alle, die solche Zwänge verlachten und sich in ihrer ganzen Vielfalt bejahten? Und war nicht der erste Schritt zum Dialog, sich dem Verdrängten zu stellen und seine unterdrückten Wünsche ans Licht zu bringen, um – alles in allem – etwas sanfter zu verstehen?

Ich setzte mich aufrecht in den Sessel, lockerte Gaumen

und Kinnlade und konzentrierte mich ganz auf meine dialektale Vergangenheit. Schon nach wenigen Sekunden brach ein unkontrollierter Wortschwall aus mir heraus:

> Dommi und Hannes, ihr fantastischen Schreiba!
> Hier kemma die lustigen Haberfeldtreiber!
> Fresst's es mit Löffeln oder steckt's es auf'n Huat:
> Des Pitchen und Jazzen tut nimmermehr gut!
>
> An Gabriel däfma ned vergessn,
> Aufs Amt vom Chef is er narrisch versessn.
> Doch weil wir Gscheidhaferl nicht mögn leiden,
> Wern mir auch ean jetzt ins Haberfeld treiben.
>
> Und euern Werffs, den kannts schö grüaß'n!
> Gar geschind werd der Hundsfott im Haberfeld büaß'n.
> »Kapitalismus« schreibt er in Anführungsstrich,
> Und a der Rest von sei'm Schmierblatt is widerlich.
>
> (Meister: Is dös wahr? Haberer: Ja, wahr iss! Meister: Nacha treibt's zua!)
>
> Und weil unsre Gsangl ham gar so wohl gfalln,
> Lass ma's in acht Tag wieder kracha und schnaln!
> Bis dahin, Spitzbuam, habt's a Ruah,
> Wir müassn nun scheiden der »Waikiki Lounge« zua!

Mit aller Kraft zwängte ich wieder meine Kinnlade zu, verscheuchte die Ratschen und Dreschflegel aus meinem Kopf und sank in den Sessel. Es war zwecklos. Ich konnte sie einfach nicht ausstehen.

Ronny war der Erste von uns, den es zerbröselte – allerdings ohne die Mithilfe Gabriels. Ronnys Untergang begann damit, dass er eines Nachts im *Pacha* ein Mädchen kennengelernt, mit ihr geflirtet und ihr schließlich vorgeschlagen hatte, sich doch mal bei der Pictorial-Redaktion als Nacktmodel zu bewerben. Tags darauf rief der albanische Freund des Mädchens im Verlag an und ließ sich mit Jennifer verbinden: Durchgeknallte Verwünschungen ausstoßend, drohte er damit, in die Redaktion einzudringen, Ronny mit Wurfsternen an die Wand zu nageln und die restlichen Räume per Nuntchako zu verwüsten. Ich kannte Ronny gut genug, um zu wissen, dass er das Mädchen nicht belästigt hatte. Ebenso kannte ich meine Pappenheimerinnen im *Pacha*, die am Telefon zwar gerne von »gepflegten Fingernägeln«, »Bücherlesen« und »Australien« delirierten, in Wirklichkeit aber irgendeinem braunhäutigen legasthenischen Schwörer hörig waren.

Jennifer reagierte jedenfalls, wie man es von ihr erwartet hatte: Anstatt den Albaner zu maßregeln, lief sie wutentbrannt zum Chef und erstattete Bericht, dass Ronny ohne die geringsten Skrupel versucht habe, ein Mädchen für Nacktaufnahmen zu rekrutieren – ein Privileg, das allein Jennifer und ihren Gehilfinnen vorbehalten sei. Mit diesem Tabubruch habe Ronny schamlos ihr Ressort untergraben, das Heft bei ausländischen Mitbürgern in schlimmsten Verruf gebracht und die Verwirklichung menschlicher Erotik auf Jahre vereitelt. Der Chef hatte sich diese Anschuldigungen mit ernstem Satrapengesicht angehört, mehrmals genickt und sogleich zugestimmt, dass »Ronnys Verhalten mit der Kiste, die bei uns gefahren wird, unvereinbar« sei. Daraufhin zitierte er Ronny ins Büro, stieß ihm eine halbe Stunde lang Bescheid und drohte mit fristloser Entlassung, falls sich dieses Vorkommnis wiederholen sollte.

Da Ronny jedoch ein Dickschädel war, stand kurz darauf schon der nächste Eklat ins Haus: Ronny hatte sich nämlich inzwischen in eines der Nacktmodels verliebt – Ella, eine 20-jährige Polin aus Krakau, die erst seit kurzem in München wohnte. Ella hatte sich eines Nachmittags auf dem Weg zur Fotoredaktion in den Verlagsgängen verlaufen und in Ronnys Büro verirrt, wo sich die beiden lange und angeregt unterhielten. Daraufhin verabredeten sie sich mehrere Male zum Eisessen, aber außer endlosen Mühen sprang für Ronny bei diesen Treffen niemals etwas raus. Jedenfalls wollte es der Zufall, dass Ella von unseren Lesern kurz darauf zum *Supermodel des Monats*, zum *Supermodel des Jahres* und zum *Supermodel des neuen Millenniums* erkoren wurde – somit also alle drei Titel einheimste, die unsere Zeitschrift zu vergeben hatte. Mit dem Preisgeld mietete Ella ein Apartment in St. Anton und strickte dort an der großen Karriere. Ronny war nach wie vor felsenfest davon überzeugt, dass die Polin seine Liebe erwiderte, also schickte er ihr weiterhin *SMS*-Grüße, als Ella bereits nach St. Anton übergesiedelt war, dort Werbeverträge mit Almdudler und Gasser Wurst unterzeichnete und nur noch mit den ganz Mächtigen zusammensaß – in Läden wie dem *Gspusi*, der *Tenne* und dem *Lechnerwirt*. Eine dieser schwärmerischen *SMS*-Grüße zeigte Ella stolz unserem Chef, als dieser in St. Anton zugange war. Der Chef drohte nicht mit Wurfsternen und Nuntchakos, gab auch keine Naidoo'sche »Letzte Warnung«, sondern warf Ronny kurzerhand raus.

Ronnys Rausschmiss verdarb mir gründlich die Laune. In dieser Branche bumste jeder mit jedem, wenn es der Karriere förderlich war, aber offenbar wurden Männer, die für Sex etwas riskierten, bereits als verhaltensauffällig angesehen. Darüber hinaus war mir auch nur ein einziges Arbeitsverhältnis bekannt, in dem Vorgesetzte sich berufen fühlten, in die Frauenwahl ihrer Untergebenen einzugreifen. Es hieß Leibeigenschaft und hatte in Mitteleuropa nach Ansicht maßgeblicher Historiker am 14. Juli 1789 geendet.

Seit Mexiko hatte ich kein Kokain mehr angefasst – einerseits weil mir der Kokainrausch zu stumpfsinnig geworden war, andererseits weil ich mit Menschen wie dem Fanatiker der »weißen Hemden« nichts mehr zu tun haben wollte. Stattdessen war ich auf halluzinogene Pilze umgestiegen – Pilze aus der Gattung des Spitzkegeligen Kahlkopfs, die auf bayerischen Almwiesen gediehen, insbesondere auf halbverrotteten Kuhfladen. Die Pilze bezog ich von einem Straßenjongleur aus Traunstein, der in der Münchner Fußgängerzone ab und zu seine Shows absolvierte. Da der Jongleur für sein Nebengeschäft kaum Kunden hatte, züchtete er die Pilze nicht im Laboratorium, sondern pflückte sie in den Alpen direkt vom Kuhmist weg – was mir allerdings auch schon egal war. Bei unseren Treffen händigte er mir dann die bestellten Pilzmengen in kleinen, versiegelten Plastikpäckchen aus – alle groteskerweise mit handschriftlichen Aufklebern versehen, auf denen Pflückdatum, Region und Erntejahr vermerkt waren. Ich hatte absolut keine Ahnung, was dieser Klimbim sollte, aber sehr wahrscheinlich verfolgte der Jongleur damit das Ziel, seinen Päckchen den Hauch des Exquisiten, Edlen und Kostspieligen zu verleihen. Sehr wahrscheinlich sollten krakelige Vermerke wie »*05. Nov. Schleimsjoch 1999*« oder »*20. Sept. 2001 Gacher Manschen*« Ausnahmejahrgänge, Top-Regionen und Spitzenlagen symbolisieren, und ich wartete eigentlich nur darauf, dass er mir irgendwann Etiketten wie »*Château d'Odelfeld – Cuvée Prestige*« oder »*Entre-Deux-Merdes – Grand Cru 2001*« vor die Nase hielt. Aber wie dem auch sei, der ganze Etikettenzauber war vergebens: Jedesmal wenn ich ein Päckchen aufriss und die ledrigen, stinkenden Pilzbrocken in mich hineinwürgte, hielten sich meine Geschmacksekstasen in Grenzen.

Ich konsumierte nicht viel von den Pilzen, im Durchschnitt vielleicht zwei Päckchen pro Woche, aber die genügten, um mein Hirn ordentlich durchzurütteln. Da von den Kollegen ohnehin niemand wusste, was die dunkelbraunen Stiele und Kappen zu bedeuten hatten, hortete ich stets ein paar Päckchen im Büro, um die Pilze kurz vor Arbeitsschluss mit einem Schluck Schnaps runterzuspülen. Dann nahm ich die U-Bahn zur Innenstadt und erforschte die Wirkung der Halluzinogene. Schon ab dem Petuelring begannen die Visionen: Die Sitzbespannungen fingen an in einem königlichen Blau zu pulsieren, das Neonlicht warf heimelige Sternschnuppen über die Fahrgäste, und die Entwertungsmaschinen verwandelten sich in anthropomorphe, formschöne Augenschmeichler. Auf der Höhe des Hauptbahnhofs wurden die Dinge dann rasanter: Die Türen flogen auf – und Wolfswesen drangen in die U-Bahn, fläzten sich auf die Sitzplätze und sprachen zueinander in fremden, schroffen Zungen. Während ich gebannt auf ihre Gesichtsborsten, ihre buschigen Augenbrauen, ihr pechschwarzes Fell und ihre riesigen, öligen Poren starrte, war ich jedes Mal kurz davor, die neuen »Fahrgäste« zu fragen: »Entschuldigen Sie, Ihre Abstammung vom Wolf bezweifelt ja niemand – bloß: Ist's nun eigentlich mehr der *Lupus bulgaricus,* der *Lupus sibiriensis* oder der *Lupus arabs,* von dem Sie abstammen?« Da die Fahrgäste jedoch nicht so aussahen, als ob sie über solche Späßchen lachen könnten, ließ ich die Frage bleiben und stieg am Sendlinger Tor aus, um Nachtspaziergänge durch die Innenstadt zu machen. Bei diesen Spaziergängen ging die Post dann s o r i c h t i g ab, und ich sah allerorten Dinge, dass mir der Mund vor Staunen offen blieb …

Die wirklich harten Momente kamen jedoch am Tag darauf, wenn die Euphorie des Pilzrauschs verflogen war, die Visionen aber weiterhin im Kopf schäumten. Da gab es zum Beispiel die Vormittage, an denen der Chef zur sogenannten »Heftkritik« einlud – dem journalistischen Hochamt, bei dem Deutschlands berühmteste Zeitschriftenlenker in den Verlag gebeten wurden, um ihre Meinung über das Heft äußern. Meistens kamen diese Medienmogule mit dem Morgenflieger nach München gejettet, und schon am frühen Vormittag herrschte Hochspannung im Verlag. Während ich ächzend im Bürostuhl kauerte und die Visionen der letzten Nacht Revue passieren ließ, sah man den Chef durch die Gänge rennen, die Kantinen-Angestellten mit Catering-Wägelchen herumkurven und die Putzfrauen Stühle schleppen. Gegen zehn Uhr flog die Aufzugtür auf, und aus dem Aufzug trat der geladene Referent in den Flur, wo er vom Chef empfangen wurde (»Hallo, Heiner!« »Mensch, Peter!« »Na, wie war am Wochenende die Jagd?« »Aber hallo! Ich sag mal …«). Von Gabriel freudig umsprungen, zog die Gruppe weiter zum Konferenzsaal, und sobald sie zum Sitzen gekommen und das kollegiale Geplauder beendet war, gab uns die Sekretärin telefonisch das Signal zum Aufmarsch – worauf wir uns vom Schreibtisch erhoben, zum Konferenzsaal dackelten und dort Platz nahmen.

Dann ergriffen die jeweiligen Referenten das Wort – und was nun folgte, lehrte einen das Fürchten, selbst wenn man schon seit zwölf Stunden halluzinierte: Da gab es Gesichter, die aussahen, als seien sie aus einem unglaublich harten, anorganischen Material (Popperstein?) gemeißelt worden, mit Zinken wie Streitäxten, Gesichtskonturen wie von Messerschnitten und Muskulaturen ohne das geringste Gramm Fett. Und diese Gesichter öffneten den Mund und sagten Dinge wie: »Wollt ihr wissen, was mein Geheimrezept ist, warum die Jungs und Mädels auf unserem Cover so glücklich aussehen und dieses erfolgreiche Blitzen in den Augen haben? Ganz einfach: Ich lass sie vor dem Shooting grundsätzlich 'n paar Runden um unser Verlagsgebäude laufen!« ... Da saßen Menschen, die aussahen wie lebende Vaselinetöpfchen, vor ihren dicken Kinderbacken herumgestikulierten, als ob sie dort einen Pfriem aus Weisheit versteckt hätten, und dann sagten: »Die Welt liebt Pommes frites – und Kleinformattexte sind wie Pommes frites! Kein Mensch will mehr 5-Gänge-Menüs, wer soll das alles essen! Was der deutsche Zeitschriftenmarkt im neuen Jahrtausend braucht: kleine, saubere, mundgerechte Pommes frites!« ... Da waren Menschen, die schlimmere Hängelider als Karl Dall hatten und noch dazu schielten, als ob ihnen jemand einen Holzhammer auf den Kopf gehauen hätte, und diese Menschen verkündeten Dinge wie: »Von der Ausrichtung her muss das alles noch viel visueller werden! Mein Credo: S c h a u e n l e s e n! Ich lese, ich schaue – aber ich schaue viel mehr, als ich lese! Wir müssen uns also um ein Schauen bemühen, das vom Lesen allerhöchstens flankiert wird, und auf ein Lesen, das immer auf ein Schauen zielt, ja eigentlich ein Schauen ist«, und der Chef, der daneben saß wie eine lebendige Rakete, nickte bei jedem Wort.

Diese Heftkritiken waren der absolute Hammer, und ich war wiederholt davor, aufzuspringen und mit dem Schrei »H i l f e! H i l f e! F r a t z e n a l a r m!« aus dem Konferenzsaal zu laufen. Denn wenn man sich nicht e i n d r i n g l i c h v o r A u g e n führte, dass man t o t a l a u f D r o g e n war, dass man unter schweren Halluzinationen, völlig aus dem Häuschen geratenen Serotoninwerten und induzierten Kurzzeitpsychosen litt, hätte man gesagt: Was sich da vor einem abspielte, war eine Freakshow, eine Schwesternparty und eine

Nasenparade, wie sie die Welt noch nicht gesehen hatte. Aber das Sonderbarste an diesen Heftkritiken war (natürlich ebenfalls reine Einbildung!), dass sich alle diese Menschen von irgendwoher bestens zu kennen schienen, dass sie auf mysteriöse Weise den Eindruck einer Gilde, Loge oder Organisation machten. Und wenn man nicht felsenfest davon überzeugt war, dass Deutschland in neuen Jahrtausend eine Leistungsgesellschaft mit transparenten Kriterien und freiem Wettbewerb darstellte, hätte man glauben können, dass man hier in einem Verschwörungsschocker wie *Omen, Rosemary's Baby* oder *Die Körperfresser* kommen saß.

Ein paar Tage nach Ronnys Rausschmiss lud mich der Chef ins *Schumann's* ein – ich vermutete, um sein Gewissen zu beruhigen, zumindest jedoch, um mich zu beschwichtigen. Wir saßen an einem reservierten Ecktisch, berieselt von leisem Geplauder, Gläserklingen und den resoluten Stimmen der Ober. Der Chef lehnte entspannt in den Lederpolstern der Sitzbank, ich rutschte steif auf meinem Stuhl herum, um bei der ersten Gelegenheit die Sache mit Ronny zur Sprache zu bringen. Ein Ober, dessen Kittel mit dem Namenszug »Edmund« bestickt war, stellte zwei Negronis vor uns hin. Der Chef nahm sein Glas, lächelte und stieß mit mir an.

»Warum hast du Ronny rausgeschmissen?«, fragte ich.

Der Chef zuckte zusammen und federte von der Sitzbank hoch, als ob Freddy Krueger einen Finger durch das Polster geschoben hätte.

»Was ist denn das für 'ne Frage!«, schnaubte er. »Ronny war 'ne typische Verliererpersönlichkeit! Der war für den Job viel zu weich, der hatte nicht das Selbstbewusstsein, das man für unser Heft braucht!«

»Wieso?«, fragte ich. »Ronny war 'n cooler Typ. Er hat sich zumindest weder von dir noch von Jennifer ins Bockshorn jagen lassen.«

Der Chef winkte heftig ab und streckte krampfartig sein Rückgrat durch. Seine Mundwinkel zuckten in einem wilden Stakkato.

»Ronny hatte nicht das Zeug zum Spielbuben!«, rief er. »Das haste schon an seiner ganzen schlaffen, energielosen Haltung gesehen! Um ein Spielbube zu sein, muss man Mut haben – Mut zum Abenteuer, zum Extrem, zur Leidenschaft! Da muss man Täter sein und kein Opfer!«

»Aber Ronny h a t t e Mut. Er hat schließlich riskiert, dass du ihn rauswirfst!«

»Muss ich nicht mit dir diskutieren!«, rief der Chef, und seine Mundwinkel wurden von den Zuckungen nun so verzerrt, dass sie an eine indonesische Dämonenmaske erinnerten. »Muss ich e i n f a c h nicht mit dir diskutieren! Ich hab für die ganze Kiste mit dem Heft geradezustehen – nicht du und nicht Ronny! Du musst also schon mir überlassen, wen ich ins Boot hole und wen nicht!«

»O. k.«, sagte ich.

Die Zuckungen in seinen Mundwinkeln ebbten ab, und er lehnte sich Zentimeter für Zentimeter wieder aufs Sofa zurück.

»Im Übrigen hatte Ronny auch 'nen schrecklichen Tick!«, rief er. »Er hat mir ständig auf den Mund gestarrt, wenn ich ihm was erklären wollte!«

»Zugegeben, das ist schlimm!«, sagte ich und blickte auf den Tisch.

»Ja!«, rief der Chef und sank in die Lederpolsterung. »Ja, das ist störend und schlimm! Also bitte Themawechsel, bevor du mir hier die Laune verdirbst!«

Ich gab's auf, seufzte und schüttete den Negroni in mich rein. Er war ungemein stark gemixt – mit einem strammen Schuss Gin, Wermut und Campari –, und ich war dankbar für jeden Tropfen. Ich konnte förmlich spüren, wie der Alkohol in meinen Magen sickerte, von unzähligen Rezeptoren aufgesogen und dorthintransportiert wurde, wo ich ihn am nötigsten hatte: in die Großhirnrinde, die momentan mit Fragen rund um Chefs, Würde und Weltverblödung beschäftigt war.

Schon nach Sekunden durchflutete mich wohltuende Betäubung. Man musste dem ganzen Wahnsinn einfach mit stoischer Gelassenheit begegnen ... Man musste sich damit abfinden, dass es in dieser Gesellschaft Machtgefälle gab ... Man musste lernen, mit Menschen auszukommen, die eine andere Auffassung vom Leben hatten, andere Werte und Ideale, und es war sinnlos, all diese Menschen über einen Kamm scheren zu wollen ...

Ich linste hinüber zum Chef, der immer noch grollend auf der Lederbank saß, irgendwelche Staubflusen vom Tisch wischte und seinen Drink in sich reinkippte. Der Chef erwiderte meinen Blick, und zeitgleich bestellten wir den nächsten Negroni, tranken auch diesen und schwiegen. Mit jedem Schluck Negroni wurde ich sanfter und versöhnlicher – die Sache mit Ronny hatte ich längst vergessen.

Auch beim Chef zeigten sich nun deutlich die Symptome des Alkohols – sein Gesicht entspannte sich, seine Miene hellte sich auf, sein Blick wurde fröhlich. Plötzlich prostete er mir zu, strich sich mit dem Daumen über die Unterlippe und lächelte verschwörerisch:

»Weißt du, was mich schon als kleiner Junge immer begeistert hat?«, fragte er. »Was der Grund war, dass ich immer d o w n t o e a r t h geblieben bin und nie die Bodenhaftung verloren hab? Was mich all die Jahre meines Lebens begleitet hat, ohne je langweilig zu werden?«

Ich stutzte, beugte mich vor und glaubte meinen Ohren nicht zu trauen: Das waren ja ganz neue Töne! Unter diesem Blickwinkel hatte ich den Chef noch gar nicht betrachtet.

»...Was mir die Kraft gegeben hat, mich durchzusetzen, auch wenn's hart auf hart kam? Was mir so wunderbare Erfahrungen beschert hat, dass mir alles andere wie ein schaler Aufguss, wie Zeitverschwendung vorkommt?«

Gebannt hing ich an seinen Lippen, saugte jedes Wort auf und nickte wie ein Hypnotisierter.

»Was meinem Leben jedes Mal wieder Sinn gegeben hat? Was mir in den schlimmsten Momenten auf die Beine geholfen hat? Was mich einfach so tief geprägt hat, dass ich mir mein Leben anders gar nicht vorstellen kann? Kannst du dir denken, was das war?«, fragte der Chef, fasste mich fest ins Auge und lächelte.

»Ja«, flüsterte ich. »Saufen!«

»Der Itzeloer Motettenchor!«, sagte der Chef und legte souverän seinen Arm auf die Lederpolsterung. »Wenn da die Stimmen beim Hochamt in dieser 115 Meter hohen Apsis kontrapunktisch ineinanderflossen, mit einer Lautstärke von exakt 20 Dezibel, resoniert vom Schallraum dieser 1,25 Meter dicken Kirchenmauern, dann war das ...«, hier hielt er inne und schnalzte mit der Zunge, »... wie der Geschmack von Ewigkeit! Das war eine Magie jenseits aller Grenzen ...«

Ich versuchte mich gerade von meiner Überraschung zu erholen, da hob der Chef versonnen die Hand, ahmte einen Dirigentenstab nach und begann, in klarem, reinem Tenor zu singen:

»Ein feste Buuuurg ist unser Goooott / Ein gute Weeehr und Waaaaffen. / Er hilft uns frei aus aller Not, / Die uns itzt hat be-

troooooffen. / Der alte böse Feind, / Mit Ernst er's jetzt meint, / Groß Maaacht und viel Liiiist / Sein grausam Rüstung iiiist,/ Auf Erd ist nicht seinsgleicheeeeeen …«

Verstört blickte ich mich nach den anderen Gästen im *Schumann's* um, doch niemand schien zu hören, was ich hörte. Ich nickte freundlich dem Chef zu, starrte auf seinen eiförmigen, singenden Mund und ließ langsam – g a n z, g a n z unauffällig – meine Hand in die Hosentasche gleiten, um zu prüfen, ob meine Plastikpäckchen mit den halluzinogenen Pilzen noch am rechten Ort waren. Ich befühlte sie in der Hosentasche, also konnten es nur Flashbacks sein, die mich nun zu beuteln begannen.

»Es streit vor uns der rechte Mann, / Den Gott selbst hat erkoren. / Fragst du, wer er iiiist? / Fragst du, wer er iiiist?«, rief der Chef, erhob sich bebend aus dem Ledersofa und trat – die Hände ausgestreckt – einen Schritt auf mich zu. Ich schreckte mit dem Stuhl zur Seite, blickte hoch und sah erst jetzt, dass ein Mädchen hinter mir stand, das offenbar auf den Chef wartete. Das Mädchen hatte lange, pechschwarze Haare, ein kaltes, maskenhaftes Gesicht und Augen, die schwarz, echsenartig und völlig emotionslos waren und über mich hinwegglitten wie über einen Schirmständer.

»Darf ich vorstellen?«, sagte der Chef und deutete auf mich. »Das hier ist Ingolein, hab ich eingekauft. Nächste große Hoffnung der Popliteratur.«

»Ich befürchte, eher ihr Totengräber«, sagte ich.

Das schwarzhaarige Mädchen sah mich an, ließ ein geronnenes Lächeln auf mich herabbröseln und setzte sich an den Tisch.

»Ach, stell dir vor«, sagte sie und legte ihre Hände mit den langen, glasigen Nägeln um die Finger des Chefs, »wen ich heute bei *Kookai* wiedergetroffen habe? Meine liebe, alte

Studienfreundin Bäd Bettina! Die hat gerade ihr Sabbatical Year durchgezogen und sucht jetzt ’ne neue Festanstellung! Die wäre doch die perfekte Besetzung für euer Ressort ›Erotik und Reportage‹ …«

Der Chef nickte und schaute etwas betreten auf die Hände, die seine Finger umklammert hielten.

»Aber ach!«, lachte das Mädchen und fuhr sich mit der Hand wie in plötzlicher Erinnerung über die Stirn. »Ich hab ja ganz vergessen: Das Ressort hat ja der da!«

Am nächsten Tag erschien ein verdammt hübsches Mädchen im Türstock meines Büros. Sie trug Samthandschuhe, Stiefeletten, eine bordeauxfarbene Lackhose mit Leopardenmuster und einen eleganten Zarinnenmantel. Auf ihrem blonden Bob saß eine Pelzmütze, und ihr Mund war fleischig wie eine Muschel.

»Hallo!«, hauchte sie. »Ich wollte schon immer mal dein Büro sehen!«

In der Jubiläumsausgabe unseres Magazins hatte ich gelesen, dass früher die Starlets und Sexbomben am helllichten Tag in die Redaktionsräume gekommen waren, um sich von den Top-Schreibern auf dem Bürotisch flachlegen zu lassen. Es war also wahr, was berichtet wurde. Die Schriften logen nicht.

»Komm rein!«, sagte ich und stieß meinen Stuhl vom Schreibtisch ab. »Magst du ’nen Absinth?«

»Tss, tss, tss, tss!«, sagte das Mädchen und machte mit dem Finger die Bewegungen eines Metronoms. Ohne Zeit zu verlieren, kam sie mit einem adretten Hüftschwung auf mich zu, lehnte sich gegen meinen Schreibtisch und hob beiläufig ein paar Papiere an, die dort lagen.

»Kann ich dir sonst irgendwas anbieten?«, fragte ich. »Champagner, Whiskey, Chablis?«

Das Mädchen verneinte wieder mit dem Finger, überflog meinen Bildschirm und deutete auf ein Poster, das neben meinem Computer hing und eine Frau zeigte, die mit Daumen und Zeigefinger ihre Brustwarze zusammenquetschte und dabei ein aufgelöstes, völlig verlorenes Gesicht machte.

»Wer ist das?«, fragte das Mädchen im Zarinnenmantel.

»Richard Kern«, sagte ich.

»Hä? Aber das ist doch 'ne Frau!«

»Sicher. Richard Kern ist der Fotograf.«

»Ekelhaft!«, sagte das Mädchen kopfschüttelnd.

»Mir gefällt's«, sagte ich.

»Tss, wie kann jemandem so was gefallen!«, sagte das Mädchen, schwang herum und begann, durch mein Büro zu gehen und es zu inspizieren. Die Art, wie sie die Grundmaße abschritt, die Wände begutachtete und den Stauraum der Regale prüfte, erinnerte mich entfernt an eine Wohnungsbesichtigung. Langsam wurde ich stutzig, weil Präliminarien zu schnellem, enthemmtem Sex in der Regel anders aussahen.

»Also, womit kann ich dienen?«, fragte ich ungeduldig.

»Ich hab gehört, du bist hier zuständig für das Ressort ›Erotik und Reportage‹!«, sagte das Mädchen und wandte sich mir mit jähem Schwung zu. »Das ist eigentlich genau meine Sparte! Möchtest du hören, was ich bisher gemacht habe?«

»Nicht unbedingt«, sagte ich.

Das Mädchen zog ihre Handschuhe von den Fingern und faltete sie energisch zusammen.

»Unter ›Doc‹ Lotterschädel langjährige Ressortleiterin bei *How To Spend Money*! Später rechte Hand von Roy Macchiato bei *Feelin' Fine*! Und danach ein Jahr im Stab der *Burda Task Force* unter Heinz Harras – Geheimprojekt ›SYBILLE‹! Aber diese

Leute wirst du alle nicht kennen! Ich hab gehört, du bist ja mehr so zufällig reingeschlittert in die Branche.«

Das Mädchen beobachtete gespannt, wie die Namen ihrer Schutzherren auf mich wirken würden. Offenbar hatte sie die Hoffnung, dass sich meiner nun ein Schauer des Schreckens bemächtigte, und damit lag sie nicht ganz falsch.

»Na schön«, sagte ich. »Und was führt dich jetzt in meine bescheidene Hütte?«

»Ich werde mich in fünf Minuten bei deinem Chef vorstellen«, sagte sie lächelnd. »Weißt du, ich komme nämlich von …«

»Sprich nicht weiter, lass mich raten!«, unterbrach ich sie. »Du kommst vom Pantoffelmann, du bist sozusagen das letzte Kontingent! In Wirklichkeit sprichst du natürlich auch ganz anders, warst aber geraume Zeit in der Logopädie. So lange, dass dir entgangen ist, dass die Macht des Pantoffelmanns bereits im Wanken ist.«

»Da irrst du dich«, sagte das Mädchen und warf ihren Kopf wie eine Volkskommissarin nach hinten. »Ich bin Bäd Bettina – und wir sprechen uns bald!«

Das Mädchen rauschte aus meinem Büro, und ich schüttelte den Kopf und seufzte. Diese halluzinogenen Pilze zerrütteten einfach mein Gehirn. Da kamen Mädchen zu einem ins Büro, die nichts als Sex im Kopf hatten, und diese Scheißdrogen transformierten sie zu bizarren Vampiren, die einem nur nach dem Job trachteten.

Gebannt starrte ich auf die immer neuen Volten, die dieses Heft vollführte: Die nächste Überraschung war, dass der Chef neben den Sparten Motor, Lifestyle, Erotik und Abenteuer plötzlich ein Dossier Wissen aus der Taufe hob, das von nun an ganze zehn Seiten des Hefts füllte. Die Fragen, die im Dossier Wissen aufgeworfen wurden, waren im Männersegment ein völliges Novum, um nicht zu sagen eine Revolution. Paukenschlägen gleich, lauteten sie beispielsweise: *Wie funktioniert eigentlich die Heuschrecke?* (»Facettenaugen … Duftantennen … gummiartige Muskelstrukturen …«) Oder: *Was passiert w i r k l i c h bei den Gezeiten?* (»Mondgravitation … vektorielle Kräfte … Zenitflut …«) Oder: *Warum driften die Kontinente?* (»Ozeanische Kruste … Manteldiapire … Glutwolkeneruption …«)

Schon bei der ersten Lektüre des Dossiers Wissen war ich platter als die ozeanische Kruste. Ich dachte nur: Jetzt bricht die Endzeit über die Männermagazine herein! Jetzt kommt das Ragnarök! Jetzt hat der Chef in der *Pacha V.I.P. Lounge* auch noch Peter Moosleitner kennengelernt, der dort mit seinem *P.M.*-Heft unterm Arm herumspazierte, und ihm den Themenkatalog abgeluchst! Es hätte mich nicht einmal mehr gewundert, wenn statt nackter Frauen von nun an weibliche Heuschrecken aufs Titelblatt gekommen wären, denn fünf Minuten nachdem ich das Dossier Wissen zum ersten Mal auf den Tisch bekam, rief mich der Chef in sein Büro, nestelte in Papieren herum und rief:

»Hak bei der Heuschrecken-Geschichte noch mal nach! Da muss wirklich jeder einzelne Fact sitzen! Das muss man sich mal vorstellen, die verbuddeln mit ihrem Grabstock bis zu 150 Eier! Die springen das Sechzigfache ihrer Körpergröße! Und die haben Facettenaugen, die fast so geil wie diese *Imperatrice*-Sonnenbrillen von Gucci aussehen! Da kann man nur sagen: Irre, mehr geht nicht!«

Doch rasch mutierte das Dossier Wissen vor meinen Augen weiter, immer verwirrendere, bizarrere Erscheinungsformen nahm es an. Seine Fragestellungen wurden schon nach Wochen radikalisiert, zugespitzt und verschärft, sie lauteten nun: *Wie erkläre ich meiner Liebsten das Glühwürmchen?* (»Luziferin … Reflektorzellen … Salzkristalle …«), *Wie erkläre ich meiner Liebsten die Sternschnuppe?* (»Ionisierung … Elektronenschwingung … Quarantiden …«), *Wie erkläre ich meiner Liebsten das Bienenreich?* (»Hochzeitsflug … Drohnenschlacht … Parthenogenese …«) Herr im Himmel!, rief etwas in meinem Hirn, als Leser einer solchen Zeitschrift habe ich doch keine Liebste – und schon dreimal keine, der ich immer alles erklären muss! Als Leser einer solchen Zeitschrift bin ich *Le Samouraï*, da bin ich *Le Solitaire, The Shootist, Die Filzlaus, Ein Mann in Wut* oder zumindest – wenn einen der Alkohol schon völlig verblödet hatte – *Das Krokodil und sein Nilpferd.*

Von welcher Seite man das Dossier Wissen auch betrachtete, es war befremdend. Doch je genauer ich es mir ansah, desto mehr gewann ich den Eindruck, dass es mit einer nebulösen Instanz, einem mächtigen Drahtzieher in Zusammenhang stand, der in der Redaktion selbst gar nicht in Erscheinung trat. Am einfachsten stellte ich mir diesen Zusammenhang in Form eines Telefongesprächs vor, in dem eine Stimme – nun nicht mehr ganz so schroff und bestimmend – beteuerte: »Ja, Mausi! Sicher, Mausi! Noch mehr die weibliche Perspektive reinbringen ins Heft! Das Ganze auch mal von der Genderseite her andenken, die phallischen Herrschaftsstrukturen stärker aufbrechen … Genau! So wie du das in deiner Sendung *Super Woman* machst … Nein, bestimmt, Mausi, ich bin nicht ironisch, das haste jetzt in den falschen Hals gekriegt, mir isses ganz ernst, wenn's um deine Wünsche geht! Nein, glaub mir, ich hab die Anti-Ironie-Sitzungen beim Paartherapeuten nicht geschwänzt …«

Denn es dauerte nicht lange, und das Dossier Wissen ließ seine Hüllen fallen und zeigte sich in ganzer Pracht. Nun war es mit der Erklärung von Heuschrecken, Bienenvölkern und

Sternschnuppen nicht mehr getan, nun kam das, was in der Ära des mittelalterlichen Minnedienstes als die *»grôziu arbeit«*, der *»dienst«*, das *»tagwerc«*, das *»leyden«*, die *»trüebsal«* und die *»frôn«* bezeichnet wurde. Die Fragen wandelten sich nun zu Imperativen, und allmonatlich wurde eine Expertinnenrunde von Reisebürokauffrauen, BWL-Studentinnen und Chemielaborantinnen eingeladen, die den Lehrstoff kommentierten und die Inhalte überwachten: *»Wie man seine Liebste richtig massiert!«* hießen jetzt die Unterrichtseinheiten (»Tempelkreisen ... Palmwedel ... Straußenfeder durch die Zehenzwischenräume ...«), *»Wie man seine Liebste perfekt beschenkt!«* (»Bulgari-Ring B. Zero 1 mit 18 Karat Gelbgold ... Strass-Schnalle mit D&G-Logo ... Kostbares Versace Retro-Halstuch ...«), *»Wie man seinen Penis wartet und pflegt!«* (»Smegma-Pads ... Speziallotions ... Kleine Präsente, z.B. Bvlgari-Ring B. Zero 1, unter der Vorhaut bereithalten ...«), *»Wie man einen mustergültigen Heiratsantrag macht!«* (»Bvlgari-Ring B. Zero 1 mit 24 Karat Gelbgold ... Kniefall ... Untertanenpatent ...«), *»Was Frauen wirklich über Machos und Muskeln denken!«* (»Bäh! ... Würg! ... Kotz! ...«), *»Was Frauen von Pornofilmen halten und welche sie eventuell sogar erlauben!«* (*Cleopatras Harem ..., Robbie Williams Live At Knebworth ... Sklave, du wirst das Fürchten lernen*, Prädikat: Besonders wertvoll).

MÄNNER SIND GANZ HEISS DRAUF – versicherte allmonatlich unser Titelblatt. Wenn ich die Inhalte des Dossiers Wissen richtig verstanden hatte, dann musste der Begriff »Männer« hier jedoch sehr weit gefasst werden. Denn es waren wohl vornehmlich Männer gemeint, die ganz heiß drauf waren, wie Frauchens Befehle lauteten. Männer, die's wissen wollten, wie man beim Stöckchenholen die Muskeln zeigte. Männer, die durchaus auch mal das Zamperl in sich rausließen, wenn's drauf ankam. Kurz und gut: Männer, die ich nicht kannte, von denen man aber annehmen durfte, dass es dieselben waren, deren Federmäppchen in der vierten Klasse wegen Petzerei aus dem Fenster flogen.

Mir dagegen schwebte ein Heft vor, das sich an ganz andere Männer richtete: ein Heft, das wirklichen Sex, wirkliche Coolness und wirkliche Abenteuer transportierte. Ein Heft, das vom Humor wie die Schriften Denis Diderots, vom Erfahrungsschatz wie eine Hundezüchterzeitschrift und vom Gender-Verständnis ein wenig wie der Koran war. Ein Heft, das ausdrücklich nicht für Frauen gedacht war, nicht an Frauen verkauft wurde und auch keine Rücksicht darauf nahm, was die Feministische Internationale, das eigene Weib oder jemand wie madhousekatja@hotmail.com und britta_your_armageddon@gmx.net daran rumzumeckern hatten. Aber mich fragte ja keiner.

Und dann kam die große, wohlverdiente Liebe – genau an dem Tag, als ich die venezolanische Schönheitskönigin Miranda Montfort anrief, um sie wegen ihrer Nacktfotos zu interviewen. Miranda Montfort war nach Meinung maßgeblicher Zeitschriften (z.B. uns) die größte Sexbombe der Welt. Ihr magerer, hellhäutiger Luxuskörper prangte auf Dutzenden von Titelblättern, und inzwischen hatte sie sogar den Sprung nach Hollywood geschafft. Schon Stunden vor dem Telefonat, für das eine Direktschaltung nach L.A. vorbereitet wurde, rätselte ich, was mir das umjubeltste Nacktmodel dieser Erde wohl auf meine Fragen wie: *Was ist deine Lieblingsmusik?, Dein Lieblingsgericht?, Dein Lieblingsdrink?, Dein Lieblingshobby?, Dein Lieblingsland?, Das wichtigste Merkmal eines tollen Mannes?* und *Dein Ziel für die Zukunft?* antworten würde. Eigentlich war ich felsenfest davon überzeugt, dass sie meine

Fragenliste mit einem bündigen »¡Maldito idiota! ¡Qué estupideces me estás preguntando! ¡Soy una mujer inteligente!« vom Tisch wischen würde, aber ich wurde eines Besseren belehrt: Ihre Antworten lauteten nämlich *»R'n'B, pasta, cocteles, libros, Australia, uñas bien arregladas* und *moverme de Los Angeles, porque la gente aquí es tan superficial«* – wobei der einzige Unterschied zu ihren deutschen Kolleginnen war, dass Miranda Montfort bei jeder Antwort ein laszives »O la là!« hauchte.

Ich hatte also das Telefoninterview glücklich zu Ende gebracht, Miranda Montforts Antworten in die Fotostrecke eingebaut und damit mein Tagespensum erledigt, als ein helles, quietschlebendiges Lachen durch den Gang hallte – genau wie das Lachen von Miranda Montfort. Für Sekunden dachte ich, dass Miranda Montfort am International Airport von Los Angeles ein Überschallflugzeug bestiegen hatte, um mich wegen meiner fantastischen Fragen so schnell wie möglich kennenzulernen. Doch dann schlenderte an meinem Büro ein Mädchen vorbei, das nicht Miranda Montfort war, das ich aber ebenfalls irgendwo schon einmal gesehen hatte: Sie war schlank, zart und schlaksig – mit einer dunkel schimmernden Ponymähne und einem großen, breiten Mund, der beim Lächeln etwas Loses, Verwirrtes und Nicht-ganz-Zurechnungsfähiges hatte. Ihre helle Haut, die Stupsnase und die flaumbewachsenen Schläfen ließen sie wie eine dieser romantischen Feen aussehen, die man aus Kinderbüchern kannte, und auch ihre Kleidung – der beige Wildlederrock, das waldmeisterfarbene Chiffonhemd und die braunen Stiefel – wirkte irgendwie elfenhaft. Einen Augenblick musste ich nachdenken, woher ich das Mädchen kannte, dann fiel es mir ein.

Das Mädchen verschwand im Gang, und ich hörte, wie sie auf der Höhe der hinteren Zimmer mit jemandem redete und lachte. Nach einer Weile kam sie wieder an meinem Büro vorbei, machte kurz halt und strich sich zögernd die Haare zurück. Bevor ich etwas fragen konnte, war sie schon wieder verschwunden – bis sie nach eine Weile erneut vor meiner Tür auftauchte und in mein Zimmer kam. Endlich mal ein interessantes Gesicht in diesen Hallen, dachte ich, endlich mal jemand mit Schönheit, Grazie und Stil. Das Mädchen glitt auf meinen Schreibtisch, strich sich ihre Engelssträhnen aus dem Gesicht und lachte – ein wenig verlegen, ein wenig verrückt.

»Du bist also der Kollege aus Mexiko!«, sagte sie. »Der hier für Sex und Drogen zuständig sein soll.«

»Tja«, sagte ich und hob entschuldigend die Arme, »mehr wird mir intern offenbar nicht zugetraut.«

»Wieso? Sind doch beides sehr interessante Themen«, lächelte das Mädchen. »Ich bin Cändy, die neue Layoutchefin.«

»Schön«, sagte ich. »Freut mich.«

Das Mädchen streckte ihren Arm mit den Chiffonrüschen aus und stupste den Schirm meiner Baseballkappe hoch, auf der der Schriftzug *Duke* eingestickt stand.

»Und warst du mal auf D u k e ?«, fragte sie und biss sich neugierig auf die Unterlippe.

»Wahrscheinlich«, sagte ich. »Ich weiß es nicht mehr.«

»Wie, du weißt es nicht mehr?«

»Na ja«, sagte ich und kratzte meinen Nacken. »Ich hab mir in Mexiko so viel verschiedenes Zeug reingepfiffen, da wird wahrscheinlich auch Duke darunter gewesen sein.«

Cändy legte den Kopf zurück und lachte los. Sekundenlang sah ich ihr kindliches feuchtes Zahnfleisch.

»Duke ist 'ne amerikanische Elite-Uni!«, sagte sie. »Sag bloß, du wusstest das nicht?«

»Nein, wusste ich nicht … Aber wenn ich auf 'ner Elite-Uni gewesen wäre, säße ich jetzt ganz sicher nicht in der *Komet Media Group* herum.«

»Der mexikanische Kollege! Der mexikanische Kollege ist ja echt ein Spaßvogel! Irgendwie hab ich das Gefühl, wir kennen uns aus 'nem früheren Leben ...«

»Wir kennen uns aus unserem jetzigen Leben!«

»Wirklich?«, fragte Cändy überrascht. »Wir kennen uns?«

»Ich glaube ja.«

»Und woher?«

»Tja, wie soll ich sagen ... Hast du nicht mal ... Kanntest du nicht mal ... Ich meine, warst du nicht mal ...«

»Was?«, fragte Cändy und streckte ihre Brüste vor.

»Ich meine, haben wir beide nicht einen gemeinsamen Bekannten namens Berger?«

»Berger?«, fragte Cändy und machte ein ahnungsloses Gesicht. »Nicht dass ich wüsste ...«

»Na ja ...«, sagte ich und winkte ab. »Kann sein, dass ich dich mit jemandem verwechsle. Vielleicht täusch ich mich ganz einfach.«

»Ganz sicher!«, sagte Cändy und lächelte. »Man täuscht sich ja sehr oft. In meinem Horoskop stand heute zum Beispiel: ›*Ein braungebrannter Mann aus einem fremden heißen Land wird Ihnen über den Weg laufen. Zögern Sie nicht lange, sondern versüßen Sie ihm die Nächte! Er ist ein Stiefkind des Lebens und hat Zuwendung verdient.*‹ Gut möglich, dass auch dieses Horoskop 'ne Täuschung ist.«

»Hmm«, sagte ich, »einige Passagen hören sich recht realistisch an...«

Cändy streckte ihren Arm aus und hielt ihn neben meinen.

»Von der Bräune her kommt's hin«, sagte sie. »Vielleicht sollten wir einfach was zusammen trinken gehen.«

»O. k.«, sagte ich.

»Super!«, sagte Cändy und rutschte vom Tisch. »Ich sperr noch schnell mein Büro ab, dann hol ich dich ab!«

Kaum war Cändy verschwunden, rief ich hastig meinen Freund Berger an:

»Du hattest doch mal eine Liebesnacht mit einer schlanken Brünetten namens Cändy!«

»Cändy …«, grübelte Berger, »Cändy …«

»Verdammt, nach dieser Party im *Feierwerk* vor fünf Jahren«, half ich seinem Gedächtnis auf die Sprünge. »Eine schlanke süße Brünette mit …«

»Ach ja, richtig!«, sagte Berger. »Diese Sängerin von der Neo-Fifties-Band, die Rocky Sharpes *Rama Lama Ding Dong* gecovert haben.«

»Genau. Und stell dir vor, diese Frau ist jetzt keine Rockabilly-Sängerin mehr, sondern Layoutchefin unserer Zeitschrift. Und sie kann sich nicht erinnern, dass zwischen dir und ihr was war.«

»Herrje«, ächzte Berger. »Wenn ich wirklich einen Hang zu Münchhausen-Geschichten hätte, würden mir sicher bessere Prahlereien einfallen als die Sache mit Cändy.«

»Du warst also ganz bestimmt mit ihr im Bett?«

»Ganz bestimmt.«

»Bist du dir dessen absolut sicher?«

»Jaaaa! Jede einzelne Kapillare meines Penis habe ich eindringen sehen.«

»Wieso bestreitet sie es dann?«

»Weiß ich doch nicht.«

»Gut, ich glaub dir«, hüstelte ich. »Aber jetzt erzähl mir bitte eines: War sie gut? Soll man zugreifen? Verspricht sie einen Genuss ohne Reue? Jedes Detail muss ich hören!«

»Zuerst mal solltest du wissen«, begann Berger, »dass …«

In diesem Augenblick klopfte es an der Tür, und Cändy räkelte sich um den Türstock und klimperte mit den Autoschlüsseln.

»Was ist jetzt?«, fragte sie. »Gehen wir?«

»Oooohhh, muchíiiisimas gracias para la entrevista, Señorita Montfort!«, zwitscherte ich ins Telefon. »Hablaremos mañana, tengo que irme ahora! Bye-bye!«

Wir saßen auf zwei Barhockern an einem Fenstertisch des *Meridian's*, direkt in den Strahlen der Abendsonne, die über die mittelalterlichen Schindeldächer schien.

»Das klang vorhin ziemlich sexy, wie du Spanisch gesprochen hast!«, sagte Cändy und stieß mit ihrem Cuba Libre gegen meinen. »Irgendwie so stolz, wild und unbezähmbar ... Wusstest du, dass du so 'ne Ausstrahlung hast?«

»Ja«, sagte ich, »Gabriel hat mir schon mal so was Ähnliches gesagt.«

Cändy lachte auf – ein sonderbar spöttisches, hartes Gelächter, das man ihrem Feengesicht gar nicht zugetraut hätte.

»Ach! Ich wusste gar nicht, dass Gabriel ein Auge auf dich geworfen hat!«, sagte sie belustigt. »Mir persönlich kommt's nämlich eher so vor, als ob er euch alle aus der Redaktion raushaben will.«

»Wem sagst du das!«, seufzte ich. »Aber ich hab nicht die geringste Ahnung, was ich dagegen unternehmen soll. Außer Dampfplaudern haben diese Leute zwar nichts gelernt, aber sie kennen offenbar jeden einzelnen Chefredakteur dieser Stadt. Das Ganze ist einfach eine Scheißverschwörung, ein einziger Riesen-Mimo-Mimputz-Komplott.«

Cändy stützte ihr Kinn auf die Hand, wandte sich zum Fenster und spielte nachdenklich mit dem Strohhalm an ihren Lippen herum:

»Vielleicht kann dir ja die gute Fee helfen?«, sagte sie.

»Die gute Fee?«

»Die gute Fee mit dem Zauberstab«, sagte Cändy und schwenkte den Strohhalm vor meiner Nase herum. Interessiert lehnte ich mich vor.

»Und was könnte die gute Fee in dieser Sache für mich tun?«

»Das ist ihr kleines Geheimnis«, sagte Cändy. »Aber sei unbesorgt: Sie hat Mittel und Wege!«

»Welche denn?«, hechelte ich. »Lass hören!«

»Diese Mittel«, sagte Cändy ganz sanft und milde, »möchtest du lieber nicht am eigenen Leib kennenlernen. Ich geb dir lediglich ein kleines Gleichnis: In meinem letzten Job gab es ein paar Menschen, die auf sehr unkluge Weise meinen Zorn herausgefordert haben. Binnen dreier Monate habe ich sie zerstört. Ich habe sie aus München hinausgejagt, verfolgt, vernichtet und ihre Gebeine unter den wilden Tieren verstreut …«

Cändy legte ihre Fingerspitzen aneinander und lächelte mich an.

»Von diesen Menschen ist nichts mehr übrig geblieben«, sagte sie.

»Hm«, sagte ich und ließ die Vorstellung pfälzischer Gebeine auf mich wirken, die langsam in der Sonne verblichen. »Klingt interessant! Und was muss ich tun, damit du so was ins Werk setzt?«

»Das erfährst du schon noch«, lachte Cändy. »Aber nichts, was besonders schwierig wäre.«

»O. k.«

Cändy blinzelte hinaus in die Abendsonne, dann zündete sie sich eine Zigarette an und sah mich an:

»Eins versteh ich noch nicht ganz«, sagte sie. »Wieso bist du überhaupt von Mexiko zurück nach München? Wenn man mal in so 'nem tropischen Traumland lebt, dann geht man doch nicht einfach wieder zurück nach München!«

»Du hast Recht«, sagte ich. »Das war die größte Trottelei meines Lebens! Ich hatte dort 'ne halbwegs gut bezahlte Arbeit und Freunde, die für mich durchs Feuer gegangen wären. Und wenn ich nur an die ganzen fantastischen Cantinas denke, an das geniale Essen, an …«

»Hast du niemals Probleme mit dem Essen gehabt? Montezumas Rache und so? Ich krieg ja schon Magenweh, wenn ich nur mal auf Ibiza Paella esse!«

»Das mit Montezumas Rache wird total hochgespielt«, sagte ich und lehnte mich weltmännisch an die Theke. »Das einzige Mal, dass ich mir in Mexiko den Magen geschrottet habe, war groteskerweise nach dem Verzehr einer eingeschweißten Packung französischer Bistrosalami, die im Delikatessladen um die Ecke verkauft wurde. Danach war ich dann allerdings so sterbenskrank, dass ich 'nen Notarzt rufen musste.«

»Schrecklich!«, sagte Cändy und legte die Hand vor den Mund. »Ein Drittewelt-Notarzt – da denkt man ja sofort an diese Horrorfilme über Organdiebstahl!«

»So wild kam's dann auch wieder nicht. Der Notarzt war Chinese, ein kichernder, total verrückter Quacksalber, aber ich hatte bereits solche Fieberschübe, dass er in meinen Augen auszusehen begann wie diese Teufelsgeigerin Vanessa Mae. Der Chinese verlangte ein abstrus überteuertes Honorar und spritzte mir seine fiebersenkenden Mittel so unbeholfen rein, dass meine Armbeuge ein einziger violetter Bluterguss war. Noch Wochen danach bin ich von Junkies auf der Straße gefragt worden, ob ich wüsste, wo Ramón im Augenblick seinen Stoff verkauft … Na ja, egal. Die Genesung von der Bistrosalami habe ich jedenfalls gebührend gefeiert: mit 'ner

Flasche *Suave Patria*, dem besten Tequila, den's für Geld zu kaufen gibt.«

Cändy schlürfte ihren Drink aus und sah mich an.

»Ich hab' 'ne Flasche *Suave Patria* zu Hause«, sagte sie.

»Jetzt komm! Erzähl keine Märchen!«

»Doch.«

»Und was muss ich tun, damit ich den Tequila zu sehen kriege?«

»Mitkommen?«, sagte Cändy und lächelte schmerzlich.

»Heißt du wirklich Sleck?«, fragte ich und deutete auf den Namen am Türschild. »Mal ganz ehrlich, besonders schön ist der Name ja nicht!«

»Tja«, lächelte Cändy und zückte den Haustürschlüssel. »Mit so 'nem Namen hat man's nicht leicht, stimmt.«

Cändy stieß die Tür auf, und wir traten in die Wohnung – ein Fünf-Zimmer-Loft mit Blick auf den Elisabethplatz und die Schauburg. Vom Wohnzimmer aus sah man ein Antikbad, das mit neorömischen Mosaiken ausgelegt war und einen riesigen Kupferzuber mit goldschimmernden Armaturen beherbergte, und überall in der Wohnung standen poppige Designermöbel, formschöne Lichtobjekte und Vasen voller Blumenbouquets herum. Ich ließ mich an einem Retrotisch im Wohnzimmer nieder, Cändy öffnete einen Edelholzschrank und entnahm ihm eine brandneue Flasche *Suave Patria – Añejo 20 Años* sowie zwei hohe, original mexikanische Schnapsgläser. Mit Spannung beobachtete ich, wie Cändy das Siegel des wunderschönen dunkelblauen Flakons brach und uns eingoss.

»Einen solchen Tequila gibt's in Deutschland nicht zu kaufen«, sagte ich. »Warst du in der letzten Zeit mal in Mexiko?«

Cändy setzte sich an den Tisch, hob ihr Glas und prostete mir zu:

»Ich nicht«, sagte sie. »Aber vielleicht ein Bekannter.«

Ich stieß mit Cändy an, nippte an dem Tequila und prüfte ihn mit der Zunge. Sein Geschmack war makellos, komplex und vollendet, aber etwas an diesem Tequila, das nicht mit seinem Geschmack zu tun hatte, missfiel mir. Cändy stellte ihr Glas ab, ging zu einer Hi-Fi-Anlage und betätigte ein paar Tasten. Eine mir wohlbekannte weibliche Stimme füllte den Raum.

»Großartige Musik«, sagte ich. »Klingt exakt wie Belinda! Aber wie kommt's, dass ich diese CD nicht kenne?«

»Vielleicht, weil's die neue ist, die noch gar nicht auf dem Markt ist«, sagte Cändy und öffnete mit geheimnisvollem Lächeln ein Regal.

Kaum zu fassen, dachte ich, das ist ja wirklich das Wunderloft, in das ich hier geraten bin! Das Knusperhäuschen, in dem man mit musikalischen Schätzen verwöhnt wurde, die käuflich nicht zu erwerben waren, das Märchenschloss, in dem man Getränke kredenzt bekam, die aus einem zigtausend Kilometer entfernten Zauberreich stammten! Cändy kam wieder her, stellte eine silberne Schatulle auf den Tisch und hob das Deckelchen: In der Schatulle lagen eine Rasierklinge, silberne Saugröhrchen und drei Miniaturbriefchen aus Papier – prall gefüllt mit einem Pulver. Cändy strich sich die Haare aus dem Gesicht, lächelte mich schelmisch an und wartete auf meine Reaktion.

»Die weißen Hemden!«, rief ich baff.

»So was magst du doch, oder?«, fragte Cändy, fuhr kurz mit ihrem Finger über meinen Nacken und setzte sich neben mich.

»Tja …«, zögerte ich, »eigentlich hab ich mir ja geschworen, das Zeug nicht mehr anzurühren, aber … – egal! Her damit, verdammt noch mal!«

Cändy nahm ein Briefchen aus der Schatulle, kippte einen Berg Kokain auf den Tisch und strich mit der Rasierklinge mehrere Lines zurecht. Ich nahm eines der Saugröhrchen, probierte und war sprachlos: Der Stoff war überraschend gut, um nicht zu sagen erstklassig. Seit zehn Jahren hatte ich nicht mehr so sauberes, fast pharmazeutisch reines Kokain probiert. Aber auch diesem Koks haftete etwas an, das irgendwie nicht koscher war.

»Fantastisch!«, sagte ich und rieb mir die Nase. »Von wem hast du dieses Zeug?«

»Wenn's dir gefällt, ist es doch egal, von wem's stammt, oder?«, sagte Cändy und sog eine Line weg.

»Es würde mich aber trotzdem interessieren!«, beharrte ich.

Statt einer Antwort griff Cändy unter den Stuhl, streifte sich ihre glatten spitzen Wildlederstiefel ab und ließ sie auf den Boden plumpsen. Dann legte sie beiläufig ihren Fuß, der in einem schwarz geringelten Rüschensöckchen steckte, zwischen meine Beine und begann mit den Zehen meinen Penis zu befühlen. Ich räusperte mich, stand auf und rückte meinen steifen Penis in eine Position, in der er nicht allzu hornförmig meine Jeans ausbeulte. Dann nahm ich mein Tequilaglas und schlenderte zum Schrank, wo mir zwei große gerahmte Fotos aufgefallen waren.

Das erste Foto musste Mitte der neunziger Jahre aufgenommen worden sein, als Cändy Sängerin dieser Rockabilly-Band gewesen war: Mit Uma-Thurman-Schnitt, einem kurzen schwarzen Teddygirl-Hemdchen und einem Strasscollier lachte sie in die Kamera – sich lasziv durch die nussfarbenen Haare fahrend, während ein paar Teddyboys um sie gedrängt standen, die alle abgeschnittene Texashemden trugen und ihre Oberlippen zu grimmigen, wilden Grimassen verzogen hatten. Das zweite Foto war jüngeren Datums: Es zeigte einen der Teddyboys in Porträt-Aufnahme im Hier und Heute. Interessant daran war nicht, dass er auf dem Foto statt Teddyboy-Kluft einen Boss-Anzug trug und seine Tolle zu einem kläglichen Robbie-Williams-Horn verkümmert war, sondern der Wandel in seinem Gesicht: Seine Wangen waren wächsern, fahl und ausgemergelt, seine Lider gesenkt wie in Schmach, und seine Lippen so schmerzverkniffen, so als koste er den Geschmack einer fatalen Fehlentscheidung. Er sah aus wie ein Astronaut, der versehentlich auf einem grausamen, glühend heißen Planeten gelandet war und jetzt in seinem Cockpit langsam zu Tode garte und verglomm.

»Wen haben wir denn hier?«, fragte ich erstaunt. »Darf man wissen, wer das ist?«

»Sleck«, sagte Cändy und zuckte lächelnd mit den Schultern.

»Ach so, Sleck …«

»Ja«, sagte Cändy.

Ich besah mir nochmals das Foto und rieb mein Kinn:

»Halten wir also fest: Ich sitze hier in einem Luxusapartment, das einem Mann namens Sleck gehört, und trinke einen Tequila, der mit hoher Wahrscheinlichkeit der Hausbar eines gewissen Sleck entstammt, wobei ich nebenbei ein Päckchen mit Koks konsumiere, dessen Käufer – hier möchte ich jede Wette eingehen – auf den Namen Sleck hört. Bloß: Wer und vor allem wo ist Sleck?«

»Sleck ist mein Freund«, sagte Cändy. »Eigentlich heißt er Arpad.«

»Du machst Witze! Du bringst mich in die Wohnung deines Freundes, um mit mir in die Kiste zu springen?«

Genervt zog Cändy ihren Mundwinkel hoch.

»Jetzt werd nicht dramatisch!«, sagte sie. »Arpad ist im

Augenblick nicht in München, wir sind also vollkommen allein. Das darfst du alles nicht so eng sehen, wir haben halt 'ne offene Beziehung, in der jeder seine Freiheit genießt.«

»Sonderbar!«, sagte ich und hielt Slecks Bild ein bisschen mehr gegen das Licht. »So sieht der Mann gar nicht aus, als ob er gerne offene Beziehungen hat, in denen jeder seine Freiheit genießt. Ist denn der Fall schon mal eingetreten, dass er dich mitten in der Freiheit erwischt hat?«

»Ja«, sagte Cändy und zog sich eine Line in die Nase.

»Und was hat er dann gemacht?«

Cändy kniff die Lippen zusammen und kicherte wie in Erinnerung an einen gelungenen Streich.

»Dann hat er sich zwei Tage lang in sein Zimmer eingeschlossen und seine Buddy-Holly-Plattensammlung zertrümmert.«

»Und er hat nicht daran gedacht, dich zu verlassen?«

»Ich gehör zu den Mädchen, die man nicht verlässt.«

»Hm«, sagte ich und dachte nach, »diese ganze Sache gefällt mir nicht! Du sagst, er ist weg? Das heißt, er kann unmöglich hier aufkreuzen?«

»Ja, ausgeschlossen«

»Was arbeitet dieser Sleck eigentlich? Woher hat er das ganze Geld für die Wohnung und das Koks?«

»Er ist Kameramann«, sagte Cändy. »Setz dich wieder her, ich schenk dir noch 'nen Tequila ein.«

»Kameramann ...«, nickte ich und checkte die Uhrzeit. »Dann ist er also gerade auf irgendeinem Dreh.«

»Nein, er ist in Behandlung.«

»In B e h a n d l u n g?«, platzte ich heraus. »Etwa wegen dem Koks?«

»Wegen mehrerer Sachen«, sagte Cändy.

Ich stellte Slecks Konterfei zurück auf die Truhe und besah

mir nochmals das andere Bild, auf dem Cändy im Mittelpunkt stand. Wahrscheinlich war ich von Hollywood verkorkst worden, aber dieses Foto erinnerte mich an Filme, in denen Teddygirls die ganze Gang ins Verderben trieben: Billy den Schwächling gegen Bud den Knochenbrecher aufhetzten, den eigenen Freund gegen den Boss ausspielten und den braven Streifenpolizisten mit falschen Versprechungen in den Hinterhalt lockten, bis nur noch Leichen und Verrückte übrig blieben. Ich hatte zwar absolut keine Skrupel, einem Unbekannten die Hörner aufzusetzen, aber das in seinem eigenen Bett zu tun, war etwas zu viel verlangt.

Cändy stand auf, stellte sich neben mich und streichelte meinen Nacken.

»An was denkst du?«, fragte sie, zog eine Kinderschnute und lehnte ihren Kopf an meinen Arm.

»An dies und das. An *My Boy Lollipop* und an *Rama Lama Ding Dong*. Vor allem aber daran, wie lange die *Waikiki Lounge* geöffnet ist. In die geh ich jetzt nämlich und trink was!«

Cändy ließ ihre Hand unter mein T-Shirt krabbeln und streichelte mit ihren langen, schlanken Fingern meinen Rücken.

»Es hätte so schöööön werden können!«, flüsterte sie entrückt. »Sooo schööööön!«

»Ich weiß nicht, wovon du sprichst.«

»So schööööön! Sooo schöööööön!«

»Was denn? Deinem Typen sein Koks wegzuziehen und dann sein Bettlaken vollzuspritzen? Ich kann mir was Schöneres vorstellen.«

Cändys Arm fiel von mir ab wie ein Blutegel. Sie trat vor mich hin und sah mir in die Augen – mit einem Blick, der mir Angst machte. Erst jetzt merkte ich, dass hier kein kleines Kind vor mir stand, das seine Spielchen spielte und kicherte, lockte, quengelte und rumkokettierte, damit es seinen Willen bekam, sondern ein Wesen wie Chucky, die Mörderpuppe. Cändy ging zum Tisch und zündete sich eine Zigarette an.

»Du glaubst, du kannst mich hier jetzt so stehen lassen?«, fragte sie, ganz ruhig, knapp und sachlich. »Das wirst du nicht tun! Verlass dich drauf: Ich werde dir dein Leben unmöglich machen! Ich werde dich wie einen stinkenden Hund aus München hinauspeitschen! Ich werde Dinge mit dir anstellen, dass du um Gnade winselst und um Vergebung jaulst!«

Ich lachte kurz auf und ging zur Tür.

»Du solltest dringend zum Arzt!«, sagte ich. »Hast du noch irgendeinen berühmten letzten Satz?«

»Ja. Gegen mich ist Montezumas Rache ein Scheißdreck!«

Am nächsten Morgen hatte ich mich gleich nach Arbeitsbeginn in meinem Büro verschanzt und vermieden, einen Fuß in den Flur zu setzen. Das neue Heft war einen Tag zuvor in Druck gegangen, und eigentlich hätte in den Gängen nun friedliche Ruhe herrschen müssen, aufgelockert von heiterem Geplauder und dem Klang gemächlicher, müßiger Schritte. Doch an diesem Morgen war die Stimmung anders: Schon fünf Sekunden nachdem ich die Redaktion betreten hatte, war mir Cändy auf dem Gang entgegengekommen. Wie ein sowjetischer Kampfpanzer walzte sie an mir vorbei – statt eines Grußes nur schauerliche Knirschgeräusche aus dem Mundraum von sich gebend, den Kopf in stählerner Starre. Von meinem Schreibtisch aus sah ich, wie sie nun seit Stunden durch den Gang stampfte, so außer sich vor Wut, dass ich es mit der Angst zu tun bekam. Ich hörte, wie sie die Stockwerktür aufriss und zuknallte, wie sie die Treppen hinaufstiefelte und hinabpolterte und im Stockwerk über mir die

Gänge entlangtrampelte, dass ich jeden ihrer Schritte durch die Decke pumpern hörte. Ich wusste, irgendetwas zettelte sie dort oben an, irgendeinen teuflischen Plan setzte sie dort ins Werk, und nachdem ich zwei Stunden lang den grausigen Hall ihrer Stiefel ertragen hatte, war ich so zermürbt wie Ingrid Bergman in *Das Haus der Lady Alquist.*

In der Mittagspause kam Hajo in mein Büro, auf den Lippen ein unergründliches Lächeln.

»Ich habe Neuigkeiten, die dich interessieren dürften!«, sagte er, setzte sich auf Gabriels freien Stuhl und legte seine langen friesischen Hände aneinander.

»So?«, sagte ich. »Na, dann schieß mal los!«

Hajo wiegte bedächtig seinen knolligen Kopf:

»Neuigkeiten, die mit starken Emotionen zu tun haben … Mit verbotener Liebe, mit zehrendem Verlangen … – vielleicht sogar mit schmutzigen Sex-Treffs …«

»Ich bin ganz Ohr«, sagte ich und lehnte mich zurück.

»… auf jeden Fall mit Dingen, die man in diesem Haus nicht für möglich gehalten hätte!«

»Nun rück schon raus mit der Sprache!«, rief ich. »Spann mich nicht auf die Folter!«

»Nun, um es kurz zu machen: Die Praktikantin vom Tiermagazin im zweiten Stock hat sich gerade intensiv nach deinem Befinden erkundigt.«

»Ach so!«, winkte ich erleichtert ab. »Jaaaa, diese niedliche pummelige Praktikantin! Bei der hatte ich schon immer den Eindruck, dass die mich ganz gerne mal – na, wie sagt man – näher kennenlernen möchte.«

»Das mag täuschen«, sagte Hajo knapp. »Sie hat sich nämlich sehr intensiv nach dir erkundigt, weil Cändy im ganzen Stockwerk herumerzählt, dass du AIDS hast.«

»Bitte – WAS?«, schrie ich.

»Ja. Cändy sagt, du hättest ihr gestern Nacht in völliger Verzweiflung dein Herz ausgeschüttet und gebeichtet, dass du dich an einer schmutzigen Heroinnadel mit dem Todesvirus angesteckt hast. Zur Rache würdest du nun das Virus wahllos an all deine Geschlechtspartnerinnen weitergeben.«

»Zur Rache?«, schrie ich. »Zur Rache w o f ü r ?«

»Die Person, die dir den Schuss gesetzt hat, war offenbar eine Frau. Nach deinem eigenen Bekunden war sie eine international bekannte Star-Geigerin.«

Ich sank in meinen Bürosessel, vergrub den Kopf in den Händen und starrte Hajo an.

»Und wo soll das alles passiert sein?«, wimmerte ich leise.

»Chinesenviertel, Mexico City«, lächelte Hajo und stand auf. »Wenn dir die Krankheit noch Zeit lässt, würde ich natürlich gerne mal hören, was da zwischen dir und Cändy w i r k l i c h passiert ist.«

Hajo nickte aufmunternd, reckte den Daumen nach oben und ging zurück in sein Büro. Ich verharrte eine Weile kraftlos in meinem Sessel – Cändys entschlossene, unermüdlich trampelnden Schritte im Ohr –, dann riss ich das Telefon heran und tippte eine Nummer in die Tasten:

»Mann, Berger!«, schrie ich ins Telefon. »Diese Cändy hat ’nen totalen Vogel! Nicht nur irgendeinen, sondern einen Riesenvogel, einen Flugsaurier, einen Rhamphorhynchus, weißt du, den mit den zehn Meter langen Schwingen! Warum zum Teufel hast du mich nicht vor ihr gewarnt?«

»Wie hätte ich dich warnen sollen?«, schaufte Berger. »Du warst ja schon Sekunden nach unserem Telefonat mit ihr im Bett!«

»Ich war n i c h t mit ihr im Bett, das ist ja das Problem! Ich hatte nämlich Bedenken wegen ihres bemitleidenswerten Freundes. Und aus Rache erzählt sie jetzt in der ganzen

Komet Media Group herum, dass ich mich in Mexiko mit AIDS infiziert hätte und meine Sexualpartnerinnen heimtückisch und wahllos mit dem Todesvirus anstecken würde. Die Symptome meines eigenen Verfalls seien nur deshalb nicht sichtbar, weil ich sämtliche Leiden mit Alkohol ertränken und damit kaschieren würde.«

»Teuflisch ...«, murmelte Berger, »auch wenn am letzten Punkt sogar ein Quentchen Wahrheit dran sein könnte. Aber warum gehst du nicht zum Betriebsrat und zettelst gegen Cändy eine Beschwerde wegen übler Nachrede an?«

»Zum Betriebsrat? Dann müsste ich zwanzigjährige Praktikantinnen in den Zeugenstand zerren, die sich vor Cändy mit hundertprozentiger Sicherheit in die Hose pinkeln.«

»Und sie ist wirklich nur deswegen sauer, weil du nicht mit ihr ins Bett gegangen bist?«

»Sauer?«, rief ich. »Ich kann froh sein, dass sie meine Bürobar noch nicht mit Gift versetzt hat!«

»Und du sagst, sie hat einen Freund?«

»Ja. Wahrscheinlich den hartgesottensten Masochisten Münchens.«

»Wieso rufst du dann nicht einfach den Typen an und redest ein offenes Wort mit ihm?«

»Was soll das bringen? Dann zertrümmert er auch noch seine Ritchie-Valens-Plattensammlung. Außerdem ist mir so was einfach zu grenzwertig.«

»Tja, da kann dir leider auch nicht helfen«, sagte Berger. »Aber wenn die Frau wirklich vom Teufel besessen ist, dann flüster doch vor ihrem Büro einfach mal den 2. *Trierer Spruch gegen den Leibhaftigen* oder den *Tegernseer Pferdesegen*! Vielleicht zeigt das ja Wirkung.«

»Danke«, murmelte ich. »Fantastische Idee.«

An diesem Tag verließ ich mein Büro bereits zwei Stunden früher. Ich wusste, dass es keinen Sinn hatte, Cändy zur Rede zu stellen: Sie würde mir lediglich irgendwelche verrückten Lügen auftischen, und die Gefahr, dass ich in einen zehnminütigen, alles verschlingenden Ohrfeigenrausch geraten und dabei Kontrolle, Kontenance und Kistensicherheit vollends verlieren könnte, war einfach zu groß, um diese Konfrontation zu riskieren. Also verließ ich den Verlag, nahm die U-Bahn und fuhr in die Innenstadt, um mich in der nächstbesten Cocktailbar zu betrinken und dort irgendeinem Zuhörer ungebeten mein Leid zu klagen. Ich stieg am Marienplatz aus, lief zu den Fünf Höfen und wählte das *Barista*, wo zu dieser frühen Uhrzeit kein einziger Gast herumsaß. Hinterm Tresen stand nur ein schwarzer amerikanischer Barkeeper, den ich noch nie gesehen hatte, aber gerade diese anonyme Atmosphäre erleichterte mein Vorhaben.

»Mach mir 'nen Martini Dry und dir 'nen Drink deiner Wahl!«, sagte ich. »Ich muss dir 'ne kranke Geschichte erzählen! Eine Geschichte, die für Männer interessant sein könnte.«

»Wow!«, sagte der Barkeeper und stellte lautstark klappernd zwei Martini-Rührgläser auf den Tresen. »Erzähl mir die Story!«

»Eine Geschichte von Täuschung, Not, Verwirrung, Schock, Beklemmung, Unwissenheit, Düsternis und Schrecken«, sagte ich, um ihn so richtig heißzumachen. »Solche Geschichten sind nämlich meine Spezialität!«

»Wow!«, sagte der Barkeeper und kippte Gin in die Rührgläser. »Get it on! I can't wait to hear it!«

»Angefangen hat alles im Büro … Weißt du, ich arbeite nämlich für dieses berühmte Männermagazin mit den …«

Der Barkeeper erstarrte und ließ den Rührlöffel fallen.

»Etwa für das Magazin mit den Pudelohren?«, flüsterte er ehrfürchtig.

»Richtig!«, nickte ich. »Für das Magazin mit den Pudelohren.«

Der Barkeeper schnalzte vor Begeisterung mit der Zunge.

»I can't believe it!«, rief er. »Dann kennst du ja Cändy! Mann, was für eine tolle Frau, was für eine Göttin! Cändy ist einfach die heißeste, coolste Frau Münchens! Für mich ist sie die absolute Queen!«

Der Barkeeper schob die Martini Drys über den Tresen und schaute mich in verzückter Erwartung an. Ich sah ihm tief in seine nussbraunen, arglosen Augen und glaubte, dahinter ein Schüttelhäuschen schimmern zu sehen, in dem ein schwarzer Mann mit einer weißen Queen (oder auch Lügenbaronesse) im Bett lag und genoss, was »soooo schööön« hätte werden können, die ganze Szene natürlich bestäubt von sanft rieselndem Schnee.

»Und was für eine Story wolltest du mir erzählen?«, fragte der Barkeeper und stützte sich auf den Tresen.

»Ach, vergiss es«, sagte ich und prostete ihm zu.

Wie Cändys nächster Racheplan aussah, erfuhr ich ein paar Tage später, als Dominik krank war und mal wieder i c h als Reporter des *Weekends in Paradise* herhalten musste. Auf Geheiß des Chefs sollte die Reportage dieses Mal in München spielen, und so war ich zwei Tage lang mit einem Fotografen durch die hiesigen Bars gepilgert, um das Münchner Nachtleben zu porträtieren. Die Reportage war im Kasten, der Text war geschrieben, es fehlte nur mehr das dazugehörige Layout, das Cändy mithilfe der Fotos zu basteln hatte.

Als ich Cändys fertiggebautes Layout zum ersten Mal sah,

hätte ich fast einen Schock erlitten: Auf jedem, *aber auch wirklich* jedem Foto stand ich an irgendeinem Tresen und stürzte Alkohol in mich hinein – schwankend, bucklig und kaum mehr fähig, mich an der Bar abzustützen. Noch alarmierender als meine Körperhaltung waren jedoch meine Grimassen: Auf jedem einzelnen Bild hatte ich abstoßende Glubschaugen, knallrote Segelohren und debile, spuckebenetzte Wulstlippen, die von einem mongoloiden Grinsen umspielt wie Fleischlappen nach unten hingen! Die Fotos sahen aus, als ob Cändy sie einem Euthanasie-Prospekt der Nazis entnommen hätte, sie zeigten einen vollkommen Degenerierten, dem ein schmähliches Ende drohte!

Zugegeben – auf dieser Bar-Tour durch München war ich nicht ganz nüchtern gewesen ... Den einen oder anderen Cocktail hatte ich sicher zu viel gehabt, ganz zu schweigen von all den Shots und Schnäpsen ... Aber es konnte einfach nicht wahr sein, dass diese schielenden Äuglein, dieses feiste Doppelkinn und dieser unförmige Eierkopf meinem wirklichen Aussehen entsprachen! Es war absolut u n d e n k b a r, dass dieser offensichtlich Verblödete ich war! Nein, für diese Fratzenporträts gab es nur eine Erklärung: Die Fotos waren von Cändy n a c h b e a r b e i t e t worden, manipuliert mit sinistren Tricks aus der Werkzeugpalette einschlägiger Grafikprogramme! Offenbar schreckte Cändy jetzt nicht einmal mehr davor zurück, ihren Lügen mit *Adobe PhotoShop* Wahrscheinlichkeit zu verleihen.

Während ich noch fassungslos auf Cändys Layout starrte, kamen die ersten Kolleginnen an meinem Büro vorbei, gafften mich an wie den Insassen einer Gummizelle und tuschelten miteinander, bis das nächste Grüppchen Neugieriger kam. Punkt zwölf trat Hajo in mein Zimmer und setzte sich schwungvoll in den Sessel mir gegenüber:

»Magst du die neuen Nachrichten hören?«, fragte er fröhlich.

»Ja«, sagte ich. »Wie krank bin ich im Augenblick?«

»Unheilbar krank«, sagte Hajo und schüttelte den Kopf. »Die Fieberkurve geht steil nach oben.«

»Steht es so schlimm um mich?«

»Ja. Dein Zustand verkompliziert sich stündlich. Wie ich gerade erfahren habe, hast du jetzt auch noch Syphilis.«

»Syphilis a u c h n o c h ?«

»Ja«, nickte Hajo. »Und zwar im relativ späten Stadium, wo die Krankheit das Hirn angreift.«

»Das gibt's doch nicht!«, schrie ich. »Laut *Question Star* vögeln 70 Prozent aller Männer in Sachsen-Anhalt ihre Nutten seit Jahr und Tag ohne Pariser, und mich erwischt's schon, wenn ich nur mal nasenbohre?«

»Tja!«, nickte Hajo. »Diese Welt ist nicht gerecht.«

»Ich geh jetzt rüber zu der Wahnsinnigen und les ihr die Leviten!«

Ich stand auf, ließ Hajo im Zimmer zurück und marschierte den Gang entlang zu Cändys Büro. Trotz der Mittagspause saß Cändy vor ihrem Computer – steif, aufrecht und konzentriert wie eine Gottesanbeterin – und bearbeitete mein Pixel-Konterfei. Ich konnte gerade noch einen Blick darauf erhaschen, wie sie mit der Maus meinen Mundwinkel hochzog, ihn mit schillerndem Speichel grundierte und ein paar Spuckebläschen übers Kinn hinabflocken ließ – bevor sie blitzschnell das Foto wegklickte, die Arme sinken ließ und mit dem Rücken zu mir am Computer sitzen blieb, so als wisse sie genau, wer eben zur Tür hereingekommen war.

»Lass uns über die Angelegenheit reden!«, sagte ich.

»Da gibt's nichts zu reden«, murmelte Cändy tonlos. »Wenn die Maschine angelaufen ist, arbeitet sie bis zum Schluss.«

»Mach dich nicht lächerlich! Du genießt in dieser Redaktion genauso wenig Glaubwürdigkeit wie ich. Die Einzigen, die du mit deinen Lügen verschrecken kannst, sind ein paar Praktikantinnen aus dem oberen Stock.«

Cändy zuckte mit den Schultern:

»Das ist erst ein Vorgeschmack«, sagte sie. »Du wirst dich wundern, wie viele Leidensstationen du noch durchwandern wirst.«

»Ganz wie du willst! Ich hab dem Chef bereits erzählt, was zwischen uns los war. Er ist über jedes Detail informiert – von der Farbe deiner Rüschensocken bis zum Gesamtkomplex deiner Persönlichkeitsstörungen. Ich kann auch weiter gehen und den Pförtner, die Drucktechniker, die Auslieferer und die Männer von der Herstellung in Kenntnis setzen. Wenn du Krieg willst, kannst du ihn haben. Aber ich versprech dir, dass du dich dabei schneller zum Gespött machst als ich.«

»Das wird sich zeigen …«, sagte Cändy, starrte auf den leeren Bildschirm und rieb mit ihren Fingern tatendurstig an der Tastatur, so als könne sie es kaum erwarten, wieder an meinem Foto herumzumurksen.

»Na gut, dann eben Krieg!«, sagte ich, verließ ihr Büro und ging zurück in mein Zimmer. Hajo war offenbar in die Mittagspause gegangen, denn er saß nicht mehr an meinem Schreibtisch. Nach wenigen Minuten hörte ich Schritte, und ins Büro kam Gabriel, den ich den ganzen Tag noch nicht gesehen hatte. Er wankte mit Papierbögen in der Hand zur Tür herein und machte einen völlig geknickten, kleinlauten Eindruck.

»Was ist los?«, fragte ich. »Was schaust du so verstört?«

Gabriel ließ sich in seinen Sessel fallen, schüttelte seine Locken und warf die Papierbögen auf den Schreibtisch.

»De Chef hod ma graad e Reportage über de schwazen

Witwen von Beslan in die Hand gedrückt! Des muscht emol lese, des isch gor net lustig! Do krigscht e Gänsehaut sag isch da!«

Ich nahm die Reportage, besah mir das Aufmacherfoto – es zeigte einen Pulk Frauen in schwarzen Burkas, die Maschinengewehre und Spruchbänder hochhielten – und schaute Gabriel an. Gabriel griff sich eine der Doppelseiten und deklamierte:

»Seit den Bombardements lebt die schweigsame, schüschterne Zuleyma Malaschenko nur für eine einzische Sach: De Glaube an de Terror! Bassajew fragte sie: ›Sie wolle am Terror teilnehme?‹ – ›Ja.‹ – ›Nur am Terror? An nix andrem von unserer Arbeid?‹ – ›Nein‹. – ›Warum nur am Terror?‹ – ›De Terror hat für misch entscheidende Bedeudung.‹ – ›Und sonst interessiert Sie nichts?‹ – ›Nein. De Terror isch des vordringlische Ziel‹ …«

Gabriel ließ die Seite auf den Tisch fallen und schüttelte mit schreckensgeweiteten Augen den Kopf:

»Ach Gott noa!«, stöhnte er. »Wie soll ma gege solche Leid jemols de Krieg gwinne? Des sin Wahnsinnige! Die sin verrückt! Frogsch dich des ned, wenn des liesch?«

»Nee«, sagte ich. »Ich frag mich eher, ob Zuleyma Malaschenko nicht 'ne Schwester namens Cändy hat.«

Außer Rufmord hatte sich Cändy für mich noch weitere flankierende Qualen ausgedacht. Da sie Herrin über die gesamte Layoutgestaltung war, konnte sie die Seiten, die ich mit Text zu füllen hatte, tagelang ungestraft auf Eis legen – unter dem Vorwand, sie müsse grafisch noch etwas an ihnen verbessern. Einer ihrer Racheakte war es nun, mir die Seitenlayouts erst spätabends, kurz vor endgültigem Druckschluss zu überlassen, damit ich entweder zu langen Überstunden gezwungen war oder die Deadline verpasste. Ein anderes ihrer Manöver bestand darin, mir die Seite zwar frühzeitig zu gewähren, sie mir dann aber alle zwei Stunden wieder zu entziehen, um die Kästchen, Textspalten und Zwischentitel hier aufzublasen, dort einzuschrumpfen, da völlig neu zu gruppieren – einzig und allein, damit ich eine Reportage bis zu zehnmal an Cändys aktuelle Layoutfassung anpassen musste.

Natürlich war ich nicht so dumm, auf Cändys dumme Tricks hereinzufallen. Unbeeindruckt von ihrer Seitenhexerei, ja ohne ihre Layouts überhaupt eines Blickes zu würdigen, fertigte ich mit Geheimmarkierungen von jeder Reportage eine unvorstellbar flexible Textversion an, schrieb alle Headlines und Bildunterschriften mit leicht zu eliminierenden Füllseln und kopierte den ganzen Mist dann jedes Mal, wenn Cändy mir um sieben Uhr abends ihr Endlayout vor den Latz knallte, binnen Minuten in die Spalten ein. Dann rauchte ich bei Hajo, der denselben Trick beherrschte, eine letzte Zigarette, und wir gingen zeitgleich mit Cändy aus dem Verlag.

Das Einzige, was Cändy mit ihrer Seitentyrannei erreichte, war eine zunehmende Unüberschaubarkeit der Arbeitsabläufe – ein redaktionelles Bürgerkriegschaos, das vor allem die Herrschaft Gabriels untergrub. Denn das System, das Gabriel ausgeklügelt hatte, beruhte ja darauf, dass er mit seinen Freunden sämtliche Strippen zog: Die drei mauschelten die Arbeitsverteilung aus, wie es ihnen in den Kram passte, sie setzten die Abgabetermine fest, wie es ihnen am angenehmsten war, und zu guter Letzt machte sich Gabriel über unsere Seiten her, um sie mit seinem roten Marker vollzuschmieren und uns dabei Vorträge über das Hochjazzen und Hochpitchen zu halten.

Da Cändy jedoch nur an die Weisungen des Chefs gebunden war, kümmerte sie sich einen feuchten Kehricht um das pfälzische System und sabotierte es nach Strich und Faden: Ihren Layoutordner im Intranet hatte sie mit technischen Schlichen inzwischen so manipuliert, dass im selben Moment, in dem ein Seitendokument von ihr geöffnet wurde, niemand anderer mehr – weder Gott noch Satan – darauf Zugriff hatte. So war es eine gängige Szene, dass sie an ihrem Computer 125 Heftseiten geöffnet (und somit blockiert) hatte, während sie stundenlang mit ihrer einzigen Freundin in der Kantine beim Kaffeetrinken saß.

Natürlich intervenierte Gabriel beim Chef, dass so »der wachsame Schornalismus nischt zu verwirkliche isch«. Aber aus welchem Grund auch immer: Der Chef stellte sich hinter Cändy, die nichts anderes erwartet hatte, und entschuldigte all ihre Machenschaften. Und je weniger es Gabriel und seinen Freunden gelang, sich gegen Cändy durchzusetzen, desto operettenhafter wurde ihre Herrschaft, desto absurder wurde ihr Führungsanspruch, desto matter wurde ihr Glanz.

Mir persönlich waren diese Konflikte logischerweise völlig gleichgültig: Ich begünstigte keine der beiden Parteien, sondern sah den Kampf zwischen Cändy und den Pfälzern als willkommene Auflockerung der Arbeitsroutine.

»Meischter Falkenhorscht«, schnaubte Hannes und stapfte in mein Zimmer, »Sie wisse: In fünfzig Minude isch Ihr Seit fällisch!«

»Welche Seite?«, lächelte ich.

»Die wu Sie abzuliefere hawwe! Und versuuche Sie bloss ned, mich zu verarsche!«

»Die Seite hortet Cändy seit ganze zwei Wochen«, sagte ich und zuckte mit den Schultern. »Ich komm an die Seite nicht ran!«

Hannes stampfte auf, stieß einen Fluch aus und stürmte wieder nach draußen, wo Cändy, einen Packen ihrer begehrten, streng geheimen Seitendokumente unterm Arm, den Gang entlangstiefelte. Hajo und ich stellten uns an die Tür, um das Schauspiel zu genießen:

»Isch muss die Seit hawwe!«, rief Hannes und baute sich im Gang auf. »Isch brauch die Seit, isch muss zum Chef vor.«

»Die Seite gibt's jetzt nicht!«, schrie Cändy und klemmte ihre Ausdrucke unter den Arm. »Auf der Seite müssen noch ganz, ganz viele Dinge verändert werden. Möglicherweise wird die Seite überhaupt auf immer verschwinden.«

»Isch muss Recheschaft ablege üwwa die Seitezahl! Isch muss denne zeige, was ma gemacht hewwe!«

»Na und, kann ich dir auch nicht helfen! Hättest dir halt 'nen anderen Job raussuchen sollen!«

»Gebb ma die Seit!«, drohte Hannes. »Isch sag da's im Guude!«

»Hol sie dir, wenn dir so viel dran liegt!«

Mit seinen starken, behaarten Armen versuchte Hannes ihr den Weg zu verbauen, doch Cändy täuschte einen Ausfall vor und wischte wie ein Footballspieler an ihm vorbei.

»Es ist ein Kampf der Superhelden«, rief Hajo, »und einer muss gewinnen! Wird es *Hannes der Seitengreifer* sein?«

»Nein«, schrie ich, »Die *Tückische Lügenbaronesse* wird das Rennen machen!«

»Aber, Falkenhorst, vielleicht können ja auch Sie die Seite retten?«, rief Hajo.

»Nein, ch-ch-ch-ch-ch, nein!«, röchelte ich und klammerte mich am Türstock fest. »Es geht dem Ende zu, ich werde immer schwächer! GlaxoSmithKline gibt mir keine Spritzen mehr. Mein Verfall geht so schnell vonstatten, da halten die Forschungen nicht mehr mit!«

Es war ein brütend heißer, schwüler Tag, an dem das Donnerwetter losbrach – der Tag vor Druckschluss. Ich hatte mich am Morgen kränklich gefühlt, war deswegen etwas später zur Arbeit erschienen und saß jetzt allein im Büro. Keinen meiner Kollegen hatte ich bislang zu Gesicht bekommen, nur Hajos Tastaturgeklapper hörte ich von gegenüber, und an den Bowlingschuhen, die vereinsamt neben der Tür standen, konnte ich ersehen, dass Gabriel irgendwo zugange war, sehr wahrscheinlich vorne beim Chef. Da ich all meine Seiten schon erledigt hatte, starrte ich apathisch auf den Computer, wischte mir den Schweiß vom Körper und dachte an das, was seit Wochen in der Redaktion kolportiert wurde: Da gab es Gerüchte, dass der ganze Laden am Abkacken war. Gerüchte, dass die Verhandlungen um die Lizenzverlängerung, die alle paar Jahre mit Ben Hecht geführt werden mussten, diesmal gescheitert waren. Gerüchte, dass eine andere Media AG schon ihre Krallen nach der Zeitschrift ausstreckte und der nächste titanische Chefredakteur sich mitsamt seinem Gefolge bereitmachte, die Herrschaft über das Heft an sich zu reißen. All diese Gerüchte klangen verstörend, aber freilich, man wusste nicht, was man von der ganzen Flüsterpost halten sollte! Schließlich gab es auch Gerüchte, dass mein Gehirn durch bakterielle Einwirkung zunehmend verklumpte, denaturierte und schwammartig zerfiel.

Oft hatte ich mit Hajo herumtheoretisiert, was an den Gerüchten von der feindlichen Übernahme dran sein könnte, aber Hajo hatte genauso wenig Ahnung wie ich. Die Einzigen, die wegen ihrer geheimen Kontakte zu zahlreichen Branchenmogulen sehr wahrscheinlich wussten, wohin unser Heft driftete, waren Cändy und Jennifer. Doch da die beiden lieber einen Krötenarsch geleckt hätten, als mir heiße Tipps zu geben, blieb mir nichts anderes übrig, als die Dinge abzuwarten. In der Zwischenzeit versuchte ich, am Verhalten von Gabriel abzulesen, ob unserer Redaktion ein baldiges Ende drohte, wurde dadurch aber auch nicht schlauer: Die vergangenen Wochen hatte er sich im Verlagsgebäude kaum mehr blicken lassen. Wenn er auftauchte, eilte er meist nur kurz durch die Redaktionsräume, deutete mit dem Finger mal auf diese, mal auf jene Textpassage und murmelte zerstreut: »Hier no e weng mehr jazze! Dort no e bissele stärker pitche! Tschüss, I muss jetzt weida!«, bevor er im Sekretariat seine Tagessatzrechnung von 1000 Euro abgab und mit wehendem Trenchcoat wieder das Gebäude verließ.

An all das dachte ich in der Stille meines Büros, als mich plötzlich ein scharf gezischter Wortwechsel aufschreckte. Es folgte ein Klatschen von Papier, das wie Ohrfeigenschall durch den Gang hallte, und gleich darauf ein lautes Brüllen:

»Bleib mir mit dieser Scheiße vom Leib! In diesem Heft müssen in jedem Satz die Posaunen der Erzengel dröhnen! Da müssen die Paläste der Konkurrenz in Trümmer zerfallen, wenn dieses Heft aufgeschlagen wird! Da müssen die Toten auferstehen, die apokalyptischen Reiter galoppieren und Hagel, Feuer und Blut vom Himmel regnen, wenn man allein die Headlines liest! Und du lieferst seit Monaten nur noch gequirlte Scheiße und kommst mit dieser Lottersprache, diesem Kauderwelsch, den kein Mensch außer irgendwelchen Hippiepennern und Langzeitgammlern versteht! Ein ›stylisher Vorteil‹ – das ist doch entartete Hirnwichse! Das muss selbstverständlich messerscharf und grunddeutsch heißen: ›Ein rassiger, kolossal schneidiger Vorteil!‹«

Jetzt ist mein Hirnkollaps da, dachte ich, jetzt hat sich Cändys Prophezeihung erfüllt. Denn es konnte einfach nicht Wirklichkeit sein, was meine Ohren da hörten. Es konnte einfach nicht wahr sein, dass nun auch noch Joseph Goebbels und Johannes der Täufer Stammgäste in der *Pacha V.I.P. Lounge* waren.

Die Schallquelle bewegte sich ein paar Bürotüren weiter, und mir schien, sie stehe nun vor der Pictorial-Redaktion:

»Und nun zu euch! Glaubt ihr, ich wüsste nicht, dass ihr euch alle schon bei der Konkurrenz beworben habt? Glaubt ihr, ich wüsste nicht, dass ihr hinter meinem Rücken über meinen Geisteszustand spekuliert? Ich weiß Bescheid über jeden eurer Schritte, ich kenne sogar den Wortlaut eurer neuen Arbeitsverträge! Ich bekomme Kopfschmerzen, wenn ich euch bloß sehe! Raus, ihr seid alle ab sofort zwangsbeurlaubt und entlassen!«

Ein paar Sekunden herrschte Totenstille, dann brach eines der Mädchen in Jubel aus. Sofort fielen alle johlend und füßestampfend mit ein, ganz so, als habe der Chef hitzefrei gegeben. Ein hastiges Herumgeschleife von Koffern und Bürogeräten, die in irgendwelche Behältnisse gestopft wurden, war nun zu hören, ein fröhliches Durcheinanderreden und ein Trappeln von Füßen. Das Trappeln schwoll an und wurde nach kurzer Zeit zu einem Trampeln, das aus den hinteren Zimmern hervorbrach und durch den Gang hallte.

Ich stand auf und wankte zur Tür: An mir vorbei durch den Gang rannten Jennifer, Jessica und Jacqueline, mehrere prallvolle DJ-Taschen um den Körper geschnallt und Rollkoffer mit Habseligkeiten hinter sich her ziehend. Ihnen folgten Hannes und Dominik, schwer beladen mit Computer-Accessoires, Hi-Fi-Geräten und Tüten voller CDs. Und schließlich trabte Gabriel in Hausschuhen an mir vorbei und schloss zum Hauptfeld auf, gescheucht von letzten Wutschreien des Chefs, der vor einem der leeren Zimmer am Gangende herumtobte. Bevor der Flüchtlingsstrom im Treppenhaus verschwand, drehte Gabriel sich um und brüllte:

»Sie g'höre in d' Klapse, Sie Luftbumb, Sie Rieweseckl, Sie Arschgeig! Was Sie hewwe, is eh bös Kronkheid!«

Dann herrschte für Sekunden absolute Stille, und der Gang blieb so menschenleer, dass es mich nicht gewundert hätte, wenn zum Abschluss nun ein einsamer Dornbusch vorbeigepeitscht wäre.

Im Türrahmen gegenüber stand Hajo – mit dem gleichen ungläubigen, fassungslosen Gesicht wie ich. Gerade als ich ihm einen Wink geben wollte, ebenfalls von hier zu verschwinden, kam der Chef den Gang entlangmarschiert:

»So, denen hab ich's gegeben!«, rief er und hieb seine Faust in die Luft. »Seit diese Brunnenvergifter und Defätisten aus dem Haus sind, ist meine Vitalkraft schon um 130 Prozent gestiegen und mein Astralleib um 7 Steiner dynamisiert! Ich häng gleich einen Steckbrief an die Pforte: *»Wir dürfen hier nicht mehr rein!«* Ihr beide bleibt natürlich da und klotzt jetzt hin! Das Heft muss heute Abend um jeden Preis in den Druck!«

Perplex wankte ich wieder zum Computer zurück und ließ mich in den Sessel fallen. Das alles war kaum zu fassen: Die Menschen, die monatelang meine Nerven traktiert hatten, waren von einer Sekunde zur anderen aus der Redaktion geflogen. All die Monate hatte ich davon geträumt, sie auf den Mond zu schießen oder sie per Seilwinde in den Trafojer Eisstollen hinabzulassen, aber jetzt empfand ich nicht einmal Genugtuung. Ich dachte mir nur: Herrgott, warum wurden wir nicht alle erwachsen? Warum hörten wir nicht auf, uns gegenseitig zu rumsen und zu rammen wie in einem dummen Autoscooterspiel, dessen einzige Gewinner fünfzig schwachköpfige Chefredakteure waren, die von Tuten und Blasen genauso wenig Ahnung hatten wie wir alle? Kein Heft wurde dadurch besser, sie wurden alle nur noch schlechter.

Nach dem großen Exodus wurde der freie Platz in meinem Büro mit einer Praktikantin namens Ilona besetzt, einer 21-jährigen Blondine, die einen hübschen Herzmund, hochgesteckte Kringellöckchen und viel Babyspeck um den Bauch hatte. Sie stammte aus dem Sauerland, und soweit ich gehört hatte, war sie über eine Bekannte im oberen Stock an den Job gelangt. Ilona gehörte zu den Mädchen, die nie im Leben daran dachten, Journalistinnen zu werden, die ein solches Praktikum aber für geeignet hielten, um Eindruck bei Großfirmen zu schinden. Geistig hatte Ilona eine große Affinität zu unserem Magazin – sie war vernarrt in R'n'B-Diskos, Australien und Männer mit gepflegten Fingernägeln –, aber mit dem Schreiben haperte es noch ein wenig.

Ilonas Aufgabe war es, Fakten für Bildunterschriften und Infokästchen zu recherchieren, und wenn es ans Zusammenfassen ging, klang das bei ihr dann so: *»Grace Kelly verunglückte 1982 bei einem Autounfall auf der Straße nach Monaco und verstarb noch im Krankenwagen. Die Ärzte widmeten ihr ein Lied.« Oder: »Um seine Crackabhängigkeit zu bekämpfen, wurde Coolio Feuerwehrmann, doch schon bald schlitterte er ins Rap-Geschäft hinein.«* Zwar gefiel mir die Vorstellung von den singenden Ärzten (die auch durch Ilonas rasch hinzugefügte Anführungszeichen nicht seriöser wurden) oder den freundlichen Feuerwehrmännern, die Coolios Crackpfeife mit solchem Wasserdruck löschten, dass er ins nächste Rap-Geschäft hineinschlitterte. Aber leider blieb es jedes Mal an mir hängen, Ilonas Streiche aufzudröseln und umzuschreiben.

Währenddessen saß ich fieberhaft über einer Reportage namens *Sex-Protokoll Yokohama: Klinik-Bordelle, Fetisch-Pavillons, Clubs mit Kinder-Geishas ohne Höschen – in Japans Sündenpfuhl wird jede Perversion ausgelebt*! Der Autor, ein gewisser Mirko Kellermann, war selbst zwar nie in Japan gewesen, hatte aber in einer Hotelbar jemanden kennengelernt, der sich für diese heißen Infos verbürgte. Das »Sex-Protokoll«, das Mirko daraufhin angefertigt hatte, strotzte jedoch vor so vielen Märchenelementen, dass zwei weitere Journalisten tagelang damit beschäftigt gewesen waren, die Geschichte in eine halbwegs glaubwürdige Form zu bringen. Da Cändy wieder am laufenden Band das Layout verändert hatte, blieben mir jetzt nur mehr zwei Stunden, um die Geschichte bis Druckschluss fertigzuredigieren.

»Mir is so langweilig!«, stöhnte Ilona. »Der Chef hat gesagt, ich soll Zitate zusammensuchen, die Männer über Frauen gesagt haben. Weißte, so George Clooney und so.«

»Ruf mal im Archiv an«, sagte ich und straffte am Computer die Ausgeburten von Mirkos Fantasie. »Die sollen dir Material zufaxen.«

»Hab ich ja schon gemacht, aber da war nix Brauchbares dabei!«, quengelte Ilona. »Wieso kannst du mir das Ganze nicht schreiben?«

»Mein liebes Kind«, sagte ich, »ich habe über Jahre hinweg versucht, ein Redaktionspraktikum zu ergattern, und es ist mir nicht einmal bei der *Fußpilz-Rundschau* gelungen. Ich fürchte, du musst deine kleinen Hausaufgaben schon selbst machen.«

Ilona zog einen trotzigen Flunsch und schlug mit einem Stapel Archivblättern auf den Tisch.

»Dann hilf mir wenigstens und sag mir, wo man solche Sachen findet, was Männer über Frauen sagen.«

»Zum Beispiel in der faszinierenden Welt der Bücher!«, sagte ich. »Schau doch einfach mal nach im *Weiberjambos* von Semonides. Der ist doch stets eine Fundgrube.«

»Im *Weiber*… was?«

»Oder bei Ibn Qayyim al-Gauziyya: *Über die Frauen*. Auch immer wieder gerne gelesen.«

»Komm, jetzt verarsch mich nicht!«

»Oder schlag ganz einfach mal im *Hexenhammer* nach! Wenn bei Sprenger und Kramer nichts über Frauen drinsteht, dann weiß ich auch nicht wo!«

Ich beugte mich wieder über Mirkos Märchen und wartete auf eine Entgegnung, doch es kam keine. Nach einer Weile flötete Ilona mit zuckersüßer Stimme:

»Am Sonntag ist doch dieses Konzert von Seal in der Olympiahalle. Sag mal, kannst du mir da nicht 'ne Freikarte besorgen?«

»Ich werde sehen, was sich machen lässt …«

»Danke!«, sagte Ilona und warf mir einen Kussmund zu.

Ich redigierte weiter den Text, während Ilona im Internet herumklickte und dem Drucker Seiten entnahm.

»Hör dir das mal an!«, sagte ich kopfschüttelnd. »›*Im noblen Golden-Ginko-Bordell gilt der Grundsatz: Wer dreimal spritzt, bekommt sein Geld zurück.*‹ Herr im Himmel, dieser Mirko lügt, dass sich die Thunfisch-Makis biegen.«

Ich markierte die Passage, zögerte einen Moment – und strich sie, schweren Herzens, zugegeben, denn in ihr schwang auch ein verlockender Utopismus mit, den man sonst nur bei Frühsozialisten wie Proudhon oder Fourier fand.

»Das ist dann ja fast wie 'ne Melkmaschine bei uns auf'm Hof«, kicherte Ilona.

»So ungefähr«, sagte ich.

»Schon verrückt, was die in anderen Ländern alles so machen.«

Einen kurzen Moment war es still zwischen uns, dann fragte Ilona:

»Haste Lust, das mal mit mir zu probieren?«

Ich blickte vom Computer hoch und starrte Ilona an. Verlegen strich sie sich einen Lockenkringel hinters Ohr, ihr

Herzmund zuckte ein wenig und zerfloss zu einem vollen, bezaubernden Lächeln. Langsam wurde sie mir *so richtig sympathisch*.

»Wiederhol's noch mal!«, sagte ich und tippte an mein Ohr.

»Ob du Lust hast, das mal mit mir zu korrigieren«, sagte Ilona und warf mir die Ausbeute ihrer Männer-Zitate über den Tisch.

So vergingen die Wochen, und ein Tag war wie der andere. Die Redaktion ähnelte mittlerweile einem Geisterreich, durch das Hajo und ich uns als letzte Überbleibsel der alten Belegschaft herumschleppten. Wir mussten nun doppelt so viel arbeiten wie zuvor, weil die Lücken, die der Chef mit seinem Tobsuchtsanfall gerissen hatte, nur notdürftig mit Tagelöhnern einer Zeitarbeitsfirma besetzt worden waren, die niemals zuvor bei einem Männermagazin gearbeitet hatten. Ansonsten fuhr das Heft seinen üblichen Narrenschiff-Kurs: Die Texte, die ins Heft kamen, lieferte nach wie vor der Freundeskreis des Chefs, die Fotoshootings wurden nun von Bäd Bettinas Schwester geleitet, die zuvor Versicherungsagentin in Hameln gewesen war.

Gabriel und Konsorten waren inzwischen zum Konkurrenzverlag übergelaufen und hatten dort mit großzügigen Zulagen ihr Regime des wachsamen Journalismus' wiedererrichtet. Jennifer und ihre Mädchen hatten einen ähnlichen Coup bei einer Frauenzeitschrift gelandet, in der die damals gefeuerte Julie mittlerweile zur stellvertretenden Chefredakteurin aufgestiegen war. Von solchen Gehaltssprüngen und nahtlosen Karrieren konnten Hajo und ich nur träumen. Nach uns verlangte niemand, keiner verfolgte uns mit Angeboten, wir standen klar ersichtlich auf dem Abstellgleis. Zur einstweiligen Belustigung schickten wir uns von fremden, kurzzeitig ausgeliehenen Handys SMS-Nachrichten wie: »*Hallo, hier ist Augstein! Halten Sie durch, ich box Sie hier raus!*« oder: »*Könnten Ihnen 2 Millionen Euro einen Wechsel nach Hamburg schmackhaft machen? Ihr glühender Verehrer Osterkorn*«, aber weder Augstein noch Osterkorn noch sonst irgendein Publizistengott rief jemals bei uns an.

Als einzige halbwegs positive Neuigkeit war zu vermelden, dass ich es geschafft hatte, mit Cändy einen Burgfrieden zu schließen. Meine Strategie war unfehlbar gewesen: Eines Abends nach Dienstschluss hatte ich sie, als sie den verlassenen Korridor in Richtung Ausgang ging, an der Schulter gepackt, sie mit meinem Körper gegen die Wand gepresst und ihr ins Ohr gezischt:

»Verdammt! Du bist so geil, ich kann einfach nicht anders – selbst nach allem, was du mir angetan hast! Jeden Tag bereu ich's, dass ich diesen Pfad von Raserei, Tabu und Begierde nicht mit dir zu Ende gegangen bin! Aber ich bleib dran, ich kämpfe um dich! Wenn du es verlangst, sing ich dir sogar *I wü nur zruck zu dir* von Nickerbocker & Biene vor!«

Daraufhin hatte Cändy perplex und unsicher gelächelt, war glücklich wie ein Honigkuchenpferdchen zum Ausgang gewackelt und hatte sich noch mehrmals nach mir umgewandt. Nach diesem Vorfall erzählte sie in der *Komet Media Group* zwar weiterhin herum, dass ich hochgradig kontaminös sei, setzte aber hinzu, dass mein Verfall nun wesentlich schleppender als bisher vonstattenging, ja dass eventuell sogar Chancen auf Heilung bestünden.

Allein darüber hätte ich schon glücklich sein sollen, aber – zum Teufel, ich war es nicht! Ich wollte mehr vom

Leben, ich wollte alles, ich wollte Hedge-Fonds, Bluetooth-Anschlüsse, Headsets aus Weißgold, ich wollte einfach den ganzen verdammten Kuchen!

So stierte ich also Tag für Tag an die Bürowand, brütete nach über meine verpfuschte Existenz und dachte dabei immer wieder an den größten Coup meines Lebens: Diesen Coup hatte ich vor zwanzig Jahren gelandet – damals, als ich vom Schicksal dazu verdonnert worden war, im Gehörlosenheim München-West meinen Zivildienst abzuleisten. In der Zeitung war ich auf die verklausulierte Anzeige eines Arztes gestoßen, der gegen Bezahlung eine umfassende Arbeitsunfähigkeitsbescheinigung anbot. Da ich des Frondiensts bei den Gehörlosen und Sprachbehinderten überdrüssig war, setzte ich mich mit diesem Arzt in Verbindung. Ich bezahlte den Obolus, bekam meine Atteste, wurde freigestellt und erhielt bis zur endgültigen Ausmusterung Krankengeld, das ich umgehend in einen Brasilienurlaub umleitete.

Doch noch während ich die erste Woche meiner Krankschreibung in den Reiseführern schmökerte, terrorisierte mich der Heimleiter bereits mit Telefonanrufen:

»Hören Sie zu, Falkenhorst!«, knarzte er in preußischem Ton. *»Wir wissen, dass Sie lügen! Wir nehmen Ihnen nicht ab, dass Ihnen was fehlt! Sie machen sich hier einen lauen Lenz auf unsere Kosten, aber wir kommen Ihnen schon auf die Schliche! Für uns sind Sie nämlich nichts weiter als eine Niete!«*

Zwei Wochen darauf in der S-Bahn zum Flughafen überraschten mich dann drei Insassen des Gehörlosenheims, die mit anklagenden Lauten ihren Unmut äußerten, und ihr Anführer – ein Halbwüchsiger, dessen Ohren nur aus kleinen, von Knorpeln umrankten Löchern bestanden – zeigte auf mich und schrie:

»Nieeeeteeee! Nieeeeteeee! Wiiir haaabeen diiich geseeeeheeeen! Wiiir saaaageeen es dem Heimleeeiter! Wir wiiiissen, dass du lüüüügst!« – ein Schrei, der noch Wochen danach in meinem Kopf widerhallte, als ich schon längst an der Copacabana lag.

Mit dem Gehörlosengeld nach Brasilien zu türmen war der größte Coup meines Lebens gewesen – weder zuvor noch danach hatte ich Vergleichbares vollbracht. Doch wenn ich diesen Coup jetzt im Rückblick betrachtete, musste ich zugeben, dass ich in der Tat »eine Niete« war und all die Jahre hindurch – um statt der Behinderten meinen Chef zu zitieren – die »extrem falsche Kiste gefahren« war.

Ich schmiss meine Korrekturfahnen auf den Schreibtisch, stand auf und zog mein T-Shirt straff. So konnte es einfach nicht weitergehen, irgendwann musste Schluss sein mit dieser Versagertour! Irgendwann mussten diese Negativbilanzen und dieses Peanutsgeklaube ein Ende haben! Irgendwann musste man sich neu erfinden und um sein Glück kämpfen! Ich zündete mir eine Zigarette an und marschierte zum Chef vor – vorbei an all den stummen, lemurenhaften Aushilfsredakteuren, die nicht den Mut hatten, für ihr Recht einzutreten und den Moment der Entscheidung zu suchen.

Entspannt lag der Chef in seinem nach hinten gekippten Bürosessel, umtanzt von hellen Staubflusen, den Telefonhörer am Ohr. Wie in einem Schwimmreifen trieb er über den Boden, stieß sich vom Schreibtisch ab und rotierte sanft und leichtgewichtig um sich selbst.

»Ach komm, Lothar!«, lachte er milde ins Telefon. »Jetzt lass doch mal die Hand aus'm Sahnetöpfchen! Du bist ja 'n richtiger Nimmersatt! 1 Million Euro soll ich auf'n Tisch legen, damit deine Oxana sich für uns auszieht? Na, haste denn die Kohle von der *Supersternchen*-Show schon wieder aus'm Fenster gehauen? … Na gut, na gut … Ja, wir quatschen da im

Pacha nochmals ausführlich drüber, das kriegen wir schon eingetütet.«

Der Chef legte den Hörer auf, hebelte den Sessel in die Normalposition zurück und lächelte mich zufrieden an:

»Na, Ingolein, was gibt's? Was steht an?«

»Ich will 'ne Gehaltserhöhung«, sagte ich und ließ mich vor ihm im Stuhl nieder.

»Soooo, 'ne Gehaltserhöhung«, nickte der Chef. »Und wie viel hast du dir da vorgestellt?«

»Fünfhundert Euro im Monat.«

»Fünfhundert Euro?«, fuhr der Chef auf. »Im Monat? Warte mal, lass mich mal nachrechnen ... Das wären im Jahr dann ja mindestens ... sechstausend Euro! Neee, ausgeschlossen! Das ist 'n Haufen Holz! Das können wir uns nicht leisten! Das grenzt ja an Straßenraub!«

»So viel ist das nun auch wieder nicht!«, warf ich krächzend ein. »Die ganzen Lebenshaltungskosten sind schließlich seit Jahren ...«

»Mensch, Ingo!«, sagte der Chef und schüttelte väterlich den Kopf. »Du warst doch immer so bescheiden! Du warst doch immer einer, dem's auf ganz andere Sachen ankam als auf blödes Geld! Du warst doch immer einer, dem's um die Coolness ging! Mach dich doch jetzt nicht unglücklich.«

»Ja, aber alle anderen, die hier rausgeflogen sind, haben jetzt viel bessere ...«

»D i e a n d e r e n«, schnaubte der Chef und federte sich mit der Stuhllehne vor, »wenn ich das schon höre! Das ist doch die völlig falsche Denke! Die anderen machen jetzt 'ne Zeitschrift, die wie ein piefiger kleiner Bungalow an der Costa Brava aussieht – im billigen Talmistil von irgend 'nem Schlagerheini oder 'ner Moderatorenschickse. Aber w i r, w i r ziehen in Kürze einen zweihundertstöckigen Koloss auf dem Jupiter hoch! Einen Wolkenkratzer der Superlative, mit einem Sockel aus reinstem Titan, Ummantelungen von 20 Meter dickem Stahlbeton und einer Turmspitze, die über 830 Meter hoch in den Orbit ragt und gigantische Leuchtmuster ins All wirft! W e r d a m i t d a b e i s e i n will, der fragt nicht nach Gehaltserhöhungen! Der weiß, dass er in die Geschichte eingeht!«

In der Nacht, bevor ich der Redaktion Adieu sagte, hatte ich einen sonderbaren Traum: Ich träumte, dass ich auf einer bleigrauen, verschlingenden See trieb – ein Ertrinkender, für den kaum mehr Hoffnung auf Rettung bestand. Weit entfernt am nächtlichen Horizont fuhr ein Kreuzfahrtschiff, das einen grellen Schein in die Dunkelheit warf – wobei unklar war, ob der Schein von lichterlohen Flammen oder einer Party auf Deck herrührte. Ich erinnerte mich vage, dass ich einst Passagier dieses Schiffs gewesen war, aber so aussichtslos, wie die Dinge im Augenblick standen, nutzte mir das gar nichts. Immer weiter trieb es mich weg von dem Schiff, das zudem etliche Knoten Fahrt machte, in einem völlig verrückten, beschwipsten Schlingerkurs. Während ich gurgelnd mit den Wellen kämpfte, schwammen plötzlich zwei Mädchen heran, die sich panisch nach dem Verbleib des Schiffs erkundigten. »Das Schiff ist irrsinnig weit entfernt!«, japste ich. »Viel zu weit, um es bis dorthin schaffen!« – »Wir wollen aber u n - b e d i n g t auf das Schiff!«, schrie die eine. »Wir haben gehört, das Schiff hat 'ne t o t a l a n g e s a g t e Bordbar!« – »Genau!«, schrie die andere. »Die ist weltberühmt und überall empfohlen! Wir müssen d r i n g e n d auf das Schiff!« – »Aber das Schiff hat 'nen Motorschaden«, rief ich in die Gischt. »Ich weiß aus sicherer Quelle, dass es bald sinken wird! Die Rettung ist die andere Richtung!« Die beiden Mädchen sahen mich verständnislos an – in einer Mischung aus Verzweiflung und Wut –, dann zog die eine ihre Freundin am Arm und sagte: »Ach komm, lass den! Der hat doch null Ahnung!«, bevor sie hinterm nächsten Wellenberg verschwanden und ich schweißgebadet erwachte.

Am letzten Tag im Verlag machte ich mir nicht einmal mehr die Mühe, mein Büro auszumisten. Ich drehte lediglich ein paar Abschiedsrunden durch mein Büro, ließ zehnmal hintereinander *Das war vor Jahren* von den Fehlfarben laufen und räumte gedankenverloren meinen Schreibtisch leer. Den ganzen Papierkram, den ich für nie verfasste Reportagen angesammelt hatte, warf ich in den Müll. Meine privaten Textdateien ließ ich einfach im Computer, weil mir egal war, ob jemand sie las. Nur die Fehlfarben-CD und ein paar Fotos aus meiner Zeit in Mexiko steckte ich ein – das war alles. Wenn ich mir die Fotos nun so ansah, kam ich mir vor wie ein lachhaftes, überdimensioniertes Pappmonster aus einem japanischen B-Movie der fünfziger Jahre, das in der zivilisierten Welt eine Weile sein Unwesen getrieben hatte, bevor es nun besiegt in das Schlammloch zurückkehrte, aus dem es ursprünglich hervorgekrochen war.

Ich verabschiedete mich kurz von Hajo und ging vor zum Chef, der die Textfahnen der neuen Kollegen korrigierte, knapp und zerstreut meine Hand schüttelte und sich wieder den Kopien zuwandte, um sie mit bizarren Vermerken wie *»Sadohenker!«*, *»Fressmaschine!«* und *»Brandelfliege!«* vollzuschmieren. Zurück in meinem Büro schulterte ich meinen Rucksack und ging zur Tür. Ein letztes Geräusch ließ mich innehalten – das Summen meines Computers, den ich immer noch nicht ausgeschaltet hatte. Er summte, als ob er mir etwas mitteilen wollte. Vielleicht, so dachte ich, hat mir jemand zu guter Letzt eine E-Mail geschickt – irgendeine Botschaft, die meinem Absprung nach draußen etwas Sinn, Richtung und Zukunft gab. Ich ging also nochmals zurück zum Computer, öffnete meine Mailbox und las folgende Nachricht:

Sehr geehrter Herr Falkenhorst,

seit etlichen Jahrzehnten sind meine Frau und ich glücklich verheiratet, und da meine Ulrike weiß, dass ich niemals auf Abwege geraten würde, hat sie mir zum Fünfzigsten ein Abonnement Ihrer Zeitschrift geschenkt. Es ist bei uns inzwischen schon eine feste Einrichtung geworden, am Monatsanfang gemeinsam auf dem Kanapee in Ihrer Zeitschrift zu schmökern – am liebsten abends, wenn es wohlig im Kamin prasselt. Besonders gut gefällt uns immer das »Dossier Wissen«, denn mit seinen heißen Tipps und Tricks (z.B. »Wie backe ich meiner Liebsten ein Valentinsherz?«) fesselt es stets aufs Neue. Bislang hatten wir also niemals Grund zur Klage, denn Ihre Zeitschrift ist rundum erotisch, aufregend und prickelnd – Sinnlichkeit pur!

Doch seit den letzten beiden Ausgaben schleichen sich in Ihr Heft befremdliche Dinge ein – Dinge, die mich und meine Frau mit Unverständnis erfüllen. Unter der Rubrik »Männer über Frauen«, die sonst immer so schön zum Schmunzeln ist, häufen sich jetzt plötzlich Pseudoprominente, deren Namen niemand kennt und die völlig indiskutablen Blödsinn verbreiten! Oder als was würden Sie Äußerungen wie diese bezeichnen?

»Wenig zu reden ist Schmuck für das Weib – denn schön ist gerade Schmuckes Schlichtkeit.«
Dr. Demokrit, Atomwissenschaftler

»Ganz natürlich ist es, dass eine philosophische Frau ihrem Mann dient und das, was andere für Sklavendienste halten, ohne Zaudern tut.«
G. M. Rufus, Paartherapeut

»Unmöglich ist's – ihr könnt mir darin trauen –, dass ein Gelehrter gut von Frauen spricht.«
Geoffrey Chaucer, Popliterat

»Man kann sie noch so unverdrossen unterweisen, sie gelangen zu keinem geistigen Verständnis.«
Kaibara Ekken, Promi-Arzt

»Meister Kung sagt: Schmeiß sie raus.«
Kung Futsi, Erfolgscoach

Meine Herren – so nicht! Ich muss sagen, diese Ansichten provozieren meinen tiefsten Widerspruch! Aber auf der nächsten Seite kommt es noch dicker: Wie kann man unter diese anmutige, ungezähmte Schönheit Brigitte, die weibliche Ausstrahlung mit naturnaher Wildheit verbindet, nur die Überschrift texten: »Brigitte und ihr Problembär Bruno«?

Mit verständnislosem Gruß, Ihr Robert Hell, Kassel

Ich stellte meinen Rucksack ab, nahm ein letztes Mal auf meinem Stuhl Platz und zündete mir eine Zigarette an. Eigentlich, dachte ich, könnte ich darauf eine Antwort schreiben. Und dann schrieb ich sie.

Meine wundersame Zeitreise

»Junge, mach's dir nicht so schwer,
fang doch einfach ganz von vorne an.
Nimm dir alles und noch mehr.«
Truck Stop: *Pack dein Herz in einen Koffer*

Der Monat, in dem meine wundersame, unerhörte Zeitreise ihren Anfang nahm, war der November 2004. Herbststürme peitschten Odelgeruch durch Münchens Straßen, der Himmel sah aus wie ein zerfetzter Putzlappen, und jede Nacht kroch ein Nebel aus dem Erdreich, der sonst nur in Dr.-Mabuse-Filmen vorkam. In der Tat konnte man glauben, dass Mabuse die Stadt schon völlig in seiner Gewalt hatte: Seit einem Jahr war ich arbeitslos, und die Situation machte nicht den Eindruck, als ob sie sich bald zum Besseren wenden würde. Mittlerweile wurde man von den Personalstellen gar nicht mehr abgewimmelt, sondern rundheraus verlacht, wenn man sich nach Beschäftigungsmöglichkeiten erkundigte. Ich hatte es daher ganz aufgegeben, irgendjemanden um Arbeit zu bitten. Meine letzten Anschreiben waren in einem bewusst humoristischen Ton gehalten: *»Hiermit möchte ich mich bei Ihnen als Redaktöhr bewerben,* *ich bin nemlich ein Könner, der …«* –, aber diese kleinen Scherze wurden von den Chefsekretärinnen genauso in den Mülleimer weitergeleitet wie meine seriösen Briefe voller Textproben.

Die Verbindungen zur Außenwelt hatte ich weitestgehend gekappt, Besorgungen des Alltags auf ein Mindestmaß reduziert. Abgesehen von Nahrung und Alkoholika im Laden an der Ecke ging ich nichts mehr einkaufen, da die meisten Dinge ohnehin so überflüssig waren wie Paolo-Conte-Platten, schwule Chinesen oder der Director's Cut von *Xanadu.* Die meiste Zeit saß ich am Fenster meines 30-Quadratmeter-Apartments in der Liebigstraße und versuchte, Geschichten zu schreiben. Weder Handyanrufe noch eingehende E-Mails störten meine Einsamkeit. Die einzigen Mails, die ich noch erhielt, stammten immer von denselben Absendern: Da gab es einen mir nicht näher bekannten Herrn Myowix555, der mir täglich neue Penisverlängerungen empfahl, eine Anal-Sharlene22, die wiederholt Kontakt zu mir aufbauen wollte, und schließlich irgendeinen Wahnsinnigen aus Heidelberg, arbeitslos wie ich, der sich von mir die Hilfestellung zu einem raketenhaften Aufstieg in den Journalistenhimmel versprach. Zeitungen und Zeitschriften rührte ich schon lange keine mehr an, da ich lange genug an ihren Verbrechen mitgearbeitet hatte. Nur die *Financial Times Deutschland,* die mich aus unerfindlichen Gründen mit einem Gratis-Abo belieferte, las ich morgens manchmal auf der Kloschüssel. Nachdem mir jedoch meine Vermieterin, eine Starnberger Gräfin, die Wohnung wegen Eigenbedarf gekündigt und eine baldige Zwangsräumung in Aussicht gestellt hatte, musste ich eingestehen, dass ich wahrscheinlich nicht das passende Klientel für Artikel wie *Immofonds geben Gas* oder *Vermieterbund zieht positive Bilanz* darstellte.

Besagtes 30-Quadratmeter-Apartment war Teil eines

pompösen Herrschaftshauses im Lehel, das zur Gänze der Gräfin gehörte. Durchlaucht nutzte ein Stockwerk davon – geschätzte 200 Quadratmeter – als Atelier für ihre Gipsplastiken, ein weiteres Stockwerk als Wochenend-Domizil. Das Kabuff, in dem ich wohnte – zweifellos die ehemalige Dienstboten-Unterkunft –, war mir ein halbes Jahr zuvor von der gräflichen Tochter in einer Blitzaktion vermietet worden. Ich war zu dieser Zeit verzweifelt auf Wohnungssuche gewesen, und die Tochter hatte mir ihr Studienkabuff teilmöbliert, ohne Vertrag und Kündigungsfrist abgetreten, weil sie es wegen eines Auslandsstipendiums vorübergehend nicht benötigte.

Doch schon wenige Tage nachdem die Tochter entschwunden war, drückte die Gräfin dem Übereinkommen zwischen ihrem Sprössling und mir ein anderes Siegel auf: Eines Morgens stand sie plötzlich mit zwei Möbelpackern mitten in der Wohnung, ohne vorher geklingelt zu haben. Während ich mich verstört aus der Bettdecke schälte, meinen steifen Penis mit der Hand verbarg und mir ungläubig die Augen rieb, deutete sie auf alle möglichen Möbelstücke und Einrichtungsgegenstände, die ihre Lakaien wie auf einen stummen Befehl hin aus dem Zimmer schleppten. Über mich hinwegsteigend, transportierten sie Büchertruhen ab, die für mich wie normale Holzkisten aussahen, aber vermutlich Louis-Quinze-Preziosen waren, Vasen, die wie billige Fernostimitate wirkten, aber wohl der frühen Ming-Dynastie angehörten, sowie jede Menge anderen Nippes, dessen ich anscheinend nicht für würdig befunden wurde. Sie trugen also alles davon, was nicht mir gehörte, bis das ohnehin nicht üppig ausstaffierte Apartment nur mehr ein kahler Raum war, in dem ich auf meiner Matratze saß. Nach diesem Überfall zog sich die Gräfin in ihre Gemächer über mir zurück und brütete sehr wahrscheinlich im Erker darüber nach, mit welchen weiteren Zumutungen sie meiner Anwesenheit ein Ende bereiten könne. Nach einigen Wochen verfiel sie kurzerhand auf die Idee, meinen mündlichen Vertrag mit der Tochter zu annullieren und mir unter Berufung auf Eigenbedarf die Räumung anzukündigen, um meine Wohnschachtel ihrem 400-Quadratmeter-Imperium einzuverleiben.

Kurz und gut: In dem November, in dem meine wundersame Zeitreise begann, hatte ich nicht nur keinen Job, sondern war beinahe schon obdachlos. Um es rundheraus zu sagen: Ich stand so knietief in der Scheiße, dass ich mir als Weihnachtsgeschenk Anglerhosen gewünscht hätte, falls ich nach meinen Wünschen gefragt worden wäre. Das Wetter war ein Grauen, jeder Tag war noch lichtloser, nebliger und endorphinärmer als der vorangegangene, und an dem Herbstabend, an dem ich nach Einkauf einer Flasche Wein in das Gründerzeit-Treppenhaus trat, meinen Briefkasten öffnete und ein Kuvert mit folgendem Brief fand, war meine Stimmung auf dem absoluten Tiefpunkt: *»Vergessen Sie nicht«*, stand in geschwungener Tintenhandschrift auf einem Papierbogen, *»es verbleiben Ihnen nur noch zwei Tage bis zur Schlüsselübergabe. Wenn Sie krumme Touren versuchen, übergebe ich die Angelegenheit meinen Anwälten. Gezeichnet, Ilse von Hohenthal und Savigny.«*

Ich zerriss den Brief, warf die Fetzen in die Mülltonne und stapfte die Treppe hoch, die so knarzte wie mein Hirn bei der Frage, wie ich mich aus dieser misslichen Situation befreien solle. Die Vertreibung aus der Wohnung war nicht das Hauptproblem. Den Auszug würde ich schon irgendwie bewerkstelligen – mehr als ein paar Kartons nahm meine Habe nicht in Anspruch –, und ein Unterschlupf ließ sich immer finden. Sicher wäre es auch möglich gewesen, mithilfe des Mieterschutzbundes gegen die Gräfin zu revoltieren und ein paar Monate Aufschub zu erwirken – so man denn gewillt war, weiterhin mit einer Wahnsinnigen unter einem Dach zu wohnen, deren einzigen intakten Gehirnbereiche die für »Raffgier« und »Dreistigkeit« zuständigen waren. Nein, mein Hauptproblem war Folgendes: Wenn ich dieser Wohnung nun schon Adieu sagen sollte, so wollte ich dies im angemessenen Stil, mit der nötigen Grandezza tun. Ein Abgang in bombastischem Vivacissimo, ein Finale, in dem ich als Heldentenor die Schlusszeilen schmetterte, ein opernreifer Glanzauftritt, dessen Strahlkraft die Mächte der Finsternis zu Zwergen schrumpfen ließ – dies schwebte mir als Ziel für die verbleibenden Tage vor. Und es war auch völlig klar, wie das Mittel aussah, die Gräfin zu deklassieren und mit erhobenem Kopf die Bühne zu verlassen: eine letzte Liebesnacht mit einem weiblichen Wesen in meinem Bett, das von der Gräfin und ihren Handlangern schon umzingelt war! Ein enthemmtes Lodern der Leidenschaften, das sich über jede Norm und Konvention hinwegsetzte! Ein tabuloser Taumel der Begierden, der die Gräfin vor Neid erbleichen ließ! Und während ich am Tag des Auszugs gemeinsam mit meiner Geliebten einem rötlich schimmernden, verheißungsvollen Horizont entgegenginge, würde die Gräfin, besiegt von der Kraft der Liebe, zwischen ihren geschmacklosen Gipsplastiken zu Staub zerfallen! Doch so sehr mich diese Dramaturgie auch berauschte, ich hatte bislang nicht die geringste Ahnung, wie ich sie bewerkstelligen sollte …

Mit solchen Gedanken sperrte ich also meine Wohnung auf, ging zur Anrichte und schenkte mir ein Glas Wein ein. Dann zog ich meine Schuhe aus, schlüpfte aus meiner Kleidung und ließ Badewasser in die Wanne sprudeln. Ich tat nun wieder einmal das, was schon seit Tagen meine Lieblingsbeschäftigung gewesen war: Anstatt wirksame Strategien zur

Umsetzung meines Plans zu entwickeln, glitt ich ächzend in die Badewanne, griff auf die Kommode und nahm ein Päckchen mit halluzinogenen Pilzen zur Hand. Ich riss das Päckchen auf, und mit einem Schluck Wein verschwanden die Pilzkappen in meinem Mund. Dann plätscherte ich unschlüssig im Wasser, starrte auf den Duschkopf und wartete, bis er zu seiner gewohnten anthropomorphen Gestalt finden und mit mir zu sprechen beginnen würde. Noch war der Duschkopf starr, synthetisch und unbelebt, eines der vielen Accessoires, für die ich kein rechtes Interesse aufbringen konnte. Doch schon in wenigen Minuten würde er sich regen und zum Leben erwachen, um wie die Nächte zuvor mit mir Konversation zu betreiben. So unglaublich es auch klang, aber in diesen Unterhaltungen hatte er sich als interessierter, fesselnder Gesprächspartner erwiesen, der mich oftmals besser kannte als ich mich selbst. Bis der Duschkopf bereit war, wischte ich den Wasserdampf von der Fensterscheibe und blickte hinüber zu dem Apartment auf der anderen Straßenseite.

Die ganzen letzten Nächte, in denen ich in der Badewanne lag und auf das Erwachen des Duschkopfs wartete, hatte ich den Mieter dieses Apartments beobachtet. Meist lehnte er in einem offenen Haifischkragenhemd am Geländer seines Balkons, rauchte Slim-Line-Zigarillos und starrte mit blasiertem, konturlosem Gesicht in die Nebelschwaden. Von Zeit zu Zeit strich er sich durch seine brauen, mediterranen Löckchen, bis er plötzlich in die Hosentasche griff, ein Schlüsselbund zückte und nach unten fallen ließ, wo ein Mädchen die Hände nach dem Schlüsselbund ausstreckte. Es waren jede Nacht andere Mädchen, die dort unter seinem Balkon auf Einlass warteten. Ich hörte sie in ihren Sportwagen schon von weitem heranfahren, weil meistens Räkelmusik à la Erykah Badu aus den Autos dröhnte. Der Mann auf dem Balkon schien Spanier zu sein, denn die Mädchen zischten, nachdem sie geparkt hatten, in bettelndem Ton den Namen »Javier!« zum Balkon hoch, bis Javier zusammen mit etwas Zigarilloasche den Schlüsselbund fallen ließ.

Ich hatte nicht den blassesten Schimmer, warum Javier nicht wie jeder normale Mensch einfach den Türöffner betätigte, um die Mädchen ins Haus zu lassen. Vielleicht funktionierte sein Türöffner nicht, vielleicht hatte er die Klingel abgestellt, um diesen Ansturm an Frauen zu kanalisieren, vielleicht war er auch einfach nur ein aufgeblasener Fatzke, dem diese dummen Balkonszenen gefielen. Bei den Abschieden jedenfalls, wenn die Mädchen aus dem Haus traten und in ihre Autos stiegen, erschien Javier mit der Zuverlässigkeit eines Schäfflers vom Rathausturm erneut auf dem Balkon, und die Mädchen warfen ihm ein Küsschen hoch und hauchten »Gracias!« – in ihrem deutschen Akzent manchmal auch »Gratzias!«

Es waren hübsche Mädchen, das musste man zugeben, und sie wären genau die richtigen Partnerinnen gewesen, um der Gräfin eins auszuwischen und dann das Duett *Juchhei, nun ist die Hexe tot!* anzustimmen. Doch leider waren sie nicht in meinem Apartment zugange, sondern in dem von Javier – eine Wahrheit, die bitter schmeckte. Schließlich war ich ein Mann im besten Alter, charismatisch, attraktiv und von heiterem Liebreiz. Wenn alles mit rechten Dingen zugegangen wäre, dann hätten sich vor meiner Tür Jennifer Lopez und Gisele Bündchen um den Eintritt balgen müssen, dann hätten Laetitia Casta und Jade Jagger mit Sturmseilen meine Wohnung belagert, dann wären Mena Suvari und Lucy Liu mit Rammböcken zugange gewesen, um in mein Bett zu gelangen. Aber freilich: Hier ging schon lange nichts mehr mit rechten Dingen zu.

Reflexartig griff ich nach meinem Handy, das auf der Kommode lag, um zu sehen, ob ich nicht in seinem Speicher irgendeine Helferin für die Palastrevolte finden könne. Ich klickte das Menü »Telefonlisten« an und flippte die dort gespeicherten Frauennamen durch. Schon als ich beim Buchstaben »G« angekommen war, ließ ich das Handy vor Schwäche wieder auf die Kommode fallen: Die Frauen, die in diesem Menü verzeichnet waren, hätte ich nicht einmal meinem ärgsten Feind gewünscht. Die Behauptung, dass sie zickig und verdreht waren, griff zu kurz. Man musste ehrlich zu sich sein: Es waren klinische Fälle, denen nicht einmal mehr die Gestalttherapie, die Psychoanalyse oder das Tauchbecken von Lourdes Heilung gebracht hätten. Was äußere Mäkel betraf – Pfirsichhaut, Krähenfüße, Tonnengesäße –, war ich nachsichtig. Aber diese Frauen, die da in meinem Handy verzeichnet waren, hatten auf jeden Mann eine so »zernichtende Wirkung« (*Psychose und Partnerschaft*, Symposium des Wiener Arbeitskreises für Psychopathologie, 1999), dass ich ihre Nummer nicht einmal gewählt hätte, wenn ich auf dem Piz Palü verunglückt wäre und zur Rettung ein einziges Telefonat mit ihnen zugestanden bekommen hätte.

Bei diesen Gedanken hörte ich ein leises, metallisches Schnarren, wie von einem Schlauch, der durch eine Halterung fuhr, und jetzt schaltete sich der Duschkopf ein.

»Vergiss den Blödsinn!«, sagte er und schüttelte mitfühlend sein Haupt in der Halterung. »In deinem Handy wirst du nicht fündig werden!«

»Schon klar«, sagte ich – keineswegs befremdet, ihn sprechen zu hören. »Aber hat Monsieur vielleicht eine bessere Idee?«

»Um die Gräfin zu besiegen, brauchst du ganz andere Mädchen«, sagte der Duschkopf und richtete sich siebengescheit in der Halterung auf.

»Keine Frage!«, seufzte ich. »Bloß woher nehmen?«

Der Duschkopf starrte mich aus seinen Düsen an wie ein Hypnotiseur.

»Du musst in Kontakt treten mit der Vergangenheit!«, raunte er. »Du darfst dich nicht auf das Hier und Jetzt versteifen! Du musst eine Reise durch die Zeit unternehmen!«

Skeptisch verzog ich mein Gesicht, denn fast kam es mir so vor, als ob nicht ich, sondern der Duschkopf die Pilze eingenommen hätte.

»Glaub mir!«, beschwor mich der Duschkopf. »Du musst dich darauf konzentrieren, was früher war!«

»Was ... früher war?«

»Natürlich. Du kanntest doch wunderbare weibliche Wesen in der Vergangenheit.«

»Wen genau meinst du?«, fragte ich. Ich war der festen Überzeugung, dass ich schon seit Urzeiten auf die Brigade der Borderline-Patientinnen abonniert war.

Der Duschkopf ringelte sich mit dem Schlauch die Brausestange hoch und nickte selbstgefällig:

»Ich sage nur: Mia Luger.«

»Mia Luger!«, flüsterte ich und sank kurz unter Wasser. Herr im Himmel, Mia Luger! Wie hatte ich diesen Namen nur vergessen können! Der Duschkopf hatte Recht. Was war das für ein schönes, großartiges Mädchen gewesen!

Mia Luger wohnte damals im gegenüberliegenden Block in der Blumenau. Sie war Scheidungskind, hatte pechschwarze glatte Haare bis zum Po und einen unglaublich melancholischen, fast verhuschten Blick. Meistens trug sie enge Jungshemden, und zwischen ihren Brüsten, die klein wie Sandküchelchen waren, hing eine Kette mit einem goldenen Medaillon in Herzform. Da wir in verschiedene Schulen gingen und sie mit niemandem Kontakt hatte, sah ich sie nur am Nachmittag, wenn ich mit meinem Freund Berger auf der

Wiese vor ihrer Wohnung herumbolzte. Wie ein gefangenes, verletztes Waldtier stand sie stundenlang am Fenster und beobachtete uns. Einmal erschien sie völlig überraschend auf einer Party in der Maria-Sieben-Schmerzen-Pfarrei. Sie stand starr und autistisch in der Ecke, aber als Hymn von Barclay James Harvest lief, forderte sie mich zum Schiebertanzen auf, und ich habe nie wieder ein Mädchen erlebt, das sich beim Tanzen so verzweifelt an mich gepresst hatte. Eine Woche darauf war sie mit ihrer Mutter weggezogen.

Die Erinnerungslawine, die der Duschkopf mit Erwähnung dieses Namens bei mir ausgelöst hatte, war ungeheuer. Kein Mädchen war jemals schöner gewesen als Mia Luger, kein Mädchen reiner, geheimnisvoller und stärker von Tragik umschattet. Nächtelang hatte ich damals nur von ihr geträumt, und es war mir ein Rätsel, wie ich diesen Namen vergessen konnte um all die Jahre mit unwichtigen Affären zu verplempern. Doch jetzt wusste ich, was zu tun war. Blitzschnell sprang ich aus dem Badewasser, das in Sturzbächen an mir herablief, band mir ein Handtuch um und riss das Fenster auf.

»Der Duschkopf sagt die Wahrheit!«, brüllte ich in die Nacht hinaus und schreckte Javier auf, der am Balkon auf eines seiner Diskomäuschen wartete. »Mia Luger war die beste Frau, die jemals auf diesem Planeten gewandelt ist – du spanischer Schlampenheinrich!«

Feuchte Fußabdrücke auf dem Parkett hinterlassend, eilte ich zum Schreibtisch und schnappte mir das Telefonbuch. Augenblicklich musste ich wissen, was aus Mia Luger geworden war und wo sie steckte! Es war dabei vollkommen zweitrangig, ob sie mir auf die Schnelle bei meinem Krieg gegen die Gräfin beistand. Das Wichtigste war, dass schon ein Wiedersehen mit ihr den Spuk dieser verdrehten Welt mildern und den Glanz der Vergangenheit aufleuchten lassen würde.

Ich setzte mich aufs Bett, schlug das Telefonbuch auf und blätterte schnell die Seiten durch. Mit dem Finger durchlief ich Spalten voller Lucics, Lugumdzijas und Lu Wans, ich fuhr über Luigi's Bar, Luggl Feuerbestattungen und die Luftgewehrfreunde Oberschleißheim – aber ich fand keine Mia Luger. Ich nahm mein Handy, rief die Telefonauskunft an und ließ nachforschen, ob sie deutschlandweit einen Eintrag unter Miriam oder Mia Luger parat habe – ebenfalls ohne Erfolg. Sie muss geheiratet haben, schlussfolgerte ich, das ist die einzig plausible Erklärung! Doch da ich weder die Adresse noch den Vornamen ihrer Mutter wusste, konnte ich dort keine Informationen einholen. Das Internet!, fiel mir siedendheiß ein, die große demokratische Datenbank unserer Epoche! Was für ein Blödsinn, auf das völlig veraltete Medium des Telefonbuchs zu setzen, wenn man via Internet in Sekundenschnelle Menschen orten konnte, die über die ganze Erdkugel verstreut lebten! Ich holte meinen Laptop aus der Tiefschlafphase, rief *Google* auf und gab »Mia Luger« ins Suchfeld ein. Bingo! *Google* listete binnen einer Sekunde hundert Treffer auf!

Gebannt starrte ich auf den Bildschirm, bis ich die Masse der Informationen einigermaßen entschlüsselt hatte. Zuerst klickte ich die deutschsprachigen Webseiten an, in denen laut Ankündigung eine Mia Luger als »Gewinnerin des Züricher Architekturpreises ›Schindelzauber‹« porträtiert war, gemeinsam mit einem gewissen Thierry Schnückle. Noch bevor ich den Verdacht äußern konnte, dass ich m e i n e r Mia Luger eine solch triumphale Biografie nicht ganz zutraute, ploppte auf dem Bildschirm schon das Pixel-Konterfei einer bulimischen Blondine auf, die ihre Hauer fletschte und aussah wie die Grinsekatz aus *Walt Disney's Lustigen Taschenbüchern*. Dies war zweifellos die falsche Mia Luger, also wandte ich mich umgehend den italienischen Webseiten zu. Da Mia

Luger Halbitalienerin gewesen war, würden mich diese nun auf die richtige Fährte führen. Ich klickte sie an, und auf allen siebzig Seiten fand ich denselben Treffer: *»Quando sento la parola cultura, la mia mano corre verso la mia Luger«* – ein Satz, der von Hermann Göring stammte und den ich sogar im Original kannte: *»Wenn ich das Wort Kultur höre, greife ich zu meiner Luger.«*

Jetzt blieb nur noch eine Möglichkeit, mir über Mia Lugers Verbleib Klarheit zu verschaffen. Ich blickte ins Badezimmer zum Duschkopf, und der Duschkopf nickte bestätigend. Ich nahm mein Handy, tippte eine wohlbekannte Nummer ein, und wartete bis jemand abhob. Inmitten von Schunkelmusik, zu der irgendein Conferencier eine Ansage machte, hörte ich Bergers schwere Zunge.

»Ingo, du kommst gerade etwas ungelegen«, lallte Berger. »Hier im *Radlsteg* ist Karaoke-Party, und sie spielen gleich *Ich möcht' so gern Dave Dudley hör'n*. Da muss ich auf die Bühne.«

»Warte!«, rief ich. »Ich such gerade im Internet nach 'nem Mädchen und …«

»Schau mal unter *www.frauen-restposten.de*. Da bin ich schon öfters fündig geworden.«

»Verdammt, hör mir doch erst mal zu! Kannst du dich noch an Mia Luger erinnern? Die Schwarzhaarige damals vom Block gegenüber? Hast du eine Idee, was aus der geworden ist?«

»Mia Luger …«, seufzte Berger, und für einen Moment schien die Vergangenheit sogar von ihm Besitz zu ergreifen. »Nein, nicht die geringste Ahnung, was aus der geworden ist.«

»Hast du eine Idee, wie ihre Mutter hieß?«

»Woher soll ich wissen, wie Mia Lugers Mutter hieß! Das ist so lange her.«

»Warum zum Teufel hilfst du mir nicht, Mia Luger zu finden!«, explodierte ich. »Der *Radlsteg* ist doch die letzte Aso-Kneipe. Hast du denn keine Ziele mehr?«

»Nein«, sagte Berger. »Im Augenblick möchte ich wirklich nur Dave Dudley hören.«

Dann begann eine Slidegitarre zu spielen, eine Stimme lallte *Es ist schon weit nach Mitternacht, mein Tag ist längst vorbei,* und die Verbindung brach ab.

Ich seufzte, nahm wieder das Telefonbuch und hämmerte mit den Fingern auf den Seiten herum, bis mein Blick auf einen Namen fiel. Sofort erlahmten meine Finger.

»Jean Ludlbauer!«, murmelte ich. »Das kann nicht wahr sein!«

Doch hier im Telefonbuch stand es schwarz auf weiß: »*Jean Ludlbauer, Menardistr. 11, Tel.: 7002130*«. Jean Ludlbauer – die Geißel unseres Viertels, der Terror in Menschengestalt, der Alptraum aller Halbwüchsigen, die zwischen Laim und Blumenau aufwuchsen. Jean Ludlbauer – der uneheliche Sohn eines Ami-Soldaten und einer bayerischen Bedienung, die Oberarme wie ein Ostblock-Gewichtheber hatte. Jean Ludlbauer – der diesem genetischen Höllenmix alle Ehre machte, indem er aussah wie ein brauner Vorschlaghammer ... Wenn Jean Ludlbauer mit seinem Afro-Wuschelkopf und seinen mehrfach geplatzten, vernähten und vernarbten Lippen vor einem auftauchte, war die Zeit des Leidens gekommen: Ein Gespräch begann er oft mit der süßlichen Bitte um eine Zigarette. Bot man ihm aus Angst eine an, folgten abfällige Bemerkungen über die Zigarettenmarke »Sog, daugt da des Homokraut?« –, und ganz gleich, ob man ihm eine Roth Händle, eine Ernte 23 oder eine Kim gab, knallte er einem schon die erste Ohrfeige ins Gesicht. »Auf die Knie, wenn der schwarze Massa kimmt!«, befahl er dann, presste einen mit seiner knorpeligen Faust zu Boden und rauchte erst seelenruhig die Zigarette zu Ende, bevor er einen Hagel an Tritten, Faustschlägen und Ohrfeigen auf einen niederprasseln ließ. Einmal trug ich auf dem Spielplatz in der Senftenauerstraße eine nagelneue, weiße Collegejacke spazieren, und als ich hinter mir den Satz hörte: »Sog, daugt da die scheene, weiße Collegejackn?«, wusste ich, dass mich Jean Ludlbauer nun so lange in Kot und Dreck hineinreiben würde, bis keine Klementine dieser Welt meine Collegejacke jemals wieder sauber bekommen hätte.

Das letzte Lebenszeichen, das ich von Jean Ludlbauer vernommen hatte, war die Zeitungsmeldung, dass er nach Vollendung der Volljährigkeit mit einer Schrotflinte das Laimer Freizeitheim gestürmt hatte, um die Partykasse zu rauben. Ich hätte gewettet, dass er inzwischen zu lebenslänglichem Zuchthaus verknackt oder irgendeinem Zuhälterkrieg zum Opfer gefallen war, aber – so unfassbar es schien – hier stand er im Telefonbuch, putzmunter und auf freiem Fuß, sogar noch unter seiner alten Adresse. Während Menschen wie Mia Luger für immer verschollen waren, vertilgt von der Zeit, hatte jemand wie Jean Ludlbauer eine Haltbarkeit bis in alle Ewigkeit …

Ich verwarf meine Ludlbauer-Elegie und setzte mich zum Duschkopf an den Rand der Badewanne:

»Unter Mia Luger gab es keine Einträge! Was machen wir jetzt?«

»Na, dann denk doch einfach mal an Judy Schmölz!«, sagte der Duschkopf. »Muss man dir bei jeder Erinnerung auf die Sprünge helfen? Muss man dir denn immer alles auf einem silbernen Tablett servieren?«

»Judy Schmölz«, nickte ich und presste die Lippen aufeinander. »Guter Einfall, mein Lieber! Zwei zu null für dich! Ich muss zugeben, dass du Geistesblitze hast.«

Judy Schmölz, dieser blonde Putto mit dem glockenhellen, eroberungslustigen Lachen und den Augen, die blau wie Farblinsen waren … Mein Gott, das war ja fast so lange her wie die Zeit mit Mia Luger! Man schrieb das Jahr der Karottenhose, und Judy Schmölz machte mit ihren Eltern auf demselben Bauernhof Urlaub wie meine Eltern. Nach dem Abendessen ging sie immer mit mir hinter das Wirtschaftsgebäude, setzte sich ins Gras und spielte mir auf ihrer Gitarre Folksongs vor. Im Schneidersitz saß sie dann da in ihrem königsblauen Känguruh-Sweatshirt, auf das ihre Lockenpracht fiel, und sang Ralph McTells *Streets of London*… Sicher, *Streets of London* war ein verlogenes Rührstück, durch dessen Strophen Ralph McTell jeden einzelnen Obdachlosen Englands schlurfen ließ, um die Hartherzigkeit der Welt anzuprangern. Aber wenn Judy Schmölz die Saiten zupfte und mit ihrer Kleinmädchenstimme sang: *»So how can you tell me you're lo-o-o-n-e-e-ely / And say for you that the sun don't shine? / Let me take you by the hand and lead you through the streets of London. / I'll show you something that will make you change your mind …«*, dann musste ich zugeben, dass sich in meiner Karottenhose etwas regte, das mindestens so hart wie der englische Kapitalismus war.

Außer diesen Privatkonzerten hatte sich zwischen Judy Schmölz und mir nie etwas ergeben, schließlich war sie drei Jahre älter als ich. Aber ich wettete, dass sie damals dieselbe heimliche Begierde, dieselbe knisternde Spannung gefühlt hatte. Und wenn ich sie jetzt anriefe, würde sie nach meiner Begrüßung sicher flüstern: »Ingo? Bist d u ' s ?«, bevor sich ihrer Kehle ein ungläubiger, glücklicher Seufzer entrang, in dem Jahre des Wartens und der Sehnsucht mitschwangen.

Ich schnappte mir wieder das Telefonbuch, blätterte auf die Seite mit den »Schmölz'« und war baff: Unter dem Namen Judith Schmölz listete das Telefonbuch fünf verschiedene

Handynummern sowie einen Festnetzanschluss auf. Ich schnippte den Duschkopf mit dem Daumen zu, schenkte mir Wein nach und wählte Judys Festnetznummer. Eine Weile tutete das Telefon, dann sprang ein Anrufbeantworter an.

»*Hi!*«, quäkte eine Stimme. »*This is the mailbox of Judy Schmölz, Plääääänet Productions! I'm NOT available at the moment. For urgent contact you can reach me at:* 0-0-0-3-0-5-8-0-2-0-2-6-6-0-9-8-0-0-2-0. *Thänks for your call!*«

Noch mehr als diese futuristisch lange Telefonnummer, die sich nach einem Nebenwohnsitz auf Papua-Neuguinea anhörte, befremdete mich der Klang der Stimme, die das Band besprochen hatte. Die Stimme hatte einen gedopten, kokainerstickten, gleichzeitig völlig lobotomisierten Klang, und bei den vielen »Ooohh-Ooohh«s der Nullen stöhnte die Stimme, als genieße sie multiple Orgasmen. Sollte dieser Anrufbeantworter wirklich von Judy Schmölz besprochen worden sein, so war von der kindlichen Glöckchenstimme, die ich in Erinnerung hatte, nichts mehr übrig geblieben.

Ein paar Minuten zögerte ich, dann wählte ich eine der Handynummern. Schon nach dem ersten Tuten hob jemand ab.

»Hab ich dir nicht gestern ganz klipp und klar die Ansage gegeben, dass ich jetzt nicht sprechen kann?«, kreischte ein Mädchen ins Handy. »Ich muss meine Stimme schonen, wir sind in einer Stunde auf Sendung!«

Im Hintergrund hörte ich ein lautes Schnattern aus vielen Mündern, ein Getrampel von Füßen und einen Mann, der schroffe Anweisungen wie »Schießt! Schießt!« schrie, ein Mordsgetöse, in dem ich aber offensichtlich der gefährlichste Stimmenzerstörer war.

»Judy, tut mir leid, wenn ich dich gerade störe«, sagte ich, »aber hier spricht Ingo!«

»Wer?«

»In-go! Kannst du mich hören?«

»Verdammt, ich bin schon wieder dabei, mir die Stimme zu ruinieren!«

»Ingo vom Chiemsee! Der, dem du damals *Streets of London* vorgesungen hast!«

»London?«, schrie das Mädchen und war sofort wie verwandelt. »Sagtest du London? Ooohh, ooohh, warte mal, ich geh hier ganz schnell mal vom Set weg!«

Die Geräuschkulisse wurde schwächer, und ich hörte, wie das Mädchen in ein befreites, glückliches Gelächter ausbrach.

»Sag's doch gleich!«, rief das Mädchen. »Ich hab dich vorher bloß nicht richtig verstanden. Weißte, das mit London is so 'ne Sache, die in meinem Kopf immer noch total präsent ist! Das gript einfach – trotz der ganzen Zeit! Also wenn du 'ne klare Ansage hören willst: Ich bin an dem Job in London nach wie vor interessiert! Wir ziehen hier mit Sasha nur noch dieses eine Projekt durch, und dann bin ich *fit for what's näxt*!«

»Judy, ich hab keinen Job zu vergeben.«

»Dann bist du nicht der Typ von *MTV*?«

»Nein, Judy, ich bin Ingo vom Chiemsee.«

Das Mädchen brüllte nun so hysterisch los, als ob ich statt eines Jobs bei *MTV* eine Rolle in *Scream* zu vergeben hätte.

»Verdammt!«, schrie sie. »Ich krieg echt so 'nen Hals! Jetzt hab ich mir schon wieder meine Stimme ruiniert! Ihr Typen seid eine Pest, ihr wisst einfach nie, wann Schluss ist, ihr …«

Mit einem Tastendruck beendete ich Judy Schmölz' Flüche, stand auf und klopfte mit den Fingern einen gereizten Rhythmus an den Türstock.

»Nun, das ging wohl in die Hose!«, sagte ich. »Großartig, was du für Einfälle hast! Hast du ihre Stimme gehört?«

»Ja«, murmelte der Duschkopf.

»Vielleicht hatte der Klang ihrer Stimme ja mit den Halluzinogenen zu tun, die ich eingenommen habe?«

»Nein«, gab der Duschkopf zu, »sie sprach wirklich so.«

Ich stemmte meinen Arm gegen die Wand, lehnte meinen Kopf daran und schwieg.

»Na, dann los!«, schrie ich schließlich. »Her mit dem nächsten Namen! Der Fundus deiner Geistesblitze kann ja noch nicht ganz erschöpft sein!«

Der Duschkopf machte eine lange zerknirschte Pause und dachte nach.

»Dorle Scharlach!«, sagte er schließlich.

»Dorle Scharlach«, wiederholte ich und nickte.

Ja, mit Dorle Scharlach brach damals eine gänzlich andere Ära an. Mit Dorle Scharlach war die Zeit der schüchternen Blickwechsel, der stummen Anhimmelei und der harmlosen Fetische wie Herzmedaillons und Ralph-McTell-Lieder schlagartig vorbei, mit Dorle Scharlach ging es ans Eingemachte … Wir waren in dieser Zeit schon zu waschechten Zigarettenbürscherln aufgestiegen und nicht mehr bloß Kinder, die Tabakwaren mit sich herumtrugen, um Jean Ludlbauer milde zu stimmen (der einen dann freilich trotzdem durchs Viertel fotzte) … Wir hatten uns ein Baumhaus in der Nähe des Westbads gezimmert und es mit einem alten Kassettenrekorder und mehreren Flaschen Bacardi, Batida de Coco und Bols Curaçao ausgestattet. Das erste Mal, als Dorle Scharlach dort auftauchte, steckte sie ihren Zeigefinger in die geschlossene Faust, machte darin Bewegungen und fragte mich kichernd: »Weißte, wie das heißt?«, und ich konnte mich noch bestens an ihren Geruch nach Hubba Bubba und die runde Geschwulst auf ihrer Zungenspitze erinnern, als sie mir einen Kuss gab. Dorle Scharlach war klein, lebenshungrig und wie wir alle ein Schlüsselkind. Sie wohnte bei ihrem Vater, einem cholerischen Automechaniker, der von einem Unfall einen zentimetertiefen, furchterregenden Spalt in der Schädeldecke davongetragen hatte. Einige Male nahm sie mich zu sich nach Hause, und an einem dieser Nachmittage kam ihr Vater früher von der Arbeit zurück, drosch wie Krampus gegen die Kinderzimmertür und schrie: »Dorle, da is doch jemand drin! Wenn'st ned glei aufsperrst, foid da Watschenbaum um!«, woraufhin ich mich mit einem Sprung aus dem Fenster in Sicherheit brachte. Ihre Wohnung lag Gott sei Dank im ersten Stock, aber wenn man wusste, was Dorle Scharlach in ihrem Zimmer mit ihrer Zunge so alles anstellte, hätte man sie auch im zehnten Stock besucht. Es waren – um es hier mal ganz im Vertrauen zu sagen – s e n s a t i o n e l l e Techniken, die Dorle draufhatte ... Sternstunden oraler Kunst ... Mundzaubereien, die sogar Bobby McFerrins Lippenakrobatik verblassen ließen ... Manieristische Meisterleistungen, in denen alle Register gezogen wurden, bis man ...

»... einen Begriff davon bekam, was Perfektion ist«, ergänzte der Duschkopf.

»So ist es«, sagte ich, »obwohl du da eigentlich nichts mitzureden hast!«

Ich eilte zum Bett, schnappte mir das Telefonbuch und blätterte auf die Seite mit den »Scharlachs«. Eine Dorle Scharlach fand ich nicht, aber zumindest war ihr Vater – ganz nach Ludlbauers Weise – noch unter seiner alten Adresse eingetragen. Ich überlegte eine Weile, ob es ratsam sei, den Mann mit dem beängstigenden Spaltkopf anzurufen – vielleicht würde er immer noch wie ein Schießhund über die längst verschenkte Unschuld seiner Tochter wachen. Etwas in mir sträubte sich gegen diesen Anruf, doch wenn ich nochmals Dorle Scharlachs Mund spüren wollte, blieb mir nichts anderes übrig. Ich nahm also mein Handy, wählte die Nummer ihres Vaters und wartete, bis er abhob.

»Bitte entschuldigen Sie die Störung«, flötete ich ins Telefon. »Mein Anruf kommt vielleicht etwas ungelegen, aber ich bin ein alter Bekannter Ihrer Tochter, ein Spielkamerad aus Kindertagen, und ich wollte fragen, ob Sie mir nicht rasch ihre jetzige Telefonnummer geben könnten.«

Am anderen Ende der Leitung herrschte Stille – kalt wie eine Wand.

»Gib ihm noch eine Salve!«, zischte der Duschkopf. »Schieß ihn sturmreif!«

»Wissen Sie«, legte ich nach, »ich wollte mit Dorle nämlich ein bisschen über die vergangenen Zeiten reden ... Wir waren ja schließlich Sandkastenfreunde ... kleine, unschuldige Kinder, keusch wie Barbie und Ken ...«

Die beklemmende Stille hörte nicht auf.

»Gummi-Twist und Sackhüpfen, Autoquartett und Hanuta-Meerestier-Bildchen – ach, was waren das nur für Zeiten ... so lange, lange vor Beginn der Geschlechtsreife!«, flötete ich, damit er endlich seinen Starrsinn aufgab und mit der verdammten Nummer herausrückte.

Plötzlich begann der Mann mit einer uralten, brüchigen Stimme zu sprechen, bemüht um ein feierliches Hochdeutsch:

»Mei Tochter«, sagte er, »is seit drei Jahren tot.«

»Aber das ist ja schrecklich!«, flüsterte ich. »Bitte verzeihen Sie, dass ich Sie mit meinem ...«

»Des ham Sie ja nicht wissen können«, schnaubte der Mann. »Aber wenn ma fragen darf: Wer sind Sie?«

Augenblicklich stand mir Schweiß auf der Stirn, denn ich sah die Sackgasse, in die er mich trieb.

»Ingo«, flüsterte ich. »Ingo Falkenhorst.«

»Aha!«, sagte der Mann. »An einen Spielkameraden meiner Tochter, der so heißt, kann ich mich gar ned erinnern. Also erklären Sie mir bitte: Woher ham Sie mei Tochter g'kannt?«

»Ähem, eigentlich kannte ich sie kaum …«

»N e e e e i i n ! Sicher ham Sie sie sehr gut g'kannt! Sicher ham Sie sie v i e l b e s s e r g'kannt als ich, der ich mein ganzes Leben nie Zeit für sie g'habt hab. Alles wär ganz anders gekommen, wenn ich nicht alleinerziehend und werktätig g'wesen wär …«

Der Mann schnaufte schwer in die Muschel, und dann folgte das, was ich seit Minuten befürchtet hatte:

»Erzählen Sie mir von ihr!«, sagte er. »Erzählen Sie mir von ihr! Man kommt als Vater leichter über einen solchen Verlust hinweg, wenn der geliebte Mensch … durch Erinnerungen anderer … Stück für Stück wieder lebendig wird.«

»Aber ich weiß doch praktisch nichts von ihr!«, rief ich.

»Das glaube ich Ihnen nicht! Erzählen's mir alles! Jedes Detail bereitet Trost.«

Ich nahm meine ganze Kraft zusammen, um die richtigen Worte zu finden:

»Also gut, wenn es Ihnen hilft, dann … kann ich nur sagen, dass sie … begnadet war …«

»Reden Sie weiter …! Es tut so gut …!«

»… und dass sie … wie soll ich es ausdrücken … der Welt viel, viel Freude bereitet hat. Ich habe ja nur einen … kleinen Einblick in ihre Talente und Fähigkeiten erhalten, aber ihr Tod war für alle, die sie kannten … ein großer Verlust.«

»Ja. Sie war so jung, sie hätt noch so viel machen können.«

»Da haben Sie Recht, das sehe ich genauso.«

Der Mann atmete jetzt etwas leichter.

»Bei jedem Wort, das Sie von ihr erzählen, kommt's mir

vor, als ob sie wieder vor mir zum Leben erwacht. Hören S', ich möcht Sie kennenlernen! Wir müssen uns unbedingt über meine Tochter austauschen!«

»Nein«, rief ich, »das ist unmöglich, glauben Sie mir! Das geht über … unsere Kräfte …«

Der Mann sagte etwas, aber ich hatte mit einem verzweifelten Tastendruck das Gespräch schon beendet. Ich stand auf, wankte zur Anrichte und goss den verbliebenen Wein ins Glas, während der Duschkopf beschämt sein Haupt neigte.

»›*Schieß ihn sturmreif, gib ihm noch eine Salve!*‹«, rief ich. »Es ist nicht zu fassen! Von deinen Einflüsterungen habe ich endgültig genug! Den letzten Versuch mach ich auf eigene Faust, und du hältst gefälligst die Klappe!«

Ich ging zurück, nahm das Telefonbuch und schlug, ohne nachzudenken, den Namen Sabine Baumgartel auf – das erste Mädchen, mit dem ich eine längere Beziehung gehabt hatte. Sabine Baumgartel war keine Schönheit gewesen und auch völlig unbedarft in den Techniken, die Dorle Scharlach so meisterhaft beherrscht hatte, aber ihr heiteres, ruhiges Mondgesicht, ihre bayerische Herzlichkeit und ihr drolliger Bubikopf waren zumindest damals einen ganzen Sommer lang ein Lichtblick gewesen. Natürlich scheiterte die Beziehung bald, weil Sabines Gemüt einfach zu schlicht und zu gutmütig für jemanden wie mich gewesen war, und soweit ich mich erinnerte, hatte irgendein Motorrad-Fanatiker namens Ricky meine Nachfolge angetreten. Aber genau diese Schlichtheit war der Grund, warum ich Sabine Baumgartel jetzt anrief. Denn wenn eine Frau wie sie nicht bis zum heutigen Tag dieselbe geblieben war, dann wusste ich auch nicht, wohin dieser Planet steuerte. Ich fand Sabines Nummer im Telefonbuch und wählte.

»Wer is denn des, der mich da anruft?«, fragte eine Stimme, die wie eine heimelige, gesummte Melodie klang.

»Ich bin's«, rief ich, »Ingo! Ich hatte plötzlich unbändige Lust, deine Stimme zu hören!«

»Mei, is des aber schön!«, lachte Sabine. »Glaubst es: I hab mir fast 'dacht, dass du des bist! In mei'm Horoskop hat's nämlich g'heißen, dass sich eine große Liebe aus der Vergangenheit wieder bei mir meldet. Geht's dir gut?«

»Bei mir alles bestens. Und bei dir?«

»Ach, weißt«, seufzte sie, »i hab da so a neue Kollegin, die was mich ständig angrattelt und angiftet. So a junges, aufbrezeltes Nutterl ... Mi'm Chefarzt is ins Bett 'gangen, und die Patienten hat's aufg'hetzt gegen mich! Aber jetzt is Gott sei Dank seit a paar Tag nimmer in der Arbeit. Lähmungserscheinungen im Brustbereich, hat's g'heißen. Ich glaub, des is die Strafe Gottes, weil sie so ein böser Mensch is. – Und du? Führst immer noch so a richtigs Intellektuellenleben? Liest immer noch so viel?«

»Ja, Bücherlesen ist nach wie vor meine Leidenschaft ...«

»Mir geht's genauso«, pflichtete mir Sabine bei, »weil ma lernt ja nie aus! Zur Zeit les ich 'grad was, des is furchtbar spannend! Des heißt *Ich bin Du – Die Kraft der Tränke und Tinkturen*, und da steht so viel geheimes Wissen drin, dass nur im Hexenladen verkauft wird.«

»Toll«, sagte ich. »Und mit Ricky bist du immer noch zusammen?«

»Ja, weißt du gar ned, was mi'm Ricky passiert ist?«, fragte Sabine erstaunt.

»Wieso, was denn?«

»Schluss g'macht hat er mit mir und is nach Thailand ausg'wandert ... Und in Bankok hams ihn dann tot im Hotelzimmer g'funden.«

»Wie bitte?«, stammelte ich. »An was ist er denn gestorben?«

»Herzmuskellähmung, hat's g'heißen.«

»Nicht zu fassen! Und das wurde nie aufgeklärt?«

»Nein, nie«, seufzte Sabine. »In Thailand untersuchen die so was ja nur ganz schlampig … Mei, vielleicht is er ja mit so am jungen, aufbrezelten Nutterl mit'gangen. Die sind zu allem fähig, die gehen über Leichen! Na, jedenfalls is nie gut für d' G'sundheit, wenn ma sein Partner sitzen lasst und auf Biegen und Brechen a neues Leben anfangen will. Des geht oft ins Auge.«

»Seid ihr denn damals im Streit auseinandergegangen?«

»Nein, gar ned«, lachte Sabine. »Ich hab des zwar schon erst amal verarbeiten müssen. Aber zum Abschied hab ich ihm alles Gute g'wünscht und ihm extra a kleins Flascherl mit Heilextrakt mit'geben: Wenn's dir seelisch ganz schlecht geht – hab ich g'sagt –, wenn'sd dich ganz einsam fühlst in dem fremden Land und wenn dei Heimweh ganz, ganz schlimm is, dann nimmst a Schlückerl und denkst an mich!«

»Soso«, hüstelte ich. »Dann muss Rickys Tod ja ein schrecklicher Schlag für dich gewesen sein.«

»Jaja … Aber ich hab während der Zeit viel mi'm Michael g'sprochen, des hat mich wieder aufbaut!«

»Michael? Ist das dein neuer Freund?«

»Nein«, lachte sie. »Ich mein natürlich den Erzengel. Den mit dem Flammenschwert.«

»Ach so, ja … Sabine, ich muss jetzt dann langsam mal wieder weiterarbeiten …«

»Geh, jetzt simma doch grad so nett am Ratschen! Magst ned vorbeikommen? Ich wohn immer noch in der Pfeifestl-Straß! Genau wie früher!«

»Heute passt's ganz schlecht …«

»Arbeiten kannst morgen doch auch noch. Wenn'sd vorbeikommst, wirst sehn: Alles is wie früher!«

»Ein andermal ... total gern!«, sagte ich und drückte die »Beenden«-Taste.

Dann kauerte ich mich hin, lehnte mich gegen die Badewanne und starrte mehrere Minuten nur an die Wand – so erschöpft und ausgepumpt wie eine Waschtrommel nach beendetem Schleudergang. Auch der Duschkopf war mittlerweile erloschen – kühl, regungslos und silberbeschichtet hing er in seiner Armatur. Schon seit Stunden wusste ich nicht mehr, welchem Ziel ich hier eigentlich hinterherjagte, aber eines war klar: Die Vergangenheit existierte nicht mehr, und wenn sie noch irgendwo existierte, dann so weit entfernt, dass man es nicht einmal mit der Voyager dorthin schaffte.

Energische Schritte und ein Rascheln an der Haustür schreckten mich auf. Da ich mir schon denken konnte, wer da draußen herumraschelte, ließ ich einige Minuten verstreichen, bevor ich öffnete. Vor der Tür lag ein weiterer Brief, mit der bekannten, edel geschwungenen Tintenhandschrift.

»Ihre Zeit hier ist übermorgen zu Ende«, las ich. *»Ich wäre Ihnen aber verbunden, wenn Ihr Auszug bis morgen Abend abgewickelt ist. Auch hoffe ich, dass die Wände tadellos geweißelt sind und es auch sonst zu keinen Problemen kommt. Gezeichnet, Ilse von Hohenthal und Savigny.«*

Ich besah mir den Brief, zerriss ihn und schmiss die Fetzen in den Müll. Dann nahm ich ein paar gefaltete Umzugskartons, die mir noch vom Einzug geblieben waren, klappte sie auf und packte nach und nach die wenige Habe hinein, die ich in diesem Apartment herumliegen hatte – eine Tätigkeit, die nicht länger als zwei Stunden in Anspruch nahm. Nachdem ich meine Kleidung, meine Bücher und meine CDs in den Kartons verstaut hatte, setzte ich mich nochmals aufs Bett, blätterte eine Weile unschlüssig im Telefonbuch herum und wählte schließlich eine letzte Nummer:

»Hier Jean Ludlbauer!«, knurrte eine Stimme. Sie hatte sich in all den Jahren nicht verändert, seit sie damals geknurrt hatte: »Auf die Knie, wenn da schwarze Massa kimmt! Sog, daugd da de weiße Hosen? (*Krach, rumms, Peng …*)«

Die Stimme allein genügte, um wieder seine knotige Brust auf mir zu spüren, sein verdrecktes Frotteeshirt mit dem kleinen Täschchen zu sehen und seine braune Bratpfannenhand zu fühlen, die mir Ohrfeige um Ohrfeige ins Gesicht haute. Trotzdem war es irgendwie tröstlich, dass in dieser wankelmütigen Welt Jean Ludlbauers Stimme ein zeitloses Kontinuum darstellte. Ich holte kurz Atem, dann besprach ich seinen Anrufbeantworter:

»Die Ohren aufgesperrt, Ludlbauer!«, sagte ich. »Meine grundsätzliche Meinung war schon immer, dass Sie ein dummer, impertinenter Nigger sind! Doch nun ist der Augenblick der Rache gekommen, das Zeitalter der arischen Vorherrschaft! Ich warte auf Sie in der Liebigstraße 12, dort können Sie sich Ihre Bockfotzen abholen. Ich wiederhole: Liebigstraße 12, klingeln bei Falkenhorst! Sollte ich zufällig Zigaretten holen sein, wird Ihnen meine Mutti, der das Haus gehört, den Arsch versohlen! Und die ist so auf Zack wie ich, das sag ich Ihnen!«

Dann legte ich auf, zog einen Bogen Papier aus den Umzugskartons und nahm einen Stift zur Hand: *»Für das Weißeln der Wände bitte Kontakt aufnehmen mit Herrn Ludlbauer, der in den nächsten Tagen bei Ihnen vorbeikommen wird«*, schrieb ich auf das Papier. *»Leider habe ich es in der Eile nicht mehr selbst erledigen können, aber Herr Ludlbauer ist absolut zuverlässig und packt kräftig an. Im Weißeln ist er ein Virtuose. Ihr Mieter Ingo Falkenhorst.«*

Ich verschloss die Umzugskartons und verfrachtete sie in mehreren Schüben zwei Stockwerke nach unten zur Toreinfahrt. Vor dem Portal mit den Messingschildern und dem kunstvoll geschnitzten Mahagonitor verschnaufte ich ein wenig, dann bestellte ich bei der Taxizentrale einen Kombiwagen und wählte Bergers Nummer.

»Steht das Angebot noch«, fragte ich, »dass ich ein paar Wochen bei dir wohnen kann?«

»Natürlich«, antwortete Berger, der sich immer noch im Pandämonium des *Radlsteg* befand. »Aber nur, wenn du mit mir täglich zum Karaoke-Singen gehst. Sie haben jetzt noch viel mehr Truck-Stop-Hits im Repertoire, zum Beispiel den, den ich besonders mag: ›*Take it easy, altes Haus, / mach dir nichts draus / und schlaf dich erst mal richtig aus! / Bleib zuhaus'!*‹ ...«

»Zuhause bleiben ist für mich im Augenblick nicht allzu gesund«, unterbrach ich Berger. »In zehn Minuten hol ich dich im *Radlsteg* ab, dann bringen wir erst mal mein Zeug zu dir.«

»Gemacht«, sagte Berger.

Ich stieg ein letztes Mal die Treppen nach oben, klebte meine Nachricht an die Tür der Gräfin, hinterlegte ihr den Hausschlüssel auf der Küchenzeile meines ehemaligen Apartments, tätschelte zum Abschied den Duschkopf und zog die Wohnungstür zu. Während ich die Stufen zum hupenden Taxi hinabging, musste ich zugeben, dass ich nach all den Ereignissen so richtig Lust auf einen Umtrunk mit Karaoke bekommen hatte, und wie zur Generalprobe stimmte ich im Taxi den Refrain von Bergers Ohrwurm an, den ich nach meinem Umzug zweifellos bis fünf Uhr früh auf der Bühne des *Radlsteg* singen würde: »*Take it easy, altes Haus, / wer morgens schläft, hält's abends länger aus. / Fang deinen Tag doch später an, / dann bleibst du länger dran!*«

Epilog

In der nächsten Ausgabe:
Hoffnung – Wo ist sie zu finden?
Warum küssen sie den Blarney-Stein?
Was ist von Tanzpartys in Klubs zu halten?
Dein Wille geschehe – Aber wann?
(*Erwachet*, 8. April 2004)

Danksagung

Stefan Wimmer dankt: Yorick, Moses (seinem Spezial-Lektor), Michi, Gerald, Robert, Karl, seinen Eltern, Gina, Kirsten, Michelle, Paula, Patrick, Marc, Sergio, Roger, Pascuale, Margarita.

Inhalt

Der lange Weg nach Tlalocán 5

Der König von Mexico City 29

Der große Job 83

Ein bisschen Frieden 127

Das Jahr des Busenmagazins 161

Meine wundersame Zeitreise 291

Epilog 318